Barbara Bretton

Ein Traum für jeden Tag

Barbara Bretton

Ein Traum für jeden Tag

Roman

Deutsch von Karin Dufner

Weltbild

Originaltitel: *A Soft Place to Fall*
Originalverlag: Berkley Books, New York

Für meine Mutter, Vi Fuller (1924–2001),
die mir das Leben und die Kraft der Sprache
geschenkt hat. Danke für meine traumhafte Kindheit.
Ich bin stolz, deine Tochter zu sein.

Besuchen Sie uns im Internet:
www.weltbild.de

Die Autorin

Barbara Bretton wurde 1950 in New York City geboren. 1982 veröffentlichte sie ihren ersten Roman, dem 40 weitere folgen sollten. Die meisten von ihnen stürmten die Bestsellerlisten. Ihre Bücher wurden in zahlreiche Sprachen übersetzt und werden heute in mehr als 20 Ländern gelesen. Die Gesamtauflage weltweit beträgt mehr als 10 Millionen Exemplare. Heute lebt sie, seit mehr als 30 Jahren glücklich verheiratet, in Princeton, New Jersey. Im Weltbild Buchverlag erschienen bereits ihre Bestseller *Ein Sommer am Meer* und *Der Tag, an dem wir tanzten;* weitere Romane sind in Vorbereitung.

Danksagung

Ganz besonders danke ich den tollen Frauen bei Penguin Putnam, die mir die geschäftliche Seite des Schreibens so angenehm gestaltet haben: Leslie Gelbman, Judith Palais, Hillary Schupf, Amy Longhouse und Sharon Gamboa.

Außerdem liebe Grüße an Inez Perry und Beth Becket, zwei der besten Krankenschwestern auf dieser Welt, bei denen sogar eine Chemotherapie Spaß macht. Ihr wisst, dass Melvin und ich euch beide lieben.

Weiterhin alles Liebe an die wundervolle Mary Preisinger, die damals im Jahr 1983 so nett war, mir meinen ersten Fanbrief zu schreiben, und eine gute Freundin wurde. Jedes Buch ist für dich, Mary.

Zu guter Letzt möchte ich der klugen und lebensfrohen Joyce Bradsher (1955 bis 2000) gedenken, die sich mit Mut, Würde und Humor dem Kampf gestellt hat. Hoffentlich hast du deine rubinroten Tanzschuhe gefunden, JB. Ich vermisse dich jeden Tag aufs Neue.

Wie alles anfing

Spätsommer – Shelter Rock Cove, Maine

»Auf keinen Fall.« Warren Bancroft schob die Akte über den Schreibtisch. »Der Preis ist zu hoch.«

Sein Anwalt, ein sturer Nordstaatler namens Stoney, sah ihn entsetzt an. »Zu hoch?« Er warf einen Blick auf die Zahl, die Warren an den oberen Rand des Wertgutachtens geschrieben hatte. »Das ist doch absurd. Er ist nicht einmal annähernd hoch genug.«

»Keinen Penny mehr.« Warren steckte die Verschlusskappe auf seinen Füller und lehnte sich zurück. »Das wäre Wucher.«

Stoney stieß mit dem Zeigefinger auf das Papier. »Das Grundstück allein wurde bereits höher bewertet.«

»Das Haus ist nicht mehr als eine Besenkammer«, erwiderte Warren, der die Debatte sichtlich genoss. »Höher gehe ich nicht.«

»Sie verhandeln hart.«

»Stimmt«, entgegnete Warren. »Genau das ist die Grundlage meines Reichtums.«

Stoney warf einen erneuten Blick auf den Betrag in der obersten Zeile. »Das wird sich rasch ändern, wenn Sie so weitermachen.«

»Rufen Sie sie an, Stoney, und sagen Sie ihr, dass ich ihr Angebot ablehne. Wenn sie sich sträubt, gehen Sie zehn Prozent runter.«

»Vermutlich wollen Sie das Haus renovieren, wenn Sie schon dabei sind, Ihr Geld zum Fenster hinauszuwerfen?«

Warrens Gelächter hallte durch das geräumige Büro.

»Das wurde bereits veranlasst. Heute Morgen habe ich Handwerker hingeschickt, die alles streichen und ein bisschen hübsch herrichten sollen.«

»Sie sollten ihr das Haus gleich schenken. Dann könnten wir es wenigstens steuerlich geltend machen.«

»Sie sind wirklich ein sehr guter Anwalt«, meinte Warren, »und ich bin Ihnen dankbar für Ihren Rat. Und jetzt ziehen Sie los und tun, was ich Ihnen gesagt habe.«

Immer dasselbe Problem mit diesen jungen Burschen, die von einer Eliteuniversität kamen, dachte Warren, als Stoney hinausging. Sie grübelten zu viel und interessierten sich nur für Fakten, anstatt ihre Phantasie spielen zu lassen. Wenn er sich damals auch so angestellt hätte, hätte er es sicher nie so weit gebracht.

Allerdings hieß das nicht, dass er ohne Fehl und Tadel gewesen wäre. Die Liste seiner Irrtümer schwarz auf weiß könnte ein Telefonbuch füllen. Natürlich hatte er Annie das Beste noch nicht erzählt, aber er würde es irgendwann tun. Schließlich war sie mit ihren achtunddreißig Jahren viel zu jung und musste erst Lebenserfahrung sammeln.

Zum Thema Einsamkeit hätte er ihr das eine oder andere erklären können. Zum Beispiel, dass nichts Falsches daran war, die Flügel auszubreiten und auszuprobieren, ob man noch fliegen konnte. Es gab so vieles, was er ihr sagen wollte, doch er war nicht sicher, ob sie schon bereit dafür war. Stets hatte sie fest zu den Menschen gehalten, die sie liebte, und sie bezahlte für diese Treue einen hohen Preis. Warren hatte mit angesehen, wie aus einem fröhlichen jungen Mädchen mit hochfliegenden Träumen eine stille, vom Leben erschöpfte Frau wurde, die das Hoffen aufgegeben hatte.

Seit einer Weile jedoch bemerkte er eine Veränderung an ihr, eine Ruhelosigkeit, die er nur allzu gut verstand. Die Zeit war reif für einen Neuanfang.

Warren griff nach der dunkelblauen Mappe, die die Aufschrift »Sam« trug. Wer hätte je gedacht, dass der vorwitzige

Fünfzehnjährige, den er vor zwanzig Jahren am Hafen in der Nähe der Weltausstellung kennengelernt hatte, eines Tages sein großer Held sein würde. Er hatte es Sam Butler zwar nie anvertraut, um ihn nicht in Verlegenheit zu bringen, aber es stimmte nichtsdestotrotz.

Obwohl Warren mehr als doppelt so alt war wie Sam, wusste er, dass er ihm in vielerlei Hinsicht nicht das Wasser reichen konnte. Das Schicksal hatte Sam zwar schlechte Karten gegeben, doch er schaffte es, sie geschickt auszuspielen. Die meisten Männer hätten wohl das Handtuch geworfen, wenn ihnen im Alter von nur neunzehn Jahren die Verantwortung für fünf jüngere Geschwister aufgebürdet worden wäre. Sam hingegen steckte mit seinen eigenen Wünschen zurück und hielt durch.

Als Sam ihn letzte Woche angerufen und gefragt hatte, ob er Ellies altes Haus für eine Weile mieten könne, wusste Warren sofort, dass besagtes Schicksal mit beiden Händen an seine Tür trommelte. Niemals hätte Sam Butler ein Almosen angenommen, aber er hatte einen Riecher für gute Geschäfte, und das Angebot, das Warren ihm machte, war wirklich unwiderstehlich: kostenlose Nutzung des Hauses am Strand für Arbeiten an Warrens Boot.

Sam hatte angebissen. Und Warren spürte sicher, dass Annie auch zugreifen würde.

Natürlich wusste er, dass es ein Vabanquespiel war. Aber wenn es zwei Menschen verdient hatten, endlich glücklich zu werden, dann waren es diese beiden jungen Leute, die er liebte wie seine eigenen Kinder. Obwohl es ihm nicht vergönnt gewesen war, selbst Vater zu werden, lagen Annie und Sam ihm am Herzen, als wären sie sein eigen Fleisch und Blut. Außerdem bildeten sie zwei Hälften eines Ganzen, und es lag nun an ihm, sie zusammenzuführen.

Welchen Sinn hatte es, wohlhabend zu sein, wenn man seinen Reichtum nicht für die Menschen einsetzte, die einem etwas bedeuteten?

1

Das Bett hatten sie sich für ganz zuletzt aufgehoben.

Annie Lacy Galloway stand unten an der Treppe und sah zu, wie die beiden mageren Jugendlichen das gewaltige Himmelbett durch den schmalen Flur manövrierten. Als sie hörte, wie Holz an der Tapete schabte, zuckte sie zusammen. Sie hatte zwar geahnt, dass der Transport ziemlich heikel werden würde, doch es führte kein Weg daran vorbei.

Die Umzugshelfer blieben oben an der Treppe stehen und sondierten die Lage.

»Wie haben Sie das Ding eigentlich hier heraufgekriegt, Mrs G.?«, rief Michael, dessen Stimme noch zwischen Sopran und Tenor schwankte. »Es ist, als wollte man ein Kamel durch das sprichwörtliche Nadelöhr zwängen.«

Annie hatte das Bett, eine Art hölzernes Wrack, dessen Äußeres sie an ihren eigenen Gemütszustand erinnerte, sechs Monate nach Kevins Tod auf einem Privatflohmarkt entdeckt.

»Ich habe fast ein schlechtes Gewissen, Ihnen dafür Geld abzunehmen«, hatte der Besitzer gesagt, während sie die Einzelteile hinten in ihren Jeep luden.

Viele Wochen verbrachte Annie damit, die eleganten Kurven und glatten Flächen abzuschmirgeln und die Spuren jahrelanger Vernachlässigung zu beseitigen, ohne zu wissen, ob sich die Teile überhaupt wieder zu einem kompletten Möbelstück zusammensetzen ließen. Fertig war es immer noch nicht: Im nächsten Frühling wollte sie das abgeschliffene Holz in einem dunklen Kirschbaumton beizen und dann seidenmatt lackieren, sodass es im Laufe der Jahre immer mehr schimmern würde.

»Dreht es zum Fenster«, schlug sie nun vor. »Wenn ihr es erst über das Treppengeländer hebt, klappt es.«

Danny, ihr angeheirateter Neffe, kauerte am Fußende des Bettes.

»Man kann es auseinandernehmen«, stellte er fest und betastete die Querstreben. »Vielleicht …«

»Nein!« Annie zwang sich, die Stimme zu senken, denn die beiden Jungen zuckten erschrocken zusammen. »Meinetwegen baut das Treppengeländer ab, wenn es sein muss, aber bitte lasst das Bett in Ruhe.«

»Sie sind der Boss, Mrs G.«, sagte Michael.

Als Annie sich umdrehte, sah sie gerade noch, wie ein dritter jugendlicher Umzugshelfer einen Karton mit der Aufschrift »Zerbrechlich«, der neben der Tür stand, wegtragen wollte.

»Den nicht.« Annie hastete nach unten. »Ich nehme ihn selbst im Auto mit.«

»Sicher?« Scotty war Kevins bester Schüler gewesen, ein Junge, der es im Leben sicher weit bringen würde. Er war intelligent und humorvoll und hatte einen schlaksigen Körperbau.

Scotty hat das Bancroft-Stipendium gekriegt. Kevin, du wärst stolz auf ihn gewesen.

Vor vielen Jahren hatte Annie selbst dieses Stipendium bekommen und träumte davon, in New York Kunst zu studieren. Das war nun schon so lange her, dass es ihr fast unwirklich erschien. Der Anblick des jungen Mannes rief viele Erinnerungen an Weihnachtsfeiern und Grillabende im Sommer in ihr wach, wenn sie die Schüler und ihre Eltern zu sich nach Hause eingeladen hatten. Kevin hatte viel Spaß an diesen Feiern gehabt und es geliebt, im Mittelpunkt zu stehen, zu lachen und Witze zu reißen.

»Im Laster ist genug Platz, Mrs G.«

»Schon gut, Scotty«, erwiderte sie, wobei sie sich fragte, seit wann er sich rasierte.

Es war doch erst gestern gewesen, dass er für zwei Dollar Stundenlohn ihren Rasen gerecht hatte.

»Ich nehme ihn im Auto mit.« Dieser Karton enthielt ihr Leben: alte Liebesbriefe, Hochzeitsfotos, Zeitungsausschnitte und Beileidsschreiben. Die Summe ihrer achtunddreißig Jahre auf Erden, plus ihre besten Weingläser und ihre Tagebücher.

Scotty wies auf den Karton neben dem Klavier. »Was ist mit dem da?«

Annie schmunzelte. »Tu dir keinen Zwang an.«

Mit einem theatralischen Aufstöhnen wuchtete er sich die Kiste auf die Schulter. »Wir sehen uns im neuen Haus.«

»Das neue Haus«, sagte Claudia Galloway, die gerade ins Wohnzimmer trat. Sie tupfte sich die Augen mit einem der zarten, mit handgeklöppelter Spitze besetzten Leinentaschentücher ab, die ihr Markenzeichen waren. »Du kannst es dir immer noch anders überlegen, Annie.«

Annie steckte die geballten Fäuste tief in die Taschen ihrer hellroten Strickjacke. »Claudia, wir haben das doch schon so oft besprochen.«

»Das ist dein Zuhause«, fiel ihre ehemalige Schwiegermutter ihr ins Wort. »Hier hast du dein ganzes Eheleben verbracht. Mein Gott, du hast sogar den Großteil der Möbel verkauft. Wie kannst du Kevins Andenken einfach so aufgeben?«

»Ich brauche dieses Haus nicht, um mich an Kevin zu erinnern.«

»Fängt sie schon wieder damit an?« Susan, Claudias älteste Tochter, steckte den Kopf zur Tür herein. »Ma, du hast bereits einen Schrein für Kevin errichtet. Also braucht Annie es nicht auch noch zu tun.«

Annie warf ihrer besten Freundin einen dankbaren Blick zu.

Ich bin dir etwas schuldig, Susie. Godiva, wenn ich es mir leisten könnte, oder Dom Perignon.

»Sind sie mit der Garage fertig?« – »Alles kahl wie ein abgenagter Hühnerknochen.«

»Aber Susan!« Claudia sah ihre Tochter tadelnd an. »Man muss nicht gleich so vulgär werden.«

»Mutter, ich bin Immobilienmaklerin. Drastische Sprachbilder sind meine Spezialität.«

»Und deinen Sarkasmus kannst du dir ebenfalls sparen.«

»Wir kommen.« Michael und Danny hatten einen Weg gefunden, Annies Bett nach unten zu schleppen, ohne dem Gebäude maßgebliche Beschädigungen zuzufügen, und steuerten nun auf die Eingangstür zu.

»Dieses alberne Bett«, murmelte Claudia, während sie Platz machte. »Wirklich, Annie. Was hast du dir bloß dabei gedacht?«

Gar nichts, Claudia. Du hast es doch selbst miterlebt. Oder hast du es schon vergessen? In diesem ersten Jahr tat es viel zu weh, um nachzudenken.

»Mutter«, meinte Susan. »Warum fährst du nicht mit Jack und den Jungen zum Mittagessen? Das Hühnchensandwich bei Wendy's schmeckt dir doch immer. Wir treffen uns dann später im neuen Haus.«

Claudia blickte zwischen Annie und ihrer Tochter hin und her. Annie bereute die scharfen Worte, die sie sich nicht rechtzeitig verkniffen hatte. Schließlich gehörte sie für Claudia ebenso zur Familie wie ihre leiblichen Kinder – und eine Mutter hatte das Recht, ihren Töchtern auf die Nerven zu fallen.

Auf einmal wirkte ihre Schwiegermutter, die ihr so oft das Leben schwer gemacht hatte, zart, alt und gebrechlich. Annies Herz krampfte sich mitleidig zusammen. Sie liebte Claudia sehr, auch wenn sie sich häufig ein wenig mehr Luft zum Atmen wünschte.

»Ich habe eine bessere Idee«, sagte sie deshalb und legte den Arm um Claudias gebeugte Schultern. »Warum geht ihr nicht alle beide mit Jack und den Jungen zum Mittagessen? Anschließend treffen wir uns am Haus.«

»Wir dürfen dich doch nicht allein lassen«, protestierte Claudia, und Susan stimmte ihrer Mutter ausnahmsweise zu.

»Aber natürlich«, meinte Annie und schob die beiden zur Tür. »Ich komme schon klar. Versprochen.«

»Bist du sicher?«, fragte Susan. Sie hatte große braune Augen und sah Kevin manchmal so ähnlich, dass Annie sich abwenden musste.

»Ganz sicher.« Nachdem sie den beiden von der Vortreppe aus zugewinkt hatte, zog sie die Tür zu und schloss ab. Die Umzugshelfer waren weg. Nun musste Annie nur noch die Fußböden fegen, die Katzen in ihre Transportkörbe locken und die letzten Kartons in ihren alten Geländewagen laden. Also griff sie zum Besen und fing an, den Schmutz zu einem Haufen in der Mitte des Wohnzimmers zusammenzukehren. Die Flemings wollten um drei kommen. Und so würde bereits am Abend fröhliches Kinderlachen durch dieses stille alte Haus hallen – wie es eigentlich von Anfang an geplant gewesen war.

»Wir spinnen total!«, hatte Annie am Abend ihres Einzugs gesagt.

Sie und Kevin lagen auf Decken vor dem Kamin im Wohnzimmer und blickten in die züngelnden Flammen. »Du weißt, dass wir uns so ein Haus nicht leisten können.«

Ihr Collegeabschluss lag erst wenige Jahre zurück, sodass von einer Karriere noch keine Rede sein konnte. Kevin hatte gerade seine erste Lehrerstelle angetreten, während Annie bisher kein einziges Bild verkauft, geschweige denn in Rom studiert hatte. Also würde es noch eine ganze Weile dauern, bis an eine Familiengründung auch nur zu denken war.

»Wir können es uns nicht leisten, es nicht zu kaufen«, widersprach Kevin und füllte aus der Korbflasche den Chianti, die sie im Sonderangebot gekauft hatten, ihr Glas nach. »Widerstand ist zwecklos, Annie. In diesem Haus riecht es förmlich nach Familie. Hier werden wir alt werden.« Sie stießen zum dritten – oder war es das vierte? – Mal an. »Eines Tages werden unsere Enkelkinder hier im Garten spielen.«

»Enkelkinder?«, lachte sie. »Ich glaube, da hast du etwas übersprungen, Mr Galloway.«

»Fünf Kinder«, sagte er und zog sie auf seinen Schoß. »Drei Mädchen und zwei Jungen.«

»Fünf?«

Er grinste. »Das ist meine Glückszahl.«

»Wir haben aber nur vier Kinderzimmer.«

»Dann müssen eben zusätzliche her.«

»Kinder oder Kinderzimmer?« Sie liebte es, wenn er ihr Haar und ihre Schultern streichelte und mit den Lippen ihren Hals berührte.

»Beides«, erwiderte er und schob die Hand unter ihren Pullover, um ihre Brüste zu umfassen.

Annie schnappte nach Luft. Die Lippen an ihre Haut gepresst, murmelte er Koseworte, die einer Frau die Knie weich werden ließen. Auf diese Weise hätte er es vermutlich auch geschafft, einer Statue aus kaltem Marmor Leben einzuhauchen. Bei Annie wirkte die Methode jedenfalls großartig.

»Wir sollten ein oder zwei Jahre warten«, flüsterte sie und bemühte sich, trotz all seiner Verführungskünste vernünftig zu bleiben. »Wir haben nicht einmal Möbel.«

»Ich liebe dich, Annie Rose Lacy Galloway. Und ich liebe die Familie, die wir zusammen gründen werden. Wir sind jung, stark und gesund und lieben einander. Lass uns ein Kind zeugen, Annie Rose. Fangen wir heute Nacht an.«

Annie wandte sich vom leeren Wohnzimmer ab. Die Geister erfüllten das ganze Haus und lauerten in jedem Winkel. Hier hatten sie sich in jener Nacht leidenschaftlich und gleichzeitig feierlich geliebt. Annie war sicher gewesen, ein Kind zu bekommen. Einen Sohn mit Kevins dunkelbraunen Augen und seinem fröhlichen Lachen … oder vielleicht eine Tochter, so lebensfroh und liebevoll wie er.

Damals waren sie beide jung und unschuldig gewesen und hatten Wunder für ebenso selbstverständlich gehalten wie das Atmen. Weshalb sonst hätte sie bis zum Ende bei Kevin ausharren sollen?

»Kein Grund zur Sorge«, hatte der Arzt zu Annie gesagt, als die Monate vergingen, ohne dass sich ein Baby angekündigt hätte. »Die Untersuchungen waren alle ohne Befund. Ihnen fehlt nichts. Kevin ist gesund. Also lassen Sie sich Zeit, Annie. Sie werden schon ein Baby bekommen.«

Aber um ein Kind in die Welt zu setzen, waren zwei Menschen nötig. Ein Mann und eine Frau, die dieselben Zukunftsträume hatten, die ihr Bett miteinander teilten und die sich zärtlich und leidenschaftlich liebten – nicht zwei Fremde, die im selben Haus nebeneinanderher lebten. Kevin hatte sich geweigert, ihrer Unfruchtbarkeit weiter auf den Grund zu gehen. Er hörte auch nicht zu, wenn sie eine Adoption vorschlug.

Und so wurden die Monate zu Jahren. Nach einer Weile war Annie zu dem Schluss gekommen, dass das vermutlich das Beste war. Man durfte ein Kind nicht in Ungewissheit und Chaos aufwachsen lassen. Nicht, wenn man die freie Wahl hatte. Denn vieles über ihren Mann erfuhr sie erst, als es zu spät war.

Niemand hatte Annie erklärt, dass es möglich war, sich in einen Jungen zu verlieben, nur um eines Tages beim Aufwachen festzustellen, dass man mit einem Mann zusammenlebte, der eigentlich ein Fremder war. Einem Mann, dessen Probleme man nicht lösen und den man nicht einmal mit Liebe erreichen konnte.

Doch selbst dann hätte sie es wahrscheinlich nicht geglaubt. Kevin hatte ihr beigebracht, immer auf ein glückliches Ende zu vertrauen. Und so war Annie bis zu seinem letzten Atemzug überzeugt gewesen, dass sich irgendwann sicher alles zum Guten wenden würde.

Inzwischen war sie klüger geworden. Ihr Glück hatte von

Anfang an keine Chance gehabt. Dafür sorgte Kevin selbst, und zwar an dem Tag, an dem er anfing zu spielen.

Von oben hörte sie Georges und Gracies Klagelaute, und sie erinnerten Annie daran, dass es bis zur Übergabe des Hauses an die Flemings noch eine Menge zu tun gab.

Sie fegte Wohnzimmer, Eingangshalle und Küche, wischte die Arbeitsflächen, schrubbte das Spülbecken und polierte die Wasserhähne, bis sie glänzten. Nachdem sie einen letzten Handabdruck von der Kühlschranktür gerubbelt hatte, trat sie zurück und musterte die Küche mit einem für ihre Verhältnisse ungewöhnlich kritischen Blick, denn eigentlich war sie keine passionierte Hausfrau.

Das Haus war über vierzig Jahre alt, was leider auch für den Großteil der Ausstattung galt. Anfangs hatten Kevin und Annie sich über die altmodische Heizanlage und den vorsintflutlichen Kühlschrank amüsiert und sich vorgenommen, sie irgendwann in ferner Zukunft zu ersetzen, wenn sich ihr Konto erst einmal von dem Schock des Hauskaufs erholt hatte.

Allerdings war es nie so weit gekommen. Annie hatte ihren Traum von einer Künstlerkarriere an den Nagel gehängt und stattdessen einen Blumenladen eröffnet. Es dauerte eine Weile, bis die Geschäfte liefen, und auch Kevin wurde aus unerklärlichen Gründen einfach nicht in eine höhere Gehaltsklasse befördert. Annie hatte den Eindruck, dass die Anzahl der eingehenden Rechnungen von Monat zu Monat wuchs, während ihr Kontostand weiter sank. So sehr sie sich auch bemühten, das Haus in Schuss zu halten, die Einnahmen konnten einfach nicht mit den Ausgaben Schritt halten.

»Ein Glück, dass die Leute inzwischen praktisch jeden Preis zahlen«, meinte Susan, als Annie sagte, sie plane das Haus zu verkaufen. »Ich will dir ja nicht zu nahetreten, Annie, aber die Bude bricht bald zusammen. Wenn du sie mit Gewinn loswerden willst, müsstest du die Fenster austauschen und das Dach neu decken lassen.«

Es hatte drei Monate gedauert, einen Käufer zu finden, und wie Susan vorhergesagt hatte, lag der Preis um einiges unter dem, was eigentlich für große alte Häuser auf weitläufigen Grundstücken gezahlt wurde.

»Wir hätten mehr herausschlagen können«, klagte Susan, nachdem die Flemings den Vertrag unterzeichnet hatten. »Warum hast du, was die Fenster angeht, nicht auf mich gehört, Annie? Die Kosten hättest du dreifach wieder hereingeholt.«

Annie nickte und versuchte, ein angemessen enttäuschtes Gesicht zu machen.

In Wahrheit jedoch war sie erleichtert, das Haus überhaupt verkauft zu haben, bevor es zu einer Zwangsversteigerung kam. Natürlich hätte sie das weder Susan oder sonst einer Menschenseele verraten.

Kevins Geheimnis war bei ihr sicher.

»Ich finde, Annie macht einen großen Fehler«, verkündete Claudia, während Susan mit ihrem Wagen rückwärts die Einfahrt hinunterrollte.

Susan, die noch nie viel Rücksicht auf die Gefühle ihrer Mutter genommen hatte, verdrehte stöhnend die Augen. »Und warum, Ma? Weil sie dieses völlig unpraktische Haus aufgibt oder weil sie nicht wollte, dass du zum Mittagessen bleibst?«

»Deinen Sarkasmus kannst du dir sparen«, entgegnete Claudia und reckte das Kinn. Auf den Seitenhieb mit dem Mittagessen ging sie lieber nicht ein, obwohl ein Körnchen Wahrheit darin lag. »Annie liebt dieses Haus. Dort waren Kevin und sie glücklich. Warum um alles in der Welt wollte sie es verkaufen und in diese Hütte am Strand ziehen?«

»Lass Annie bloß nicht hören, dass du ihr neues Zuhause als Hütte bezeichnest.«

»Natürlich nicht. Ich würde sie niemals kränken.« Es traf Claudia, dass ihre Tochter ihr offenbar eine solche Taktlosigkeit zutraute. »Meiner Ansicht nach ist nur dieser Warren Bancroft schuld. Er nützt Annies Lage aus.«

Sie sah ihre älteste Tochter an.

»Du kannst nicht abstreiten, dass sie sich durch diesen Umzug nicht verbessert.«

»Ma, manchmal wünschte ich, ich wäre adoptiert.«

Als Susan an einem Stoppschild plötzlich abbremste und nur um Haaresbreite einen Zusammenstoß mit einem anderen Wagen vermied, umklammerte Claudia ihre Handtasche. Sie verkniff sich die Bemerkung über Fehlsichtigkeit und Reaktionsschnelle, die ihr auf der Zunge lag. Obwohl die Augen ihrer zweiundvierzigjährigen Tochter nicht mehr die besten waren, hielt Claudia es für klüger, schweigend über ihre Fahrkünste, ihr Gewicht oder ihre Ehe hinwegzusehen. Schließlich ging ihr der Familienfriede über alles.

»Annie braucht keine drei Bäder«, sprach Susan, offenbar ungerührt von dem Beinahe-Unfall, fort. »Und auf die vielen Erinnerungen kann sie sicher auch gut verzichten. Ich finde, sie hätte es schon viel früher tun sollen.«

»Was ist denn so schlimm an Erinnerungen?«, gab Claudia zurück und warf ihrer Tochter einen scharfen Blick zu. »Irgendwann kommt für jede Frau die Zeit, in der sie froh sein kann, überhaupt welche zu haben.«

»Annie ist nicht wie du, Ma.«

»Pass auf die Straße auf.« Claudia ging nicht auf die Bemerkung ein. »Ein Unfall hätte uns gerade noch gefehlt.«

»Du weißt genau, was ich meine.«

»Ich setze Annie nicht unter Druck. Sie trifft ihre eigenen Entscheidungen.«

Der Verkauf des Hauses war schließlich Beweis genug dafür. Claudia hätte niemals das Haus hergegeben, in dem sie und John zusammen gelebt hatten, denn ein Verkauf wäre gewesen, als müsste sie ihn noch einmal verlieren. Für sie war er in diesem Haus ebenso gegenwärtig wie zu Lebzeiten. Auch wenn ihre Kinder das nicht wussten, sprach sie manchmal mit ihm, allerdings ohne eine Antwort zu erwarten. Es war eher eine Mischung aus Monolog und Gebet.

Vermutlich würden ihre Kinder sie für verrückt halten. Claudia hatte die Blicke bemerkt, die Susan und Eileen wechselten, wenn sie glaubten, dass sie gerade nicht hinschaute. »Mutter hat nicht mehr alle Tassen im Schrank«, sollten diese wohl besagen, was Claudia ziemlich wütend machte.

Dann stand wieder ein Termin bei dem teuren Therapeuten auf dem Programm, zu dem auch John junior ging. Und das bedeutete, dass sie fünfzig Dollar von dem hart erarbeiteten Geld ihres Mannes verschwenden musste, um etwas zu erfahren, das sie bereits wusste: Sie war alt, und sie war einsam.

Warum verstand das nur niemand, obwohl es doch auf der Hand lag? Schließlich hatte sie es nicht nötig, vier Tage pro Woche in Annies Blumenladen zu arbeiten. John hatte ein Händchen fürs Finanzielle gehabt, sodass Claudia nun zwar nicht reich, aber doch ausreichend versorgt war. Außerdem befasste sie sich mit der Börse, hörte sich die Kommentare der Experten im Radio an, und folgte ihren Empfehlungen, wenn diese ihr sinnvoll erschienen. Bis jetzt hatte der Aktienmarkt sie dafür belohnt.

Wenn ihre Kinder also einen Moment in ihrer Rastlosigkeit innegehalten und nachgedacht hätten, wären sie sicher darauf gekommen, dass sie im Blumenladen aushalf, weil sie manchmal einen Grund brauchte, um morgens aufzustehen, und weil sie sich freute, bei ihrer Ankunft mit einem Lächeln begrüßt zu werden. Susan und die anderen grinsten darüber, dass sie Kurse zu den unterschiedlichsten Themen von Finanzverwaltung bis Ikebana belegte. Sie begriffen einfach nicht, dass sie nur unter Menschen sein wollte.

Mit dem Haus verhielt es sich genauso. Sie und John waren an ihrem Hochzeitstag dort eingezogen. Alle wichtigen Ereignisse ihres Ehelebens hatten sich innerhalb dieser vier

Wände abgespielt. In dem Haus zu wohnen, wo sie und John ihre Kinder großgezogen hatten, gab Claudia die Möglichkeit, sich ihm trotz seines Todes nah zu fühlen. Wenn sie durch die auf so wundervolle Weise vertrauten Räume ging, erfüllte Liebe ihr Herz.

Ja, natürlich hatte das Haus viel zu viele Zimmer. Claudia wäre die Letzte gewesen, die das abgestritten hätte. Außerdem schaffte sie den Haushalt nicht mehr so wie früher. Der Staub blieb ein wenig länger liegen, und auch die Böden waren nicht mehr blitzblank. Sie sagte sich, es habe mit dem Alter zu tun, mit dem Loslassen und dem Aufgeben, dass man plötzlich Dinge nicht mehr wahrnahm, die einen auf die Palme getrieben hatten, als man noch jung und stark gewesen war.

Zum letzten Weihnachtsfest hatten sich ihre Kinder mit Ehegatten wie jedes Jahr in dem alten Haus versammelt. Allerdings war die Stimmung diesmal ein wenig anders gewesen, denn alle hatten versucht, Claudia zu einem Umzug zu überreden.

»Du könntest es dir allmählich ein bisschen leichter machen, Mom«, meinte Eileen, ihre Jüngste, während sie den Eierpunsch verteilte. »Das Haus ist viel zu groß für eine Person. Wenn du dich nicht mit diesem riesigen Kasten abmühen müsstest, hättest du viel mehr Zeit für dich.«

»Und wo würdet ihr übernachten, wenn ich diesen riesigen Kasten nicht hätte?«, gab Claudia zurück. »Etwa in Zelten im Garten?«

Natürlich war Eileens Bemerkung nur die Eröffnungssalve eines Feldzugs gewesen, der den Zweck verfolgte, Claudias alternde Augen für die von ihren Kindern so genannte Wirklichkeit zu öffnen. Terri führte ins Feld, wie schwierig es doch sei, ständig vier Schlafzimmer und zwei Bäder blitzblank zu putzen, worauf Claudia in ihre Tasse schmunzelte. Inzwischen forderte die Hausarbeit sie längst nicht mehr so wie damals, als das Haus aus allen Nähten geplatzt war und

Kleinkinder und Jugendliche sowie Johns zahlreiche Hobbys Schmutz und Unordnung verbreiteten.

Dann hatten ihre Söhne und Schwiegersöhne angefangen, über Steuern und Unterhaltskosten und die Tatsache zu sprechen, dass die Rohrleitungen bis zum nächsten Weihnachtsfest dringend erneuert werden müssten. Warum also weiter Geld zum Fenster hinauswerfen? Dabei taten alle so, als wäre sie, Claudia, nicht mehr in der Lage, selbst zu entscheiden. Bis sie es nicht mehr aushielt.

»In diesem Haus habe ich mit eurem Vater gelebt. Ihr seid hier aufgewachsen, und ich werde hier sterben«, verkündete sie in einem Ton, der keinen Widerspruch duldete.

Annie war die Einzige, die Claudia verstand. Es war Ironie des Schicksals und selbst ihren leiblichen Töchtern unerklärlich, dass Kevins Tod die beiden Frauen so eng zusammengeschweißt hatte. Annie wusste, wie es war, den Mann zu verlieren, den man liebte, und wie es sich anfühlte, auf seiner Seite des Bettes zu schlafen, weil man sich dann nicht so allein vorkam. Annie brauchte man nicht eigens zu erklären, dass die Zeit ein gebrochenes Herz nicht heilte, sondern einem nur half zu lernen, mit dem Verlust zu leben.

Du kannst vor deinen Erinnerungen nicht fliehen, Annie, dachte sie nun, während Susan mit Vollgas in den Parkplatz einbog.

Dazu war die Welt nicht groß genug. Also war es besser, in dem Haus zu bleiben, wo man glücklich gewesen war, und sich mit dem Vertrauten zu trösten. Wusste Annie denn nicht, dass sie Kevin trotzdem in jedem Schatten sehen und seine Stimme hören würde, wenn es still im Raum war? Sie würde auch weiterhin seine Hände spüren, wo sie schon lange niemand mehr berührt hatte. Für Claudia genügte das. Und irgendwann würde es Annie auch genügen.

Annie reinigte gerade das Waschbecken im Schlafzimmer, als sie die Flemings vorfahren hörte. Sie hatten einen Minivan, der klang wie tausend Hamster in einem riesigen Laufrad, sodass die Nachbarn jedes Mal aufmerken würden, wenn sie sich dem Haus näherten. Annie warf einen Blick auf ihre Armbanduhr, die unter der abgewetzten Manschette von Kevins altem Jeanshemd hervorlugte. Es war erst zehn vor drei.

»Ihr kommt zu früh«, murmelte sie und schob sich mit dem Handrücken das Haar aus dem Gesicht. Was waren das nur für Leute? Wussten sie denn nicht, dass zu früh kommen genauso unhöflich war wie Unpünktlichkeit? Sie musste doch noch im Schlafzimmer staubsaugen, George und Gracie in ihre Tragekörbe locken und sich vergewissern, dass die Katzen den neuen Besitzern keine persönlichen Botschaften hinterlassen hatten. Und dazu würde sie jeden Moment der neun Minuten und siebenunddreißig Sekunden brauchen, die ihr verblieben.

Annie warf das Küchenpapier in den Müllsack, den sie von Zimmer zu Zimmer schleppte, und trat ans Fenster, um einen Blick hinunter auf die Auffahrt zu werfen. Die Fleming-Kinder waren bereits im Garten. Sie konnte ihre begeisterten Rufe und das Ächzen der Schaukel im Baum hören, Kevins letztes Heimwerkerprojekt in dem Sommer vor seinem Tod.

Joe und Pam Fleming lehnten an der Beifahrerseite ihres Wagens. Ihr Kopf lag an seiner Brust, und er liebkoste beim Reden ihr Haar. Leise Stimmen wehten zu dem Fenster im ersten Stock hinauf, wo Annie hinter den hellgrünen Vorhängen stand und sie beobachtete. Obwohl ihr der Anblick wehtat, schaffte sie es nicht, sich abzuwenden. Am liebsten hätte sie die beiden aufgefordert, sich fest aneinanderzuklammern, da das Leben nicht immer gut oder gerecht war. Doch dann hätten sie sie vermutlich für verrückt gehalten. Sie waren jung und verliebt, und vor ihnen erstreckte sich ihr ganzes Leben wie der endlose Sommer an einem sonnigen Tag.

Als sich die Flemings unten in der Auffahrt verstohlen küssten, konnte Annie die liebevolle Szene nicht mehr ertragen und trat vom Fenster zurück. Sie vermisste die Berührungen, das Flüstern und das Lachen, die die Krisen vertrieben, wie sie in jeder Ehe einmal vorkamen. Außerdem fehlte ihr das sexuelle Beisammensein, diese süße Flucht vor den Anforderungen des Alltags. Wie schwer es war, nicht mehr der wichtigste Mensch im Leben eines anderen zu sein!

Sie verspürte die übermächtige Versuchung, sich hinter einer Wand aus Erinnerungen zu verschanzen. Doch dieses Haus war ein Luxus, den sie sich nicht leisten konnte, und in gewisser Weise war sie froh darüber. Sonst hätte sie vielleicht nie den Mut gefunden, zu gehen. Nun hatte sie wieder Geld auf der Bank, und die ganze Welt stand ihr offen.

Es war Zeit, Abschied zu nehmen, eine Erkenntnis, die ihr vor einigen Monaten gekommen war. Eines Morgens beim Aufwachen hatte sich das Haus einfach nicht mehr wie ihres angefühlt. Bislang eingespielte Tagesabläufe gerieten plötzlich ins Stocken, und Annie ertappte sich dabei, dass sie von einem Neuanfang träumte, und zwar in einem Haus, das ganz allein ihr gehörte.

Obwohl ihr solche Gedanken nicht neu waren, kamen sie ihr diesmal anders vor, denn nun besaß sie die Freiheit, etwas zu unternehmen. Und so hatte sie alle Warnungen in den Wind geschlagen, das Haus zum Verkauf angeboten und den schmerzhaften Prozess eingeleitet, den es bedeutete, sich von der Vergangenheit zu trennen.

Sie hatte Kevins letzte Schulden bezahlt und von dem restlichen Geld Warren Bancrofts winziges Haus gekauft. Dreimal versuchte Warren, den Preis herabzusetzen. Aber Annie weigerte sich standhaft, Almosen anzunehmen, bis sie sich schließlich auf eine Summe geeinigt hatten, die sowohl sein Bedürfnis nach Großzügigkeit wie auch ihren Unabhängigkeitsdrang befriedigte.

Das Vierzimmerhäuschen am Strand konnte zwar nicht mit der großen viktorianischen Villa auf viertausend Quadratmetern Grund mithalten, doch Annie fühlte sich, als hätte sie einen Sieg errungen.

Auch wenn ihr Traum von einer Familie mit Kevin gestorben war, hatte sie noch immer eine Zukunft, eine Vorstellung, die sie zum ersten Mal seit Jahren glücklich machte.

Wie lange war es her, dass sie zuletzt von ganzem Herzen Glück empfunden hatte? Sie konnte sich beim besten Willen nicht daran erinnern. Viele Jahre hatte sie Glück nur in Form von flüchtigen Situationen erlebt: ein wunderschöner Sonnenuntergang, ein gut erzählter Witz, ein Tag, an dem alles wie am Schnürchen klappte. Ihr fehlte die Freude, die früher ebenso ein Teil von ihr gewesen war wie ihr Herzschlag, und nun wollte sie sie sich endlich zurückerobern. Der Umzug war ein Schritt in die richtige Richtung.

Manchmal fragte sich Annie, wie Claudia das bloß aushielt, so viele Jahre ohne John in dem großen alten Haus zu leben. Sie selbst sah Kevin überall, in sämtlichen Zimmern und hinter jeder Ecke. Sie hörte seinen Wagen in der Auffahrt, seine Schritte auf der Treppe – und die Sirene des Krankenwagens in jener letzten Nacht, als nichts, nicht einmal die Liebe, ihn mehr hatte retten können.

Er war in ihrem gemeinsamen Bett gestorben, dem großen aus Messing, in das sie sich verliebt hatten, obwohl sie es sich eigentlich nicht leisten konnten. Die Sanitäter hatten nicht einmal mehr die Zeit gehabt, ihm die Elektroden auf die Brust zu drücken.

Er war gestorben, ohne sich von ihr zu verabschieden.

Sie hatte keine Gelegenheit mehr gehabt, ihm zu sagen, dass sie ihn dennoch liebte.

Annie wusste nicht, wann sie diese Worte zum letzten Mal ausgesprochen hatte. So lange empfand sie schon Wut auf ihn, dass die Liebe inzwischen eher einer Erinnerung glich, aus der längst das Leben gewichen war. Oft hatte Annie mit dem Gedanken gespielt, ihn zu verlassen, ihre Kleider in einen Koffer zu stopfen, die Katzen zu nehmen und irgendwo wieder von vorne anzufangen – an einem Ort, wo das Telefon nicht mitten in der Nacht läutete und wo keine zwielichtigen Gestalten auf der dunklen Veranda herumlungerten und ihren Mann sprechen wollten. Er hatte alles Geld, das sie sich so hart erarbeitet hatten, auf der Rennbahn, am Kartentisch und am Rouletterad verschleudert und dabei irgendwann auch ihre Liebe weggeworfen.

»Gib mir Zeit, Annie«, hatte er kurz vor seinem Tod gesagt. »Ich weiß, dass ich alles wiedergutmachen kann.«

Warum hatte sie ihm damals nicht geantwortet, dass sie ihn immer noch liebte und gern an ihn glauben wollte? Wenn er ihr nur auf halbem Wege entgegengekommen wäre, hätten sie vielleicht wieder in das Leben zurückfinden können, das sie sich als Liebespaar an der Highschool erträumt hatten, als die ganze Welt noch vor ihnen lag.

Stattdessen hatte sie sich abgewendet.

Kurz darauf war die Eingangstür leise zugefallen. Der Abstand zwischen ihnen war wieder ein wenig größer geworden. Drei Wochen später war Kevin tot, und es gab kein Zurück mehr.

Susan und Eileen hatten sie am Morgen nach der Beerdigung allein im Schlafzimmer angetroffen, wo sie mit einem alten Baseballschläger aus Holz das Messingbett bearbeitete.

»Ich hasse dich!«, schrie sie bei jedem Schlag. »Warum hast du uns das angetan?«

Den beiden Frauen war es nicht gelungen, sie festzuhalten, so wild war sie vor Wut, die ihr bislang ungeahnte Kräfte verlieh. Annie zerschmetterte Spiegel und Lampen, zerrte Kevins Kleider aus dem Schrank und warf seine Turnschuhe gegen die Wand.

Die vernünftigen Einwände ihrer Schwägerinnen stießen auf taube Ohren. Erst nachdem Susan und Eileen Annie geholfen hatten, Matratze, Lattenrost und das verbogene Bettgestell nach draußen zu dem anderen Sperrmüll zu schleppen, ließ ihre Wut nach. Sie sank auf den Randstein nieder und vergrub erbärmlich schluchzend ihr Gesicht in den Armen.

26

Manchmal hatte sie Kevin gehasst und sich gefragt, warum sie eigentlich bei ihm blieb. Und dennoch hatte sie nie aufgehört, ihn zu lieben. Nun – zwei Jahre zu spät – war sie sich dessen bewusst, doch es spielte für niemanden mehr eine Rolle.

Wenn sie ihn vielleicht ein bisschen weniger geliebt und ihn dafür energischer in seinem Kampf gegen die Sucht unterstützt hätte, wäre sie heute möglicherweise keine achtunddreißigjährige Witwe mit zwei Katzen, einer überzogenen Kreditkarte und dem Gefühl, dass nach dem heutigen Tag nichts mehr so sein würde wie früher.

2

Wenn jemand Sam Butler im Sommer vor einem Jahr erzählt hätte, er würde am ersten Septemberwochenende in Begleitung eines alten gelben Labradors und mit einem Stapel Kartons auf dem Rücksitz in einem gebrauchten Geländewagens sitzen und einen Big Mac mit Pommes vertilgen, er hätte sich wohl auf der Terrasse seiner Ferienwohnung am Strand gemütlich zurückgelehnt und herzhaft darüber gelacht.

Vor zwölf Monaten war Sam nämlich noch der erste Mann in der Investmentabteilung von Mason, Marx und Daniel, einer Kanzlei in der Wall Street, gewesen. Er verdiente viel Geld, fuhr ein dickes Auto und besaß natürlich auch eine tolle Wohnung. Alle bezeichneten ihn als »Naturtalent«. Von einem Platz im Großraumbüro, wo er sein Geld mit Kaltakquise am Telefon verdiente, hatte er sich in die Chefetage hochgearbeitet und konnte inzwischen eine beeindruckende Liste von Kundenkonten vorweisen.

»Wenn man Butlers Begabung in Flaschen abfüllen könnte, würde das Universum uns gehören«, hatte Franklin Bennett Mason bei der letzten Weihnachtsfeier den versammelten Truppen verkündet. Niemand besäße Sam Butlers Tatendrang, seine Entschlossenheit und seine Fähigkeit, wildfremde Menschen dazu zu bringen, die Ersparnisse eines ganzen Lebens einem Mann anzuvertrauen, den sie erst vor einer Viertelstunde kennengelernt hätten.

Sam Butler war der Größte, und das wussten alle in der eng vernetzten Welt, in der er sich bewegte. Er war der Mann, den man gern ins Boot holen wollte. Sam trennte Berufliches streng von Privatem. Er war jedermanns Kumpel, aber niemandes Freund, und die geheimnisvolle Aura, mit der er sich

28

umgab, trug nur zu seinem Glanz bei. In Wahrheit jedoch hatte er gar keine Zeit für Freundschaften. Er war nämlich viel zu sehr damit beschäftigt, seine fünf Geschwister großzuziehen.

Sam belog seine Kunden nie und ermutigte sie auch nicht zu Risiken, die er selbst nicht eingegangen wäre. Schien ein Anleger fest entschlossen, sich in die unsicheren Gefilde der Finanzwelt vorzuwagen, ebnete Sam ihm den Weg und fungierte sozusagen als sein Leibwächter. Er zeigte eine für sein Alter untypische Verantwortungsbereitschaft und nahm die Zukunftspläne seiner Kunden ebenso ernst wie seine eigenen.

Die Menschen mochten Sam. Das war schon immer so gewesen. Und deshalb ging sein Stern in dem kleinen Universum namens Finanzwelt rasch auf. Aus dem neunzig Sekunden langen Kommentar jeden Dienstag, mit denen er vor einigen Jahren bei einem Börsenkanal begonnen hatte, war rasch eine tägliche Dreiminutensendung geworden, die seinen Ruhm in dem selben Glanz erstrahlen ließ wie die Lackierung seiner geleasten Luxuslimousine.

Als Sam zum ersten Mal den Verdacht hatte, dass etwas im Argen lag, behielt er es zunächst für sich. Obwohl die Anzahl seiner Geschäftsabschlüsse konstant blieb, sanken seine Erträge. Die Börse boomte, die Aktien stiegen, und nirgendwo am Horizont war eine Rezession oder eine Inflation zu sehen, sodass Sam in seinen Kommentaren die Zukunft in den rosigsten Farben malte. Grenzenlose Gewinne. Eine florierende Wirtschaft.

Dass Sams Kunden dennoch kein Geld scheffelten, wunderte ihn zwar, aber er unternahm nichts. Nur noch ein Jahr, sagte er sich. Dann war er aus dem Schneider. In einem Jahr würde seine jüngste Schwester das College abgeschlossen haben und endlich auf eigenen Füßen stehen. Und Sam hätte dann vielleicht ein wenig Zeit für Kleinigkeiten wie ethische Fragen.

Als er einige Wochenenden opferte, um im Büro seine Akten durchzugehen, stellte er anhand der langen Zahlenkolonnen fest, dass sich ein unheilvoller Trend abzeichnete: Seine Kunden verloren tatsächlich Geld. Bis jetzt schien es noch nichts Ernstes zu sein. Nichts, was sich nicht mit Wörtern wie *Gewinnmitnahmen* und *saisonale Anpassungsbewegungen* erklären ließ. Allerdings erkannte Sam, dass System dahintersteckte: Jemand verlagerte still und heimlich Depotanteile von den Aktien namhafter Unternehmen hin zu Risikofirmen, ein Verfahren, das für Sam eindeutig nach Betrug roch – ein Betrug, der sich unter seinen Augen abspielte und offenbar in seinem Namen stattfand!

Anfangs redete er sich ein, dass es keine Rolle spielte. Schließlich waren seine Kunden nichts weiter als Namen, Sozialversicherungsnummern und ein Betrag in Dollar. Die meisten von ihnen hätte er auf der Straße nicht wiedererkannt. Schließlich hatte er schon vor langer Zeit gelernt, dass man sich in seiner Branche keine persönlichen Gefühle leisten konnte.

Deshalb wollte Sam auch nichts von Krankenhausrechnungen oder neugeborenen Enkelkindern hören und hielt nichts davon, Familienfotos auszutauschen.

Einmal, zu Anfang seiner Karriere, hatte er diesen Fehler begangen, und er hätte sich beinahe als verhängnisvoll entpuppt. Kunden waren und blieben Kunden, keine Freunde – obwohl es sich manchmal als schwierig erwies, sich strikt an diese Devise zu halten.

Nur zehn Monate. Mehr brauchte er nicht. Vierzig Wochen. Dann würde er in Masons Büro spazieren und ihm seine Kündigung präsentieren.

Fast hätte Sam es geschafft. Doch neun Wochen vor seinem geplanten Abschied wurde er beim Nachhausekommen in seiner Wohnung von zwei Männern in schwarzen Anzügen empfangen. Er sparte sich die Frage, wie sie sich Zutritt verschafft hatten – nicht, dass sie ihm eine Erklärung angeboten hätten. Außerdem wusste Sam genau, warum sie gekommen waren.

Offenbar waren die Unregelmäßigkeiten bei Mason, Marx und Daniel nicht nur ihm allein aufgefallen. Und da die Täter offenbar sehr schlau vorgingen, wies alles auf Sam als Schuldigen hin. Als man ihm das gesamte Ausmaß des Betrugs eröffnete, wurden ihm die Knie weich: Während er, Sam, absichtlich die Augen vor den Geschehnissen verschlossen hatte, hatte der wahre Täter seine Fingerabdrücke gelöscht und sie durch andere ersetzt: die von Sam.

Die Männer in den schwarzen Anzügen machten Sam einen Vorschlag, den er nicht ablehnen konnte, falls ihm seine Freiheit lieb war. Sie brauchten Insiderwissen und erläuterten Sam, es sei in seinem besten Interesse, ihr wichtigster Informant zu werden.

Und so fing Sam an, lange Listen mit Namen, Daten und Prozentsätzen anzulegen. Als es ihm zu gefährlich wurde, sie in seinem Computer zu speichern, fotografierte er den Bildschirm mit einer kleinen Kamera, die er in seiner Hemdentasche aufbewahrte.

Auf diese Weise füllte er ein Notizbuch nach dem anderen mit Beweisen und deponierte sie zusammen mit den Unterlagen, Fotos und allem, was er sonst in die Hände bekam, in einem Bankschließfach in seinem alten Stadtviertel Queens. Den Zweitschlüssel zu diesem Schließfach schickte er an eine Adresse in Arlington, Virginia.

Wahrscheinlich wäre er unentdeckt geblieben, wäre da nicht Mrs Ruggiero gewesen. Mrs Rugiero war seine erste Kundin, eine Witwe, die in dem Viertel lebte, wo er aufgewachsen war. Sie hatte in den ersten Wochen nach dem Tod von Sams Mutter und dann wieder, als sein Vater starb, für die sechs Geschwister gesorgt und für sie gekocht. Und viele Jahre später hatte sie Sam gebeten, das Geld aus der Lebensversicherung ihres verstorbenen Mannes für sie anzulegen, »damit ich einmal gut versorgt bin.«

Als Sam bemerkt hatte, dass der Wert ihres Depots stetig sank, hatte ihn das noch betroffener gemacht als das Schicksal seiner übrigen Kunden. Er hatte an die Schachtel mit selbst gebackenen Plätzchen gedacht, die jedes Jahr zu Weihnachten in seinem Büro eintraf. An die Essenseinladungen am Ostersonntag, die er stets ablehnte, da das alte Viertel für ihn inzwischen Lichtjahre entfernt schien. Und er hatte sich an seine Mutter erinnert, die am Freitagabend immer mit Mrs R. zum Bingo in die All Souls Church am Francis Lewis Boulevard gegangen war.

Mrs R. verdiente so etwas nicht. Und so hatte Sam den glänzenden Einfall gehabt, ihr Geld wieder in den sicheren Fonds anzulegen, die ihnen beiden lieber waren. Erschwert wurde dieser komplizierte Vorgang allerdings dadurch, dass sein Treiben auf keinen Fall auffliegen durfte.

Als das Verfahren bei Mrs R. gut zu funktionieren schien, fiel Sam ein alter Mann in Brooklyn namens Ben Ashkenazy ein. Mr Ashkenazy hatte zusammen mit dem Nachbarn von Sams Eltern im Zweiten Weltkrieg gekämpft und sich anschließend dreißig Jahre lang bei der Telefongesellschaft AT&T abgeschuftet. Auch ihm durfte man nicht zumuten, dass sein Geld immer weniger wurde!

Bei Ashkenazy klappte es wunderbar, und so dachte Sam als nächstes an Lila Connelly, die mit einer Abfindung von IBM in den vorzeitigen Ruhestand gegangen war. Nun war Sam für die Verwaltung ihrer gesamten Altersvorsorge verantwortlich, und das Geld schmolz zusehends dahin.

Allerdings schienen diese Kunden nichts weiter als kleine Fische, an denen man übte, bevor man sich an die großen Brocken heranwagte. Warum also erinnerten ausgerechnet sie Sam daran, dass er auch ein Herz hatte?

Lila war Kundin des Frisiersalons gewesen, in dem seine Mutter gearbeitet hatte. Bei der Beerdigung steckte sie den Butler-Kindern fünfzig Dollar zu und versprach ihnen, sie auch weiterhin zu unterstützen. Und nun sollte Sam zulassen, dass man sie ausraubte, ihr alle Träume nahm und sie in die gewaltige Häckselmaschine namens Börse warf?

Das kam überhaupt nicht in Frage!

Und so fing Sam an, auch Lilas Geld ganz, ganz langsam umzubuchen. Das war der Moment, in dem man ihm schließlich auf die Schliche kam.

Eines sonnigen Freitagmorgens Anfang August wurde Sam von Franklin Bennett Mason, seinem Seniorpartner und gelegentlichem Squashgegner, in dessen Büro zitiert, wo man ihm die fristlose Kündigung überreichte. Obwohl Mason beschönigend von neuen Richtlinien sprach und Sam für die im Laufe der Jahre geleistete Arbeit lobte, wussten beide, was in Wahrheit dahintersteckte, denn sein eisiger Blick verriet ihn. Offenbar war es aufgefallen, dass Sam heimlich Gelder von fragwürdigen Investitionen abzog, um sie wieder in namhaften Firmen anzulegen – und was das bedeutete, lag für einen erfahrenen Finanzmann auf der Hand.

Zu Sams Glück war sein Arbeitgeber nicht in alles eingeweiht.

Als Abfindung erhielt er einen dicken Scheck, eine halbe Stunde später stand er auf der Straße. Sam war klar, dass die Gerüchteküche überbrodeln würde, sobald die Tür hinter ihm ins Schloss gefallen war.

Wieder ein Psychofall, würde es heißen. Ausgebrannt. Wer jahrelang dieses Tempo fährt, kriegt eben früher oder später die Quittung.

Beim Mittagessen würde man darüber spekulieren, wo er wohl als Nächstes anheuern würde. Vielleicht bei Morgan Stanley oder bei Salomon. Möglicherweise würde er ja auch ganz aussteigen und vor den Keys, einer Inselgruppe am Südzipfel von Florida, auf einem Segelboot leben.

Allerdings würde sicher kein ehemaliger Kollege anrufen, um sich nach seinem Befinden zu erkundigen. Dazu war diese Branche viel zu schnelllebig, und außerdem herrschte ein Konkurrenzkampf jeder gegen jeden. Schon morgen Früh säße ein anderer an seinem Schreibtisch, und auch beim Fernsehsender hätte man Ersatz für ihn gefunden, noch bevor die Börse am Nachmittag schloss. Bis Quartalsende würde er vergessen sein.

Eine Stunde später erschienen seine Freunde in den teuren schwarzen Anzügen, um ihm den Schlüssel zum Schließfach abzunehmen. Außerdem warnten sie ihn, dass ihm noch einiges bevorstand, ehe er wieder erleichtert aufatmen durfte.

Falls es überhaupt dazu käme.

Dann rieten sie ihm, sich eine Weile rarzumachen. Er solle sich ein hübsches Plätzchen suchen, ihnen Bescheid sagen und verschwinden. Außerdem gaben sie ihm ein abhörsicheres Mobiltelefon und eine Nummer, bei der er sich jeden Tag melden solle. Er dürfe das Land nicht verlassen, müsse das Telefon stets bei sich tragen und sich jederzeit bereithalten, um gegen seinen ehemaligen Arbeitgeber vor Gericht auszusagen.

Die Männer versprachen ihm nichts. Mit ein wenig Glück würden die von ihm gesammelten Informationen reichen, um seine Unschuld zu beweisen. Andernfalls drohten ihm einige Jahre Gefängnis.

Sam überlegte, ob er sich ein Zimmer in den Hamptons mieten sollte. Doch diese lagen viel zu nah am Schauplatz des Geschehens. Eine weitere Alternative schien ihm die Küste von New Jersey zu bieten. Allerdings bestand dort Gefahr, dass er zufällig einem Bekannten in die Arme lief. Florida und Kalifornien konnte er nicht leiden. Hawaii war ihm zu teuer. Maine mit seiner viereinhalbtausend Kilometer langen Küste hatte ihm hingegen schon immer gefallen. Warren besaß mindestens sechs Häuser in Shelter Rock Cove. Vielleicht war er bereit, ihm eines davon auf Monatsbasis zu vermieten, bis er erfuhr, ob sein nächster Wohnsitz das Tragen von Hemden mit eingestickter Nummer verpflichtend vorschreiben würde.

Warren sagte zu, bevor Sam Zeit hatte, seine Frage zu beenden.

Auch seine Aufpasser befanden Shelter Rock Cove für geeignet. Seinen Geschwistern erzählte Sam, er wolle eine Auszeit nehmen und sich nach Maine zurückziehen, um wieder eins mit der Natur zu werden und einen klaren Kopf zu bekommen. Er hoffte, sie würden ihm diese Ausrede abkaufen. Die Wahrheit behielt er lieber für sich.

»Ich gebe dir ein halbes Jahr, du Naturbursche«, höhnte Courtney, als sie seine Stereoanlage und seinen Fernseher in ihren gemieteten Transporter packten. »Dann wirst du bei mir vor der Tür stehen und um deine Sachen betteln.«

Grinsend zauste er ihr das rote Haar, so wie damals, als sie noch sechs Jahre alt und voller Angst wegen der Ungeheuer unter ihrem Bett gewesen war. In zwei Wochen würde sie zwanzig Jahre alt werden und in einem Jahr ihren Abschluss an der Columbia University machen, bevor für sie der Ernst des Lebens anfing. Ihre Studiengebühren und die Lebenshaltungskosten für dieses letzte Jahr waren voll abgedeckt, auch wenn er dafür seine sämtlichen Aktienpakete hatte verkaufen müssen.

Ein Jammer, dass seine Kunden dazu keine Gelegenheit mehr gehabt hatten.

»Keine Sorge, Kleines«, erwiderte er in seinem besten Humphrey-Bogart-Tonfall. »Die Stereoanlage gehört dir.«

Courtney vermutete, dass er eine schmerzhafte Trennung verarbeiten musste, während ihr Bruder Tony annahm, es handle sich um eine zehn Jahre vorgezogene Midlife-Crisis: Während andere alternde Männer sich das Haupthaar aufforsten ließen oder sich einen potenzträchtigen Sportwagen zulegten, warf Sam eben alles hin und verkroch sich wie ein Einsiedler in die Wildnis von Maine.

Kerry, Dave und Marie hielten ihren großen Bruder schlicht und ergreifend für übergeschnappt. Sam widersprach ihnen nicht. Wie sollte man geliebten Menschen – insbesondere den eigenen Geschwistern, die zu einem aufschauten – klarmachen, dass man allen Grund hatte, sich zu schämen. Dass man unschuldigen Menschen Schaden zugefügt hatte, obwohl man nur seine Familie durchbringen wollte.

Eigentlich hatte er sich sein Leben ganz anders vorgestellt, und es traf ihn wie ein Blitz aus heiterem Himmel.

Abends war er als ganz normaler, dem Feiern nicht abgeneigter Collegestudent zu Bett gegangen und am nächsten Morgen als Familienvorstand von sechs Kindern im Alter zwischen neunzehn und drei Jahren aufgewacht.

Ohne eigenes Einkommen und ohne Studienabschluss war es ihm gelungen, die Familie Butler durchzubringen.

Trotz aller Schwierigkeiten hatten sie es geschafft. Dass alle seine Geschwister nun eine gute Ausbildung vorweisen konnten und keiner von ihnen auf die schiefe Bahn geraten war, erleichterte es ihm, seine missliche Lage zu ertragen. Wenn das Warten vorbei und die Wahrheit auf dem Tisch war, würden sie ihm vielleicht verzeihen können.

Und so saß Sam nun in seinem Gebrauchtwagen, neben ihm ein Hund aus zweiter Hand, und blickte auf sein verpfuschtes Leben zurück.

Dabei fragte er sich, ob die Träume, die er mit neunzehn auf Eis gelegt hatte, ihn heute wohl noch begeistern könnten. Trotz seiner großen Familie hatte er sich noch nie so allein gefühlt.

Um sieben hatte sich Annie mit einer Tasse Kaffee und einem Döschen Kopfschmerztabletten auf die Veranda hinter dem Haus zurückgezogen, in der Hoffnung, die pochenden Kopfschmerzen vertreiben zu können, von denen ihr fast der Schädel platzte.

Natürlich hatte sie sich über die Hilfe und die Gesellschaft der anderen gefreut. Doch nachdem sie einen ganzen Tag damit verbracht hatte zu packen, zu fegen, zu putzen, Konversation zu betreiben und ihre Erinnerungen beiseite zu schieben, hatte sie nun schlicht und ergreifend genug. So sehr sie die Menschen auch liebte, die ihr beim Umzug unter die

Arme gegriffen hatten, wünschte sie sich, sie würden endlich verschwinden.

Vielleicht war es das Beste, wenn sie selbst sich in Luft auflöste.

Alles fühlte sich ganz anders an, als sie es sich vorgestellt hatte. Das Haus, das ihr vor einem Monat gemütlich und günstig im Preis erschienen war, wirkte wie eine überfüllte Hundehütte. Pappkartons mit Büchern, Geschirr, Kleidern, Handtüchern und Bettwäsche standen überall herum, und das einzige richtige Möbelstück, das sie besaß, das Himmelbett, füllte das ganze Schlafzimmer aus. Hatte sie völlig den Verstand verloren? Weshalb war ihr nicht klar gewesen, dass man für ein großes Bett ein dementsprechendes Zimmer brauchte? Sie würde über die Matratze klettern müssen, um den Wandschrank zu erreichen, da das Fußende des Bettes die Wand berührte.

Um das Maß voll zu machen, griffen die Katzen mit ausgefahrenen Krallen jeden an, der es wagte, einen Fuß in ihr Territorium zu setzen. Leider handelte es sich dabei zum allgemeinen Bedauern um die einzige Toilette im Haus.

Während Susans Mann Jack den Werkzeugkasten aus einem der zahlreichen Kartons hervorkramte und anfing, ein neues Schloss an der Eingangstür anzubringen, begannen Eileen und Claudia mit dem Auspacken von Gläsern und Geschirr.

Unterdessen schleppten die Jungen weitere Bücherkisten aus dem Transporter herbei. Alle waren bei der Arbeit so guter Dinge, dass Annie sich beinahe schämte, weil sie lieber mit ihrer Enttäuschung allein sein wollte. Sie empfand die Gesellschaft ihrer Freunde und der Familie Galloway, die sich alle redlich Mühe gaben, Gefallen an ihrem neuen Haus zu äußern, eher als anstrengend.

Außerdem entging ihr nicht, dass alle hinter vorgehaltener Hand an ihrem Verstand zweifelten.

Jemand hätte sie aufhalten müssen. Warum tauscht sie ihr

schönes Haus gegen diese Bruchbude ein? Sie ist nicht ganz richtig im Kopf. Es muss an der Trauer liegen.

Wie viel leichter wäre es gewesen, wenn sie nach der Beerdigung einfach alle zusammengerufen und ihnen die Wahrheit gesagt hätte – nämlich, dass ihr geliebter Kevin, dem sie ewige Treue geschworen hatte, lange vor seinem Tod das gesamte Vermögen verspielte und es nun ihr überließ, den Scherbenhaufen zusammenzukehren. Dann hätten die Galloways sich schützend um sie geschart, so wie damals, nach ihrem großen Verlust im Alter von sechzehn Jahren. Schon so viele Jahre vor ihrer Hochzeit mit Kevin hatten sie sie in ihrer Familie willkommen geheißen. Sie gaben ihr ein Zuhause und schenkten ihr ihre Liebe – unbezahlbar für ein junges Mädchen, das völlig mittellos in der Welt stand.

Kevin war der strahlende Stern der Familie gewesen, ein Dichter und Träumer, und sie alle glaubten weiterhin fest daran, dass er es weit hätte bringen können, wenn er nur nicht so früh gestorben wäre.

Und Annie liebte sie alle, Kevin und seine Familie, zu sehr, um ihnen diese Illusion zu rauben.

»Du hast keine Cola mehr da«, verkündete Susan von der Küchentür aus.

Annie schluckte zwei weitere Kopfschmerztabletten.

»Dann sollen sie eben Bier trinken.«

»Das ist auch fast alle.«

»Meinst du, es fällt jemandem auf, wenn ich rasch einkaufen fahre?«

»Schon, nämlich wenn du nicht zurückkommst.« Susan lehnte sich ans Geländer der Veranda. »Es steht dir ins Gesicht geschrieben.«

»Ich bin so müde«, erwiderte Annie. »Deshalb wahrscheinlich der Gesichtsausdruck. Wenn ich mir ein paar Vorhänge und Teppiche besorge, sieht es gleich viel wohnlicher aus.«

»Du könntest sämtliche Vorhänge bei drei Einrichtungshäusern aufkaufen, ohne dass es etwas nützen würde.« Susan stützte die Ellenbogen auf. Die Zigarette in ihrer rechten Hand brannte nicht – ihre neueste Methode, sich das Rauchen abzugewöhnen. »Fran im Büro hat mir erzählt, dass Bancroft das andere Haus in der Straße auch vermieten will.«

Es gab in Annies Straße nur zwei Häuser, die beide Warren Bancroft, dem erfolgreichsten Mann von Shelter Rock Cove, gehörten. Obwohl es ihm gelungen war, ein kleines Fischerboot in ein Unternehmen mit Millionenumsätzen zu verwandeln, hatte er seiner Heimatstadt nie den Rücken gekehrt. In der kleinen Hütte, die nun Annie gehörte, wuchs er auf. Besitzerin des Häuschens am Wasser war seine Schwester Ellie gewesen, die im selben Jahr starb wie Kevin.

»An jemanden, den wir kennen?«, fragte Annie.

»Einen Ruheständler aus New York. Fran hat gehört, der Typ sei ein alter Angelkumpan von Warren.«

Das Schöne an Annies neuem Haus war der mehrere Hundert Meter lange Privatstrand, den schon seit Jahren niemand mehr benützte. Annie hatte sich ausführlich die langen Morgenspaziergänge am einsamen Ufer ausgemalt. Nun würde sie den Strand offenbar mit einem Großkotz aus New York teilen müssen.

»Was für ein Verlierer zieht denn freiwillig in diese Einöde?«, schimpfte sie ungewöhnlich gereizt. Eigentlich hätte sie ja dankbar sein müssen, dass sie ein Dach über dem Kopf hatte – und dass es voll bezahlt war. »Weiß er denn nicht, dass alle Rentner, die etwas auf sich halten, in Bar Harbor wohnen?«

»Bar Harbor ist nicht so toll, wie alle meinen«, erwiderte Susan. »Zu viele Touristen.«

Sie hielt inne und wandte sich lauschend zur Tür, da sie das Klappern von hohen Absätzen hörte.

»Na toll«, murmelte sie, »da kommt Klapperhacke.« Die Galloway-Kinder verspotteten ihre zierliche Mutter gnadenlos wegen ihrer Vorliebe für lautstark klappernde, hochhackige Schuhe – auch wenn sich dieses Frühwarnsystem in ihrer Teenagerzeit beim Knutschen hinter dem Haus häufig als sehr nützlich erwiesen hatte.

»Ich hätte mir denken können, dass ihr beiden Mädchen euch hier draußen versteckt«, sagte Claudia und trat auf die Veranda.

Weder ihren Kleidern noch ihrer Frisur war die stundenlange körperliche Arbeit anzusehen, und niemand wäre auf den Gedanken kommen, dass sie gerade Backrohr und Kühlschrank geschrubbt und Kisten geschleppt hatte.

»Wo sind deine Manieren, Annie? Du hast Gäste.«

»Annie ist achtunddreißig, Ma«, gab Susan zurück. »Außerdem ist es ihr Haus, und sie kann draußen sitzen, solange sie will.«

Vorsichtig tastete sich Claudia über den unebenen Boden, um nicht mit hervorstehenden Nägeln oder verzogenen Dielen in Konflikt zu geraten. Susans spitze Bemerkung interessierte sie offenbar nicht.

»Hast du gerade gesagt, jemand wolle nach Bar Harbor ziehen?« Aus Claudias Mund klang es, als handle es sich bei dem berühmten Badeort um ein Elendsviertel. »Annie, du wirst doch nicht …«

Sie beendete den Satz nicht und wirkte auf einmal so besorgt und zerbrechlich, dass es Annie das Herz zusammenkrampfte. Diese Frau war in den letzten zweiundzwanzig Jahren wie eine Mutter zu ihr gewesen und hatte es nicht verdient, dass sie ihre schlechte Laune an ihr ausließ.

»Keine Sorge.« Sie drückte ihrer Schwiegermutter einen Kuss auf die Stirn. »Ich fahre nur Cola einkaufen.«

»Du siehst so müde aus.« Claudias Tonfall wurde versöhnlicher, und sie strich Annie eine Haarsträhne aus dem Gesicht. Die Berührung rief unzählige Erinnerungen, einige davon unerträglich schmerzhaft, in Annie wach. Zu ihrer Erleichterung wandte Claudia sich an ihre älteste Tochter, die immer noch, die kalte Zigarette in der Hand, am Geländer lehnte.

»Susan, warum fährst du nicht einkaufen, damit Annie sich ausruhen kann?«

»Susan hat schon genug gearbeitet«, sagte Annie, bevor ihre Schwägerin antworten konnte. Sie wünschte, sie hätte nicht so nervös und gereizt geklungen. Schließlich wollte Claudia nur helfen. Also holte sie tief Luft und unternahm einen neuen Anlauf. »Ihr alle habt euch heute für mich abgemüht. Also ist es doch nicht zu viel verlangt, wenn ich euch zumindest mit Bier und Cola versorge.«

Die anderen konnten nichts dafür, dass sie auf einmal die ganze Welt hasste. Die Stadt. Das neue Haus. Ihr Leben.

Gestern beim Zubettgehen war sie recht sicher gewesen, dass sie das Richtige tat. Nun, nur knapp vierundzwanzig Stunden später, hätte sie sich am liebsten George und Gracie geschnappt, um mit ihnen von zu Hause wegzulaufen.

Wo immer dieses Zuhause inzwischen auch sein mochte.

Hall Talbot war zu spät dran. Das Baby der Prestons hatte nämlich beschlossen, allen – insbesondere dem Frauenarzt – einen Strich durch die Rechnung zu machen. Und so war es fast sieben Uhr, als er endlich seine Termine abgearbeitet hatte und mit der Visite beginnen konnte.

»Vergiss den Kaiserschnitt morgen Früh um acht nicht«, rief seine Praxispartnerin Ellen ihm nach, als er auf den Ausgang zusteuerte.

»Das Noonan-Baby«, antwortete er und blieb auf der Schwelle zu ihrem Büro stehen. »Vorausgesetzt niemand schnappt uns den OP weg.« Samstags war das immer eine heikle Sache.

Mit einem unterdrückten Gähnen lehnte Ellen sich zurück. Sie war ein hochgewachsener schlanker Rotschopf mit markanten Gesichtszügen und einem weichen Herzen.

»Hast du Lust, später auf eine Muschelsuppe und Blaubeerkuchen zu Cappy's zu gehen? Ich lade dich ein.«

»Klingt prima«, erwiderte er. »Aber …«

»Kein Problem.« Sie richtete ihre hagere Gestalt auf. »Dann eben ein andermal.«

»Wann immer du willst«, entgegnete er leicht verlegen. »Heute ist Annie Galloway in ihr neues Haus gezogen.«

Ellen schob ihren Stuhl zurück und stand auf. Kurz huschte ein Lächeln über ihr ernstes Gesicht.

»Du brauchst mir nichts zu erklären.«

»Es ist nicht weiter wichtig«, sagte er, wodurch die Sache nur zusätzlich an Bedeutung gewann. »Susan hat gemeint, wir könnten uns im neuen Haus treffen und …«

»Schon gut«, antwortete sie. »Wir sind Kollegen, Hall, kein Liebespaar. Falls du dein Leben damit verbringen willst, auf Annie Galloways Vortreppe zu verharren, bis sie dich endlich wahrnimmt, ist das deine Angelegenheit. Ich mische mich nicht in das Leben anderer Leute ein.«

»Zum Teufel mit euch New Yorkern«, brummte er grinsend. »Ich hätte mir eine Praxispartnerin aus Maine suchen sollen. Die Neuengländer wissen wenigstens, wann sie die Klappe halten müssen.«

Lachend legte Ellen den Kopf in den Nacken.

»Bevor ich hierher gezogen bin, habe ich das Märchen von den wortkargen Neuengländern tatsächlich geglaubt. Aber inzwischen bin ich geheilt. In Sachen Tratsch und Klatsch ist Shelter Rock Cove das reinste Kriegsgebiet.«

Wie immer hatte Ellen recht, sowohl was die Stadt als auch was Halls Gefühle anging. Es war schwer, Geheimnisse vor einer Kollegin zu haben, mit der man in einer Kleinstadt eine Gemeinschaftspraxis betrieb. Obwohl Ellen erst seit einem knappen Jahr in Shelter Rock Cove lebte, kannte sie sich bereits besser mit den gesellschaftlichen Zusammenhängen und der Geschichte der Stadt aus als die meisten Einheimischen. Außerdem hatte sie einen Riecher für familiäre Verwicklungen und witterte eine keimende Romanze schon aus mehreren Kilometern Entfernung.

Hinzu kam, dass sie Mitleid mit ihm hatte. War das nicht

die Höhe? Immerhin war er ein angesehenes Mitglied der Gemeinde, ein Arzt, der sich für seine Patientinnen aufopferte. Er gab nervösen Schwangeren sogar seine Privatnummer, damit sie wussten, wo sie ihn erreichen konnten, wenn der große Moment kam. Selbst seine beiden Ex-Frauen schickten ihm jedes Jahr eine Weihnachtskarte.

Er besaß ein schnittiges Auto, ein großes Haus und ein dickes Bankkonto. Seine zwei älteren Töchter waren gesund und glücklich und besuchten das College. Die beiden Kleinen hatten gerade mit der Grundschule angefangen. Also entsprach er nicht unbedingt dem Bild eines bedauernswerten Menschen. Doch das hinderte Dr. med. Ellen Markowitz offenbar nicht daran, Anteil an seinem Schicksal zu nehmen. Das erkannte er daran, dass sie ihn aus großen grauen Augen ernst musterte und die Nase rümpfte, sobald der Name Annie Galloway fiel.

Du hast recht, Markowitz, dachte er, als er in seinen Land Rover stieg und den Motor anließ. Ich liebe Annie Lacy Galloway schon seit der Oberstufe, während sie mich nicht einmal zur Kenntnis nimmt – zumindest nicht so, wie ich es mir wünschen würde.

Annie war der Maßstab, nach dem er alle anderen Frauen beurteilte. Und an die reichte keine heran. Er betete sie seit seinem letzten Jahr an der Highschool an. Damals war sie noch sehr jung gewesen, besuchte die Unterstufe und hatte nur Augen für Kevin Galloway. Hall und Kevins Schwester Susan gehörten zur selben Clique, sodass sie abends meistens lachend und plaudernd auf der Veranda der Galloways saßen, während im Hintergrund Musik von The Knack oder Blondie lief.

Er erinnerte sich an den Tag, an dem Annie bei den Galloways einzog.

Da war sie schon in der Mittelstufe, hübscher denn je und deshalb für ihn völlig unerreichbar.

Er war nichts weiter als ein guter Freund der Familie, bequem und zuverlässig wie ein Paar ausgelatschter Birkenstocksandalen – und etwa ebenso aufregend.

Seit Monaten lag Susan ihm in den Ohren, er solle endlich aus der Kulisse hervor und in Annies Leben treten.

Allerdings war Hall nach fünfundzwanzig Jahren in der Rolle der zweiten Geige nicht mehr sicher, ob er sich ein Solo noch zutraute.

»Worauf wartest du?«, bohrte Susan nach. »Du bist alleinstehend und sie auch. Außerdem kennt ihr euch schon seit Ewigkeiten. Findest du es nicht langsam an der Zeit, aktiv zu werden?«

Wo der Krankenhausparkplatz an die Harbor Road – die Hauptverkehrsstraße der Stadt – grenzte, musste Hall an einer roten Ampel halten. Gebannt sah er zu, wie sich das junge Paar in dem limonengrünen VW hinter ihm in die Arme fiel, sobald ihr Fahrzeug zum Stehen gekommen war.

Obwohl er sich Annie Galloway im Laufe der Jahre in den verschiedensten Situationen vorgestellt hatte, gehörte das Knutschen an einer roten Ampel nicht dazu. Dafür war Annie viel zu seriös und ernsthaft, auch wenn Hall nicht daran zweifelte, dass sie auch eine leidenschaftliche Seite hatte. Allerdings gehörte sie sicher zu den Frauen, die diese nur im Privaten auslebten.

Inzwischen hatte sich das Paar hinter ihm wieder voneinander gelöst, und der Mann wies hupend auf die Ampel, die gerade umgesprungen war. Hall errötete heftig, gab Gas und fuhr los. Dabei kam er sich wie ein alter Lüstling und Spanner vor.

»Warum zierst du dich so, Talbot?«, hatte Susan gefragt. »Wartest du darauf, dass Annie dir eine Einladung mit Goldrand schickt?«

Was also hinderte ihn daran, ein paar Pizzas, Bier, Cola und vielleicht noch eine Packung Eiscreme und ein Dutzend Rosen zu besorgen, und es einfach darauf ankommen zu lassen? Es gab zwar keine Erfolgsgarantie, aber sein bisheriges

Verhalten hatte ihm schließlich auch nicht dabei geholfen, dass Herz seiner Angebeteten zu erobern.

Was hatte er schon groß zu befürchten? Da Annie gut erzogen war, würde sie ihn niemals bloßstellen und es ihn nicht spüren lassen, wenn sie ihn für aufdringlich hielt. Sie würde ihn freundlich begrüßen, ihm ein kaltes Getränk in die Hand drücken, sich dann wieder zu den anderen gesellen und ihn, den Freund der Familie, sich selbst überlassen.

Seit Annie denken konnte, saß Ceil schon an der Kasse des Yankee-Shopper-Supermarkts. Jeden Morgen trat sie ihren Dienst an und beobachtete, wie die Einwohner von Shelter Rock Cove kamen und gingen. Wer wissen wollte, was sich gerade in der Stadt tat, brauchte bloß Ceil zu fragen. Sie hatte als Erste von der Trennung der Liccardis gewusst; wenn Angie die Geheimhaltung so wichtig gewesen wäre, hätte sie Ceils Ansicht nach kein einzelnes Lammkotelett und dazu eine traurige kleine Backkartoffel kaufen und dann fünf Minuten in Ceils Kassenschlange warten müssen, während Dave an Kasse drei Däumchen drehte.

Es war nicht Ceils Schuld, dass sie zur Detektivin geboren war und jede Folge von *Mord ist ihr Hobby* auf Video aufgezeichnet hatte. Außerdem wäre jeder Frau mit wachen Sinnen aufgefallen, dass Frankie Carll sich mit Schokoladenkeksen und Kartoffelkroketten über seine Sorgen hinwegtröstete und inzwischen Hängebacken hatte wie ein Bassett. Wenn ein Mann mittleren Alters zweimal täglich an der Schnellkasse erschien, war doch sonnenklar, dass bei ihm der Haussegen schief hing.

Also überraschte es Annie nicht weiter, dass Ceil beim Anblick der Tüten mit Chips, Salzbrezeln und Popcorn und der achtundvierzig Coladosen auf dem Förderband sofort auf Umzug tippte.

Annie lächelte der Kassiererin zu und nickte. »Offenbar habe ich den Appetit der Helfer unterschätzt. Ich staune im-

mer wieder, welche Mengen Teenager verschlingen können.«
Ganz zu schweigen von deren Eltern und Freunden.

Mit einem Seufzer, der von Lebenserfahrung zeugte, zog
Ceil eine Chipstüte über den Scanner.

»Das würden Sie nicht sagen, wenn Sie selbst so eine Rasselbande hätten. Als meine Söhne jünger waren, habe ich befürchtet, sie würden uns die Haare vom Kopf futtern. Allein die Ausgaben für Milch hätte jeden erwachsenen Mann in Tränen ausbrechen lassen.« Ihre dunklen Augen musterten Annie neugierig. »Nehmen Sie es nicht persönlich, Kindchen. Wenigstens müssen Sie sich jetzt nicht als alleinerziehende Mutter durchschlagen.«

Noch vor einigen Jahren hätte Ceils Anspielung auf ihre Kinderlosigkeit Annie bis ins Mark gekränkt. Doch inzwischen hatte sie gelernt, über solche nicht böse gemeinten Bemerkungen hinwegzuhören. Man brauchte nur zu lächeln, zu nicken und den Mund zu halten. Eigentlich gar nicht so schwierig, wenn man sich erst einmal daran gewöhnt und außerdem schwerwiegendere Dinge zu verbergen hatte.

»Wie ist denn die Blaubeermarmelade Ihrer Schwiegertochter geworden?«, fragte sie stattdessen, worauf Ceil, Gott segne ihre Geschwätzigkeit, sofort das Thema wechselte und sich in einer ausführlichen Analyse von Emilys Einmachtechnik erging.

Annie schauderte innerlich. Die arme Emily benutzte zu viel Zucker, hinterließ die Küche wie ein Schlachtfeld und hätte eine reife Blaubeere auch dann nicht erkannt, wenn sie sie in den Knöchel gebissen hätte.

Annie schickte ein stilles Dankgebet zum Himmel, denn zum Glück hatte sie mit Claudia nie solche Auseinandersetzungen gehabt. Weit gefehlt: Claudia hatte sie so mit Liebe überschüttet, dass es ihren eigenen Töchtern oft zu viel wurde.

»Vergiss nicht, dass ich meine Oberschenkel von dir geerbt habe«, pflegte Susan häufig zu ihrer Mutter zu sagen, eine sanfte töchterliche Stichelei, die Claudia stets zur Weißglut brachte. Sie mochte es nämlich nicht, wenn jemand über ihre Oberschenkel witzelte. Annie (die besagte Oberschenkel gern geerbt hätte) fand es hingegen urkomisch.

»Passen Sie gut auf sich auf, Kindchen«, meinte Ceil, während Annie das Wechselgeld einsteckte. »Und essen Sie nicht zu viele Kartoffelchips. Wir beide wissen ja, wo das ganze Fett landet, wenn ein Mädchen erst einmal in einem gewissen Alter ist.«

Sie musterte Annies Taille und fuhr dann mit einer pummeligen Hand über ihre eigenen Hüften, die schätzungsweise Größe fünfzig als Verpackung erforderten, bevor sie sich dem nächsten Kunden widmete. Dabei entging ihr, dass Annie vor Empörung den Mund nicht mehr zukriegte.

Zugegeben, ihre Jeans waren ein wenig enger als vor einem halben Jahr. Doch seit wann musste man sich wegen fünf zusätzlicher Kilos eine Gardinenpredigt von der neugierigsten Frau der Stadt anhören? Wenn sie wirklich so dick geworden wäre, wie Ceil gerade angedeutet hatte, hätten Susan, Eileen oder Claudia sicher schon eine Bemerkung darüber fallen lassen. Schließlich litt man in der Familie Galloway nicht an übertriebener Schüchternheit.

Immerhin war sie inzwischen achtunddreißig, in einem Alter also, in dem sich die lieben kleinen Hormone auf den großen Umbruch vorbereiteten. Außerdem hatte sie in letzter Zeit wirklich nicht viel Zeit vor dem Spiegel verbracht. Eigentlich schenkte sie ihrem Körper nur so viel Aufmerksamkeit, wie für die tägliche Pflege nötig war.

Auf dem Weg zum Ausgang warf Annie einen Blick auf ihr Spiegelbild in der Fensterscheibe. Ihr Jeanshemd war mindestens drei Nummern zu groß. Wer wusste, welche Schrecken sich darunter verbargen? Und was war nur mit ihren Haaren los? Als sie mit der Hand hindurchfuhr, zuckte sie zusammen. Sie sah aus, als hätte sie gerade eine Auseinandersetzung mit einer Heckenschere gehabt und verloren.

Doch wenn man Ceil glauben konnte, war ihr Haar das geringste Problem. Ob ihr Hintern in der nächsten Woche wohl noch durch die Supermarkttür passen würde?

Es war nicht der Anblick des Hundes auf dem Fahrersitz an sich, der sie innehalten ließ, sondern eher die Größe des Tiers. Der Labrador, der an einen gelben Teddybären erinnerte, nahm so viel Platz auf dem Sitz ein, dass Annie nicht wusste, wie er es geschafft hatte, sich durch das halb offene Fenster hineinzuzwängen.

Annie hatte nicht unbedingt eine Schwäche für Hunde. Während es ihr keine Mühe bereitete, einer Katze Medikamente zu verabreichen oder ihr die rasiermesserscharfen Krallen zu stutzen – einmal hatte sie sogar einen sich wild sträubenden Stubentiger gebadet, nachdem dieser in Konflikt mit einem Stinktier geraten war –, kannte sie sich mit Hunden überhaupt nicht aus. Außerdem war der Hund hinter dem Steuer ihres Geländewagens so gewaltig, dass er vermutlich einen ganzen Braten in einem Stück hinunterschlucken konnte. Und zwar als Vorspeise.

»Liebes Hundchen«, murmelte sie und schob ihren Einkaufswagen ein Stück näher. »Hast du denn kein Zuhause?«

Doch der Labrador achtete nicht auf sie, sondern blickte starr geradeaus.

Annie stellte den Einkaufswagen so vor den rechten Vorderreifen, dass er nicht wegrollen konnte, und näherte sich der Fahrertür.

»Raus!« Dabei klopfte sie auf ihr Bein und schnalzte mit der Zunge. »Los, Hund. Zum Laufen ist es mir zu weit, und ich bezweifle, dass du fahren kannst.«

Sie streckte die Hand nach dem Türgriff aus, machte jedoch einen Satz rückwärts, als der Hund die Oberlippe hochzog und seine beeindruckenden Zähne zeigte.

So ging es offenbar nicht. Annie lehnte sich an den Einkaufswagen und überlegte. Eigentlich legte sie keinen Wert auf gefährliche Situationen. Noch nie war sie mit einem Fallschirm aus einem Flugzeug gesprungen, mit dem Kajak über Stromschnellen gefahren oder hatte versucht, selbst gemachtes Popcorn ins Kino von Shelter Rock Cove einzuschmuggeln.

Sie fragte sich, ob sie Susan anrufen und sich von ihr retten lassen sollte. Schließlich hatte Susan das ganze Haus voller Hunde und würde sicher wissen, was zu tun war. In Annies Augen waren Hundeliebhaber nämlich praktisch veranlagte Menschen, die mit beiden Füßen auf dem Boden standen.

Sie sah sich auf dem Parkplatz um. Vor Kates Münzwaschsalon neben dem Supermarkt stand ein weißer Chevy Malibu in zweiter Reihe. Die Fahrerin war eine Frau mittleren Alters, die Marcy hieß. Annie kannte sie vom jährlichen Feuerwehrball. Marcy war eine der hageren, nervösen Geschöpfe, die zum Backen Apfelmus statt Butter benutzten und schworen, dass man den Unterschied nicht merken würde. Als sie Annie bemerkte, winkte sie ihr mit einer makellos manikürten Hand zu.

Annie überlegte, ob sie ihr zurufen und sie nach der Herkunft des Labradors fragen sollte, entschied sich aber dagegen. Der Hund gehörte ganz sicher nicht Marcy, denn die hatte noch nie etwas verloren (laut Aussage ihres Ex-Mannes nicht einmal ihre Unschuld). Also erwiderte sie nur das Winken. Als sie die beiden Coleman-Mädchen jauchzend und barfuß in den Münzwaschsalon rennen sah, wusste sie, dass Sarahs Waschmaschine offenbar immer noch nicht funktionierte.

Vor der Pizzeria standen Fred Custis, Besitzer des Haushaltswarenladens, Marvin Applegarth vom Computerreparaturdienst und Dave Small, der Wirt des Diners am Ende der Straße, zusammen und plauderten. Die drei hatten Annies Kandidatur zur Vorsitzenden der Werbegemeinschaft von Shelter Rock Cove unterstützt. Ihre fast identisch aussehenden Kleintransporter parkten mit der Motorhaube nach

Norden. Annie war sicher, dass sie ihr aus ihrer misslichen Lage helfen würden.

»Hallo, Jungs«, rief sie deshalb. »Vermisst einer von Ihnen einen gelben Labrador?«

Die Männer schauten zu ihr hinüber, bemerkten lachend den Hund hinter dem Steuer und redeten einfach weiter.

War das etwa alles? Will denn keiner herkommen, um mir zu helfen? Gibt es denn heutzutage keine Kavaliere mehr?

Bei Spinnen, stechenden Insekten oder seltsamen Geräuschen nach Mitternacht war Kevin stets ihr Ritter in schimmernder Rüstung gewesen. Wie gern hätte Annie daran geglaubt, dass er nur sie allein beschützen wollte. Doch in Wahrheit hatte Kevin sich auf seinem weißen Streitross sehr wohlgefühlt und allen Mitmenschen großzügig unter die Arme gegriffen. Er war der Mann, an den man sich wendete, wenn einem irgendwo unterwegs das Benzin ausging, an einem der in Maine berüchtigten eiskalten Morgen der Wagen nicht ansprang, der Gehweg von Schnee befreit oder das Boot im Herbst aufs Trockendock gelegt werden musste.

Nur in den wirklich wichtigen Dingen – wie zum Beispiel in der Frage, wie man ein Dach über dem Kopf finanzieren und die Probleme des Alltags lösen sollte – hatte der weiße Ritter seine tragische Schwachstelle gezeigt: die Unfähigkeit, das Leben zu bewältigen.

Der Hund streckte seinen gewaltigen Schädel aus dem Fenster und sah Annie an.

Diese erwiderte, an ihren Einkaufswagen gelehnt, seinen Blick. »Ich warte.«

Offenbar war der Hund nicht beeindruckt. Er gähnte nur.

Annie kam zu dem Ergebnis, dass ihr nichts anderes übrig blieb, als sich in Geduld zu üben.

Die Kassiererin, ein weißhaariger Moppel mit neugierigen braunen Augen, scannte die Milchpackung ein. Dann wies sie auf die Fünfundzwanzig-Kilo-Tüte Hundefutter.

»Lesen Sie mir die Nummern am Strichcode vor«, befahl sie streng. »Oder glauben Sie, dass ich mir für den Yankee Shopper einen Bruch hebe?«

»Das kann ich mir kaum vorstellen«, erwiderte Sam. Allerdings fragte er sich, ob sich die New Yorker Schnoddrigkeit inzwischen schon bis nach Maine durchgesetzt hatte. Nachdem er die Nummern heruntergebetet und die Frau sie eingetippt hatte, wuchtete er die Tüte auf die andere Seite der Theke.

Die Kassiererin musterte die zwei Dutzend Eier, das Pfund Speck, die Tüte mit Blaubeermuffins und die Kaffeedose, als versuchte sie, ägyptische Hieroglyphentafeln zu enträtseln.

»Sie sind doch der, der in das Bancroft-Haus einzieht, oder?«, meinte sie.

»Gut geraten«, antwortete er. »Oder gibt es von mir schon ein Fahndungsplakat?«

»Ich kenne alle Leute in dieser Stadt«, stellte sie fest. »Aber Sie habe ich noch nie gesehen. Wenn Sie nur auf der Durchreise nach Bar Harbor wären, würden Sie nicht fünfundzwanzig Kilo Hundefutter und zwei Dutzend Eier kaufen. Die Sommerferien sind schon fast vorbei, und das einzige Haus, das zu vermieten ist, gehört Mr Bancroft. Ich habe gehört, dass dort ein Mann aus New York einziehen soll. Und nach Ihrem Akzent zu urteilen, kommen Sie von dort.« All das ratterte sie herunter, ohne Luft zu holen.

»Ich bin beeindruckt«, meinte Sam, auch wenn ihn dieser Mangel an Anonymität in dieser neuenglischen Kleinstadt ein wenig erschreckte.

Nachdem er bezahlt hatte, klemmte er sich den Hundefuttersack unter den Arm und griff mit der linken Hand nach der Einkaufstüte.

»Morgen gibt es Rinderhack im Sonderangebot«, rief die Kassiererin ihm nach, als er schon auf dem Weg zum Ausgang war. »Sie können es auch einfrieren.«

Vermutlich kannte sie die Ernährungsgewohnheiten sämtlicher Einwohner. Wer einen zusätzlichen Liter Milch kaufte, geriet sicher gleich in Verdacht, einem entflohenen Verbrecher Unterschlupf zu gewähren.

Auf dem schmalen Gehweg vor dem Supermarkt blieb Sam stehen und ließ den Blick über die wenigen Fahrzeuge auf dem Parkplatz gleiten. Wo zum Teufel war sein BMW? Er sah nur ein paar alte Chevys, einige Minivans und zwei verbeulte Geländewagen. Doch vom BMW fehlte jede Spur. Kurz erstarrte er vor Schreck bei der Vorstellung, jemand könnte sein geliebtes Auto ausschlachten, um die Einzelteile zu verkaufen. Dann aber fiel ihm ein, dass sein Schätzchen gar nicht mehr ihm gehörte. Er war vorzeitig aus dem Leasingvertrag ausgestiegen, hatte die Vertragsstrafe bezahlt und sich diese Schrottlaube gekauft.

Erst fünfunddreißig und schon Gedächtnisschwund! Einer der beiden zerbeulten schwarzen Geländewagen gehörte ihm, und zwar der mit dem großen gelben Labrador hinter dem Steuer. Doch halt, der Wagen mit Hund hatte ein Nummernschild aus Maine, während in dem mit New Yorker Nummer kein Hund zu sehen war.

Neben den Autos lehnte ein Mädchen an einem Einkaufswagen, in dem sich Tüten mit Chips und Salzbrezeln und kistenweise Coladosen türmten. Sie trug eine ausgebleichte, geflickte Jeans und ein Jeanshemd, unter dem man problemlos das gesamte Personal einer Seifenoper untergebracht hätte. Allerdings konnte auch das unförmige Kleidungsstück ihre schmale Taille und die wohlgerundeten Hüften nicht verbergen. Ihr weiches lockiges Haar war kastanienbraun und zu einem Pferdeschwanz zusammengefasst, der zwischen ihren Schulterblättern wippte. Sexy, unschuldig – und streng verboten, denn sie war höchstens siebzehn Jahre alt.

»Ist das Ihr Wagen?«, fragte er.

Sie nickte und drehte sich dann ein Stück weiter zu ihm um. »Ihr Hund?«

Überrascht stellte er fest, dass sie um einiges älter als siebzehn sein musste. Um ihre blauen Augen kräuselten sich kleine Fältchen, und sie hatte die Andeutung von Sorgenfalten auf der Stirn. Ihr ungeschminktes Gesicht war blass mit einem Hauch Sommersprossen auf der geraden Nase. Sie wirkte erschöpft. Ein amüsiertes Grinsen spielte um ihre Mundwinkel. Sicher wurde sie zu Hause von einem Ehemann und einer Horde hungriger Kinder erwartet.

Finger weg!

»Ich wusste nicht, dass Max Schlösser knacken kann«, versuchte er es mit einem bemühten Witz.

»Das brauchte er nicht«, erwiderte sie und wies auf sein Auto. »Er ist durchs Fenster hineingekommen.«

»Unmöglich«, antwortete er mit einem Blick auf Max, der sich offenbar königlich amüsierte. »Max bewegt sich nur, wenn es etwas zu fressen gibt.«

Sie stöhnte auf. »Ach, herrje! Ich habe drei Pizzas im Auto.«

»Jetzt nicht mehr.« Er zog zwei Zwanziger aus der Hosentasche. »Das ist das Mindeste, was ich tun kann«, meinte er und reichte ihr das Geld.

»Das ist nicht nötig.«

»Mein Hund hat Ihre Pizzas gefressen.«

»Ich hätte das Fenster zumachen sollen.«

»Und ich habe nicht richtig auf Max aufgepasst.«

Ihre ernste Miene wurde versöhnlicher, und er spürte kurz ein Ziehen in seiner Brust. Es war zwar kaum wahrnehmbar, aber dennoch bedeutsam, denn er fühlte sich, als wäre die Zeit für einen Moment stehen geblieben und erst weitergelaufen, als sie ihn anlächelte. Sie hatte volle Lippen und kleine Grübchen in den Mundwinkeln. Obwohl er nicht zu den Männern gehörte, die in jede Geste einer Frau etwas hineingeheimnissen, ahnte er, dass sie in letzter Zeit nicht oft gelächelt hatte.

Das ist nicht dein Problem, Butler. Hast du momentan nicht schon genug um die Ohren?

Verheiratete Frauen steckten meistens in irgendwelchen Ehekrisen, weshalb ein kluger alleinstehender Mann besser einen Bogen um sie machte. Insbesondere, wenn besagter Single sich vorstellte, wie es wohl aussehen mochte, wenn ihr das wunderschöne Haar über die nackten Schultern fiel.

Mit einer freundlichen, aber bestimmten Geste schob sie die Hand mit dem Geld weg.

»Wie mag so ein riesiger Hund es geschafft haben, sich durch so eine kleine Öffnung zu zwängen?«

»Das hätte ich ihm jedenfalls nicht zugetraut.«

Sie sah diskret auf ihre Uhr am linken Handgelenk.

»Ich habe versucht, ihn herauszulocken, aber leider vergeblich.« Wieder warf sie ihm einen Seitenblick zu, der seine erotischen Phantasien beflügelte. »Außerdem hat er die Zähne gefletscht.«

»Alle sechs, die er noch hat?«

Wer erwartet dich zu Hause? Wissen diese Leute überhaupt, welches Glück sie haben?

»Ich habe sie nicht gezählt. Jedenfalls waren sie ziemlich groß.«

»Max würde Sie niemals beißen.«

»Sie klingen aber nicht sehr überzeugt.« Die Falten zwischen ihren Augenbrauen vertieften sich. »Er ist doch wirklich Ihr Hund, oder?«

»Seit zwei Wochen. Wir müssen einander erst richtig kennenlernen.«

Wieder ein rascher Blick auf die Uhr.

»Ich will ja nicht unhöflich sein, aber glauben Sie, Sie könnten das mit dem Kennenlernen in Ihrem Auto fortsetzen? Wenn ich nicht bald nach Hause komme, schicken sie einen Suchtrupp los.«

Ihre Familie. Die Menschen, die auf das Geräusch ihres Wagens in der Auffahrt warteten. Die Worte wirkten auf Sam wie die sprichwörtliche kalte Dusche. Sie brauchte ihm nicht eigens zu erklären, dass sie drei sommersprossige Kinder und einen Mann hatte, der ein Holzfällerhemd und an der linken Hand den gleichen goldenen Ehering trug wie sie.

Sam stellte seine Einkäufe ab und öffnete die Fahrertür.

»Komm, Max«, sagte er. »Genug Spaß für heute. Gehen wir.«

Doch Max lehnte nur sein Haupt aufs Lenkrad und schloss die Augen. Auf seiner grauen Schnauze waren deutlich die Spuren von Pizzasauce zu sehen. Offenbar hatte der Hund nicht die Absicht, sich von der Stelle zu rühren.

Doch schließlich trug der Hund nicht umsonst den Beinamen »bester Freund des Menschen«.

Sobald der Mann ihr den Rücken zukehrte, zupfte Annie verzweifelt an ihrem Haar und ihrem Jeanshemd herum und versuchte, ihre Hormone zur Raison zu rufen. Leider scheiterte sie an allen Fronten. Ihr Haar widersetzte sich sämtlichen Bändigungsversuchen, und das Hemd wollte sich einfach nicht in ihren roten Lieblingspulli mit dem aufreizenden Reißverschluss am Ausschnitt verwandeln. Und die Hormone? Die waren völlig außer Rand und Band geraten.

Offenbar hatte das Schicksal Sinn für Humor. Warum sonst schickte es eine Frau auf die Straße, wenn sie aussah wie ein ungemachtes Bett, und ließ die Ahnungslose dann dem schärfsten Mann der Weltgeschichte in die Arme laufen? Das war nicht nur unfair, sondern schlicht und ergreifend Sadismus. Sonst ging Annie nämlich nie so zerzaust aus dem Haus, sondern trug immer einen Hauch von Lippenstift, Ohrringe und einen Spritzer Parfüm. Auch wenn sie sich noch so elend fühlte, sah sie immer vorzeigbar aus.

Allerdings nicht heute. Ausgerechnet heute bot sie eher den Anblick eines arbeitslosen und darüber hinaus ziemlich verfressenen Holzfällers. Selbst der Inhalt ihres Einkaufswagens war ihr peinlich. Gewiss hielt er sie für eine der geschlechtslosen Frauen mittleren Alters, die ihre Freizeit mit Bierdosen und Chipstüten vor dem Fernseher verbrachten.

Allerdings hätte er mit dieser Einschätzung gar nicht so danebengelegen.

Kein Wunder, dass er sich lieber mit seinem Hund beschäftigte.

Annie hatte fast Mitleid mit ihm, als er sich bemühte, den schläfrigen, vollgefressenen Labrador aus ihrem Auto zu locken. Er strengte sich so an, dass sie schmunzeln musste, machte Versprechungen, schubste, drohte und versuchte sogar, das Tier mit Hundefutter zu bestechen. Aber Max machte nur ein Auge auf, sondierte kurz die Lage und nickte wieder ein.

Ein toller Hund!

Braver Junge. Wenn du ein bisschen weiterschläfst, kaufe ich dir noch eine Pizza.

Was für ein Vergnügen war es doch, sich auf einem Supermarktparkplatz an einen Einkaufswagen zu lehnen und einen Traummann anzugaffen, dem es völlig gleichgültig zu sein schien, dass sie ihn mit Blicken verschlang. Auch wenn sie äußerlich wie eine Hausfrau wirken mochte, fühlte sie sich wieder wie sechzehn.

Ton, dachte sie. Obwohl es schon lange her war, dass sie zuletzt getöpfert hatte, war ihr das Gefühl noch sehr gegenwärtig.

Der warme feuchte Ton zwischen den Fingern, der an ihrer Haut klebte, während sie langsam einen Männertorso modellierte. Sie spürte, wie die Brust- und Rückenmuskeln und die kräftigen Schultern Gestalt annahmen. Nackt sah der Mann, der vor ihr stand, sicher göttlich aus. Und falls er auch nur ein Gramm Fett am Körper haben sollte, war es gut getarnt.

Annie stellte fest, dass sich unter dem zerknitterten Arbeitshemd und der ausgewaschenen Jeans eine muskulöse und kräftige Figur abzeichnete. Wenn er sich um eine Stelle als Aktmodell an der Kunstakademie bewarb, hatte er bis zum Ende seiner Tage ausgesorgt.

Erfreu dich an diesem Anblick, solange du kannst, Galloway. Sicher ist er verheiratet und Vater von fünf Kindern und hat eine Familienkutsche in der Auffahrt stehen.

Sie stellte sich ein kleines Einfamilienhaus, eine lächelnde Ehefrau und Kinder vor, die sich nach jeder Mahlzeit brav die Zähne putzten. Doch es fiel ihr schwer, das Bild vor ihrem geistigen Auge entstehen zu lassen.

»Machen Sie die andere Tür auf«, meinte er nun, über die Schulter gewandt, zu ihr. »Vielleicht schaffen wir es zu zweit, ihn auszutricksen.«

Annie ging um die Motorhaube herum, um die Beifahrertür zu öffnen. Ein übermächtiger Geruch nach Pizza und Hund schlug ihr entgegen, sodass sie zurückwich und mit den Händen wedelte.

Max richtete sich auf und blickte über ihren Kopf hinweg in die Ferne. Ein Hundefreund hätte diesen Gesichtsausdruck zu deuten gewusst, doch Annie war eingefleischte Katzenliebhaberin und verstand ihn deshalb nicht.

Der Labrador machte einen Satz aus dem Wagen und sprang Annie an, sodass sie gegen das Auto taumelte und sich die Schulter an der Tür anschlug. Offenbar hatte der Zusammenstoß den Hund ebenso überrascht, denn er blieb ruckartig stehen und versuchte, sich ein Bild von der Situation zu machen.

Max' Herrchen war sofort zur Stelle und fasste Annie an der Schulter, um sie zu stützen. Der Rest der Welt verschwamm ihr vor den Augen. Er roch nach Seife, Zimt und frisch gemähtem Gras. Am liebsten hätte sie die Nase an seinen Hals geschmiegt und immer weitergeschnuppert.

»Haben Sie sich wehgetan?« Sie spürte seine warme Hand durch ihr Hemd. »Sie haben sich die Schulter gestoßen.«

»Wirklich?« Im Moment waren ihre Schultern der Körperteil, wo alle angenehmen Empfindungen zusammenliefen. Wie lange war es her, dass ein Mann sie liebevoll und besorgt berührt hatte? Eine Ewigkeit, es konnten genauso gut Licht-

jahre sein. Er hatte große kräftige Hände und einen wundervoll sanften Griff. Annie bekam Schmetterlinge im Bauch.

»Sind Sie verletzt?«

Sie schüttelte den Kopf. »Max«, sagte sie. »Sie sollten ...«
Ihre Blicke trafen sich. Er hatte grüne Augen mit goldenen
Pünktchen darin, die an Sonnenstrahlen in einem Wald erin-
nerten. Wenn er lächelte, funkelten sie.

»Max«, wiederholte sie. »Gerade war er noch hier ...«

Es war, als könne Max' Herrchen im Bruchteil einer Sekunde von null auf hundert beschleunigen, denn er raste los
wie ein Rennwagen beim Senken der Startflagge.

Annie, die noch nie eine Anhängerin des Zufußgehens gewesen war und lieber mit dem Auto fuhr, beobachtete ehr-
fürchtig und bewundernd, wie er Max nachlief, der sich in
den Wald verdrücken wollte. Wer behauptete, dass der
männliche Körper nicht schön war, hatte Max' Herrchen
noch nie beim Rennen zugesehen.

Annie lehnte sich an den Wagen und rieb sich geistesabwe-
send die Schulter. Sicher würden Max und sein Besitzer jeden Moment aus dem Wald zurückkehren, ein Anblick, den
sie sich nicht entgehen lassen wollte. Ihre Mitarbeiterinnen
bei Annie's Flowers hänselten sie oft wegen ihres mangeln-
den Interesses am männlichen Geschlecht. Doch die hatten
einfach keine Ahnung!

Annie hielt nur einfach nichts davon, sich dreimal den neu-
esten Film mit Mel Gibson anzusehen, nur um in seine blauen
Augen blicken zu können. Den männlichen Körper hin-
gegen – die Unterarme eines Hummerfischers, den breiten
Rücken des Postboten und die schönen Hände von Max'
Herrchen – fand sie ausgesprochen anziehend.

Ceil winkte ihr vom anderen Ende des Parkplatzes her zu.
Annie erwiderte die Geste. Heute schloss der Supermarkt
früher, damit die Angestellten das anstehende Feiertagswo-
chenende nutzen konnten.

Kurz darauf war Annie allein. Sie überlegte, ob sie dem

Fremden in den Wald folgen und ihre Hilfe bei der Suche nach Max anbieten sollte. Im nächsten Moment jedoch hörte sie zu ihrer Enttäuschung ein Motorgeräusch. Gewiss saß in dem Wagen eine Freundin, eine alte Klassenkameradin oder sonst jemand, den sie kannte.

»Annie! Das ist aber ein Glücksfall!« Hall Talbots Rover bremste neben ihr. »Ich wollte dich gerade in deinem neuen Haus besuchen.«

»Wie nett von dir«, erwiderte sie, und sie meinte das auch so. »Susan fragt schon den ganzen Nachmittag nach dir.«

»Ich hatte heute drei Entbindungen«, antwortete er kopfschüttelnd. »Muss am Vollmond liegen.«

»Du bist sicher völlig erledigt«, sagte sie.

»Lass das nicht die jungen Mütter hören. Schließlich haben sie die ganze Arbeit gemacht.«

Derartige Aussagen waren bei Hall keine bloßen Lippenbekenntnisse, sondern kamen von Herzen. Kein Wunder, dass er im gesamten Umkreis der beliebteste Frauenarzt und Geburtshelfer war.

»Wenn du fertig bist, fahre ich dir nach.« Er wies auf den Stapel von Kartons auf dem Beifahrersitz. »Hoffentlich ist es nicht zu spät für Pizza.«

»Du bist ein Sprinter, Max«, schimpfte Sam, nachdem er den erschöpften Labrador endlich eingeholt hatte. »Eichhörnchen hingegen sind Langstreckenläufer. Merk dir das.«

Max' altes Herz klopfte heftig. Er lehnte den Kopf auf Sams Arm und tat, als hörte er ihm nicht zu.

»Älterwerden hat seine Schattenseiten«, meinte Sam, während er den Hund aus dem Wald trug.

Auch für ihn war der Spurt über den Parkplatz ziemlich anstrengend gewesen, weshalb es vielleicht gar keine schlechte Idee war, kurz stehen zu bleiben und Luft zu holen, bevor er zu der Frau mit den traurigen Augen und dem wunderschönen Lächeln zurückkehrte.

Allerdings spielte es vielleicht auch gar keine Rolle. Denn sie war nicht mehr allein, sondern stand bei einem hochgewachsenen Mann mit schütterem blondem Haar. Ihre beiden Geländewagen parkten Motorhaube an Motorhaube. Sie schmunzelte und erzählte dem Mann vermutlich gerade von ihrer Begegnung mit einem Idioten aus New York und seinem verfressenen Hund. Sam spürte, wie er errötete, und ging hinter einigen Bäumen in Deckung.

Verheiratet, dachte er, während er beobachtete, wie die beiden einstiegen und losfuhren. Daran bestand kein Zweifel.

Sicher würden sie nach Hause fahren, den Kindern die Pizza verfüttern, zu Bett gehen und sich lieben, während im Fernsehen David Letterman lief.

Langweilig.

Öde.

Alltäglich.

Das Leben eines alten Ehepaares, wie es im Buche stand.

Aber Sam Butler hätte seine Seele verkauft, um mit dem Burschen die Plätze zu tauschen.

3

»Was ist denn mit Hall los?«, raunte Susan Annie zu, während sie Pizzascheiben für die wartenden Gäste in die Mikrowelle schoben. »Er ist heute ungewöhnlich still. Habt ihr beide euch gestritten?«

»Gestritten?« Annie warf einige Plastikbecher in den Mülleimer. »Ich habe kaum ein Wort mit ihm gewechselt.«

»Nun, jedenfalls hat er etwas. Er schleicht herum, als trüge er die Last der Welt auf seinen Schultern, seit ihr zusammen angekommen seid.«

Seufzend lehnte Annie sich ans Spülbecken.

»Ich habe ihn ausgelacht.«

»Warum denn? Der Mann schwärmt seit Schulzeiten für dich.«

Obwohl Annie oft wegen dieser angeblichen Schwärmerei aufgezogen wurde, glaubte sie nicht so recht daran.

»Eigentlich habe ich nicht richtig gelacht«, fügte sie hinzu. »Aber er glaubt es. Als er mit den Pizzas aufgekreuzt ist, konnte ich nicht mehr an mich halten.«

Susans Augen blitzten vor Empörung. Seit Hall sie sicher durch drei Risikoschwangerschaften begleitet hatte, nannte sie seinen Namen nur noch in einem Atemzug mit Gott und Moses. »Der Arme bringt sechs große Peperonipizzas mit, und du lachst ihm ins Gesicht?«

»Ich habe gar nicht über Hall gelacht«, verteidigte sich Annie, »sondern über die Situation.«

Sie versuchte Susan, die Geschichte von dem Auto, dem Mann, dem gelben Hund hinter dem Steuer, den aufgefressenen Pizzas und dem Eichhörnchen zu erzählen, brachte aber vor lauter Gelächter kaum einen Ton heraus.

Susan betrachtete sie, als wäre sie nicht ganz bei Trost. »Soll das vielleicht heißen, ein Eichhörnchen hat die Pizzas gefressen?«

»Aber nein!« Annie wischte sich die Lachtränen weg und bemühte sich um Ruhe. »Der Hund hat sie verschlungen. Und dann kam das Eichhörnchen.«

»Und was hat der Mann damit zu tun?«

»Der Hund gehört ihm.«

»Der Hund, der hinter dem Steuer deines Autos saß?«

»Genau.«

»Und der Mann hat die Pizzas mitgenommen?«

»Hörst du mir nicht richtig zu, Susan? Der Hund hat die Pizzas gefressen, und der Mann wollte mir das Geld dafür geben.«

»Doch du hast es nicht angenommen.«

»Er ist in den Wald gelaufen, bevor ich es mir anders überlegen konnte.« Allerdings hätte sie das niemals getan. Jedenfalls fand sie die verdatterte Miene ihrer besten Freundin urkomisch.

»Und dann kam zufällig Hall mit sechs Pizzas vorbei.«

»Richtig. Ich habe die Kartons gesehen und ...« Wieder brach sie in Gelächter aus, und diesmal lachte Susan mit.

»Schön, dich wieder lachen zu hören«, meinte sie, während sie die warmen Pizzastücke aus der Mikrowelle holte und sie auf vier Pappteller verteilte. »Früher hast du so viel gelacht. Das hat mir wirklich gefehlt.«

Annie steckte die nächsten vier Stücke in die Mikrowelle.

»Ich hatte in letzter Zeit auch nicht viel Grund dazu.« Sie schaltete das Gerät ein. »Kevins Tod war ein schwerer Schlag für uns alle.«

Susan schüttelte den Kopf.

»Nein, du hattest dich schon lange vorher verändert. Vielleicht hat es damals angefangen, als ihr beide unbedingt ein Baby kriegen wolltet.« Sie verstummte. »Entschuldige, ich kann einfach den Mund nicht halten.«

»Lass uns ein neues Kapitel aufschlagen«, sagte Annie. »Von nun an wollen wir viel lachen, frei von der Leber weg reden und aufhören, uns ständig zu entschuldigen.«

Voller Lust auf einen Neuanfang, lächelte sie ihrer besten Freundin und Schwägerin zu. »Wie findest du das?«

Annie schmunzelte immer noch in sich hinein, als sie Hall an der Tür des winzigen Wohnzimmers stehen sah.

»Habe ich mich eigentlich schon richtig für die Pizzas bedankt?«, fragte sie und hielt ihm ein frisch aufgewärmtes Stück mit viel Käse und Peperoni hin. »Das war wirklich nett von dir.«

Sein argwöhnischer Blick wurde ein wenig versöhnlicher, und Annie fragte sich zum ersten Mal, ob Susan Halls Gefühle für sie vielleicht richtig eingeschätzt hatte. Schließlich kannte sie ihn schon, so lange sie denken konnte. Er gehörte zu Susans vielen Freunden, die ständig bei den Galloways ein- und ausgingen, als sie noch Kevins Freundin gewesen war. Später war er ein häufiger Gast auf Familienfeiern und auch ihr Frauenarzt gewesen, bis sie sich an einen Fruchtbarkeitsspezialisten gewandt hatte und ihr Leben aus den Fugen geriet.

Hall Talbot war ein sympathischer Mensch und ein Gentleman, wie er im Buche stand. Falls er wirklich auch nur das leiseste Interesse an ihr als Frau haben sollte, hatte er das in den letzten Jahren gut getarnt.

Du irrst dich, Susie, dachte sie, während er sich ein Stück Pizza nahm. Du verwechselst Freundschaft mit Liebe.

Wenn sie sich mit Halls Ex-Frauen verglich, konnte sie nicht die geringsten Gemeinsamkeiten feststellen. Beide waren sie zierlich gebaut, elegant und stets wie aus dem Ei gepellt gewesen, während Annie sich höchstens dreimal im Jahr in Schale warf, was man dann bestenfalls als lässig-elegant bezeichnen konnte. Allerdings spielte das keine Rolle, weil sie keinerlei romantische Gefühle für Hall hegte. Auch wenn ihr nicht entgangen war, wie gut er aussah, machte ihr Herz bei seinem Anblick keinen Satz. Und das würde auch nie geschehen.

Nach Auffassung einiger Menschen war das jedoch nicht von Belang, und manchmal fragte sich Annie, ob diese Leute nicht recht hatten. Schließlich hatte ihr Herz bei Kevins Anblick Purzelbäume geschlagen – und wohin hatte sie das geführt? Dennoch hatte es keinen Sinn, jemanden zu lieben, wenn dieses Gefühl einem keine Flügel verlieh. Dann konnte man doch genauso gut allein leben.

Die kurze Begegnung mit dem Besitzer von Max hatte sie wieder daran erinnert, wie schön dieses Gefühl sein konnte.

»Wie schlimm sieht dein Auto aus?«, erkundigte sich Hall zwischen zwei Bissen.

»Hast du das Chaos bei Susie nach der großen Milleniumsparty noch vor Augen?« Er nickte. »Dann denk dir Hundesabber dazu, und du hast ein ungefähres Bild.«

»Er bezahlt doch die Reinigung, oder?«

»Er wollte mir Geld für die Pizza geben.«

»Eigentlich wäre eine Entschädigung für den Dreck angebracht, den sein Hund hinterlassen hat.«

»Das hätte er sicher getan«, antwortete sie. »Aber wie du dich sicher erinnerst, sind wir losgefahren, bevor er zurückgekommen ist.«

Ich hätte ihm helfen sollen, seinen Hund zu suchen. Warum habe ich dich nicht gebeten, ohne mich vorzufahren?

Hall wirkte nicht überzeugt.

»Bestimmt hat er sich im Wald versteckt und darauf gewartet, dass du verschwindest.«

Sie starrte ihn erstaunt an. »Bist du nicht in bisschen hart? Du kennst den Mann doch gar nicht.«

»Ich habe Erfahrung mit solchen Leuten.«

»Aber, Hal«, entgegnete sie, verwundert über seine heftige Reaktion. »Das klingt so, als hätte der Hund deine Autopolster mit Pizza verschmiert und nicht meine.«

»Entschuldige«, antwortete er, wieder ganz Gentleman. »Natürlich hast du recht. Allerdings wirst du ihm sicher nicht noch einmal über den Weg laufen.«

Nein, dachte Annie, als sie in die Küche ging, um Pizzanachschub zu holen. Das ist wirklich höchst unwahrscheinlich.

Sam fuhr zu Warren Bancrofts Haus am anderen Ende der Stadt. Warren hielt sich zwar geschäftlich in New York auf, hatte aber die Schlüssel für Sams vorübergehende Unterkunft bei Pete und Nancy hinterlegt, dem Paar, das sich schon seit zwanzig Jahren um seinen Haushalt kümmerte. Wie es der Zufall wollte, waren Pete und Nancy jedoch in die Stadt gefahren, um ein Eis zu essen. Als sie um kurz vor neun zurückkamen, fanden sie Sam und Max schlafend auf der Vordertreppe vor.

»Na, wen haben wir denn da!«, rief Nancy und schloss den schlaftrunkenen Sam in die Arme. Nachdem sie ihn fest an sich gedrückt hatte, schob sie ihn ein Stück weg, um sich sein Gesicht anzusehen. »Zu mager und ziemlich müde. Wir werden dich schon hochpäppeln, während du in der Stadt bist.«

»Du änderst dich offenbar nie«, meinte Sam und erwiderte die Umarmung. »Noch genauso schüchtern und zurückhaltend wie vor zwanzig Jahren.«

Damals war er fünfzehn gewesen, voller Ehrgeiz und Neugier darauf, sich die Welt anzusehen. Er hatte auf Warrens Schiff angeheuert und zwei Wochen in Shelter Rock Cove verbracht, bevor sie nach Key West weitergesegelt waren.

Pete, der noch nie etwas für Small Talk übriggehabt hatte, schüttelte Sam die Hand und kramte dann die Schlüssel aus der Tasche.

»Hab ein Auge auf die Wasserrohre«, warnte er. »Ellie hat die Reparaturen ziemlich schleifen lassen.«

Er tätschelte Max und ging ins Haus.

»Annie Galloway ist heute in das Haus am Ende der Straße gezogen«, verkündete Nancy, nachdem die Tür hinter ihrem Mann zugefallen war. »Sie ist Witwe und wirklich sehr nett. Falls du irgendwelche Namen oder Telefonnummern brauchst, wende dich nur an sie.«

Sam stellte sich eine wettergegerbte Neuengländerin vor, die vermutlich ebenso vor Tüchtigkeit strotzte wie Nancy.

»Danke für den Tipp.«

»Du könntest dich bei ihr vorstellen. In dieser Straße gibt es nur zwei Häuser. Vielleicht beruhigt es sie, einen Mann zum Nachbarn zu haben, an den sie sich im Notfall wenden kann.«

Sam wurde von einem mulmigen Gefühl ergriffen. Jemand, der möglicherweise Ansprüche an ihn stellen würde, hatte ihm gerade noch gefehlt.

»Und macht das Schiff schon Fortschritte?«, fragte er, um das Thema zu wechseln. »Ist er inzwischen weitergekommen?«

Warren Bancrofts Traum war es, in Shelter Rock Cove ein Museum in Gedenken an die Fischer einzurichten, die auf See ums Leben gekommen waren. Im nächsten Frühjahr sollte es so weit sein.

»Er arbeitet viel zu viel«, erwiderte Nancy mit einem Kopfschütteln. »Er sollte mehr Zeit auf seinem Schiff und weniger mit der Buchhaltung verbringen.«

Sie schlenderten zu der alten Scheune, die Warren in ein Paradies für Bootsbauer verwandelt hatte. Lange makellose Holzplanken, eimerweise Nägel, Hämmer in allen Größen und Formen, Sägen, Haken und Klemmen hingen an den Wänden.

An einer Wand standen zwei Kreissägen neben einem Dampfgerät, das man brauchte, um geraden Brettern die anmutige Krümmung zu geben, mit Hilfe derer sie durch die Wogen gleiten konnten.

In der Mitte des Raums stand die *Sally B.*, der Hummerfänger, auf dem Warrens Vater bis zum Tag seines Todes hinausfuhr. Inzwischen war sie in einem beklagenswerten Zustand, und Warren arbeitete an der Restaurierung ihres Rumpfes, seit Sam denken konnte. Warrens Schwester Ellie hatte angemerkt, sie fühle sich an Penelope erinnert, eine Anspielung, die Warren und Sam erst in der *Encyclopaedia Britannica* nachschlagen mussten.

»Seit ich an Ostern zuletzt da war, hat er es nicht angerührt«, stellte Sam fest und fuhr mit der Hand den scharfkantigen Kiel entlang. Vielleicht würde die dritte Mrs Bancroft ja recht behalten. »Er wird nie fertig werden, wenn er sich keine Zeit dafür nimmt.«

Nancy warf ihm einen vernichtenden Blick zu. »Du glaubst doch nicht etwa, dass du zum Däumchendrehen hier bist? Er wird dich schon zur Arbeit verdonnern.«

»In das Schmuckstück wird man mindestens noch vier Monate Arbeit stecken müssen, und zwar acht Stunden täglich«, meinte Sam. »Ich denke, da wären sechzehn Blaubeerkuchen angebracht.«

Ein Grinsen breitete sich auf Nancys schmalem Gesicht aus.

Der Weg zum Herzen eines Mannes führte durch den Magen – und das Herz einer Köchin eroberte man am schnellsten, indem man ihren Blaubeerkuchen lobte.

»Ich habe noch einen halben Kuchen in der Küche stehen«, sagte sie und bückte sich, um Max am Ohr zu kraulen. »Du siehst aus, als könntest du eine kleine Stärkung gebrauchen.«

»Ich mache mich erst einmal auf den Weg zur Hütte, Nancy«, entgegnete er. »Schließlich bin ich seit dem Morgengrauen unterwegs und könnte im Stehen einschlafen.«

Die alte Frau hakte ihn unter und begleitete ihn zum Wagen. »Bist du sicher, dass du allein hinfindest? Hier ist es nachts nämlich stockfinster.«

»Ich weiß.«

Die Entfernung zwischen Shelter Rock Cove und Bayside

im New Yorker Stadtteil Queens hätte man eigentlich in Lichtjahren und nicht in Kilometern messen müssen. Als Teenager war Sam jedenfalls sicher gewesen, auf einem anderen Planeten gelandet zu sein.

»Warren hat mir einen Lageplan gefaxt«, erwiderte er, und sie beide lachten.

»Der Plan hilft dir in der Dunkelheit auch nicht weiter. Vielleicht sollte ich dich besser hinfahren. Wir wollen ja nicht, dass du im Wasser landest.«

Er brauchte fünf Minuten, um sie davon zu überzeugen, dass er sich auf dem Weg zu seinem neuen Zuhause nicht verirren würde. Gerne hätte sie ihm das Versprechen abgenommen, anzurufen und zu melden, dass er gut angekommen sei. Das wurde jedoch dadurch verhindert, dass das Telefon im Haus nicht funktionierte. Seine Mutter war genauso gewesen und hatte ihren Nachwuchs behütet, als ob sonst nichts auf der Welt eine Rolle spielte. Sam hegte den Verdacht, dass sie ihre erwachsenen Kinder heute noch genauso bemuttert hätte.

»Ein anstrengender Tag, Max«, meinte er, als sie die gewundene Straße zum Strand hinunterfuhren. »Ein Jammer, dass du unbedingt dem Eichhörnchen nachrennen musstest.«

Wie gern hätte er ein klärendes Gespräch mit der Frau mit den traurigen blauen Augen geführt. Und wenn er ehrlich mit sich war, musste er sich zunächst über seine eigene Lage klar werden. Offenbar hatte er in den letzten Monaten nichts als ein Durcheinander hinterlassen. Etwas an der Frau war ihm ans Herz gegangen, und zwar viel tiefer, als es bei Zufallsbegegnungen auf Parkplätzen normalerweise der Fall war. Er hatte eine Verbindung gespürt, eine Nähe, die er bisher nie erlebt hatte.

Wem willst du etwas vormachen, Butler? Sie ist verheiratet. Du hast den Kerl doch gesehen. So, wie die zwei miteinander geredet haben, müssen sie verheiratet sein.

Allerdings änderte diese Tatsache nichts an seinen Gefühlen, als sie sich umdrehte und ihn ansah. Es war etwas in ihren Augen und am Klang ihrer Stimme, das ihm vertraut erschien. So, als hätte er sein ganzes Leben lang auf sie gewartet.

»Ich nehme alles zurück, Max«, sprach er weiter, während er um eine Kurve bog. »Du hast mir einen Gefallen getan.«

Dass Max dem Eichhörnchen nachgelaufen war, hatte den Bann für Sam gebrochen und dafür gesorgt, dass er wieder einen klaren Kopf bekam. Er war ziemlich sicher, dass er sie wiedersehen würde. Schließlich war Shelter Rock Cove eine Kleinstadt, sodass sich ihre Wege früher oder später kreuzen mussten. Vielleicht würde er den von Max angerichteten Schaden wiedergutmachen und sich gleichzeitig beweisen können, dass das Toben der Gefühle in seiner Brust nichts weiter war als falscher Alarm.

In Felgenhöhe wallte dichter Nebel über die schmale gewundene Straße, sodass Sam sich konzentrieren musste, um zu verhindern, dass sein Jeep dem Straßengraben zu nahe kam. Im Winter war das Autofahren hier sicher die Hölle. Ein Glück, dass er Anfang des nächsten Jahres frei sein würde und nach Süden ziehen konnte.

Max stieß ein leises Wimmern aus und zupfte Sam am Ärmel, ein Signal, dass eine kurze Pinkelpause keine schlechte Idee wäre.

»Nicht hier, alter Junge«, erwiderte Sam und schaltete das Fernlicht ein. »Du musst dich gedulden. Gleich sind wir zu Hause.«

Um acht waren die letzten von Annies Umzugshelfern fort. Zum ersten Mal war sie allein in ihrem neuen Zuhause.

»Vergiss nicht, etwas zu essen«, hatte Claudia sie noch ermahnt. »Du hast seit dem Frühstück nichts in den Magen gekriegt.«

Annie versprach ihrer Schwiegermutter, sich ein oder zwei Stücke der übrig gebliebenen Pizza aufzuwärmen, bevor sie zu Bett ging. Dann zog sie die Tür hinter ihr zu und schloss ab. Obwohl ihr schon seit Stunden der Magen knurrte, wollte sie nur noch in die Badewanne und dann ins Bett.

Die Kartons waren alle ausgepackt, ordentlich zusammengefaltet und hinter dem Haus gestapelt, um sie zum Container zu bringen. Geschirr und Gläser standen gespült und abgetrocknet im Schrank. Ihre Bücher füllten die Regale im Wohnzimmer. Der Fernseher war angeschlossen und funktionierte. Nur der Großteil ihrer Kleider lag noch auf dem Bett, weil niemand Lust gehabt hatte, über die Matratze zu klettern, um den Wandschrank am Fenster zu erreichen. Doch das machte nichts. Schließlich hatte sie es nicht eilig.

»Ich glaube, ich finde es schön hier«, sagte Annie zu George und Gracie, die auf der Schwelle zum Schlafzimmer kauerten. Die Katzen sahen sie an, als wäre sie nicht ganz bei Verstand. »Bestimmt werden wir sehr glücklich werden.«

Gracie suchte sich ausgerechnet diesen Moment aus, um einen walnussgroßen Fellklumpen auszuwürgen.

»So denkt ihr also darüber«, murmelte Annie, während sie das Erbrochene beseitigte.

Anders als Gracie hatte Annie nicht gewusst, was sie wirklich von dem Haus halten sollte – inmitten des ganzen Gedränges, des Lärms und der vielen guten Ratschläge. Doch seit sie sich allein im Haus befand, stand ihre Entscheidung fest: Dieser Schritt war richtig gewesen. Sie fühlte sich hier zu Hause. Ihr gefielen die Böden aus hellem Holz, die weißen Wände, der kleine gemauerte Kamin, die Doppelfenster und die altmodische Badewanne mit den Löwentatzen, die so tief war, dass man fast darin schwimmen konnte. Es würde eine Weile dauern, bis sie genug Geld hatte, um sich Stühle, ein Sofa und einen Küchentisch anzuschaffen, aber das waren Kleinigkeiten.

Für sie zählte allein, dass sie Kevins sämtliche Spielschulden bezahlt hatte und dass das Dach über ihrem Kopf ihr gehörte. Wie sie Warren Bancroft kannte, war in den nächsten

Jahren sicher nicht mit kostspieligen Reparaturen zu rechnen. Sie hatte zwar keine handfesten Beweise, doch ihr Eindruck war, dass Warren seit dem letzten Besichtigungstermin einiges am Haus getan hatte. Die Küche sah heller aus, und das Waschbecken mit Ablage im Badezimmer gehörte mit Sicherheit nicht zur ursprünglichen Ausstattung.

Wenn sie ihm am Montag die nächste Lieferung frisch getippter Manuskriptseiten seiner Autobiographie brachte, würde sie ein ernstes Wort mit ihm reden müssen. Der Zuverdienst durch das Abtippen seiner handschriftlichen Memoiren war ihr jedoch sehr willkommen.

»Ich wäre gern bereit, eine Hypothek für dich aufzunehmen, Annie«, hatte er ihr ein paar Tage vor Vertragsabschluss gesagt. »Du sollst nicht am Hungertuch nagen, nur weil du ein Haus gekauft hast.«

Aber Annie hatte sich standhaft geweigert und das Haus in bar bezahlt. Keine Hypothek. Keine Bank. Keine Fremden an der Tür und keine Anrufe mitten in der Nacht. Niemand konnte ihr dieses Haus wegnehmen. Und das erschien ihr wirklich ein Grund zum Feiern zu sein.

Vielleicht war eine kleine Privatparty das, was sie nun brauchte. Ein Einweihungsfest für eine Person sozusagen. An dem Tag, an dem die Flemings den Kaufvertrag für ihr altes Haus unterschrieben hatten, gönnte Annie sich eine Flasche Supermarktchampagner mit dem festen Vorsatz, in ihrem neuen Zuhause den Korken knallen zu lassen. Nun war sie endlich umgezogen – und die Flasche war noch immer nicht geöffnet. Eine schreckliche Verschwendung eines passenden Anlasses, ganz zu schweigen vom Champagner.

Zehn Minuten später zog Annie sich aus und ließ sich in das warme, duftende Badewasser sinken. Auf dem Fensterbrett, unter dem Spiegel und entlang der Bodenleisten brannten dicke weiße Kerzen, die nach Fresien dufteten. Ein Glück, dass Kerzen kein Verfallsdatum haben, das wäre nämlich schon vor fünf Jahren abgelaufen gewesen.

Um einen Katzenüberfall zu verhindern, war die Tür geschlossen. Durch den Türspalt wehten die sanften Klänge eines Stücks von Mozart ins Badezimmer. Auf dem Regal neben dem Fenster lag ein Stapel dicker, neuer Handtücher, ein Einweihungsgeschenk von Susan. Annies grüner Lieblingsmorgenmantel aus Seide hing über der Handtuchstange an der Tür. Der Gürtel des Kleidungsstücks, eine aus grünem und goldenem Garn geflochtene Kordel, schwang sanft im Takt zur Musik wie die Schlange zu den Klängen eines Schlangenbeschwörers.

Da Annie sich schon ein Glas Champagner genehmigt hatte, während die Badewanne volllief, fühlte sie sich so locker und entspannt wie seit langem nicht mehr. Sie griff nach der hübschen Kristallflöte, in der goldfarbene Flüssigkeit perlte, und ließ sich wohlig in die Wanne sinken.

»Auf mich!«, sagte sie, hob ihr Glas und nahm einen Schluck. »Auf die Zukunft!«

Zum ersten Mal seit Kevins Tod glaubte Annie daran, dass sie wirklich eine Zukunft hatte. Sie beschloss, sich noch ein Glas Schampus zu gönnen.

Champagner?, hörte sie Claudias glasklare Stimme ausrufen. Von Champagner kriegst du schreckliche Kopfschmerzen, mein Kind. Vor allem auf nüchternen Magen.

»Sei doch still, Claudia«, sagte Annie laut. »Champagner ist der Trank der Götter.«

Du solltest wirklich etwas essen, Annie. Ein Stück Pizza oder ein leckeres Brötchen. Trink doch ein Glas Milch.

»Ich mag aber keine Milch, Claudia. Ich will Champagner. Und wenn du mir weiter mit deinen Gedanken im Kopf herumspukst, trinke ich die ganze Flasche leer.«

Das Haus stand ganz am Ende der Straße. Noch ein Stück weiter, und Sam wäre mit seinem Wagen im Atlantik gelandet. Es war größer, als er gedacht hatte, und außerdem um einiges älter.

Er bog in die Auffahrt ein, schaltete den Motor ab und öffnete die Tür. Max, der es inzwischen ziemlich eilig hatte, sprang sofort hinaus.

»Bleib bloß in der Nähe«, ermahnte Sam den Hund. »Obwohl du ein Labrador bist, bin ich nicht sicher, ob du schwimmen kannst.«

Froh, endlich wieder in Freiheit zu sein, trottete Max erstaunlich schnell die Straße hinunter.

»Morgen kaufe ich eine Leine für dich«, schimpfte Sam und lief dem Hund nach.

Allerdings brauchte er nicht weit zu gehen, denn Max blieb ruckartig vor dem einzigen anderen Haus in der Straße stehen, einer kleinen Hütte mit Schindeldach, die halb verborgen zwischen den Bäumen stand. Dann fing er lautstark an zu bellen.

Auf diese Methode machte man sich seine Nachbarn sicher rasch zum Feind. Als Sam den Labrador am Halsband packen wollte, rannte der auf das Haus zu. Dabei bellte er immer weiter. Nancy hatte erzählt, dass dort eine Witwe wohnte. Sicher kauerte die arme alte Frau starr vor Angst hinter der Tür, während sich ein fremder Mann und ein übergeschnappter Hund draußen herumtrieben. Vielleicht war sie gerade dabei, die Polizei anzurufen.

Wieder wollte er nach Max greifen, doch der lief die Stufen zur Veranda hinauf und begann, an der Tür zu scharren.

Was zum Teufel trieb der Hund da? Er sprang wieder von der Veranda hinunter und zur Seite des Hauses, wo er abermals verzweifelt bellte. Sam heftete sich keuchend an seine Fersen. Die Aufmerksamkeit des Hundes galt einem kleinen Fenster, wo hinter dem Rollo orangefarbene Flammen züngelten.

Annie trieb nackt auf einem Floß in der Mitte einer türkisblauen Lagune. Die tropische Sonne küsste jeden Zentimeter ihres Körpers. Während ihre rechte Hand ein Glas mit Piña de Colada hielt, glitt ihre linke träumerisch durch das laue Wasser. Irgendwo am Ufer loderte fröhlich ein Lagerfeuer. Wenn nur nicht so ein übergeschnappter Kerl ihr ständig ins Ohr gebrüllt hätte …

»Feuer!«

Als sie die Augen aufschlug, sah sie den Mann vom Supermarktparkplatz auf sich zukommen. Er schwenkte einen brennenden Bademantel.

Mit einem tiefen Seufzer schloss sie die Augen. Nüchterner Magen. Viel Champagner. Eine verhängnisvolle Mischung. Sicher war sie volltrunken und bildete sich den Mann nur ein.

»Sofort raus aus der Wanne!«

Seit wann schrien Traummänner einen an? Eigentlich waren sie doch immer nett und lasen einer Frau jeden Wunsch von den Augen ab.

Annie brummte etwas und wünschte, sie hätte genug Antrieb, nicht zu vergessen Geschicklichkeit gehabt, um mehr Badewasser nachlaufen zu lassen. Sie hörte ein Plätschern und spürte, wie Wassertropfen auf ihre Haut fielen. Sicher karibischer Regen. Schließlich wusste jedes Kind, dass es in der Karibik viel regnete. Sie versuchte, nicht darauf zu achten, doch die Tropfen prasselten immer heftiger, und allmählich wurde es unangenehm.

Und was war aus dem süßen Blumenduft geworden? Statt der Duftkerzen roch sie brennenden Stoff. Sie zwang sich, wieder die Augen zu öffnen. Obwohl sie nicht ganz klar sehen konnte, erkannte sie, dass der Mann ihren verdorbenen Bademantel unter das fließende Wasser hielt. Hatte sie ihn ins Haus gelassen? Sie konnte sich nicht erinnern. Aber irgendwie musste er hereingekommen sein.

Oder ob sie ihn sich vielleicht doch nur einbildete? Warum wusch er denn ihren Morgenmantel? Sie hätte sich einige viel interessantere Aufgaben für ihn ausdenken können.

Aber er war ja in Wirklichkeit gar nicht da. Zum Glück

handelte es sich nur um die Nebenwirkung von drei Gläsern eines ausgesprochen billigen Champagners. Denn ansonsten wäre es wirklich ein Grund zur Besorgnis gewesen, dass sie nackt in der Wanne lag, während ein wildfremder Mann ihren Lieblingsmorgenmantel ruinierte.

Sam war zwar kein Detektiv, aber was hier geschehen war, lag auf der Hand. Die leere Schampusflasche, das Glas auf dem Badewannenrand, überall brennende Kerzen und eine beschwipste nackte Frau – das alles fügte sich zu einem eindeutigen Bild zusammen.

»Mein Morgenmantel.« Ihre Aussprache klang undeutlich. »Die Seide darf nicht ins Wasser.«

»Wirklich?« Er gab sich zwar Mühe, sie nicht anzusehen, aber immerhin war er ein Mann, und sie war nackt. »Meinen Sie, Feuer ist besser für ihn?«

»Feuer?«

Es war nicht leicht, mit jemandem zu debattieren, der eine ganze Flasche Schampus intus hatte – insbesondere, wenn dieser Jemand eine Frau mit einer Figur war, die ihm noch in den nächsten zwanzig Jahren in seinen Träumen erscheinen würde.

»Sie haben genügend Kerzen angezündet, um die Straße von hier nach Bangor zu beleuchten.« Offenbar war der Gürtel ihres Morgenmantels mit einer dieser Kerzen in Berührung gekommen.

»Und Sie?«

»Wahrscheinlich werden Sie morgen alles vergessen haben«, meinte er, während er den klatschnassen Morgenmantel über dem Waschbecken auswrang. »Übrigens haben sie Ihre Rettung Max zu verdanken. Er hat gemerkt, dass etwas nicht stimmt. Ich bin nur der Kerl mit dem beweglichen Daumen, der ihm beim Einbruch geholfen hat.«

Sie lächelte ihm verträumt zu.

»Dann geben Sie Max einen Kuss von mir.«

75

Sie anzuschauen, war wirklich viel zu gefährlich, weshalb er seine Aufmerksamkeit dem Morgenmantel zuwandte. Die linke Seite des Kleidungsstücks war völlig verkohlt. Noch zwei oder drei Minuten, und das Ding wäre völlig in Flammen aufgegangen. Vermutlich sogar das ganze Haus. Max hatte wirklich einen Kuss verdient.

Sam hielt den Morgenmantel hoch.

»Der ist wahrscheinlich nicht mehr zu retten.«

Sie schlug die Augen auf.

»Ich liebe diesen Morgenmantel.«

»Mit dem ist es aus und vorbei.«

Sie seufzte tief auf, hob einen nackten Fuß und streckte die Zehen. Dann musterte sie Sam mit leicht zweifelnder Miene, als fiele es ihr schwer, ihn klar zu sehen.

»Gute Nacht.«

»Mehr nicht?« Er lachte auf. »Nicht etwa: ›Danke, dass Sie mir das Leben gerettet haben.‹ Oder: ›Wer zum Teufel sind Sie überhaupt?‹«

»Zu müde, ein andermal.« Sie schloss die Augen und rutschte in der Badewanne nach unten.

»Stopp! Nicht!«

Was blieb ihm anderes übrig, als den Morgenmantel ins Waschbecken zu werfen, nach dem unverfänglichsten Teil ihres nassen und glitschigen Körpers zu tasten und sie festzuhalten? Nur dass es einen solchen unverfänglichen Körperteil nicht gab.

Also schob er die Hände unter ihre Achseln und versuchte, nicht darauf zu achten, wie weich, kurvenreich und nackt sie war.

Ihr Kopf sank gegen seine Schulter, sodass er ihren Atem am Hals spürte. Das Gefühl breitete sich in seinem ganzen Körper aus. Ihr langes lockiges Haar war feucht und roch nach Shampoo. Er fragte sich, wie es sich wohl anfühlte, wenn es seine nackte Brust streifte, während sie rittlings auf ihm saß.

Ein gefährlicher Gedanke. Noch nie hatte er die missliche Lage einer Frau ausgenützt, und er würde es auch jetzt nicht tun, obwohl seine Phantasie die eigenartigsten Kapriolen schlug.

Es gelang ihm, einen ihrer Arme um seinen Hals zu schlingen, sodass er sie aus der Wanne hieven konnte.

Als sie etwas murmelte und sich noch enger an ihn kuschelte, musste Sam sich mit Leibeskräften an die rasch dahinschwindenden Reste seiner guten Erziehung klammern.

Das Gefühl der Nähe, das er verspürt hatte, als er sie auf dem Parkplatz neben ihrem Einkaufswagen sah, war nichts gegen die Begierde, die sich nun mit voller Wucht Bahn zu brechen suchte.

»Was soll ich nur mit dir machen?«, fragte er sich laut.

Er hatte sie vor dem Verbrennen und dem Ertrinken gerettet. Nun war er selbst die letzte Gefahr, vor der er sie bewahren musste.

Da das Häuschen nicht groß war, brachten ihn nur zehn Schritte zur Tür eines Schlafzimmers, das nur aus einem riesigen Bett zu bestehen schien. Ein wunderschönes Himmelbett aus glattem, unbehandeltem Holz stand auf dem gebohnerten Boden und sah aus wie ein Möbelstück aus einem russischen Märchen. Am Fußende saßen zwei schwarzweiße Katzen, die den jaulenden Max argwöhnisch musterten. Nun brauchte Sam die nackte Frau nur noch in dieses Bett zu legen, und die Versuchung war gebannt.

Es erwies sich jedoch als Problem, dass sich auf dem Bett unzählige Kleidungsstücke türmten: Jeans, Pullis und ein mitternachtsblaues Samtkleid. Nur Laken und Decke fehlten.

»Du musst mithelfen«, sagte er und versuchte, sie auf die Bettkante zu setzen. »Hier liegt alles voller Sachen.«

Aber die Frau lächelte ihm nur schief zu und rutschte dann vom Bett auf den Boden, wo Max an ihren Haaren schnupperte.

»Sie hat schon genug Schwierigkeiten«, meinte Sam und scheuchte den Hund sanft in Richtung Wohnzimmer.

Nachdem er die Kleider rasch auf die andere Seite der Matratze geschoben hatte, hob er sie wieder aufs Bett, befahl ihr, sich nicht von der Stelle zu rühren, und machte sich auf die Suche nach Handtüchern und Decken. Allerdings sagte ihm ein leises Poltern bald, dass sie sich offenbar nicht an seine Anweisung gehalten hatte.

»Was soll ich nur mit dir machen?«

Mit finsteren Blicken folgten die Katzen jeder seiner Bewegungen, als er die Frau erneut auf die Matratze hievte, ihr ein Kissen unter den Kopf schob und Ausschau nach etwas zum Zudecken hielt. Als er ihr ein Handtuch um das nasse Haar wickeln wollte, stieß sie ihn weg. Wahrscheinlich war es leichter, Quecksilber mit der bloßen Hand einzufangen, als sie dazu zu bringen, sich auch nur zehn Minuten lang nicht zu rühren. Also nahm er willkürlich einige Pullover und einen Wintermantel von dem Haufen und breitete diese über sie. Sie murmelte etwas, das vermutlich so viel wie »Danke« heißen sollte.

»Nicht bewegen«, meinte er und lachte dann. Wahrscheinlich hatte sie ihn gar nicht gehört.

Kurz blieb er auf der Schwelle stehen. Sie hatte das Gesicht in den Ärmel des marineblauen Wollmantels geschmiegt und die Augen geschlossen.

Hoffentlich schlief sie fest und würde vor dem nächsten Morgen nicht aufwachen.

Nachdem er die Kerzen gelöscht und den Stöpsel der Badewanne gezogen hatte, breitete er Handtücher auf dem nassen Boden aus. Max beobachtete ihn vom Flur aus und wedelte dabei fröhlich mit dem Schwanz.

Nun musste er sich nur noch um die Eingangstür kümmern. Da er sie mit einem kräftigen Tritt aufgebrochen hatte, hing sie nun schief in den Angeln. Also war morgen früh eine Fahrt in den Eisenwarenladen angesagt, um den Schaden wieder in Ordnung zu bringen. Sam schob die Tür gegen den Rahmen und stellte einen Koffer davor. Das war zwar nicht unbedingt eine preisverdächtige Lösung, genügte aber, um Fremde draußen und Max und die Katzen im Haus zu halten. Mehr konnte man in dieser Situation eben nicht verlangen.

Kaum hatte er die Tür einigermaßen gesichert, als er erneut ein Poltern aus dem Schlafzimmer hörte. Die Frau saß im Flur auf dem Boden – das Bett ließ wenig Raum im Schlafzimmer – und sah ihn so verdattert an, dass er sich ein Lachen nicht verkneifen konnte.

»Hier«, sagte er, zog sein Hemd aus und gab es ihr. »Nehmen Sie das.«

Da ihr offenbar schwerfiel, sich zu bewegen, steckte er ihr die Arme in die Ärmel. Sie nestelte an den Knöpfen herum.

»Falsche Seite«, meinte er.

Sie versuchte es wieder.

»Normalerweise bin ich wirklich nicht so ungeschickt«, lallte sie.

Er kniete sich vor sie auf den Boden.

»Moment, ich helfe Ihnen«, erwiderte er.

Ihr Duft war wunderbar, und die körperliche Nähe verfehlte ihre Wirkung auf ihn nicht. Ihre helle Haut leuchtete vom Baden rosig. Das lockige Haar fiel ihr zerzaust und feucht über die Schultern. Außerdem hatte sie wunderschöne Brüste.

Willenlos durch den Champagner, war sie ihm auf Gedeih und Verderb ausgeliefert. Wie leicht wäre es gewesen, eine ihrer festen Brustwarzen mit den Lippen zu berühren und mit den Zähnen über ihre zarte Haut zu streichen. Sicher würde sie leise stöhnen und sich zurücklehnen, sodass er mit der Hand zwischen ihre Beine gleiten konnte, um ihre Begierde zu spüren. Ihr Zusammensein würde schnell und heftig sein. Sie würde zuerst kommen, dafür würde er sorgen. Und wenn ihr Höhepunkt allmählich nachließ, würde er sich fallen lassen, sodass sie mit ihm emporsteigen konnte bis in den Himmel.

Während Sam ihr das Hemd zuknöpfte und versuchte, dabei nicht einen Millimeter ihres verführerischen Körpers zu berühren, dachte er an Reifenpannen und die Punktestatistik der Yankees und berechnete die Entfernung zwischen Shelter Rock Cove und jeder größeren Stadt der Vereinigten Staaten.

Denn wenn sie sich irgendwann einmal lieben sollten, wollte er, dass sie mit Leib und Seele bei der Sache war.

4

»Ruf sie doch an«, meinte Susan. Den Telefonhörer am Ohr stützte sie sich in die Kissen. »Du hast es vermasselt und sie in Verlegenheit gebracht. Entschuldige dich, bevor noch eine große Sache daraus entsteht.«

»Wofür soll ich mich entschuldigen?«, wollte Hall mit leicht gedämpfter Stimme wissen. »Ich habe nichts falsch gemacht.«

»Du hast dich wie ein Idiot aufgeführt und bist über einen Typen hergezogen, nur weil sein Hund ihr Auto schmutzig gemacht hat.«

»Immerhin hat er sich anschließend verdrückt. Und du bezeichnest mich als Idioten?«

»Du verstehst nicht, was ich meine.«

»Und du wirst noch die Letterman-Show verpassen«, brummte Susans Mann von der anderen Seite des Bettes aus. Sie stupste ihn mit der Ferse an.

»Was verstehe ich nicht?«, fragte Hall. Susan hörte im Hintergrund Papiere rascheln. Warum konnten sich Männer beim Telefonieren nicht auf das Wesentliche konzentrieren?

»Eigentlich geht es gar nicht um diesen Kerl und seinen Hund. Warum zerbrichst du dir den Kopf über einen Touristen auf der Durchreise? Annie ist hier, und du bist auch da. Und was willst du jetzt tun?«

Wieder Papiergeraschel am anderen Ende der Leitung.

»Halt dich da raus, Susie«, sagte ihr Mann leise. »Du wirst dir nur Schwierigkeiten einhandeln.«

Susan achtete nicht auf ihn. Jack verabscheute es zwar, wenn sie andere Leute verkuppelte, doch sie konnte immerhin auf drei glücklich verheiratete Paare in Shelter Rock

Cove verweisen, die sie in den letzten zehn Jahren in den Hafen der Ehe gelotst hatte. Nun arbeitete sie an Nummer vier.

»Hör auf, beim Telefonieren deine Post zu lesen«, schimpfte sie. »Seit zwanzig Jahren wartest du auf eine Gelegenheit, Annie zu fragen, ob sie mit dir ausgehen will. Hoffentlich lässt du dir nicht noch einmal solange Zeit.«

Sie knallte den Hörer hin. Manchmal brauchte ein Mann ein wenig Druck, damit er verstand, wie der Hase lief.

»Du vergeudest deine Zeit«, meinte Jack, als sie sich enger an ihn kuschelte.

»Du hast keine Ahnung.« Sie schmiegte sich in seine Armbeuge und lehnte den Kopf an seine Brust.

»Die beiden passen nicht zusammen.«

»Aber natürlich.«

»Annie beachtet ihn überhaupt nicht.«

»Wenn sie erst wieder Augen für Männer hat, wird sie es schon tun.«

Er drückte sie an sich und küsste ihren Scheitel.

»Ich wette, dass dann nicht der gute Doktor Talbot ihr Auserwählter sein wird.«

»Woher willst du das wissen?«

»Ich weiß es eben«, erwiderte er. »Und du auch. Wenn Annie sich wieder verliebt, dann nicht in jemanden aus Shelter Rock Cove.«

»Seit wann bist du Hellseher?«, spöttelte sie. »Oder willst du mir damit nur mitteilen, dass ich mich nicht einmischen soll?« Er lachte auf, etwas, das sie an ihm liebte.

»Kevins Schatten liegt über allem hier, Suze, und das spürt Annie auch. Eines Tages wird irgendein Fremder in die Stadt reiten, unsere Annie wird ihn ansehen, es funkt, und wir kriegen einen Anruf aus Las Vegas.«

»Wie entsetzlich«, rief Susan in gespieltem Erschaudern.

»Denk an meine Worte.«

»Las Vegas?«

»In einer der kleinen Hochzeitskapellen am Strip.«

»Doch nicht mit einem Fremden! Annie ist nicht so impulsiv.«

»Das sind wir alle«, antwortete Jack. »Wenn die Umstände stimmen.«

»Nein«, erwiderte Susan mit dem Brustton der Überzeugung. »Dafür ist Annie viel zu vernünftig.«

»Sie verändert sich.«

»Stimmt nicht.«

Sei ehrlich, Susan Mary Frances Galloway Aldrin. Ist es nicht genau das, was du Annie vorhin in der Küche gesagt hast?

»Schau sie dir nur einmal genauer an, Suze. Das ist nicht mehr die Frau, die mit Kevin verheiratet war.«

Tränen traten Susan in die Augen. Und dabei neigte sie eigentlich nicht zu Sentimentalität, zumindest nicht in Gegenwart anderer Menschen.

»Ich möchte, dass alles so bleibt, wie es ist.« Zumindest sollte sich nichts verändern, ohne dass sie Einfluss darauf hatte. »Dad ist tot, Kevin ebenfalls, und meine Mutter wird auch nicht jünger. Wer weiß, was uns noch bevorsteht. Mir reicht es.« Susan beherrschte sich mühsam. »Ich habe fürs Erste genug von Veränderungen.«

»Du klingst wie Claudia.«

Susan musste lachen.

»Du bist gemein!«

»Ich liebe deine Mutter zwar sehr, aber wenn es nach ihr ginge, würden wir uns immer noch auf einem Schwarz-Weiß-Fernseher Shows aus den sechziger Jahren anschauen. So geht das nicht, Suze. Leben bedeutet Veränderung.«

Obwohl sie verstand, was er ihr damit mitteilen wollte, sträubte sie sich innerlich dagegen.

»Ich wünschte, wir könnten die Zeit anhalten und so bleiben, wie wir im Augenblick sind.« Sie nahm seine Hand und küsste nacheinander seine schwieligen Fingerspitzen. »Ist das zu viel verlangt?«

»Nein«, entgegnete der Mann, mit dem sie seit zwanzig Jahren verheiratet war. »Ganz und gar nicht.«

Hall konnte es nicht leiden, wenn Susan recht behielt. Sie war schon seit der Schulzeit eine gute Freundin und hatte einen um einiges besseren Geschmack in puncto Frauen als er. Obwohl ihm die Mädchen nachgelaufen waren, hatte er offenbar kein Händchen für die richtige Wahl.

Als er kurz nach dem Medizinstudium Margaux geheiratet hatte, hatte Susan ihm ein schlimmes Ende vorhergesagt. Aber er hörte nicht auf sie. Sechs Jahre später, vor seiner Hochzeit mit Denise, hatte Susan ihm mit dem Finger gedroht und ihm geraten, sich diesen Schritt noch einmal gründlich zu überlegen, da sie nicht bereit sei, ihm noch ein drittes Hochzeitsgeschenk zu kaufen.

Trotz ihres scherzhaften Tons hatten sie beide gewusst, dass sie es ernst meinte – auch wenn sie so nett gewesen war, es ihm bei seiner Hochzeit mit Yvonne nicht unter die Nase zu reiben.

Das Seltsame daran war, dass Hall jedes Mal fest geglaubt hatte, endlich die Richtige gefunden zu haben. Er wollte eine Familie und eine Frau, mit der er alt werden konnte. So sahen die Werte aus, mit denen er aufgewachsen war und die er überzeugt vertrat.

Seine Ex-Frauen waren attraktiv und kultiviert und stammten wie er aus einem konservativen Elternhaus. Da er als Arzt gut verdiente, konnten sie sich beruflich selbst verwirklichen und ihren Interessen nachgehen, ohne sich Sorgen ums Finanzielle machen zu müssen. In keiner seiner Ehen hatte es lautstarke Auseinandersetzungen oder starke Interessensgegensätze gegeben.

Es gab eigentlich nie einen konkreten Anlass für eine Scheidung.

Wenn es dann wieder zu einer Trennung in aller Freundschaft kam, war niemand überraschter als Hall, während sich Susan Galloway Aldrin wieder einmal in ihren Vermutungen bestätigt sah.

»Solange du weiter für Annie schwärmst, wirst du nie glücklich werden«, meinte sie am Memorial Day beim Fischgrillen auf der Dorfwiese zu ihm. »Zuerst musst du einen Schlussstrich ziehen, Dr. Talbot. Vorher wirst du die Richtige nicht finden.«

Seit diesem Gespräch waren drei Monate vergangen, ohne dass Hall den ersten Schritt gemacht hatte. Wie erklärte man der Frau, die man schon seit der Highschoolzeit liebte, dass man genau wusste, warum sie nachts so schlecht schlief, warum sie sich so in ihrem Blumenladen abrackerte und warum sie das wunderschöne große Haus im Stadtzentrum und sämtliche Möbel verkauft hatte, um in eine Hütte am Strand zu ziehen? Wie sollte er ihr sagen, dass ihr Mann ihn einige Tage vor seinem Tod um Geld gebeten und dass er ihn mit leeren Händen weggeschickt hatte, überzeugt, er würde den beiden einen Gefallen tun, auch wenn das in Wirklichkeit nicht ganz stimmte?

Hatte er Kevin nicht geraten, endlich reinen Tisch zu machen und seine Probleme zu lösen, ehe es zu spät war? Er hatte ihm sogar einen Schuldnerberater empfohlen, der ihm geholfen hätte, sich aus diesem Schlamassel zu befreien. Doch es war, als redete man mit einer Wand. Selbst in dieser misslichen Lage blieb Kevin höflich, hörte Hall zu, bedankte sich dafür, dass er ihm seine Zeit geopfert hatte, und ging. Es war das letzte Mal gewesen, dass Hall ihn lebendig gesehen hatte.

Zwei Tage später starb Kevin Galloway im Alter von sechsunddreißig Jahren an einem schweren Herzinfarkt. Er hinterließ eine trauernde Witwe, eine erschütterte Familie und einen alten Freund, der darüber nachgrübelte, ob ihn vielleicht die Schuld traf. Er konnte Annie nicht ansehen, ohne sich für das tiefe Leid verantwortlich zu fühlen, das in ihren wunderschönen Augen deutlich zu erkennen war.

Ruf sie an, hatte Susan gesagt. Greif verdammt noch mal zum Telefon und tu es. Hör auf, den alten Freund der Familie zu spielen, sondern sei endlich ein Mann!

Leichter gesagt als getan, Susie.

Hall kannte nämlich nicht einmal Annies neue Telefonnummer.

Das höhnische Schnauben seiner guten Freundin hallte ihm noch im Ohr. Was ist los mit dir, Talbot? Dann steig eben in deinen schicken Rover und fahr hin. Nimm eine Flasche Wein mit, damit ihr auf ihr neues Zuhause anstoßen könnt.

Hall warf einen Blick auf die schwere Uhr an seinem linken Handgelenk. Fast Mitternacht. Der Freund der Familie wusste zum Glück noch, was sich gehörte. Hall lehnte sich in seinem Sessel zurück und schloss die Augen.

Der Kaiserschnitt bei Mrs Noonan war auf morgen Nachmittag verschoben worden. Die Visite fand erst am späten Vormittag statt. Das Beste war, wenn er gleich morgen Früh bei DeeDee's eine Tüte frischer Donuts besorgte und sie Annie als kleines Einweihungsgeschenk vorbeibrachte. Es war zwar keine Flasche Pouilly-Fuissé, doch auch als Freund der Familie musste man schließlich irgendwo anfangen.

Sie wollte einfach nicht im Bett bleiben. Ganz gleich, wie oft Sam sie auch hineinverfrachtete, sie rutschte immer wieder auf den Boden, bis er sich schließlich neben sie legte, um ihr den Weg zur Bettkante zu versperren. Immerhin hätte sie beinahe das Haus angezündet und wäre anschließend fast ertrunken. Sam hatte nicht vor, das Sprichwort, dass aller guten Dinge drei sind, auf seinen Wahrheitsgehalt zu testen.

Die beiden Katzen räkelten sich noch immer am Fußende des Bettes. Max lag lautstark schnarchend im Flur. Draußen schlugen die Wellen rhythmisch an den Strand. Und er, Sam, verbrachte seine erste Nacht in Shelter Rock Cove im Bett mit einer wunderschönen Frau. Obwohl sie sich weder geliebt noch geküsst oder auch nur umarmt hatten, fühlte er sich ihr unbeschreiblich nah. Eigentlich war er in diese Kleinstadt gekommen, um zum ersten Mal in seinem Leben allein zu sein und sich zu überlegen, wie es weitergehen sollte. Mit der Karriere, die bis zu diesem Zeitpunkt sein Leben bestimmt hatte, war es nun aus und vorbei. Und die Zukunft, die lag für ihn noch im Nebel verborgen.

Da hatte er sie gesehen, wie sie sich auf einem Supermarktparkplatz an einen Einkaufswagen lehnte, und plötzlich war es um ihn geschehen gewesen. Eigentlich hatte er seine Brötchen damit verdient, Wahrscheinlichkeiten auszuloten und vernünftige gegen riskante Entscheidungen abzuwägen, und er war dabei stets auf der Gewinnerseite gelandet.

Im wirklichen Leben jedoch ging er lieber auf Nummer sicher. Schließlich trug er die Verantwortung für seine Geschwister, die von ihm abhängig waren. Obwohl er hin und wieder eine Frau kennengelernt hatte, hatte ihm noch keine das Gefühl vermittelt, dass alle bisherigen Begegnungen nichts weiter als Generalproben gewesen seien. Außerdem waren Frauen, die Lust auf einen Mann mit fünf Kindern hatten, rar gesät.

So hatte Sam zugesehen, wie seine Freunde einer nach dem anderen ihre Partnerinnen kennenlernten und heirateten. Inzwischen hatte er drei Patenkinder und außerdem mehr Babygeschenke gekauft, als er zählen konnte. Das Leben ging weiter, bis Sam sich nach einer Weile fragte, ob ihm vielleicht die Rolle des hilfsbereiten großen Bruders, zuverlässigen besten Freundes und netten Patenonkels zugedacht war, der selbst die vielen Onkel-Sam-Witze grinsend über sich ergehen ließ.

Auch wenn es seltsam klingen mochte, war Sam inzwischen zu der Erkenntnis gelangt, dass nicht jedes Männerleben ein glückliches Ende fand wie im Märchen. Manch einer fand die Richtige eben nie.

Sie murmelte etwas im Schlaf und schmiegte sich an ihn. Ihr süßer warmer Duft war berauschender als der Champagner, den sie am nächsten Morgen sicher bereuen würde. Sam wusste nun, wie sie aussah, wenn sie aus der Badewanne stieg, und auch dass sie ein winziges Muttermal unter der rechten Brustwarze hatte. Obwohl sie Witwe war, trug sie einen Ehering an der linken Hand. Der Bursche mit dem schütteren blonden Haar war offenbar in sie verliebt.

Ob sie wohl mit ihm ins Bett ging? Beim bloßen Gedanken, dass ein anderer Mann sich das Recht herausnahm, sie zu berühren, krampfte es ihm schmerzhaft den Magen zusammen.

Und wo waren ihre Möbel? Auf ihn machte sie nicht den Eindruck eines Menschen, der zu einem spartanischen Einrichtungsstil neigte. Nicht mit diesem gewaltigen Himmelbett, das so durch und durch sinnlich wirkte. Das Holz war glatt, üppig und geschwungen, die Matratze dick und weich. Die vielen Kissen gehörten einer Frau, die es gern bequem haben wollte und auch etwas dafür tat, obwohl das Bett das gesamte Zimmer ausfüllte.

Er wollte so vieles über sie wissen. Wen liebte sie? War sie glücklich?

Er fragte sich, ob Warren Bancroft wohl die Antworten kannte und ob er bereit sein würde, mit ihm, Sam, darüber zu sprechen.

Doch bis morgen Früh war es noch lang hin. Er drehte sich zur Seite, schmiegte sich an sie, genoss ihre Wärme und dämmerte weg.

Morgen Früh würden sie sich einander bekannt machen und wieder ihrer Wege gehen. Doch bis die Sonne über dem Meer aufging, gehörte die Nacht ihnen.

Annie machte die Augen auf – und sofort wieder zu. Grelle Sonnenstrahlen bohrten sich in ihre Netzhäute, und ein eiserner Ring legte sich um Schläfen, Stirn und Hinterkopf. Sie holte tief Luft und unternahm einen zweiten Anlauf. Diesmal schien der Raum um sie herum zu kippen, während ihr Magen aufgebracht rebellierte. Keine gute Idee. Am besten war es wohl, die Augen weiter geschlossen zu halten.

Undeutlich standen ihr ein ausgefallenes Abendessen und eine Flasche Supermarktchampagner vor Augen. Wahrscheinlich fühlte sie sich deshalb so, als trampelte eine Elefantenherde in ihrem Schädel herum. Seit wann klang das Schnarchen von Gracie und George denn wie ein Flugzeug beim Start?

Ganz langsam. Keine ruckartigen Bewegungen. Du musst es nur bis in die Dusche schaffen. Dann wird alles gut.

Die Augen weiter fest geschlossen, drehte sie sich ganz langsam um. Doch als sie gerade die Beine über die Bettkante schwingen wollte, sah sie plötzlich den Mann vom Supermarktparkplatz vor sich, der mit nackten Oberkörper, in Jeans und das Gesicht ins Kopfkissen gepresst, neben ihr lag. Annie blickte an sich herunter und stellte fest, dass sie sein halb zugeknöpftes Hemd trug und darunter nackt war.

»Oh, mein Gott!«

Er wachte gerade noch rechtzeitig auf, um zu verhindern, dass sie einen Schrei ausstieß, der vermutlich die gesamte Polizei von Shelter Rock Cove herbeigerufen hätte.

»Es ist nichts passiert«, sagte er. »Ihnen droht keine Gefahr.«

Annie fühlte sich, als würden im Inneren ihres Kopfes Luftballons aufgeblasen.

»Was zum Teufel haben Sie in meinem Bett zu suchen?«

»Ich habe aufgepasst, dass Sie sich nicht wehtun.«

Wehtun? Schon vom Atmen bekam sie Zahnschmerzen.

»Zehn Sekunden«, stieß sie hervor. »Wenn Sie in zehn Sekunden nicht draußen sind, verständige ich die Polizei.«

Sofort stand er auf.

»Sie hatten ein bisschen zu viel Champagner erwischt und lagen in der Badewanne. Ihr Bademantel hatte Feuer gefangen. Anschließend wären Sie beinahe ertrunken.«

»Verschonen Sie mich!« In diesem verkaterten Zustand

war es wirklich schwierig, ein empörtes Gesicht zu machen. »Erwarten Sie tatsächlich, dass ich Ihnen das glaube?«

Er sah sie unverwandt an.

»Ja.«

Der Geruch nach verbranntem Stoff. Der Traum, in dem er einen brennenden Morgenmantel in der Hand gehalten hatte. Der Anblick, wie er das Kleidungsstück ins Waschbecken tauchte.

»Ich dachte, ich hätte das nur geträumt.«

»Der Morgenmantel hängt über der Handtuchstange. Ich habe alle Ihre Handtücher benützt, um das Wasser vom Boden aufzuwischen.« Ein Lächeln spielte um seine Mundwinkel. »Und machen Sie sich keine Gedanken wegen der Eingangstür. Ich kümmere mich darum, sobald der Eisenwarenladen öffnet.«

Mit einem Stöhnen ließ Annie sich in die Kissen sinken.

»Was ist denn mit der Eingangstür?«

»Mir blieb nichts anderes übrig.« Das Grinsen wurde breiter. »Gut, dass ich früher einmal Unterricht im Kickboxen genommen habe.«

Der Gedanke, der ihr nun in den Sinn kam, war noch schrecklicher als der an die eingetretene Tür oder den verbrannten Morgenmantel.

»Sie waren gestern Nacht in meinem Badezimmer!«

Er nickte.

»Stimmt.«

»Und Sie ...« Es gelang ihr nicht, den Satz zu beenden, so peinlich war es ihr.

»Ich habe mich bemüht wegzuschauen«, erwiderte er, immer noch schmunzelnd. »Aber ich bin auch nur ein Mensch.«

Annie setzte sich auf, zupfte an dem Hemd und wünschte sich, es hätte sie von Kopf bis zu den Zehen bedeckt.

»Dann haben Sie gekriegt, was Sie verdient haben«, zischte sie. »Ich habe fünf Kilo Übergewicht und seit 1997 keine einzige Rumpfbeuge mehr gemacht.« Jedes Wort hallte in ihrem Kopf wider wie ein Pistolenschuss.

»Sie sind wunderschön.«

»Und Sie haben eine Schraube locker.«

Schweigend sah er zu, wie sie ihr verfilztes Haar zu einem Knoten zusammendrehte. Allerdings schienen ihre Finger ihr nicht so recht gehorchen zu wollen, denn ihr Herumhantieren wurde immer ungeschickter.

»Wollen Sie den ganzen Tag da stehen bleiben und die Tür blockieren?«

»Sie hatten eine scheußliche Nacht«, antwortete er. »Ich möchte nur verhindern, dass Ihr Morgen noch schlimmer wird.«

»Ich kann gut auf mich selbst aufpassen, vielen Dank.«

»Gestern hatte ich aber nicht diesen Eindruck.«

»Hören Sie zu«, sagte Annie so würdevoll wie möglich. »Sie werden sicher Verständnis dafür haben, dass es mir in meinem gegenwärtigen Zustand zu anstrengend ist, höfliche Konversation mit einem Mann zu betreiben, der mich nackt und betrunken in der Badewanne gesehen hat. Wenn Sie bitte zur Seite gehen würden. Ich möchte gern ins Bad, bevor ich mich noch mehr blamiere …«

Offenbar sah man ihr an, wie übel ihr war, denn er trat rasch beiseite, sodass sie es gerade noch rechtzeitig zur Toilette schaffte.

Sie war ausgesprochen verlegen, sichtlich verärgert und – falls Sams Eindruck nicht trog – ziemlich verkatert. Wenn sie aus dem Bad kam, würde sie deshalb sicher nicht ausgerechnet den Mann sehen wollen, der sie in einem solchen Zustand erlebt hatte.

Außerdem schien sie Zuwendung aufzusaugen wie ein Schwamm und ebenso unbeschreiblich einsam zu sein wie er selbst.

Er war ihr bereits mit Haut und Haaren verfallen, berauscht von ihrem Duft und spürte noch immer, wie sich ihr Körper mitten in der Nacht an ihn gepresst hatte. Es schien ihm unmöglich, seine Gefühle in Worte zu fassen; er wusste, dass sein Empfinden weit über bloßes Begehren hinausging. Er sehnte sich nach ihr, nach dem Klang ihrer Stimme und nach ihrem Geruch, als hätte er sie schon einmal verloren und das Glück gehabt, sich den Himmel zurückerobern zu können.

Dieses Gefühl ängstigte ihn sehr. Schließlich hatte er weder ein festes Einkommen noch ein Zuhause oder irgendwelche beruflichen Aussichten. Und was noch schlimmer war – er hatte die Menschen enttäuscht, die sich auf ihn verlassen hatten, ohne die Möglichkeit zu haben, den Schaden wieder zu beheben. Sicher passte der Mann im Rover, der sie mit Blicken verschlungen hatte, viel besser zu ihr.

Also war es wohl das Beste, sich aus dem Staub zu machen, bevor die Sache sich weiterentwickelte. Er würde Warren von unterwegs anrufen und ihm erklären, dass er nicht in das Haus einziehen könnte. Dann würde er weiter nach Norden fahren, bis er eine Stadt fand, wo er ungestört untertauchen konnte. Er brauchte Ruhe, keine Komplikationen, wie sie ihm nun offenbar in Shelter Rock Cove bevorstanden.

Sam öffnete die Wagentür, kramte einen ausgebleichten braunen Pulli aus seinen Sachen hervor, zog ihn an und schnippte dann mit den Fingern, um Max herbeizurufen, der auf der Veranda auf ihn wartete.

»Los, Max«, meinte er. »Wir fahren.«

Doch der Hund reagierte nicht, ja, er blinzelte nicht einmal.

Sam schnippte noch einmal mit den Fingern.

Max rührte sich nicht von der Stelle, legte den Kopf auf die Vorderpfoten und wedelte mit dem Schwanz.

»Du etwa auch?«

Max wedelte noch heftiger. Offenbar würde man ihn höchstens mit einem Filet Mignon von seinem Platz weglocken können, denn er fühlte sich wie zu Hause und sah keinen Grund, sich zu bewegen.

Also gut.

Die wichtigen Entscheidungen im Leben traf man häufig nicht nach tagelanger gründlicher Überlegung. Manchmal hatte ein Mann eben Glück und außerdem einen Hund, der ihm das Nachdenken abnahm. Die Frau mit den traurigen blauen Augen hatte nicht nur ihn, sondern auch Max in ihren Bann gezogen, und anscheinend war der Hund klug genug, nichts zu überstürzen.

Sam stieg in den Wagen und ließ den Motor an. Hoffentlich machte der Eisenwarenladen früh auf.

Nachdem Annies Magen sich endlich beruhigt hatte, wusch sie sich das Gesicht, putzte sich die Zähne und wollte das Badezimmer gerade verlassen, als sie ihren grünen Lieblingsmorgenmantel über der Handtuchstange sah, Der Anblick ließ ihr einen Schauder den Rücken hinunterlaufen.

Der Gürtel war zur Hälfte verbrannt, die linke Seite wies einen zwanzig Zentimeter langen verkohlten Streifen auf. Mit zitternden Händen faltete Annie das Kleidungsstück zusammen und warf es in den kleinen Papierkorb neben dem Waschbecken. Wie viele Trauerkränze hatte sie in den letzten Jahren verkauft, weil wieder jemand einem Hausbrand zum Opfer gefallen war? Sicherlich mehrere Hundert. Eine nicht richtig ausgedrückte Zigarette. Schadhafte Stromleitungen. Unbeobachtete Kerzen.

Leichtsinnige Frauen, die zu viel Champagner intus und keinen Funken Verstand hatten.

Der Mann hatte nicht übertrieben, sondern die Ereignisse eher beschönigt. Er rettete ihr das Leben, ja, vermutlich sogar zweimal, wenn sie ihren Kater als Maßstab für ihren gestrigen Zustand nehmen konnte. Und sie hatte ihn dafür heruntergeputzt, als hätte er ein Verbrechen begangen. Was machte es schon, dass sie nackt gesehen hatte? Schließlich eignete sich der Anblick ihres nackten Körpers nicht unbedingt dazu, ihn in einen wilden Taumel der Lust zu versetzen. Außerdem war er bestimmt viel zu sehr damit beschäftigt gewesen, sie erst vor dem Verbrennen und dann vor dem Ertrinken zu retten.

Annie musste sich dringend bei ihm entschuldigen und sich zumindest mit einem Frühstück revanchieren.

Allerdings traf sie ihn weder im Wohnzimmer, im Schlafzimmer noch in der Küche an. Im Gästezimmer stapelten sich noch die Kisten. Als draußen ein Motor ansprang, eilte Annie zur Hintertür und sah gerade noch, wie er um die Ecke bog und davonfuhr.

Toll gemacht, Galloway! Der Mann rettet dir das Leben, und du vergraulst ihn.

Sie schauderte in der kühlen Morgenluft und wollte schon ins Haus zurückkehren. Vermutlich war es das Beste so. Sie hatte zurzeit genug um die Ohren. Hinzu kam, dass er sicher verheiratet und Vater von fünf Kindern war, so wie sie es sich schon gestern auf dem Parkplatz gedacht hatte. Sie hörte förmlich, wie er seiner Frau von seinem Abenteuer berichtete.

Ja, irgendwann ist sie aufgewacht, und weißt du, was dann passiert ist? Sie hat sich nicht einmal dafür bedankt, dass ich ihr das Leben gerettet habe.

»Sei nicht albern«, murmelte Annie, während sie die drei Stufen zur Tür hinaufging. Weshalb zerbrach sie sich überhaupt den Kopf wegen eines Fremden? Vermutlich lag es noch am Champagner von gestern Abend, dass ihre Gefühle so aufgewühlt waren. Sonst gehörte sie nämlich nicht zu den Frauen, der der Anblick von Babys und Kätzchen oder beim Hören kitschiger Liebeslieder die Tränen in die Augen traten.

Als sie sich mit dem Ärmel übers Gesicht fuhr, war der Stoff feucht. Das Hemd roch nach ihm, ein Hauch von Zitrone und Gewürzen und etwas, das sie nicht in Worte fassen konnte. Wahrscheinlich haftete dieser Geruch jetzt auch ihrem Bett an. Beim bloßen Gedanken wurden ihr die Knie weich.

Also schmeiß alles in die Waschmaschine und mach deinen Leiden ein Ende.

Es gab nichts Besseres als Hausarbeit, um eine Frau wieder auf den Boden der Tatsachen zu bringen. Eine Verschlusskappe voller Waschmittel, ein bisschen heißes Wasser, und – schwuppdiwupp – waren all diese lächerlichen Phantasien Schnee von gestern.

Als Annie nach dem Türknauf griff, hörte sie ein fröhliches Gebell. Max? Das konnte doch nicht sein! Sie drehte sich um und sah den gelben Labrador, der um die Ecke gelaufen kam und direkt auf sie zusteuerte. Als der Hund sie begeistert ansprang, hätte er sie fast umgerissen. Obwohl ihr jeder Kläffer in den Ohren gellte wie das Kratzen von Nägeln auf einer Tafel, war sie noch nie so glücklich darüber gewesen, dass sie sich elend fühlte.

Wenn Max hier war, bedeutete das, dass sein Besitzer gleich zurückkommen würde, was wiederum ihr die Gelegenheit gab, sich richtig für die Lebensrettung zu bedanken. Hoffentlich blieb ihr genug Zeit, um sich richtig anzuziehen.

Nachdem sie Max mit einem halben Stück übrig gebliebener Pizza im Wohnzimmer geparkt hatte, reinigte sie das Katzenklo und machte sich daran, ein Wunder zu bewirken. Um die Folgen der vergangenen Nacht ungeschehen zu machen, würde sie tief in die Trickkiste greifen müssen. Doch sie war fest entschlossen, ihr Bestes zu geben. Sie hatte doch die vielen Ausgaben der verschiedensten Frauenzeitschriften schließlich nicht umsonst gelesen.

Ceils Bemerkungen über ihre Gewichtszunahme im Ohr, wühlte sie den Kleiderhaufen auf dem Bett nach etwas durch, das ihre rundliche Figur strecken würde. George und Gracie saßen auf dem Fensterbrett und beobachteten, wie das Bett allmählich unter einem Berg verschmähter Kleidungsstücke verschwand. Zu guter Letzt entschied Annie sich für eine schmeichelhaft schmal geschnittene schwarze Hose mit ihrem roten Lieblingspulli, der Hüften und Oberschenkel tarnte.

»Ankleidespiegel«, schrieb sie auf ihren Notizblock und unterstrich das Wort zweimal, denn sie würde sicher bald die Lust daran verlieren, auf den Toilettensitz zu klettern, um sich im Badezimmerspiegel betrachten zu können. Dann legte sie letzte Hand an ihr Haar. Das Ergebnis war zwar nicht unbedingt berauschend, musste aber genügen. Sie hatte nun einmal einen wilden Lockenschopf, der immer aussah wie ein verwilderter Garten. So sehr sie auch versuchte, die sich am heftigsten sträubenden Büschel zu glätten, sie standen ihr sofort wieder zu Berge. Offenbar musste sie sich mit ihrer Löwenmähne einfach abfinden.

Annie steckte ein Pfefferminzbonbon in den Mund und spähte dann aus dem Wohnzimmerfenster.

Vielleicht hatte er ihr Max als Einweihungsgeschenk zurückgelassen?

Um acht Uhr zweiundzwanzig beschloss Annie, den Beobachtungsposten am Fenster aufzugeben und etwas Sinnvolles zu tun. Immerhin warteten im Gästezimmer einige Umzugskartons, die dringend ausgepackt werden wollten. Es konnte nicht schaden, wenn sie sich während des Wartens ein wenig nützlich machte. Außerdem würde es helfen, diese alberne Situation ein wenig zu entspannen.

Ach, hallo, würde sie sagen, wenn er endlich wieder aufkreuzte. Ich war so beschäftigt, dass ich gar nicht gemerkt habe, wie lange Sie weg waren.

Um Viertel vor neun fütterte sie Gracie und George und gab ihnen frisches Wasser. Dann nahm sie ihre Tasche, die Geldbörse und einen Pullover und steuerte auf die Tür zu. Wahrscheinlich war es das Beste, wenn sie zur Arbeit fuhr. Sie hatte zwar keine Zeit, die Tür selbst zu reparieren, aber die würde schon noch bis zum Abend halten.

»Wie findest du Blumenläden?«, fragte sie Max. Solange

er für Blumen nicht dieselbe Schwäche hatte wie für Peperonipizza konnte er ja heute ihr Ladenmaskottchen spielen.

Max stellte ein Ohr auf und bellte.

Annie zuckte zusammen.

»Max, wenn du wüsstest, was ein Kater ist, würdest du mir das nicht antun.«

Max wedelte mit dem Schwanz, bellte noch dreimal und rannte zur Tür, während ein schwarzer Geländewagen mit New Yorker Nummernschildern in der Auffahrt stoppte.

Als Annie die Hintertür öffnete, stürmte Max laut kläffend – vermutlich handelte es sich dabei um eine Beifallsbekundung – auf seinen Besitzer zu, der gerade um die Ecke kam.

»Tut mir leid«, begann sie und ging ihm entgegen. Die Worte strömten nur so aus ihr heraus. »Sie haben mir das Leben gerettet, und ich weiß nicht, wie ich Ihnen je dafür danken soll.« Eigentlich hatte sie sich viel eleganter ausdrücken wollen. Aber wenigstens kam es von Herzen.

Einige Meter entfernt von ihr blieb er stehen und hielt zwei weiße Papiertüten hoch, damit Max sie nicht erreichen konnte.

»Wie geht es Ihnen?«

Er wirkte ein wenig zurückhaltend, doch wer konnte ihm das zum Vorwurf machen. Schließlich war sie heute Morgen alles andere als gastfreundlich gewesen.

»Ich werde es überleben. Aber vom Champagner lasse ich in nächster Zeit die Finger.«

»Das mit den Kerzen würde ich mir auch überlegen.«

Sie schauderte, als sie an ihren verbrannten Morgenmantel dachte. »Wenn Sie nicht gekommen wären, wäre sicher etwas Schreckliches geschehen.«

»Max hat Alarm geschlagen«, wehrte er ihr Kompliment geschickt ab. »Er ist auf Ihre Veranda gestürmt und wollte die Tür aufkratzen.« Er schilderte das rötliche Flackern im Badezimmerfenster und den Geruch nach Rauch. »Jetzt habe ich nicht nur das Innere Ihres Autos schmutzig gemacht, sondern auch noch ihre Vordertür eingetreten. Eine tolle Art, um sich bei den neuen Nachbarn vorzustellen.«

Die Angelruten hinten im Auto. Das New Yorker Nummerschild. Die Tatsache, dass er überhaupt wusste, dass es die Bancroft Road gab.

»Sind Sie Warrens Freund?«

»Ich gestehe.«

»Ich dachte, Sie wären alt und ein Rentner.«

»Ich dachte, Sie wären einfach nur alt.«

»Annie Galloway«, sagte sie und hielt ihm über Max' pelzigen Kopf hinweg die rechte Hand hin. »Mir gehört Annie's Blumenladen in der Stadt.«

»Sam Butler.« Sein Zögern dauerte ein wenig zu lang, sodass es ihr auffiel. »Ich lege gerade ein Sabbatjahr ein.«

»Also kein Rentner?«

»Mit fünfunddreißig?« Als er lachte, schwang etwas Bitteres darin mit. »Bei mir ist auf längere Sicht kein Ende abzusehen.«

Sie hielten sich noch immer fest an den Händen, da keiner zuerst loslassen wollte, und ein warmes Gefühl durchströmte sie beide. Seit Kevins Tod waren viele gut aussehende, sympathische und interessante Männer, viele von ihnen alte Bekannte, auf Annie zugekommen. Doch keiner von ihnen hatte je das Gefühl in ihr ausgelöst, das Gesicht an seine Brust schmiegen und tief einatmen zu wollen.

Das hast du letzte Nacht getan, schon vergessen? Du hast beim Schlafen die Nase an seinen Hals gekuschelt. Er hat dich festgehalten und wollte dich gar nicht mehr loslassen.

Es gefiel ihr, seine Hand in der ihren zu spüren. Sie war so kräftig und warm. Die Hand eines Manns, der körperlich arbeitete und der sich mit dem Körper einer Frau auskannte.

Reiß dich zusammen, Galloway. Dass dieser Mann die letzte Nacht in deinem Bett verbracht hat, hat nichts zu bedeuten. Spar dir deine Phantasien für die Liebesfilme am Freitagabend auf.

Doch als ihre Blicke sich trafen, machte plötzlich etwas klick, und es war, als hätte sie ihr ganzes Leben auf diesen Moment gewartet. Es war wie der Unterschied zwischen Schwarzweiß und Technicolor, nur dass es sich nicht um einen Film, sondern um die Wirklichkeit handelte.

Annie fühlte sich, als hätte sie ihr bisheriges Leben im Halbschlaf verbracht und wäre nun endlich aufgewacht. Das Blut rauschte in ihren Adern, ihre Körpertemperatur stieg, und die Welt strotzte auf einmal von längst vergessen geglaubten Farben, Geräuschen und Gerüchen. Es gab kein Zurück mehr – nicht einmal, wenn sie es gewollt hätte.

Wahrscheinlich wäre Sam noch mehrere Wochen auf dem Hof stehen geblieben, Annies Hand in der seinen, wenn Max nicht beschlossen hätte, dass er genug gewartet hatte. Der Hund machte einen Satz auf eine der beiden weißen Papiertüten zu, die Sam in der linken Hand hielt. Nur eine rasche Reaktion verhinderte, dass die Donuts dasselbe Schicksal ereilte wie die Pizza von gestern.

»Aber, Max.« Lachend schüttelte Sam den Kopf, während Annie nach den Tüten griff.

»Sie waren bei DeeDee's!«, rief sie aus, nachdem sie einen Blick hineingeworfen hatte.

»Offenbar hatte der Rest der Stadt dieselbe Idee. Die Schlange reichte bis auf die Straße.«

»Da sollten Sie erst mal am Sonntag hingehen. Pater Luedtke hat schon gedroht, den Gottesdienst wegen des größeren Zulaufs dort abzuhalten.«

Die sympathische offene Frau vom Supermarktparkplatz war wieder da. Er hatte schon befürchtet, sie könnte sich hinter dem zurückgekämmten Haar und den schicken Kleidern versteckt haben. Die wilde Mähne hatte sie zu einem dicken Knoten zusammengefasst, aus dem nur ein paar vorwitzige Löckchen entkommen waren.

Die üppigen Kurven wurden von einer schwarzen Hose

und einem langen roten Pulli mit Reißverschluss getarnt. Die Sommersprossen hatte sie ebenso überschminkt wie die Ringe unter den dunkelblauen Augen. Sie sah zwar immer noch hinreißend aus, doch in der letzten Nacht, nackt in seinen Armen, war sie ihm unglaublich viel schöner erschienen.

»DeeDee's Donuts sind legendär«, fuhr sie fort und scheuchte ihn in die winzige Küche.

»Eine ganze Tüte voll«, verkündete er. »Ich musste warten, bis welche mit Puderzucker fertig waren.«

»Sie fangen gut an. Zum ersten Mal in der Stadt und finden sofort die beste Bäckerei.«

»Offen gestanden ist es nicht mein erstes Mal in Shelter Rock. Ich war mit siebzehn für ein paar Tage hier und habe damals vermutlich einige Hundert Donuts mit Himbeermarmeladenfüllung verdrückt.«

»Das soll wohl ein Scherz sein.« Den Kaffeefilter in der Hand, drehte Annie sich zu ihm um. »Oder?«

»Warum sollte ich scherzen?«

»Diese Stadt ist sehr klein. Warum bin ich Ihnen nie über den Weg gelaufen?«

»Warren hat uns schwer schuften lassen. Wir hatten nicht viel Zeit, Einheimische kennenzulernen.«

»Trotzdem. Wenn Sie bei DeeDee's waren, hätten wir uns begegnen müssen.«

»Wahrscheinlich hatten Sie so viele Verehrer, dass ein Fremder wie ich Ihnen gar nicht aufgefallen ist.«

»Nur einen«, erwiderte sie. »Und den habe ich geheiratet.«

Der arme Teufel war zwar tot, aber Sam beneidete ihn trotzdem.

»Nancy hat es mir erzählt. Tut mir leid.«

Sie nickte nur. »Wenn Sie lange genug hier bleiben, wissen Sie bald alles über jeden in der Stadt.«

»Sie hat mir nur verraten, dass Sie Witwe sind.«

»Ich hasse dieses Wort«, entgegnete sie mit einem gespielten Schaudern. »Ich warte nur darauf, dass die Leute mich ›Muhme Galloway‹, nennen. Dann werde ich wohl gewalttätig werden müssen.«

»Mir hat man schon viel schlimmere Namen verpasst.«

Sie sah ihn an und begann zu lachen.

Wenn das überhaupt möglich war, verfiel er ihr in diesem Moment noch mehr. Ihr Lachen war so echt und lebendig wie die ganze Person.

»Autsch!« Sie zuckte zusammen und schloss die Augen. »Man sollte Billigchampagner mit einem Warnhinweis versehen.«

»Ist bis auf das Kopfweh alles in Ordnung?«

Spürst du es auch, Annie Galloway? Oder bin ich der Einzige?

Hingerissen sah er zu, wie sie langsam errötete.

»Mir ist das so schrecklich peinlich«, erwiderte sie.

Wir haben die Nacht zusammen verbracht, und ich habe nicht die leiseste Ahnung, was zwischen uns geschehen ist.

»Dazu gibt es keinen Grund.«

Sie zog die Augenbraue hoch. »Ich habe mich in meiner Badewanne betrunken und meinen Morgenmantel angezündet. Für mich ist das Grund genug.«

Ich wünschte, ich könnte mich erinnern, wie es war, in deinen Armen zu liegen.

»Sie sind mit knapper Not dem Tode entronnen und sollten glücklich sein.«

Ich rieche noch immer deinen Duft auf meiner Haut.

»Wenn Sie nicht gewesen wären, hätte ich heute wenig Grund zum Glücklichsein.

»Ich würde die Lorbeeren gern einstreichen, aber wie ich schon sagte, hat Max Alarm geschlagen.«

»Aber Max hat doch sicher nicht das Feuer gelöscht.«

Meine Hände zittern. Ist das zu fassen? Ich bin achtunddreißig Jahre alt, und meine Hände zittern wie die eines jungen Mädchens.

»Sie haben mir das Leben gerettet. Ich weiß nicht, wie ich Ihnen dafür danken soll.«

»Das haben Sie doch schon.«

»Heute Morgen war ich nicht sehr nett zu Ihnen.«

»So schlimm war es nun auch wieder nicht.«

»Ich hätte Sie nicht anschreien dürfen.«

»Wenigstens haben Sie mir keine Lampe auf den Kopf gehauen.«

»Sie dürfen mich nicht ständig zum Lachen bringen«, meinte sie. »Sonst platzt mir noch der Schädel.«

Dein Lachen ist so lebendig wie du, Annie Galloway. Ich wünschte, du würdest gar nicht mehr aufhören.

»Kaffee, Kopfschmerztabletten und Donuts. Das Beste gegen einen Kater.«

Sie betrachtete die Filtertüte in ihrer Hand.

»Kaffee! Ich wusste doch, dass ich etwas vergessen habe. Ich setze rasch eine Kanne auf, bevor die Donuts kalt werden.«

Er steckte ein Stück Donut in den Mund und brach noch eines ab.

»Hier.«

Annie hantierte mit Filter und Messlöffel.

»Moment«, sagte sie. »Lassen Sie mich zuerst …«

»Mund auf«, befahl er. »Sie müssen sie essen, solange sie noch heiß sind.«

»Nur noch …«

Er steckte ihr ein Stück von dem süßen Donut in den Mund und lachte auf, als sich ihre Augen erst überrascht, dann erfreut weiteten. Ein weißer Zuckerkrümel klebte an ihrer Unterlippe, und er wischte ihn mit dem Zeigefinger weg. Dabei sah er sie unverwandt an. Ihr Blick war völlig arglos und ungekünstelt. Nur Neugier und Erstaunen standen darin, und er spürte, wie dieses Gefühl auch in seiner Brust wuchs. Die Luft zwischen ihnen war wie aufgeladen, und er hätte geschworen, dass er ein Knistern hören konnte.

Ich will dich küssen, Annie Galloway. Weis mich nicht ab. Er beugte den Kopf zu ihr hinunter. Sie näherte sich.

Frag nicht, dachte sie. Gib mir keine Gelegenheit, nein zu sagen.

Ihre Lippen berührten sich zart und streiften sich dann ein zweites Mal.

»Du schmeckst nach Zucker«, meinte er.

»Und du nach Himbeermarmelade.« Boten Donuts auch irgendwo außerhalb von Shelter Rock Cove einen Vorwand zur Sünde? Sie würde Pater Luedtke fragen müssen.

Sam nahm noch ein Donut aus der Tüte.

»Das hier ist mit Erdbeermarmelade.«

Die Versuchung war groß, aber Annie blieb standhaft.

»Lieber nicht. Dann kann ich vielleicht gar nicht mehr aufhören.«

Es war ihm hoch anzurechnen, dass er die Gelegenheit zu einer zweideutigen Bemerkung ungenutzt verstreichen ließ. Trotzdem stieg die Temperatur im Raum beträchtlich.

»Du gehörst doch nicht etwa zu den Frauen, die sich nur von Salatblättern und Wasser ernähren?«

»Bei meinem Hintern? Ich musste mir gestern sagen lassen, dass ich zugenommen habe. Vermutlich hat Ceil recht.«

»Diese Ceil braucht wahrscheinlich eine Brille.«

Ich weiß, wie du unter diesem roten Pulli aussiehst, Annie Galloway. Und wie du dich anfühlst.

»Ceil ist Kassierin im Yankee-Shopper-Supermarkt und nimmt normalerweise kein Blatt vor den Mund. Es stimmt. Ich habe wirklich ein paar Kilo zu viel auf den Rippen.«

Sam fragte, ob Ceil die ältere Dame mit dem Muttermal am Kinn sei.

»Du bist gemein«, erwiderte sie. »Wenn du eine Frau beschreibst, sollten dabei keine Wörter wie Muttermale und Hängebacken fallen.«

»Warum nicht?«, gab er zurück. »Sie hat doch beides.«

»Es ist unhöflich.«

»Unhöflich? Die Frau weiß mehr über mich als das Finanzamt.«

»Ceil hat den Finger am Puls von Shelter Rock Cove.«

»Du meinst wohl eher das Auge am Schlüsselloch.«

»Sie ist eben ein bisschen neugierig.«

»Mich wundert, dass sie mich nicht gefragt hat, mit wem ich ins Bett gehe.«

»Gut, dass ich mit niemandem ins Bett gehe, sonst …«

O mein Gott, Annie, was hast du getan?

»Das trifft sich ja ausgezeichnet«, antwortete Sam wie aus der Pistole geschossen. »Ich nämlich auch nicht.

Annie wurde von einer unglaublichen Erleichterung ergriffen, die sie nur noch als albern bezeichnen konnte. Ihre Blicke trafen sich über der Donuts-Tüte. Wenn sie es nicht besser gewusst hätte, hätte sie geschworen, dass irgendwo in der Ferne Geigen spielten.

»Das trifft sich gut«, wiederholte sie.

Das trifft sich wirklich gut.

5

Als Hall in den Blumenladen kam und nach Annie fragte, war Claudia außer sich vor Sorge. Er hatte sie zwar schon öfter aufgebracht erlebt, allerdings noch nie in diesem Zustand.

»Ich habe den ganzen Vormittag nichts von ihr gehört, und inzwischen ist es kurz vor zehn«, klagte Claudia, während sie vor lauter Nervosität einer absolut makellosen gelben Rose die Blätter abzupfte. »Sie hätte spätestens um viertel vor neun hier sein müssen.«

»Hat sie denn nicht angerufen?«, erkundigte sich Hall und versuchte dabei, die Höhe von Claudias Blutdruck abzuschätzen.

»Nein!« Claudias Stimme zitterte. »Wahrscheinlich funktioniert das Telefon in ihrem albernen neuen Haus noch nicht. Ich habe ihr ja geraten, das Mobiltelefon zu behalten. Doch sie wollte einfach nicht auf mich hören.«

Weil sie es sich nicht mehr leisten kann, Claudia. Sie hat Glück, ein Dach über dem Kopf zu haben.

»Keine Ahnung, was Warren sich dabei gedacht hat, ihr diese elende kleine Hütte zu verkaufen. Wenn er sich das nächste Mal hier blicken lässt, kriegt er von mir ein Donnerwetter zu hören.«

»Warren hat es ihr ausgesprochen günstig überlassen«, antwortete Hall ausweichend. Schließlich ging ihn die ganze Sache nichts an. »Ich hatte den Eindruck, dass sie zufrieden ist.«

»Sie hat einen großen Fehler gemacht«, beharrte Claudia in unheilverkündendem Ton. »In diesem Haus wird sie niemals glücklich werden.« Sie riss ein weiteres Rosenblatt ab. »Niemals!«

Hall hatte Erfahrung mit Claudias gelegentlichen Ausbrüchen und erinnerte sich noch gut an die Schulzeit, als ein Anheben ihrer linken Augenbraue genügt hatte, um Susans Freunde in die Flucht zu schlagen. Allein die ersten Anzeichen einer bevorstehenden Tirade sorgten dafür, dass alle die Beine in die Hand nahmen. Inzwischen jedoch konnte sie ihn nicht mehr einschüchtern, und sie tat ihm sogar ein wenig leid.

Mit Johns Tod hatte sie ihre Rolle in einem Leben verloren, das sich ausschließlich um ihre Aufgaben als Ehefrau und Mutter gedreht hatte. Und da sie nun zu viel Zeit hatte, mischte sie sich häufig in das Leben ihrer erwachsenen Kinder ein. Annie behandelte sie wie ihr eigen Fleisch und Blut. Seit Kevin gestorben war, beobachtete sie sie mit Argusaugen.

Allerdings hatten Argusaugen Hall heute Morgen gerade noch gefehlt.

»Am besten fahre ich zu ihr und sehe nach dem Rechten«, schlug er vor, um einen Vorwand zu haben, sich aus dem Staub zu machen. Bis zu seinem Dienstantritt im Krankenhaus blieben ihm ein paar Stunden, was bei ihm selbst an einem Samstag nur selten vorkam.

»Würdest du das wirklich tun?« Claudias Miene erhellte sich dankbar, sodass Hall sich wie ein mieses Schwein vorkam. Hintergedanken waren sonst eigentlich nicht seine Art. »Ich würde es ja selbst tun, aber jemand muss auf den Laden aufpassen. Wir erwarten heute eine große Lieferung für die morgige Sorenson-Machado-Hochzeit, und ich muss überprüfen, ob alles komplett ist.«

»Es ist mir ein Vergnügen«, erwiderte er, wobei er jedes Wort ehrlich meinte. »Bestimmt hat sie beim Auspacken die Zeit vergessen.«

»Daran muss es liegen«, stimmte Claudia zu. »Sonst ist Annie immer sehr pünktlich.« Eine kurze Pause. »Wenigstens meistens. Sicher hat sie einen triftigen Grund.«

Als Hall sich zum Gehen wandte, spürte er eine Hand am Arm.

»Du warst für uns bei DeeDee's«, rief Claudia aus und griff nach der Tüte mit den noch warmen Donuts. »Du bist wirklich ein Schatz!«

Da Annie weder einen Küchentisch noch Stühle besaß, gingen sie und Sam mit ihren Kaffeetassen und den Donuts auf die Veranda, um die Morgensonne zu genießen. Sam ließ sich rasch von Max' Gebettel erweichen und warf ihm ein Stück von einem glasierten Vollkorn-Donut zu.

»Das passt sicher prima zu der Pizza, die er von mir zum Frühstück gekriegt hat«, stellte Annie fest. »Wann willst du eigentlich anfangen, ihn wieder an das gute alte Hundefutter zu gewöhnen?«

»Ich habe ihn schon gewarnt, dass bald Schluss mit den Extrawürsten ist, aber offenbar glaubt er mir nicht so ganz.«

Annie trank einen Schluck Kaffee und genoss den süßen Geschmack des warmen Getränks. Hatte es je einen schöneren Morgen gegeben? Sam Butler hatte recht: Kaffee, Zucker und mindestens zweitausend Kalorien in Form von Donuts waren das beste Mittel gegen einen Kater.

Max hatte inzwischen sein Donut verschlungen und betrachtete das mit Erdbeermarmelade gefüllte von Annie mit begehrlichen Blicken.

»Vergiss es«, schimpfte sie. »Du bist genauso schlimm wie George und Gracie.«

Sam sah sie über den Rand seiner Kaffeetasse – er trank ihn schwarz – hinweg an. »George und Gracie?«

»Meine Katzen. Du bist ihnen sicher gestern Nacht begegnet.«

Er verzog das Gesicht und wies auf sein rechtes Schienbein. »Begegnet? Ich habe immer noch Narben.«

»Haben sie dich gekratzt?«

»Es ist nichts Ernstes«, erwiderte er. »Offenbar hatten sie keine Lust, das Bett mit mir zu teilen.«

»Sie verteidigen nur ihr Revier.«

»Ihr Revier.« Wieder dieses wundervolle Schmunzeln. »Und Max ist eben auch ein bisschen temperamentvoll.«

»Lass mich sehen.«

»Es ist wirklich nur ein Kratzer.«

»Du solltest ihn desinfizieren, damit er sich nicht entzündet.«

»Das ist doch nicht nötig.«

»Ich habe ein Mittel im Medizinschränkchen. Moment, ich hole es.«

Sam stellte die Kaffeetasse aufs Geländer und schob sein rechtes Hosenbein hoch. »Schau! Es ist wirklich nicht schlimm.« Über der schneeweißen Socke war nur eine dünne rote Linie zu sehen.

»Ich an deiner Stelle würde trotzdem etwas darauf tun.« Max kam näher und legte Annie den Kopf auf den Schoß. »Zuerst dachte ich, du hättest ihn mir als Hauseinweihungsgeschenk übergelassen.«

»Ich habe versucht, ihn mitzunehmen, aber er wollte nicht gehen. Wahrscheinlich ist er in dich verliebt.«

Ich sollte Max schnappen und abhauen, bevor es zu spät ist.

Als Annie Max hinter den Ohren kraulte, schloss der Hund verzückt die Augen. »Wir verstehen uns«, sagte sie. »Es muss an der Pizza liegen.«

Sam fühlte sich, als hätte sie nicht Max, sondern ihn gestreichelt. »Apropos Pizza. Wenn du mir heute dein Auto gibst, mache ich es sauber.«

»Das brauchst du nicht.«

»Ich kann es heute Vormittag erledigen, nachdem ich deine Tür repariert habe.«

»Und wie komme ich in die Arbeit?«

»Musst du heute arbeiten?«

»Samstags ist in meinem Laden viel los.« Hochzeiten. Geburtstagsfeiern. Jubiläen. Alles Anlässe, zu denen bergeweise Blumen benötigt wurden.

»Nimm doch meins.« – »Dann sitzt du hier fest.« – »Wenn ich fertig bin, können wir ja tauschen.«

»Du lässt wohl niemals locker.«

»Nicht in diesem Fall.«

»Mein Werkzeug ist im Schuppen hinter dem Haus. Es sind bestimmt ein halbes Dutzend Vorratsgläser mit Nägeln und Schrauben dabei. Eigentlich wollte ich die Tür heute Abend selbst reparieren.«

»Du schwingst wohl gern den Hammer, was?«

Lachend ließ sie die Muskeln spielen. »Ich hatte keine andere Wahl. Mein Mann hatte nämlich nicht viel fürs Heimwerken übrig.«

»So habe ich Warren Bancroft kennengelernt.«

»Beim Heimwerken?« Sie betrachtete ihn über den Rand ihrer Kaffeetasse hinweg.

»Nein, beim Basteln an seinem Boot«, erwiderte er. »Ich war noch in der Highschool und jobbte nebenbei am Hafen neben dem alten Weltausstellungsgelände in Queens. Damals war ich ein typischer altkluger Großstadtjunge, der glaubte, alles zu wissen. Warren hat mir rasch das Gegenteil bewiesen.«

»Also hat er dich auch unter seine Fittiche genommen.« Sie erzählte ihm von dem Bancroft-Stipendium, das es ihr ermöglicht hatte, am Bowdoin College in Brunswick Kunstgeschichte zu studieren.

»Mich wundert, dass er keine eigenen Kinder hat«, meinte Sam und verschlang das letzte Donut in der Tüte.

»Das hat er durch eine wahre Armee von Ex-Frauen wettgemacht«, erwiderte Annie. Beim Anblick von Sams erstaunter Miene musste sie lachen. »Jetzt sag nicht, du wüsstest nicht, wie oft er schon verheiratet war!«

»Wir haben nie über Persönliches geredet.«

»Ein typisches Männergespräch«, seufzte sie. »Name, Dienstgrad, Mitarbeiternummer.«

»Du hast die Baseballergebnisse vergessen.«

»Weißt du eigentlich, dass du im ehemaligen Haus seiner Schwester Ellie wohnst?«

»Ja, das hat er erwähnt.«

Sie wies über ihre Schulter. »Da ist er aufgewachsen.«

»In deinem Haus?«

»Vier Zimmer, acht Bancrofts. Das kann man sich heutzutage gar nicht mehr vorstellen.«

Sie erzählte ihm von Warrens Eltern, irischen Einwanderern, die von Gloucester hierher gezogen waren, um in den ruhigeren Gewässern von Shelter Rock Cove zu fischen. Die Familie war tief in Traditionen verwurzelt gewesen und hatte einfach nicht verstanden, warum ihr ältester Sohn stets höher hinauswollte.

Sam liebte den Klang ihrer dunklen Stimme. Wie eine wahre Nordstaatlerin sprach sie die Konsonanten präzise aus und verschluckte die Vokale. Ihre Sprache hatte etwas Melodisches, das sein Gehirn in Zuckerwatte verwandelte, und als sie vom Meer erzählte, erhellte ein lebendiger Ausdruck, eine seltsame Mischung aus Zuneigung und Trauer, ihr Gesicht. Obwohl er sich alle Mühe gab, sich auf Warrens Lebensgeschichte zu konzentrieren, interessierte er sich eigentlich viel mehr für ihre.

Sie war etwa in seinem Alter, also noch viel zu jung, um Witwe zu sein. Sam versuchte, sie sich als Braut, glückliche Ehefrau und liebevolle Mutter vorzustellen. Hatte sie eigentlich Kinder? Er hatte keinerlei Hinweise darauf entdeckt. Keine mit Bronzelack konservierten Babyschühchen oder Schulabschlussfotos auf dem Kaminsims.

Wie er wusste, gab es zwischen Ehen und Fingerabdrücken die Gemeinsamkeit, dass keine der anderen glich. Dabei fragte er sich, ob Annies Ehe wohl vertraut und kameradschaftlich oder eher von leidenschaftlicher Erotik geprägt gewesen war. Vielleicht hatten sie und ihr Mann zu den Paaren gehört, die zwar im selben Haus wohnen, aber getrennte Leben führen. War sie glücklich gewesen? Offenbar lachte sie

110

gern – und sie hatte ein wunderschönes Lachen. Er konnte sich nicht denken, dass sie es lange in einer freudlosen Ehe ausgehalten hätte. Hoffentlich besaß sie schöne Erinnerungen daran.

Annie ahnte, dass er ihr gar nicht richtig zuhörte, obwohl sie offenbar seine volle Aufmerksamkeit genoss. Als sie sich vorbeugte, um ihm Kaffee nachzuschenken, folgte er ihr mit den Augen. Sie spürte, wie sein Blick über ihre Brüste, Schenkel und die Fältchen in den Augenwinkeln glitt und sie einzuhüllen schien wie eine Umarmung. Nach einer Weile hörte sie auf zu erzählen und lauschte lieber der sanften Meeresbrise.

Wer brauchte Worte, wenn man im Morgensonnenschein zusammen auf der Veranda sitzen konnte, wohl wissend, dass man nirgendwo sonst auf der Welt sein wollte.

Wenige Minuten später bog Hall – inzwischen seiner Donuts beraubt – in die Bancroft Road ein und steuerte auf Annies Haus zu. Was hätte er Kevins Mutter auch sagen sollen?

Entschuldige, aber die Donuts sind nicht für dich, Claudia. Ich brauche sie, um hoffentlich deine Schwiegertochter zu verführen.

Verführen? Bei diesem Wort musste er laut auflachen. Inzwischen wäre er sogar mit einem Hummerbrötchen und einem Kinobesuch in Annie Galloways Gesellschaft zufrieden gewesen.

Annies Auto stand am Straßenrand, weshalb er sich fragte, warum sie es nicht in die Garage oder zumindest in die Einfahrt gestellt hatte. Das New Yorker Nummernschild fiel ihm erst auf, als er direkt dahinter stoppte. War Sean Galloway aus Albany gekommen, um seiner Schwägerin beim Umzug zu helfen? Durchaus möglich, denn Sean gehörte zu den netten Menschen, die bereit waren, das Labor-Day-Wochenende ihrer Familie zu widmen.

Leider jedoch war es nicht Sean, der da neben Annie auf

der Veranda saß und sie über eine verdammte Donuts-Tüte hinweg anschmachtete. In Halls Brust ging ein Alarm los, als er feststellte, dass sie den Blick dieses Kerls erwiderte und sich zu ihm hinüberbeugte. Es war genau die Art von Körpersprache, die Frauen so ausgezeichnet beherrschten, wenn der richtige Moment gekommen war.

Wo hatte er diesen verbeulten Geländewagen schon einmal gesehen? Das war doch nicht etwa der Typ, dessen Köter gestern Annies Pizzas verschlungen und ihr Auto schmutzig gemacht hatte? Hall glaubte, den Mann von irgendwoher zu kennen, konnte ihn aber nicht richtig einordnen.

Ein gekünsteltes Lächeln auf den Lippen, ging er auf die beiden zu. Allerdings schien ihn außer dem Hund niemand wahrzunehmen. Hall hüstelte diskret.

»Hall!« Annie sprang auf und wirkte so verdattert, als sei sie gerade aus einem Traum erwacht.

»Entschuldige, dass ich unangemeldet hereinplatze.« Er schlug den zuversichtlichen, ein wenig unpersönlichen Ton an, den er sonst nur verwendete, wenn er, seine Assistenzärzte im Schlepptau, Visite im Krankenhaus machte. »Ich war gerade im Laden, und Claudia …«

»Oh, nein!« Annie warf einen Blick auf die Herrenuhr an ihrem linken Handgelenk. »Die Blumen für die Sorensens werden gleich geliefert, und Claudia hat keine Ahnung, worauf sie achten muss.«

Sie klopfte sich den Puderzucker von ihrem schicken roten Pulli und der schwarzen Hose. Hall fand, dass sie schon lange nicht mehr so gut und so strahlend ausgesehen hatte.

»Wenn Claudia die Krise kriegt, ist sie zu allem fähig.«

Sie griff nach ihrer Tasche und den weiteren herumliegenden Utensilien und wandte sich an den Mann mit dem New Yorker Nummernschild. »Danke für die Donuts«, sagte sie. »Ich renne nur ungern los und lasse dich einfach so sitzen.«

»Ich habe dir doch versprochen, dass ich mich um alles kümmern würde«, erwiderte er. »Keine Sorge.«

Als der Mann aufstand, bemerkte Hall, dass er mindestens fünf Zentimeter kleiner war als er – eine Tatsache, die ihm ungeachtet seiner Grundsätze eine heimliche Genugtuung verschaffte.

»Pass auf, dass George und Gracie nicht davonlaufen«, meinte Annie zu dem Gnom. »Wenn Max Wasser braucht, nimm eine von den weißen Schüsseln neben dem Spülbecken.«

»Keine Sorge«, antwortete der Zwerg. »Ich bin fertig, noch ehe du in deinem Laden bist.«

Das Lächeln, das sie ihm nun schenkte, war es, wovon Hall fast sein ganzes Erwachsenenleben lang träumte. Der Mistkerl schien es für selbstverständlich zu nehmen!

Die platonische Freundschaft in Person, drehte Annie sich nun zu Hall um.

»Vielen, vielen Dank, dass du extra hergekommen bist«, sagte sie. »Du hast den Blumenschmuck für die Sorenson-Machado-Hochzeit gerettet. Dafür bin ich dir etwas schuldig.«

»Was hältst du in diesem Fall davon, morgen mit mir zum Abendessen zu gehen?« Die Worte kamen ihm so mühelos über die Lippen, als hätte er sie eingeübt. Und das hatte er in gewissem Sinne ja auch. Schließlich hatte er fast zwei Jahre gebraucht, um den Mut dafür zu finden.

Es kostete sie sichtlich Mühe, sich nicht nach dem Jungen aus New York umzublicken.

»Ich glaube nicht, dass …«

»Du brauchst nach der Auspackerei eine Pause.« Er klang ganz ruhig und selbstsicher, obwohl er sich ganz und gar nicht so fühlte. »Wir gönnen uns frittierten Fisch im Cappy's. Ich bringe dich anschließend früh nach Hause.«

Ihr Zögern traf ihn wie eine Ohrfeige. Aber schließlich war es seine eigene Schuld, wenn er sie in Gegenwart ihres neuen Freundes zu einer Entscheidung drängte.

»Pass auf«, meinte er, während er vor dem glücklichen

Paar zurückwich. »Das war offenbar ein schlechter Zeitpunkt. Wir können auch ein andermal …«

»Nein«, fiel sie ihm rasch ins Wort. Sie sah gleichzeitig verlegen und unbeschreiblich reizend aus. »Cappy's klingt gut. Wir könnten uns gegen sieben treffen.«

Da hatte er seine Quittung! Mit einer geschickten Formulierung hatte sie ein geplantes Rendezvous in eine ganz normale Verabredung unter Freunden verwandelt.

Nach einem letzten Blick auf den Gnom war sie fort.

Die beiden Männer blickten ihr nach, wie sie über den feuchten Rasen des Vorgartens lief und in ihren altersschwachen Geländewagen stieg. Nachdem sie hinter der nächsten Kurve verschwunden war, drehten sich Hall und Sam zueinander um.

»Sam Butler.« Der Gnom streckte die rechte Hand aus.

Der Kerl sah nicht nur bekannt aus, sondern klang auch so. »Kennen wir uns nicht?«

»Keine Ahnung«, erwiderte er, die Hand immer noch ausgestreckt. »Das müssen Sie mir schon verraten.«

Es geschah nicht oft, dass ein Fremder Hall in Verlegenheit brachte, doch dem Zwerg war es mit wenigen Worten geglückt. Also war es wohl Zeit, schwerere Geschütze aufzufahren.

»Hall Talbot.« Hall hielt dem Fremden ebenfalls die Hand hin und wartete, bis dieser sie ergriff. »Doktor Hall Talbot.«

Manchmal musste ein Mann seine Trümpfe eben gleich am Anfang ausspielen.

Sam brauchte keine zehn Sekunden, um den guten Doktor als den Mann wiederzuerkennen, den er gestern mit Annie auf dem Parkplatz gesehen hatte. Genauso geschniegelt und gebügelt, dieselbe majestätische Körperhaltung und dazu eine arrogante Art, die in Sam das Bedürfnis weckte, den Burschen ein wenig zurechtzustutzen. Vermutlich war das eine spontane Reaktion, übrig geblieben aus seinen Jugendjahren

114

in Queens, als ihm die Kluft zwischen den Besitzenden und den Habenichtsen unüberbrückbar erschienen war.

»Meinetwegen brauchen Sie nicht zu bleiben«, sagte Hall Talbot nun mit seinem herablassenden Oberschichtakzent. »Ich schließe für Annie ab.«

»Prima Idee«, entgegnete Sam. »Wenn Sie die Tür repariert haben, legen Sie den Schlüssel bitte unter die Fußmatte.«

Er sah, wie der Blick des Arztes zu der eingetretenen Eingangstür wanderte. »Was ist denn passiert?«

Super, Columbo. Endlich fällt bei dir der Groschen.

»Ein kleines Missgeschick«, antwortete Sam. »Ich habe Annie gestern Abend versprochen, das in Ordnung zu bringen.« Dabei legte er besondere Betonung auf die Worte »gestern Abend«.

Mein Gott, er redete daher wie ein Fünfzehnjähriger.

Eines musste er dem Doktor lassen: In New England hatten die Leute offenbar Manieren, denn der Mann zuckte nicht mit der Wimper.

»Dann wünsche ich Ihnen viel Vergnügen«, meinte Dr. Hall Talbot mit einem leichten Nicken. »Guten Morgen.«

Sam sah zu, wie der Mann in seinen etwa sechzigtausend Dollar teuren Geländewagen stieg und davonfuhr.

Max stupste ihn mit der Nase an, worauf Sam sich bückte, um den Hund am Ohr zu kraulen.

»Ich bin auch nicht sonderlich beeindruckt, Max. Früher hatte ich auch einmal ein schickes Auto, und schau, wohin mich das gebracht hat.«

War Annie Galloways Mann auch so gewesen? Ein geschniegelter und gebügelter Schnösel, der höchstens einmal bei einer leidenschaftlichen Kricketpartie im Garten die Fassung verlor? Vielleicht war er sogar Arzt gewesen wie dieser Kerl, in der Stadt hoch geachtet und verehrt und der Traum aller Schwiegermütter.

Sam warf einen Blick auf das kleine Häuschen. Diese Theorie konnte er wohl verwerfen. Eine Arztgattin hätte kaum eine so winzige Hütte mit einem riesigen Bett und zwei Katzen geteilt und nahezu keine Möbel besessen.

Allerdings entwickelte sich das Leben vieler Menschen oft unverdientermaßen anders als erwartet. Offenbar hatte ihr Lebensweg irgendwo eine drastische Wendung genommen und sie hierher geführt. Sam fragte sich, wie sie selbst darüber dachte.

Was plötzliche Veränderungen und ihre Folgen anging, hatte er seine Erfahrungen. Wer hätte gedacht, dass er trotz jahrelanger Arbeit in seinem Alter von einem Tag auf den anderen mit leeren Händen dastehen würde?

Um eine Frau zu finden und eine Familie zu gründen, hatte ihm stets die Zeit gefehlt, denn schließlich trug er die Verantwortung für seine Geschwister. Und so war er im Laufe der Zeit zum Meister in Sachen Unverbindlichkeit geworden, der sich darauf verstand, eine Beziehung rechtzeitig zu beenden, bevor sie zu eng wurde. Keine tränenreichen Abschiedsszenen. Die jeweilige Frau war meist ebenfalls schon auf dem Absprung, denn Frauen ahnten rasch, wann keine Chance auf eine gemeinsame Zukunft bestand.

Kein Bedauern. Das war das Seltsame daran. Es war eben vorbei, man verabschiedete sich, ohne zurückzublicken. Eines Tages, so sagte sich Sam, würde er frei von familiären Verpflichtungen sein und die Frau kennenlernen, die die Richtige für ihn war. Dann würde alles passen: die Verlobung, die große Hochzeit, die zwei Komma fünf Kinder und das Eckhaus auf einem großen Grundstück, komplett mit Familienkutsche in der Auffahrt. Er würde alles haben, was er sich wünschte – beruflichen Erfolg, eine wundervolle Frau, reizende Kinder und eine Horde von Brüdern und Schwestern, die sich ums Babysitten rissen.

Niemals hätte er gedacht, dass er mit fünfunddreißig arbeitslos, ledig, wohnungslos und auf die Hilfe anderer angewiesen sein würde. Und außerdem noch im Begriff stand, sich zu verlieben.

116

Verschwinde, solange es noch geht, sagte er sich, während er sich daran machte, die Tür zu reparieren. Lass den guten Doktor das Heimspiel gewinnen.

Sam hatte schon immer das Talent gehabt, rechtzeitig auszusteigen. Bis jetzt war noch nichts geschehen. Wie schwierig konnte es also sein?

Um Viertel nach zehn kam Annie in den Laden gestürmt.

»Wir wollten gerade einen Suchtrupp losschicken«, meinte Sweeney, die Leiterin der Kunsthandwerkervereinigung, die eine Ecke von Annies Laden gemietet hatte. Sie hängte gerade Fensterbilder aus Buntglas in das mittlere Schaufenster. »Claudia reißt den Rosen schon die Köpfe ab.«

Annie stöhnte auf.

»Das hatte ich befürchtet.« Sie blickte sich um. »Wo ist sie denn?«

Sweeney wies in Richtung Hintertür.

»Sie lässt ihre Wut an der Fahrerin von Bangor Blooms aus.«

»Bitte sag nicht, dass etwas mit der Sorenson-Bestellung schiefgegangen ist!«

Swenney zuckte unter ihrem Kaftan die Achseln.

»Keine Ahnung, Kindchen. Aber die Fahrerin kriegt gleich eine Migräne.«

Annie warf ihre Tasche hinter die Theke. »Dann sehe ich besser nach dem Rechten. Wärst du bitte so nett zu läuten, wenn jemand kommt, Sweeney?«

»Ich habe alles im Griff«, erwiderte Sweeney von ihrer Leiter aus und legte lachend den Kopf in den Nacken.

Annie, die Sweeneys Witze gewöhnt war, stöhnte kurz auf und hastete dann an den Vitrinen und Arbeitstischen vorbei in die kleine Küche, wo Claudia den ganzen Winter über eine Suppe auf dem Herd köcheln ließ.

Die Entscheidung, einen Teil des Ladens an die Kooperative zu vermieten, war ein Geniestreich gewesen, denn Annie konnte nicht nur das zusätzliche Einkommen gebrauchen, sondern freute sich auch über die Gesellschaft. Shelter Rock Cove verfügte über eine lebendige Kunsthandwerksszene, in der sich Weber, Keramiker, Maler, Bildhauer, Glasbläser, Korbflechter und viele andere Kreative tummelten. Die ständig wechselnden Ausstellungen machten Annies Laden zu einem Anziehungspunkt für Touristen und Einheimische.

Claudia stand, ein Klemmbrett in der Hand, auf der Hintertreppe und verglich die Bestellung mit dem, was Bangor Blooms tatsächlich geliefert hatte. Ihre Stirn war gerunzelt, und auch die junge Frau aus Bangor, die noch immer Kisten mit Blumen auslud, schien nicht allzu glücklich zu sein.

»Entschuldigt die Verspätung«, meinte Annie, aber Claudia blickte nicht einmal auf. »Sind die Flamingoblumen dabei?«

»Sind sie.« Mit einem heftigen Ruck riss Claudia die Abdeckung von der Kiste.

»Gut«, erwiderte Annie, die den Grund für ihre Erbitterung nicht ganz verstand. »Und die Ingwerblüten? Wir haben …«

»Auch da.«

Anscheinend grollte Claudia ihr wegen der Verspätung und machte aus ihrem Herzen keine Mördergrube. Im Laufe der Jahre war Annie häufig Zeugin von Claudias Gefühlsausbrüchen geworden, die jedoch stets wieder vorübergingen und kaum Schaden anrichteten. Also überließ sie die Inventur ihrer Schwiegermutter und machte sich daran, der jungen Frau beim Ausladen zu helfen.

»Sie macht mir Angst«, flüsterte das Mädchen Annie zu, während sie zusammen an einer riesigen Kiste mit Federmohn zerrten.

»Das geht uns allen so«, raunte Annie leise. Das Mädchen musste sich ein Lachen verkneifen. »Ich schwöre Ihnen, dass sie nur bellt und nicht beißt.«

Allerdings schien die Fahrerin nicht ganz überzeugt und

machte einen riesigen Bogen um Claudia, was vermutlich gar keine so schlechte Idee war.

»Ich störe dich nur ungern, wenn du so beschäftigt bist.« Sweeney steckte den Kopf durch die Tür. »Aber wir haben da drinnen ein kleines Problem mit der Bestellung fürs Krankenhaus.«

Claudia blickte von ihrem Klemmbrett auf.

»Ich kümmere mich darum«, meinte sie. »Annie scheint hier draußen ja alles im Griff zu haben.«

Annie, die nicht genau wusste, ob das als Tadel oder als Kompliment gemeint war bedankte sich bei ihr.

»Wenn es um den McGowan-Auftrag geht, gib mir Bescheid«, sagte sie zu Claudia, die sich bereits entfernte. »Mrs McGowan wurde auf die Intensivstation verlegt. Sie hat vergessen, uns mitzuteilen, dass wir mit der Lieferung warten sollen, bis sie wieder in einem Privatzimmer liegt.«

Zwanzig Minuten später – die Fahrerin aus Bangor war inzwischen wieder auf dem Weg zur Schnellstraße, und Annie verstaute gerade ihre Tasche in dem Fach unter der Theke – rückte Claudia endlich mit der Sprache heraus.

»Ich habe mir heute große Sorgen um dich gemacht, Annie«, begann sie. »Als du um halb zehn immer noch nicht da warst …« Ihre Stimme zitterte, und sie hielt inne, um Luft zu holen. »Du hättest wenigstens anrufen können.«

Du weißt doch, dass ich dich liebe, Claudia. Warum bist du in letzter Zeit nur so besorgt?

»Tut mir leid«, erwiderte Annie und legte sich ihre Antwort sorgfältig zurecht. »Aber …«

»Du hättest das Mobiltelefon benutzen können.«

»Ich habe kein Mobiltelefon mehr, schon vergessen? Den Vertrag habe ich bereits im letzten Frühling gekündigt.«

»Ich begreife nicht, wie du etwas so Albernes tun konntest. Wer so viel mit dem Auto unterwegs ist wie du, muss doch ein Telefon haben. Die Welt ist gefährlich, Annie …«

»… und Mobiltelefone sind sündhaft teuer. Ich musste

119

meine Ausgaben reduzieren, das habe ich dir doch schon damals erklärt.«

»Ausgaben reduzieren? Der Laden läuft wunderbar. Außerdem hat dir der Verkauf des Hauses sicher ein ordentliches Sümmchen eingebracht. Da kannst du dir auch ein Mobiltelefon leisten.«

»Ich möchte nicht mit dir darüber reden, Claudia. Tut mir leid, wenn du dir meinetwegen Sorgen gemacht hast, aber das Problem ist jetzt gelöst, denn inzwischen funktioniert mein Festnetzanschluss wieder.«

Als Claudias strenge Miene versöhnlicher wurde, fühlte Annie sich umso mehr wie eine rebellische Sechzehnjährige. Mütter hatten viele Möglichkeiten, Schuldgefühle zu provozieren, selbst wenn es sich um die Mutter des verstorbenen Ehemannes handelte.

»Ich mache mir eben viel zu schnell Sorgen«, meinte Claudia und tätschelte Annie den Arm. »Das war schon immer so und wird sich wohl auch nicht mehr ändern. Und da du nun so weit draußen wohnst, musst du vorsichtiger sein denn je.«

»Ich habe gestern Abend meinen neuen Nachbarn kennengelernt«, sagte Annie, wobei ihr fragender Blick auf die Tüte von DeeDee's neben der Kasse fiel. Beim bloßen Gedanken an Donuts glaubte sie zu spüren, wie sich weitere Fettzellen an Po und Oberschenkeln festsetzten.

Claudia maß Stücke schimmernd weißer Satinschleifen ab.

»Susan hat mir erzählt, ein New Yorker sei in Ellie Bancrofts früheres Haus eingezogen.« Sie griff nach der Schere. »Ist er nett?«

Annie schilderte ihre erste Begegnung auf dem Supermarktparkplatz.

Claudia blickte von ihrer Tätigkeit auf.

»Hoffentlich bezahlt er dir die Innenraumreinigung.«

»Er hat versprochen, sich darum zu kümmern.«

»Gut«, brummte Claudia und schnitt ein Stück von der Schleife ab. »Man muss neuen Nachbarn zeigen, wo die

Grenzen sind. Ansonsten hat man sie eines Morgens auf der Veranda sitzen, und sie wollen mitfrühstücken. Dann wird man sie gar nicht mehr los.« Claudia sah Annie an. »Hall hat heute Morgen Donuts vorbeigebracht.« Sie wies mit der Schere in Richtung Küche. »Ich lege sie neben die Kaffeemaschine.«

Donuts als symbolische Liebesgabe.

Als Einheimischer wusste Hall, dass das Überbringen von DeeDee's Donuts zumindest in ihrer Altergruppe in Shelter Rock Cove eine ernste Bedeutung besaß. Beim bloßen Gedanken wurde ihr flau im Magen. Und nun war sie übermorgen mit ihm zum Abendessen verabredet, und das alles nur, weil sie in Sam Butlers Gegenwart so verlegen gewesen war, dass sie Ja gesagt hatte, um das Gespräch möglichst schnell zu beenden. Falls Hall falsche Schlüsse daraus zog, trug einzig und allein sie selbst die Schuld daran.

»Hast du etwas?«, fragte Claudia.

»Nein«, erwiderte sie. »Alles in Butter.«

Schweigend arbeiteten sie eine Weile weiter, bis Sweeney in den Laden zurückkehrte. Sweeney war keine große Freundin des Schweigens, redete ohne Punkt und Komma, sang oder ließ ein Radio laufen, das sie irgendwo in den Falten ihres gewaltigen Kaftans versteckte. Heute pfiff sie Passagen aus *Meine Lieder, meine Träume* vor sich hin. Annie war sicher, dass sie Ohrstöpsel brauchen würde, wenn Sweeney erst einmal bei »Edelweiß« angelangt war.

Kurz vor eins legte Annie die Schere weg und streckte sich.

»Keine Ahnung, was ihr beide vorhabt, aber ich mache Mittagspause. Was haltet ihr davon, wenn ich uns etwas Suppe aufwärme?«

Kaum hatte sie diese Worte ausgesprochen, als das Glöckchen an der Tür schellte und Sam Butler in den Laden spazierte. Und mit einem Mal war die Hölle los.

6

Claudia wusste, dass dieser Mann Ärger bringen würde, sobald sein Fuß die Schwelle überschritt. Obwohl sie Menschen sonst nicht auf Anhieb ablehnte, machte sie in diesem Fall eine Ausnahme. Der Kerl sah gefährlich aus und wirkte, als wisse er genau, wo sie ihre Tageseinnahmen aufbewahrten. Am liebsten hätte sie ihren Schmuck im Schuh versteckt.

»Holla«, rief Sweeney, die wieder oben auf ihrer Leiter stand. »Den würde ich nicht von der Bettkante schubsen.«

Claudia sah sie finster an und hoffte, dass der Mann sie nicht gehört hatte. Was zum Teufel war nur los mit der jungen Generation? Sweeney redete wie eine der Schlampen aus *Sex and the City* – ein fünfzigjähriges Flittchen.

Da Annie schon auf halbem Weg in die Küche war, trat Claudia vor.

»Kann ich Ihnen helfen?«, erkundigte sie sich kühl und höflich.

Als er lächelte, stellte Claudia bedauernd fest, dass er wirklich ein außergewöhnliches Lächeln besaß. Es schien sein eigentlich nicht sehr bemerkenswertes Gesicht zu erhellen, sodass es beinahe attraktiv wirkte. Während sie auf seine Antwort wartete, lächelte er immer weiter, bis sie feststellte, dass er an ihr vorbeischaute und Annie ansah. Diese stand mit einem ausgesprochen albernen Ausdruck auf dem Gesicht ein paar Meter hinter ihr.

Wie lange hatte Annie nicht mehr so jung und hübsch ausgesehen? Claudia konnte sich nicht daran erinnern, und sie verabscheute diesen Fremden dafür, dass er diese Reaktion bei ihr auslöste.

»Ich habe dir deine Hausschlüssel mitgebracht«, sprach er Annie direkt an. Wie Claudia vermutete, nahm er die Anwesenheit anderer Menschen im Laden gar nicht zur Kenntnis.

Annie glitt auf ihn zu, wie von unsichtbaren Fäden angezogen.

»Das wäre doch nicht nötig gewesen.« Claudia fand, dass sie seit vielen, vielen Jahren nicht mehr so glücklich geklungen hatte. »Du hättest sie doch auch unter die Fußmatte legen können.«

»Ich bin aus New York, schon vergessen?« Seine Stimme war dunkel und ein wenig rau. Ganz anders als Kevins melodischer Bariton. »Das habe ich einfach nicht über mich gebracht.« Ein New Yorker! Das konnte doch unmöglich der Nachbar sein, von dem Annie erzählt hatte!

»Hallo«, rief Sweeney und schwenkte um Aufmerksamkeit heischend ihre Heftzange. »Möchtest du uns einander nicht vorstellen? Neuzugänge, die frischen Wind in die Bude bringen, bekommen wir selten.«

Man musste dem Mann zugute halten, dass er leicht verlegen dreinblickte. Annie hingegen war so peinlich berührt, dass sie feuerrot anlief.

Oh, Annie, dachte Claudia. Warum lässt du dir alles sofort anmerken?

War es wirklich so lange her, dass die sechzehnjährige Annie Kevin durch die Stadt gefolgt war, nur um in seiner Nähe sein zu können? Das Bild stand Claudia noch deutlich vor Augen.

»Das ist Sam Butler«, verkündete Annie. »Er hat Ellie Bancrofts Haus am Strand gemietet.« Sie legte Claudia die Hand auf die Schulter. »Das ist meine Schwiegermutter Claudia Galloway.«

»Einen schönen Laden haben Sie«, meinte Sam und schüttelte Claudia die Hand.

»Der Laden gehört Annie. Sie hat ihn so hübsch hergerichtet.« Beim Sprechen lächelte Claudia, so schwer es ihr auch fiel, höflich zu bleiben. Am liebsten hätte sie die Tür verriegelt und um Annies Herz einen Burggraben gezogen, eine heftige Reaktion, die sie selbst erschreckte.

Die arme Annie hatte für niemanden Augen als für Sam Butler, als sie weitersprach.

»Und dieser Engel im Paisleymuster heißt Mary Sweeney. Sie hat das Buntglasdekor für unsere Ladentür angefertigt. Die anderen tollen Glasarbeiten gehen ebenfalls auf ihr Konto.«

Sweeney beugte sich herunter und schüttelte Sam kräftig die Hand.

»Nenn mich einfach Sweeney«, meinte sie mit ihrem typischen lauten Lachen. »Du kannst mich auch anrufen.«

Als sie zwischen Sam und Annie hin und her blickte, verflogen Claudias letzte Hoffnungen: Sweeney hatte es auch bemerkt.

Annie lachte, und dieser Butler stimmte nach einer kurzen Pause ein. Claudia lächelte verkniffen. Sie war erleichtert, als im Arbeitsraum das Telefon läutete, und eilte an den Apparat.

»Verzeihung«, sagte sie zu dem Anrufer. »Natürlich höre ich zu. Ja, ja, ein Dutzend rote Rosen, langstielig, keine Karte. Natürlich, ich verstehe ... Um fünf Uhr sind sie fertig.«

Als sie auflegte, fiel ihr Blick auf das kleine Foto von Kevin und John, das an der Pinnwand neben dem Telefon hing. Annie hatte es am Tag der Ladeneröffnung vor zwölf Jahren dort aufgehängt. Manchmal verschwand es fast zwischen den vielen Bestellzetteln und Notizen, aber wenn man genau hinsah, entdeckte man es immer.

Das Foto war im Ende von Kevins erstem Jahr in der Kinder-Baseballmannschaft aufgenommen worden. Damals war er so klein und mager gewesen, dass das Trikot an ihm schlotterte. John hatte ihn Winzling genannt, und Kevin war ganz verzweifelt gewesen, weil er wohl niemals so groß und kräf-

124

tig werden würde wie sein Vater. Aber das hatte sich im Laufe der Jahre geändert. Als Kevin Annie heiratete, war er eine jüngere Ausgabe von John gewesen – hochgewachsen, breitschultrig und mit einem gewinnenden Lächeln.

Auch in anderer Hinsicht hatten sie einander geähnelt. Beide hatten sie ihre Familie über alles gestellt und an eine Welt voller Poesie und Lachen geglaubt. Claudia bedauerte noch heute, wie jung ihr Mann und ihr Sohn hatten sterben müssen.

»Oh, John«, flüsterte sie und berührte das Foto mit der Fingerspitze. »Warum muss sich die Welt ständig verändern?«

Nachdem Sam Annie die Schlüssel zurückgegeben hatte, plauderte er aus Höflichkeit ein wenig mit der wirklich sehr sympathischen Sweeney und der unterkühlten Claudia und verkündete dann, er müsse jetzt gehen.

»Ich habe Max draußen an den Fahrradständer gebunden«, meinte er. »Wie ich ihn kenne, wird ihn das nicht lange aufhalten.«

Als Claudia verächtlich schnaubte, hätte Annie ihr am liebsten einen Blumentopf über den Kopf mit der makellosen Frisur gestülpt.

Sweeney beobachtete wortlos und mit einem breiten Grinsen die Szene. Und das alles nur, weil ein Mann Annie den Hausschlüssel zurückbrachte!

Annie begleitete Sam nach draußen. »Keine Ahnung, was in die beiden gefahren ist«, meinte sie entschuldigend. »Selbst für Sweeney ist ein solches Benehmen unerhört.« Verärgert schüttelte sie den Kopf. »Und über Claudia wollen wir lieber schweigen. Sie ist eigentlich sehr nett, auch wenn man heute nichts davon gemerkt hat.«

»Eigentlich wollte ich ja nicht sie besuchen«, gab er zurück. »Sondern dich.«

»Und ich habe mich wirklich darüber gefreut. Wahrscheinlich wäre es wirklich keine gute Idee, den Schlüssel unter die Fußmatte zu legen.«

»Was läuft zwischen dir und dem Doktor?«

»Was?« Sie starrte ihn entgeistert an.

»Du und der Doktor? Habt ihr etwas miteinander?«

»Mit Höflichkeitsgeplänkel hältst du dich offenbar nicht lange auf.«

»Seid ihr zusammen?«

»Er ist ein alter Freund.«

»Aber du gehst morgen mit ihm essen.«

»Er hat mich überrumpelt. Ich wusste nicht, was ich sagen sollte.«

»Er denkt, es ist ein Rendezvous.«

»Da irrt er sich aber.«

»Bist du sicher?«

»Ich glaube, das geht dich nichts an.«

»Ganz im Gegenteil.«

Mir werden die Knie weich, dachte sie, als sie ihm tief in die Augen blickte. Direkt vor dem Laden, während Claudia und Sweeney mich beobachten.

Sie fühlte sich so wie die Frauen in den Liebesromanen, die Claudia stets unter der Fernsehzeitschrift versteckte. Jetzt fehlten nur noch das Piratenschiff und das schulterfreie Kleid.

»Nein«, erwiderte sie schließlich. »Es ist kein Rendezvous.«

»Das freut mich.«

»Mich auch.«

Konnte man mitten auf der Straße und unter den Augen der Öffentlichkeit eine fast spirituelle Erfahrung machen? Eine schiere Ewigkeit sahen sie einander an. Annie glaubte schon, er würde nach ihrer Hand greifen und sie vielleicht sogar in die Arme nehmen, um sie zu küssen. Aber nichts dergleichen geschah. Er musterte sie so lange und eindringlich, wie es ihr noch nie im Leben geschehen war, löste dann Max'

Leine vom Fahrradständer und ging davon. Annie fühlte sich trotzdem wie nach einem leidenschaftlichen Kuss.

Sam hatte den schnellen und zielstrebigen Gang eines Städters. Außerdem hatte sie das Gefühl, dass er sich in diesen Straßen auskannte, und wieder fragte sie sich, welche Ereignisse in seinem Leben ihn wohl in Warrens Haus am Strand geführt haben mochten. Männer wie er waren doch normalerweise beruflich erfolgreich und hatten eine elegante Freundin, die ein schwarzes Cocktailkleid und eine dezente Perlenkette trug. Sie kreuzten nicht in einem zerbeulten Wagen in Shelter Rock Cove auf, hatten einen unerzogenen Labrador im Schlepptau und eroberten bei Donuts und Kaffee das Herz fremder Frauen!

Jemand klopfte hinter ihr an die Scheibe, und sie spürte, wie Claudias und Sweeneys Blicke ihr buchstäblich Löcher in den Rücken brannten. Doch bevor sie hineinging, musste sie noch ihre wild durcheinanderwirbelnden Gefühle ordnen und dorthin verbannen, wo sie hingehörten.

Allerdings kostete es sie alle Mühe, nicht ihre Lippen zu berühren, um einen Kuss festzuhalten, der nie stattgefunden hatte.

Annie blieb auf dem Gehweg stehen, bis Sam und Max um die Ecke Main Street und Mariner Street gebogen waren. Als sie ihn nicht mehr sehen konnte, kehrte sie in den Laden zurück.

»Wo hattest du ihn bisher versteckt?«, fragte Sweeney, sobald sie den ersten Fuß über die Schwelle setzte. »Der ist doch sicher nicht von hier.«

Annie bemühte sich um eine gleichmütige Haltung. Da die Gefühle, die in ihr tobten, völlig neu für sie waren, wollte sie sie noch mit niemandem teilen.

»Er ist gestern in Ellie Bancrofts Haus gezogen.« Sie griff nach der Drahtschere und trat hinter die Theke. »Sein Hund hat gestern mein Auto schmutzig gemacht, und nun will er sich revanchieren.« Den Champagner, die Begegnung im

127

Evaskostüm und die gemeinsame Nacht ließ sie wohlweislich aus.

»Leihst du ihn mir für ein paar Wochen?«, witzelte Sweeney. »Das wäre eine Alternative zu einem Bier im Yardarm
Inn am Freitagabend.«

»Ach, bitte«, zischte Claudia und riss einer völlig unschuldigen weißen Lilie den Kopf ab. »Ihr beide redet wie alberne
Schulmädchen.«

Annie entfernte den Blumenkorb aus der Reichweite ihrer
Schwiegermutter. Wenn Claudia so weitermachte, würden
sie ihre Bestellungen demnächst verdoppeln müssen. Außerdem empfand Annie Claudias Reaktion als ebenso übertrieben wie die von Sweeney, weshalb sie beschloss, nicht näher
darauf einzugehen und sich auf die reinen Fakten zu beschränken.

»Meine Tür schloss nicht richtig, und Sam hat mir angeboten, sie für mich zu reparieren. Ich hatte ihn gebeten, den
Schlüssel unter die Fußmatte zu legen, aber wie ihr ja selbst
gehört habt, fand er das keine gute Idee.« Kurz, knapp, sachlich. Offenbar waren die beiden mit dieser Erklärung zufrieden. Schonungslose Offenheit war ein vielfach überschätzter
Grundsatz.

»Kein Wunder, dass mir der Magen knurrt«, meinte Sweeney mit einem Blick auf die Uhr, die an einem Samtband zwischen ihren Brüsten baumelte. »Was ist mit der Suppe?«

Annie wischte sich die Hände an der schwarzen Hose ab.
»Ich glaube, wir haben auch noch Kräcker da.«

»Und Tabasco?«, fragte Sweeney.

»Meinst du, ich könnte ohne Tabasco leben? Möchtest du
deine Suppe mit oder ohne scharfe Sauce?«, wandte sie sich
dann an Claudia.

Claudia holte ihre Handtasche hinter der Theke hervor.
»Wenn es euch nichts ausmacht, esse ich bei Bernie ein Sand-
wich mit Putenbrust und Brie. Ich bin gleich zurück.«

»Lass dich von ihr nicht ins Bockshorn jagen«, sagte Sweeney, sobald die Tür hinter Claudia ins Schloss gefallen war. »Schnapp ihn dir, wenn er dir gefällt. Sie wird sich schon beruhigen.«

»Weißt du, Sweeney, wenn du beim Verkauf deiner Glasarbeiten nur halb so erfolgreich wärst wie beim Verteilen guter Ratschläge, wärst du die nächste Tiffany.«

»Schon gut«, erwiderte Sweeney lachend. »Es können nicht alle so begabt sein wie ich.«

Als sie sich kurz darauf an den Esstisch setzten, wurde Annie beim Anblick der roten cremigen Suppe, die in der Schale herumschwappte, flau im Magen. Es kostete sie Mühe, den Löffel zum Mund zu führen.

»Migräne oder Kater?«, erkundigte sich Sweeney. »Ich tippe auf Letzteres.«

»Billigchampagner auf nüchternen Magen«, antwortete Annie und massierte sich vorsichtig die Schläfen. »Jetzt weiß ich, warum ich nur selten Alkohol trinke.«

»Man darf es ebenfalls niemals übertreiben, Schätzchen, außer in der Liebe und wenn Schokolade im Spiel ist. Das ist mein Motto.« Sie kramte ein kleines Döschen aus der Tasche. »Kopfschmerztabletten und viel Kaffee. Das hilft.«

Natürlich lag es nicht nur am Kater, dass Annies Schädel dröhnte wie eine dieser karibischen Trommeln aus alten Ölfässern. Es lag auch daran, dass Sam Butler einfach in den Laden spaziert und damit auf Claudias Radarschirm geraten war. Annie wusste allerdings genau, dass ein Fremder in Shelter Rock Cove nie geheim gehalten werden konnte. Dennoch war es eigenartig, die eigene Schwiegermutter mit dem Mann bekannt zu machen, in dessen Armen man gerade die Nacht verbracht hatte. Die meisten vernünftigen Frauen hätten einem von diesem Experiment abgeraten.

Sweeney beobachtete Annie aufmerksam. Schließlich schob sie die Suppenschale weg und beugte sich vor.

»Wie lange kennen wir uns jetzt?«

»Seit ich denken kann.« Sweeneys bunte Kleider und ihre

blumige Ausdrucksweise waren schon eine feste Größe in der Stadt gewesen, als die kleine Annie davon geträumt hatte, einmal eine große Künstlerin zu werden.

»Dann weißt du, dass ich nur dein Bestes will.«

»Ach, herrje.«

Annie wischte sich die Krümel von den Fingern und griff nach dem Tabascofläschchen.

»Mir schwant Übles.«

»Ich habe das nach dem Tod meines zweiten Mannes auch durchgemacht und weiß, wie schwierig es ist, wieder von vorne anzufangen.«

»Das mit dem Haus klappt schon. Keine Ahnung, was Claudia dir erzählt hat, aber …«

»Annie.« Sweeneys Tonfall duldete keinen Widerspruch. »Wir reden nicht von deinem neuen Haus.«

Annie schob ihre eigene Suppenschale weg und fingerte an ihrer Serviette herum. »Du machst dir zu viele Gedanken.«

»Mag sein«, räumte Sweeney ein. »Aber ich habe schließlich Augen im Kopf.«

»Sweeney, eine Beziehung ist wirklich das Letzte, worauf ich es anlege.«

»Wirklich?«

»Selbstverständlich. Mit dem Laden und dem neuen Haus hätte ich gar keine Zeit dafür.«

»Dir selbst kannst du ja etwas vormachen, Annie, aber nicht mir. Ich habe gesehen, wie du Dr. Talbot und den anderen Männern ausweichst, die dich hier besucht haben. Heute war es ganz anders, Annie.«

»Claudia ist es auch aufgefallen, oder?«

»Darauf kannst du wetten. Und jetzt überlegt sie sicher, was sie dagegen unternehmen kann.«

»Claudia ist zwar ziemlich stur, aber sie würde niemals intrigieren.«

»Das glaube ich auch nicht. Doch sie ist einsam und hat

Angst, dich zu verlieren. Also wird sie versuchen, dich mit allen Mitteln zu behalten.«

»Mich verlieren? Warum sollte sie das?«

»Du weißt genau, was ich meine. Du bedeutest für sie eine Verbindung zu ihrem Sohn, mehr noch als ihre eigenen Kinder. Deshalb wollte sie auch, dass du dein großes Haus in einen Tempel für ihn verwandelst, so wie sie es für ihren John getan hat.«

Sweeney hatte recht. Der Verkauf des Hauses war für Claudia ein schwerer Schlag gewesen. Was würde sie wohl sagen, wenn sie erfuhr, welcher Grund dahintersteckte?

»Ich habe nicht vor, Kevin so rasch zu ersetzen, und schon gar nicht durch einen Mann, den ich erst seit gestern kenne.«

»Vielleicht. Aber du könntest eines schönen Morgens aufwachen, die Augen aufschlagen und feststellen, dass du dich verliebt hast, ob du nun willst oder nicht. Du darfst nicht dein restliches Leben auf Eis legen, nur um Claudia nicht wehzutun.«

Annie lehnte die Stirn auf die kühle Tischplatte. »Kannst du mir verraten, warum das Leben so kompliziert sein muss?«

Lachend warf Sweeney den Kopf zurück. »Kindchen, wenn ich das wüsste, würde ich die Welt beherrschen.«

Kurz vor drei war Annie mit den Sträußen für die Brautjungfern fertig und machte sich an den Brautstrauß. Sweeney und Claudia stellten die Blumen für den Altarschmuck zusammen.

Zufrieden stellte Annie fest, dass sie trotz des Feiertagswochenendes und ihres Umzugs zeitlich gut im Rennen lagen. Ihre Aushilfen hatten sich gestern wacker geschlagen, während sie ihr Haus eingeräumt hatte. Für ihre Unterstützung schuldete sie Tracy und Joan ein bezahltes freies Wochenende.

Sie war froh über Sweeneys Anwesenheit, denn ihr und

den spannenden Anekdoten aus ihrem ereignisreichen Leben war es zu verdanken, dass kein beklemmendes Schweigen aufkam.

Außerdem hatte Claudia so keine Gelegenheit, sie über ihren neuen Nachbarn auszufragen.

Kurz darauf kamen Eileens Tochter Jennifer und ihre Freundinnen hereingestürmt. Sie rochen nach Sonnencreme und waren ausgelassener Stimmung.

»Hallo, Tante Annie, hallo Oma.« Sie küsste sie beide und schnappte sich dann ein Stück Schokolade aus dem Glas, das neben Claudia stand. »Hallo, Sweeney! Dürfen wir das Radio anmachen? Habt ihr Limo da? Findest du, dass ich in diesem Oberteil dick aussehe?«

»Dick?«, entsetzte sich Sweeney, als die Mädchen im Hinterzimmer verschwunden waren. »Mein linker Oberschenkel ist dicker als sie.«

»Sie ist wirklich eine Schönheit«, meinte Annie wehmütig. »Und sie ahnt es nicht einmal.«

»Das war bei dir in diesem Alter genauso.« Claudia wickelte eine mit Draht versteifte Schleife um den Stängel eines dornenlosen Moosröschens. »Wenn ich für jede Diät, die ihr Mädchen gemacht habt, einen Penny bekommen hätte, wäre ich heute eine reiche Frau.«

»Ich möchte nicht mehr sechzehn sein«, sagte Sweeney und griff nach einer cremeweißen Rose. »Man hält sich für den Mittelpunkt der Welt. Dass das nicht stimmt, ist mir erst mit dreiunddreißig klar geworden.«

»Ich wäre gern noch einmal sechzehn«, seufzte Claudia wehmütig. »Strotzend vor Tatendrang und voller Begeisterung für das Leben.« Sie machte eine dramatische Pause. »Ganz zu schweigen von Knien, die beim Treppensteigen nicht knirschen.«

»Und keine Orangenhaut«, fügte Annie hinzu und versuchte, nicht daran zu denken, wie sie wohl ausgesehen hatte, als Sam sie schlafend in der Badewanne fand. »Ich weiß schon gar nicht mehr, wie meine Beine ohne Cellulite aussehen.«

»Schätzchen«, meinte Sweeney. »Ich kann mich nicht mehr an die Zeit erinnern, in der meine Oberschenkel nicht aneinandergerieben haben wie Stöckchen beim Feuermachen.«

Claudia schnitt ein Stück von dem elfenbeinfarbenen Satinband ab.

»Dezente Beleuchtung und Negligés haben schon mehr Ehen gerettet als getrennte Badezimmer.« Sie sah Annie und Sweeney an, die sich vor Lachen bogen. »Spottet nur«, fügte sie grinsend hinzu. »Aber vergesst nicht, dass ihr nicht immer jung bleiben werdet. Eines Tages werdet ihr für Schummerlicht und einen bodenlangen Morgenmantel dankbar sein.«

Oh, Claudia, dachte Annie, als sie aufstand, um Schleierkraut zu holen. Was würdest du sagen, wenn du wüsstest, dass ein bodenlanger Morgenmantel und Kerzenlicht mich erst in diese Lage gebracht haben?

Um fünf Uhr waren die Mädchen mit den Anstecksträußen fertig, verdrückten sich kichernd und ließen einen Haufen abgeknickter Blüten zurück. Sweeney und Claudia beendeten das letzte Gesteck für die Tischdekoration und verstauten ihr Werk zusammen mit den Sträußen für die Brautjungfern in der Kühlkammer.

»Tut mir leid, dass ich euch allein lassen muss, meine Damen. Aber ich habe heute Abend eine tolle Verabredung und muss noch die Bettwäsche wechseln und mir die Beine rasieren.«

»Ach, du meine Güte!« Claudia klang zwar schockiert, doch ein Funkeln stand in ihren Augen. »Gibt es in dieser Stadt eigentlich einen Mann, mit dem du noch nicht … ausgegangen bist?«

Sweeney brüllte vor Lachen. »Schätzchen, inzwischen importiere ich die Kerle aus New Hampshire.« Sie griff nach ihren riesigen Taschen und kramte nach dem Schlüssel ihres alten VW-Busses. »Ich bin morgen Mittag um zwölf da und helfe euch, die Kirche zu schmücken.«

»Das brauchst du nicht.« Annie meinte es ehrlich. »Du hast schon so viel für mich getan.«

»Dafür werde ich auf dich zurückkommen, wenn es Zeit für die Herbstausstellung ist«, erwiderte Sweeney mit einem erneuten Auflachen. »Du weißt ja, dass ich nicht schüchtern bin.«

Gerade war Sweeney hinausgegangen, als Amelia Wright und ihre Schwester Terri Cohen hereinkamen. Sie hatten eine große Kiste mit ihren neuesten Tonfiguren dabei, denn ihre Spezialität waren Märchengestalten wie Greife und Einhörner, die sie ebenfalls im Laden ausstellten. Als sie sahen, dass Annie noch bei der Arbeit war, krempelten sie sich rasch die Ärmel hoch und packten mit an.

»Ich bin noch immer nicht mit der Buchhaltung für August fertig«, sagte Claudia und wedelte mit den Händen, um ihre Finger zu lockern. »Vielleicht sollte ich das erledigen, solange Amy und Terri hier sind.«

»Gute Idee«, erwiderte Annie, die ahnte, dass die Arthritis Claudia wieder zu schaffen machte.

Sie hatte ein schlechtes Gewissen, weil sie ihre Schwiegermutter so hart arbeiten ließ. Allerdings gab es zurzeit fast nichts, was keine Schuldgefühle in ihr auslöste – der Verkauf des alten Hauses und sämtlicher Möbel und der Kauf des neuen, ja, eigentlich alles, was sie in den letzten beiden Jahren getan hatte.

Um halb sieben war Claudia mit der Buchführung fertig und holte ihre Handtasche und ihren Pullover. »Eileen und die Kinder kommen morgen nach der Kirche zum Frühstück. Du bist herzlich eingeladen, bevor wir alles für die Hochzeit vorbereiten müssen.«

Annie streckte sich und unterdrückte mühsam ein Gähnen. »Danke, aber ich glaube, ich beschäftige mich besser mit den unausgepackten Umzugskartons. Wenn ich mich jetzt nicht darum kümmere, stehen sie zu Weihnachten immer noch da.«

»Ich gehe dir gern dabei zur Hand.«

»Das weiß ich doch«, erwiderte Annie, die sich sofort ihrer kritischen Gedanken über ihre Schwiegermutter schämte. »Aber du hast schon so viel für mich getan. Wenn ich jeden Tag ein bisschen weitermache, bin ich in null Komma nichts fertig.«

Claudia schlüpfte in ihren elfenbeinfarbenen Pullover und klemmte die Handtasche unter den Arm. »Du arbeitest zu viel, Annie, und siehst in letzter Zeit so müde aus. Das gefällt mir gar nicht.«

»Ich bin stark wie ein Ochse.« Annie ließ die Muskeln spielen. »Jedenfalls sehe ich laut Ceil inzwischen so aus.«

»Wenn diese Frau den Mund aufmacht, wird die Milch sauer. Mir hat sie erzählt, ihre Cousine habe sich die Augen liften lassen, und dabei hat sie mich vielsagend angeschaut.«

Annie lachte – der erste ungezwungene Moment des ganzen Tages. »Hat sie dir auch gleich die Visitenkarte des Arztes angeboten?«

»Nein«, erwiderte Claudia kopfschüttelnd. »Aber ihre pummelige Hand wanderte schon in Richtung Schürzentasche, so wahr ich hier stehe.« Als sie Annies Gesicht mit beiden Händen umfasste, sah diese den liebevollen Blick, der in ihren hellblauen Augen stand. »Du ruhst dich heute Abend aus, verstanden? Du kannst nicht Tag und Nacht schuften.«

Annie schloss die Augen. Das Gefühl von Zuneigung, das sie überkam, war so tröstend, löste aber gleichzeitig Schuldgefühle in ihr aus.

»Ich liebe dich, Claude«, sagte sie leise und behutsam. »Vergiss das nie.«

Rasch tätschelte Claudia ihr die Wange. »Als ob ich das könnte.«

Claudia erledigte ihre Einkäufe im Yankee-Shopper-Supermarkt meist am Samstagabend. Da Ceil samstags nur selten Dienst hatte, ergriff Claudia die Gelegenheit gern beim Schopf, ihre Privatsphäre zu wahren, und unbehelligt von neugierigen Blicken, Kalbskoteletts und Backkartoffeln erwerben zu können.

Thomas, der Verkäufer in der Gemüseabteilung, winkte ihr zu, was sie mit einem Nicken erwiderte. Thomas war Kevins Mitschüler gewesen, ein sympathischer junger Mann, der es im Leben leider nicht sehr weit gebracht hatte. Claudia besaß zwar keinen Standesdünkel, fand es aber dennoch jammerschade, dass ein kluger junger Mann sich damit zufrieden gab, in einem Kleinstadtsupermarkt Tomaten aufeinanderzuschichten.

Inzwischen ging Thomas auf die Vierzig zu und bekam kleine Fältchen um die dunkelbraunen Augen. Außerdem zeichnete sich unter der Yankee-Shopper-Schürze der Ansatz eines Bäuchleins ab.

Kevin war muskulös gewesen wie sein Vater. Sicher hätte er seine Traumfigur bis ins hohe Alter behalten, ohne Fett anzusetzen.

Claudia war Thomas' Mutter Audrey zuletzt beim Bridgemarathon zugunsten der Brustkrebshilfe im Krankenhaus begegnet. Inzwischen war Audrey mehrfache Großmutter und vor Stolz fast geplatzt, als sie die Fotos auf dem mit Filz bespannten Kartentisch ausbreitete.

»Thomas und Mary Ann haben gerade das vierte bekommen«, verkündete sie und deutete mit strahlender Miene auf das winzige rotgesichtige Bündel auf den Bildern. »Jetzt habe ich insgesamt sechs Enkelkinder, und das siebte ist unterwegs.«

Claudia, die den Großmutterwettbewerb nicht zu scheuen brauchte, hatte ihr dickes Fotopäckchen zutage gefördert und ihren Freundinnen eine Litanei von Geburtsdaten, -gewichten und Entwicklungsfortschritten heruntergebetet, von der ihr im umgekehrten Fall vermutlich der Schädel gebrummt hätte.

»Gütiger Himmel«, rief Audrey jedes Mal aus. »Deine Kinder sind wirklich fortpflanzungsfreudig!«

Elf Enkelkinder und zwei weitere unterwegs. Claudia liebte sie alle von ganzem Herzen. Allerdings würde sie aller Kindersegen der Welt nie darüber hinwegtrösten können, dass Kevin und Annie nun nie mehr ein Baby bekommen würden. Mit Kevins Tod war auch die Zukunft gestorben, und nichts würde je die Lücke füllen, die er im Herzen seiner Mutter hinterlassen hatte.

An der Trauer über den Tod ihres Mannes wäre sie beinahe zugrunde gegangen. Aber übermächtig war die niederschmetternde Verzweiflung gewesen, die Besitz von ihr ergriffen hatte, als sie ihren Sohn beerdigen musste. Eine Mutter sollte ihren Sohn nicht überleben. Das verstieß gegen die Gesetze der Natur und der Gesellschaft. Manche Wunden waren eben so tief, dass sie niemals heilen würden.

In der Zeit danach hatten Annie und sie sich aneinandergeklammert und sich gestützt, wenn die Trauer sie zu überwältigen drohte. Wie froh war Claudia gewesen, dass Kevin das Glück gehabt hatte, an ein Mädchen wie Annie Lacy zu geraten. Annie hatte ihn so geliebt, wie eine Frau ihren Ehemann lieben sollte, und war Claudia deshalb umso mehr ans Herz gewachsen. Auch wenn sie sich manchmal gefragt hatte, ob in dieser Ehe alles zum Besten stand, hatte Annie nie ein Wort darüber verlauten lassen, eine Haltung, die Claudia respektierte. Kein Ehemann war vollkommen, und eine kluge Frau lernte rasch, wie man diese Schwachstellen möglichst geschickt umging.

Hatte sie Annie in letzter Zeit gesagt, wie viel sie ihr bedeutete und wie wichtig ihre lebensbejahende Art für diese Familie war? Sie wusste es nicht. Eigentlich betrachtete sie Annie als eigenes Kind, so wie Eileen, Susan und die anderen, und genau darin lag das Problem. Denn sie erwartete

137

von ihr, dass sie von selbst spürte, wie sehr sie geliebt und geschätzt wurde.

Aber Annie war nicht ihr eigen Fleisch und Blut. Sie kam erst kurz vor ihrem sechzehnten Geburtstag in Claudias Haus, so verängstigt und bedürftig, wie sie es noch nie bei einem jungen Mädchen erlebt hatte. Und so tat Claudia dasselbe wie wohl jede Mutter unter den gegebenen Umständen. Sie nahm das Mädchen mit offenen Armen auf.

Wann hörte man eigentlich auf, sich Sorgen um seine Kinder zu machen? Wenn der Sohn einundzwanzig wurde? Oder die Tochter dreißig? Wie härtete man ein Mutterherz gegen die Gefahren ab, die den Menschen, die man mehr liebte als das eigene Leben, ständig drohten?

Heute Nachmittag, als der Mann in den Blumenladen gekommen war, hatte Annie so jung und reizend ausgesehen. Ihre dunkelblauen Augen funkelten, ihre Haut leuchtete, und ihr Gang hatte etwas Anmutiges gehabt, das Claudia bis zu diesem Zeitpunkt nie an ihr aufgefallen war.

Claudia erinnerte sich sehr gut daran, wie es war, sich zu verlieben. Und sie wünschte von ganzem Herzen, sie könnte Annie vor der Enttäuschung bewahren, die sie ganz sicher erleben würde.

Es war doch viel sicherer, sich auf die Erinnerung an die Liebe zu beschränken …

»Heute keine Coupons, Claudia?« Midge Heckel begann, die Einkäufe einzuscannen. »Im Anzeigenblättchen ist diese Woche ein Rabattcoupon für Butter.«

Claudia seufzte. »Von Butter lasse ich lieber die Finger, Midge. Mein Cholesterinspiegel gefällt mir gar nicht.«

Daraufhin setzte Midge zu einer Aufzählung ihrer verschiedenen gesundheitlichen Leiden an, bei der Claudia mühelos mithalten konnte. Lachend verstaute die Kassiererin die Einkäufe in einer Tüte. »Ein Wunder, dass wir überhaupt leben.«

»Vermutlich ist der liebe Gott noch nicht ganz fertig mit

uns«, erwiderte Claudia, während sie zwanzig Dollar aus der Brieftasche zog.

»Aber wir sollten uns ein bisschen beeilen«, meinte Midge. »Die Zeit wird allmählich knapp.«

»In einer Viertelstunde landen wir in Bangor, Mr B.«

Warren Bancroft nickte dem jungen Mann in der dunkelblauen Uniform zu.

»Pünktlich auf die Minute, Jason«, sagte er nach einem Blick auf die Uhr. »Zum zehnten Mal hintereinander. Ich bin beeindruckt.«

Der junge Mann schmunzelte.

»Das hat Captain Yardley auch gemeint.«

Warren musste ein Grinsen unterdrücken.

»Richten Sie Captain Yardley aus ...« Er hielt inne. »Nein, ich erzähle es ihr nach der Landung selbst.« Ihm war es lieber, Belobigungen persönlich zu verteilen.

Nachdem Jason das leere Saftglas, das *Wall Street Journal* und ein Päckchen mit Jokern verzierter Spielkarten eingesammelt hatte, verschwand er in der Bordküche. Warren klappte seine Lesebrille zusammen und steckte sie ein.

Sonia Yardley hatte sich großartig gemacht. Als Warren sie vor zehn Jahren kennengelernt hatte, hatte sie für ein Butterbrot Kleinmaschinen auf einem winzigen Flugplatz unweit von Wiscasset geflogen, um sich ihr Studium zu verdienen. Einige diskrete Nachforschungen ergaben, dass sie zwar ausgezeichnete Noten hatte, aber arm war wie die sprichwörtliche Kirchenmaus. Nie hatte er es bereut, dass er ihr ein Bancroft-Stipendium hatte zukommen lassen.

Inzwischen war Sonia mit einem gut aussehenden Piloten verheiratet, hatte eine hübsche kleine Tochter und konnte voller Zuversicht in die Zukunft blicken.

Warren hatte nur Mitleid für reiche alte Männer und Frauen übrig, die ihren Wohlstand in Steuerparadiesen parkten und nie die freudige Erfahrung machten, mit diesem Geld das Leben eines jungen Menschen in die richtigen Bahnen lenken zu können.

Natürlich klappte das nicht in allen Fällen. Hin und wieder ließ sich das Schicksal selbst mit den allergrößten Bemühungen nicht dazu überreden, den Menschen, die einem mehr als alles andere bedeuteten, ein wenig Glück zu schenken. Wie zum Beispiel bei Sam und bei Annie.

Annie hatte ihre vielversprechende Künstlerkarriere den Ratenzahlungen für das Haus und den Problemen ihres Ehemannes geopfert. Wann hatte sie zum letzten Mal ihre Staffelei aufgebaut und ihre Farbtuben herausgeholt? Vor fünf Jahren? Vielleicht waren es auch zehn. Was war mit den Skulpturen aus Holz und Stein, von denen sie geträumt hatte? Als Warren sie gebeten hatte, ein Stück für das Museum anzufertigen, hatte sie nur gelacht und gemeint, sie wisse gar nicht mehr, wie das ginge. Dennoch hielt er den Ehrenplatz weiter für sie frei. Obwohl sie ihr Talent nun dafür nützte, kunstvolle Blumengestecke herzustellen, war es dort doch verschwendet. Warren fand es einen Jammer, dass sie ihre Begabung nicht richtig nützte.

Und dann war da Sam. Er hatte eine beachtliche Karriere gemacht, allerdings nichts dabei gewonnen außer Geld – und nun war auch das dahin. Alles hatte er für seine Brüder und Schwestern aufgegeben, die nicht einmal ahnten, dass er um seine Zukunft kämpfen musste.

Warren verstand den Jungen sehr gut. Es gab nichts Schlimmeres im Leben, als zuzulassen, dass die Liebe einem durch die Finger schlüpft. Und das alles nur, weil man die beiden kleinen Wörter nicht über die Lippen brachte, die eine Frau unbedingt hören wollte.

Geh nicht.

Doch das war eine lange Geschichte, mit der Warren schon vor langer Zeit seinen Frieden gemacht hatte. Er war zwar später noch anderen Frauen begegnet, doch keine hatte sein Herz so angerührt wie seine erste Liebe.

Er wollte, dass Sam und Annie das bekamen, was ihm selbst nie vergönnt worden war: Das einzigartige Glück, das es bedeutete, bis ans Ende seines Lebens zu lieben und geliebt zu werden. Denn trotz ihrer vielen Talente waren die beiden allein. Und Warren war fest dazu entschlossen, das zu ändern, bevor der Schöpfer ihn zu sich rief.

Ehen zu stiften war bei weitem nicht so leicht wie das Verteilen von Stipendien und Arbeitsplätzen an verdiente Bewerber. Schließlich wurden Liebe und Romantik an keiner Universität unterrichtet. Man musste sich darauf beschränken, dafür zu sorgen, dass sich die Wege eines Mannes und einer Frau kreuzten. Dann konnte man nur noch das Beste hoffen.

Als Sam ihn am frühen Nachmittag angerufen und eine Bitte an ihn gerichtet hatte, hatte Warren sich die ungebetenen Ratschläge verkneifen müssen.

Sie ist schrecklich stolz, mein Junge, hätte er am liebsten erwidert, als Sam ihm seinen Vorschlag unterbreitete. Wenn sie glaubt, dass du dich ihr gegenüber gönnerhaft verhältst, wird sie dir dein Geschenk um die Ohren hauen wie einen verfaulten Fisch.

Aber Sam war nicht von seiner Idee abzubringen, bis Warren sich schließlich erweichen ließ. Allerdings hätte es ihn nicht gewundert, wenn Sam seine Geschenke auf der Straße wiederfinden würde, noch ehe der Tag zu Ende ging.

Als Annie den Laden abschloss und in ihren Wagen stieg, war es kurz vor sieben. Sie winkte George zu, einem der Dorfpolizisten, der gerade dem jungen Vic DeLuca einen Strafzettel wegen Falschparkens verpasste.

George und seine Frau Sunny hatten sieben Jahre lang neben Annie und Kevin gewohnt, waren dann jedoch in ein kleines Bauernhaus einige Kilometer vor der Stadt gezogen. Falls George sich je Gedanken über die spätnächtlichen Besucher machte, die immer wieder vor Annies und Kevins Tür standen, hatte er es sich nicht anmerken lassen. Manchmal wünschte Annie sich damals fast, jemandem würde der fremde Wagen auffallen, der mit laufendem Motor in ihrer Auffahrt stand. Warum kam es niemandem seltsam vor, dass jeden Monat so viele Schecks der Galloways platzten? Doch in all den Jahren hatte nie ein Mensch auch nur ein Wort darüber verloren.

Die Leute sahen nur das, was sie sehen wollten. Und in ihrem Fall waren das Annie und Kevin gewesen, seit Highschoolzeiten das Traumpaar der Stadt, das genau das glückliche Leben führte, von dem alle träumten.

Wie erklärte man den Menschen, die einen liebten, dass es dieses Traumpaar nicht mehr gab? Wie brachte man sie dazu, einem zuzuhören, wenn man sich von der Last der Vergangenheit erdrückt fühlte? Sie hatte Claudias Miene bemerkt, als Sam Butler heute Nachmittag in den Laden gekommen war. Wenn Blicke töten könnten, hätte Sam ans Himmelstor geklopft, bevor er auch nur Zeit gehabt hätte, Hallo zu sagen.

Du brauchst dir keine Sorgen zu machen, Claudia, dachte Annie, während sie in ihre Einfahrt einbog. Da er die Tür repariert und das Auto saubergemacht hat, hat er keinen Grund mehr vorbeizuschauen – außer er hofft, mich noch einmal nackt in der Badewanne anzutreffen.

Aber diese Wahrscheinlichkeit war recht gering. Vermutlich brachte der arme Mann gerade Verdunklungsvorhänge an seinen vorderen Fenstern an, um nicht mehr Gefahr zu laufen, sie im Evakostüm zu sehen, denn er hatte sich von dem Schock bestimmt noch nicht erholt.

Vermutlich hielt er sie für eine vereinsamte und bemitleidenswerte Witwe, die ohne männliche Hilfe nicht zwei und zwei zusammenzählen konnte. Billiger Champagner. Kerzen rings um die Badewanne. Ein seidener Morgenmantel, in dem sie noch nie jemand gesehen hatte. Ob er wohl sofort Warren angerufen hatte, um ihm die ganze Geschichte bis hin zum Katzenjammer zu erzählen?

Dieser Gedanke holte sie schlagartig in die Wirklichkeit zurück.

In weniger als vierundzwanzig Stunden hatte ihr neuer Nachbar sie zerzaust, erschöpft, abgehetzt, volltrunken, splitterfasernackt, bewusstlos, ungeschminkt, verkatert und beim gierigen Verschlingen von Donuts erlebt. Dieser Anflug von gegenseitiger Anziehung hatte also bestimmt nichts zu bedeuten. Schließlich waren sie nur Menschen, ein Mann und eine Frau, die zufällig in eine intime Situation geraten waren, was ein bisschen Geknister nur natürlich machte. Irgendwann würden sich die Hormone wieder beruhigen und sich in ihre Drüsen zurückziehen. Nur die Biologie war schuld.

Oder, noch besser, der Champagner.

Schließlich war sie eine vernünftige, ernst zu nehmende Geschäftsfrau, keine beschwipste Schnapsdrossel, die man nackt aus Badewannen retten musste. An sie wandten sich die Menschen, wenn sie Rat brauchten, weil sie ihr vertrauten und sicher waren, dass sie ein Geheimnis bewahren konnte.

Selbstverständlich konnte Sam das nicht ahnen. Er kannte sie nur als jemanden, der gern Champagner trank und Bademäntel anzündete. Und außerdem kannte er nun ihre Cellulitis, die zwei winzigen Dehnungsstreifen und ihr Muttermal, von dem vorher nur ihr Ehemann und ihr Frauenarzt gewusst hatten.

Warum interessiert es ihn, ob du etwas mit Hall hast, wenn er nichts von dir will?

Bestimmt nur aus reiner Neugier! Sam war immerhin fremd in der Stadt und wollte deshalb natürlich wissen, wie die einzelnen Personen zueinander standen. Hall war unangemeldet aufgekreuzt und hatte sich gebärdet, als gehöre ihm das Haus. Und zwei Sekunden später hatte sie, Annie, sich von ihm zum Abendessen einladen lassen. Wahrscheinlich war Sam einfach nur direkter als die meisten anderen Leute.

Allerdings erklärt das nicht, warum du ihm heute Nachmittag auf dem Gehweg beinahe in die Arme gesunken wärst.

»Ich bin eben eine Idiotin«, sagte sie laut, während sie den Wagen stoppte.

Sie wusste über Männer nicht viel besser Bescheid als Jennifer und ihre gackernden Freundinnen. Heute Nachmittag im Blumenladen hatte sie belauscht, wie sie über Jungs redeten. Jen war halb so alt wie Annie und bereits zweimal verliebt gewesen. Annie hingegen hatte ihren ersten und einzigen Freund nach dreijähriger Beziehung geheiratet. Damals hatte sie bereits zur Familie gehört, und die Ehe mit Claudias Lieblingssohn ließ die Verbindung noch enger werden.

In puncto Männer war sie also irgendwo in den 1980er-Jahren stehen geblieben, als die Frauen noch Föhnfrisuren und Schulterpolster trugen. Seit ihrem sechzehnten Lebensjahr hatte sie nichts mehr in Sachen Liebe dazugelernt – für eine Achtunddreißigjährige keine sehr gute Vorbereitung aufs Singledasein.

Gut, sie und Sam Butler hatten auf der Veranda zusammen Donuts gegessen. Das war etwas ganz Alltägliches. Zugegeben, sie hatten sich einen zarten Puderzuckerkuss auf die Lippen gehaucht. Aber wie bedankte man sich sonst bei seinem Lebensretter? Ihre Lippen hatten sich berührt. Nun war es vorbei. Thema erledigt. Für alles, was sie gesagt oder getan hatten, gab es eine vernünftige Erklärung – und keine davon hatte etwas mit roten Herzchen und rosafarbenen Blümchen zu tun.

Und dann öffnete Annie die Tür und stellte fest, dass sie sich gründlich geirrt hatte.

Denn in den vorher leeren Zimmern standen plötzlich Möbel.

Und zwar eine ganze Menge.

Eine Leselampe auf einem Tisch aus dunklem Holz. Ein gepolsterter Schaukelstuhl, in dem man versinken konnte. Ein kleiner Tisch aus Ahornholz mit zwei Stühlen, die genau in die winzige Essecke passten. Ein Krug mit frisch gepflückten Margeriten auf der Tischplatte. George und Gracie hatten den Kratzbaum am Wohnzimmerfenster bereits mit Beschlag belegt. Annie hatte schon immer so ein Spielgerät für Katzen kaufen wollen, war aber vor den Kosten zurückgescheut.

Wer mochte das für sie getan haben? Warren vielleicht? Aber der hätte das ganze Haus eingerichtet und gewusst, dass sie sehr verärgert darüber sein würde. Claudia? Die hatte das Geld nicht. Dasselbe galt für Susan und die anderen. Außerdem waren sie viel zu praktisch veranlagt, um eine so teure Überraschung zu riskieren.

Annie glitt mit der Hand über die abgewetzte Platte des Ahorntisches und ertastete alle Beulen und Kratzer. Vor langer Zeit hatte sie an einem solchen Tisch gesessen und auf liniertes Papier mit einem dicken Bleistift Stärke zwei eine Wunschliste für den Weihnachtsmann geschrieben. Warrens Schwester Ellie fungierte als Babysitter und …

Sie sprang auf und stürmte aus dem Haus.

Sam hörte Annies Wagen, lange bevor er ihn sah. Das Knirschen der Reifen auf der sandigen Straße und das Tuckern ihres Motors, das klang wie das Klappern von Murmeln in einer Schale, hörte sich ganz ähnlich an wie bei seinem Auto. Komisch, wie rasch man sich an ein Geräusch gewöhnen konnte.

»Nun gibt es kein Zurück mehr, Max«, seufzte er und kraulte den Hund hinter dem linken Ohr. »Sie ist am Zug.« Er saß mit Max auf der Hintertreppe von Ellie Bancrofts altem Häuschen und beobachtete drei Möwen, die versuchten, vor Sonnenuntergang einen letzten Leckerbissen zu ergattern. Inzwischen erschien ihm die Idee, die ihm heute Nachmittag – inspiriert von Donuts, Kaffee und dem Schimmern von Annies Haar im Sonnenschein – so gut gefallen hatte, ziemlich zweifelhaft. Eigentlich hatte er es ihr sagen wollen, als er ihr die Schlüssel in den Blumenladen brachte.

145

Aber beim Anblick der beiden anderen Frauen änderte er seine Absicht, da er befürchtet hatte, sich zu blamieren.

Also hatte er einfach gehandelt.

Eigentlich neigte Sam nicht zu impulsiven Gesten, sondern überlegte sich seine Aktionen, die verschiedenen Alternativen und deren mögliche Folgen lieber im Voraus. Anders ging es nicht als Ältester von sechs Geschwistern. Nun hatte er zum ersten Mal aus Verliebtheit etwas Spontanes getan. Ein wunderbares Gefühl.

Allerdings auch ein ziemlich beängstigendes.

Das Motorengeräusch erstarb, und er hörte, wie eine Tür zugeknallt wurde. Die Eingangstür öffnete sich quietschend und fiel wieder zu. Stille. Wenigstens kein Wutgebrüll. Ein gutes Zeichen. Er klopfte mit den Fingern auf die oberste Stufe. Er wippte mit dem Fuß.

Dann sah er Max an.

Der Hund erwiderte seinen Blick.

»Du hast recht«, meinte Sam. »Ich bin ihr eine Erklärung schuldig.

Er sperrte den Hund ins Haus und hatte die Auffahrt zur Hälfte hinter sich, als er Annie Galloway auf sich zukommen sah. Sie trug immer noch dieselbe schmal geschnittene schwarze Hose und den roten Pulli wie am Nachmittag. Die Hose schmiegte sich um ihre fraulichen Hüften, während der Pullover gerade eng genug war, um verführerisch ihre Brüste nachzuzeichnen. Sie hatte die untergehende Sonne im Rücken, und ihre wilde Lockenmähne leuchtete wie eine lodernde Flamme. Außerdem wirkte Annie ein wenig müde, sehr verwundert, ausgesprochen handfest und war so wunderschön, dass ihm die Knie weich wurden.

In anderen Worten: Es hatte sich in den letzten Stunden nichts verändert.

Einige Meter entfernt von ihm blieb sie stehen.

Ihre Blicke trafen sich.

»Das hättest du nicht tun sollen, Sam.«

»Ich wollte aber.« – »Du hättest fragen können.« – »Dann wäre es keine Überraschung gewesen.«

»Du weißt, dass ich das nicht annehmen kann.«

»Warum nicht?«

»Ich kenne dich kaum.«

»Es sind nur Möbel, keine Reizwäsche.«

»Fremde kaufen einander normalerweise keine Wohnzimmermöbel.«

»Ich habe sie nicht gekauft.«

»Sie stehlen auch keine Wohnzimmermöbel füreinander.«

»Ich habe ein ganzes Haus voll davon. Entweder besorge ich ihnen ein sicheres Plätzchen, oder ich warte, bis Max sie ruiniert.«

»Du kannst nicht einfach Warrens Möbel verschenken.«

»Er sagt, du sollst dich ruhig bedienen.«

Sie stemmte die Hände in die Hosentaschen.

Ihr Bauch war leicht gerundet, fraulich und verführerisch, und Sam erinnerte sich mit jeder Faser seines Körpers daran, wie es gewesen war, sie nackt in den Armen zu halten. Trotz der seltsamen Situation.

»Ich weiß nicht, was ich dazu sagen soll, Sam.«

»Ich bin ja so glücklich. Super, was für eine prima Idee! Wenn du gerade dabei bist, wäre ein Flachbildschirmfernseher auch nicht schlecht. Hast du deine tollen Muskeln vom Möbelschleppen? – Sind das genug Vorschläge?«

Wieder dieses wunderbare Lachen. Ahnte sie überhaupt, was dieses Lachen bei ihm anrichtete?

»Bist du mit einem Danke einverstanden?«

»Nein«, erwiderte er. »Das reicht mir nicht.«

Ein Windstoß wehte ihr eine Locke über die rechte Wange. Aber sie schien es gar nicht zu bemerken.

»Was möchtest du denn?«

Grinsend betrachtete er ihren Mund.

Ein angenehm warmes Gefühl breitete sich in ihrer Brust aus.

»Ich werde dich nicht fragen«, sagte er. Sie nickte. »Sondern es einfach tun.«

»Gute Idee«, flüsterte sie.

Bevor sie Atem holen konnten, lagen sie einander schon in den Armen.

»Annie.« Hatte er ihren Namen tatsächlich ausgesprochen, oder hatte dieser sich bereits in seiner Seele eingenistet?

»Pssst.«

Nicht sprechen. Kein Laut.

Sie wollte nur seine brennenden Lippen auf ihren spüren, seinen kühlen, weichen Mund, den Geruch seiner Haut. Es war, als loderte ein Feuer in ihr, sodass sie nicht mehr klar denken konnte. Aber das wollte sie auch gar nicht. Denn wenn sie sich klarmachte, was sie gerade tat, würde sie auf der Stelle die Flucht ergreifen. Und das musste unbedingt verhindert werden.

Also schmiegte sie sich an ihn, so eng, dass er seine Begierde kaum noch zügeln konnte. Sie sehnte sich ebenso leidenschaftlich nach ihm wie umgekehrt. Unzählige Träume in kalter Nacht wurden plötzlich wahr, als sie warm und lebendig in seinen Armen lag. Sie liebkoste seine Kehle, seinen Kiefer, seine Ohren, seinen Nasenrücken und seine Schläfen, fuhr ihm mit den Fingern durchs Haar und ließ sie dann über Rücken und Schultern gleiten, als wolle sie sich seinen Körper ganz genau einprägen.

Er umfasste ihren Po und zog sie enger an sich. Ein Stöhnen entfuhr ihren Lippen, als er sich an sie presste. Wenn sie sich nicht beherrschten, bestand Gefahr, dass sie gleich in der Einfahrt übereinander herfielen.

Unter Küssen und Liebkosungen taumelten sie ins Haus, wo sie sich auf das große, breite Sofa vor dem Kamin fallen ließen. Tief sank sie in die Polster, als er sich auf sie legte. Er zerrte am Reißverschluss ihres Pullovers. Ihr Büstenhalter bestand aus weicher, cremefarbener Baumwolle. Durch den dünnen Stoff zeichneten sich ihre harten Brustwarzen ab. Schwarze Spitze hätte nicht verführerischer sein können.

Ungeduldig nestelte sie an seinen Hemdknöpfen, denn sie konnte es kaum erwarten, seine nackte Haut mit den Lippen zu berühren. Ein Knopf sprang ab und hüpfte auf den Flechtteppich, wo er schließlich liegen blieb.

»Ich nähe ihn wieder an«, murmelte sie und presste die Lippen an seine Brust. »Ich kann gut mit Nadel und Faden umgehen.«

Da riss er sich das Hemd vom Leibe und schleuderte es quer durchs Zimmer.

Sie lachte leise auf, ihr heißer feuchter Atem streifte seine Haut. Sie roch wie in Honig getauchte Blüten. Am liebsten wäre er in ihr versunken.

Er hatte nichts Weiches, Nachgiebiges oder Tröstendes an sich und schien – im Gegensatz zu ihr – ganz und gar aus harten Muskeln und schroffen Linien zu bestehen. Sie beide wussten, dass sie bereit waren.

Sie sehnte sich danach, seine Hände auf ihrer nackten Haut zu spüren, und schrie auf, als er den Verschluss ihres BHs öffnete und ihre Brüste umfasste. So lange war es her, so viele Jahre, dass sie lieber nicht daran denken wollte. In dieser Zeit war sie so unbeschreiblich einsam gewesen und hatte sich jemanden herbeigewünscht, der sich vor Lust nach ihr verzehrte. Sie mochte es, wie Sam sie berührte, ohne zu zögern oder sie um Erlaubnis zu fragen. Seine Hände ergriffen sanft und gleichzeitig selbstsicher Besitz von ihr. Und jede Stelle, die er mit Fingern oder Zunge streifte – Brüste, Brustkorb, Kehle – brannte wie Feuer.

Alles war so wundervoll vertraut und doch beängstigend fremd. Bis zu diesem Moment hatte ein einziger Mann sie so berührt. Ihr Körper kannte ausschließlich das Beisammensein mit ihm, sodass sie sich trotz ihrer Erregung ein wenig unbeholfen fühlte. Jeder Kuss, jede Liebkosung führte sie auf einen anderen Weg, bis sie sich rettungslos verirrt hatte. Er küsste ihr Schlüsselbein und fuhr mit den Lippen ihre Kehle entlang bis hinauf zu ihrem Mund. Oh, sein Mund … so zärtlich, so heiß und so fordernd. Vom Ansturm der Gefühle schwindelte ihr, und sie ließ sich, von seinem Körper auf wunderbare Weise vor der Wirklichkeit geschützt, tiefer in die Polster sinken.

Die Küsse raubten ihr den Atem. Sie wollte sich darin verlieren und vergessen, dass sie die Annie Galloway war, die alle zu kennen glaubten, um sich selbst zu entdecken.

Sie zu halten kam dem Versuch gleich, Quecksilber zu bändigen. Obwohl sie sich an ihn schmiegte, hatte Sam das Gefühl, dass Annie Galloway ihm entglitten war. Warm und willig lag sie in seinen Armen, und ihre Küsse weckten in ihm wilde Leidenschaft. Und dennoch war es für ihn, als wäre sie ganz weit weg.

Sie strich mit der Hand seine Brust hinunter und über seinen flachen Bauch, wo sie ruckartig verharrte.

Bis auf das heftige Klopfen ihrer Herzen war es still im Raum … und dann begann Max lautstark zu niesen.

Annie und Sam rissen gleichzeitig die Augen auf.

Er umfasste ihr Gesicht und wollte sie wieder küssen, als Max noch einen Niesanfall hatte und dann eine Runde durchs Zimmer lief. Zu guter Letzt ließ der Hund sich auf Sams abgelegtes Hemd fallen und schlief wieder ein.

Und schnarchte.

Später würde Annie behaupten, Sam hätte als Erster zu lachen angefangen. Aber er wusste es besser. Ihre cremeweißen Schultern zuckten, ihre Unterlippe zitterte, und ehe er wusste, wie ihm geschah, hallte ihr lautes fröhliches Lachen durch den Raum. Er stimmte ein.

Sie kicherten so sehr, dass Max davon aufwachte und sich mit einem empörten Blick aus dem Zimmer trollte, was ihre Erheiterung natürlich noch steigerte. Nach Luft schnappend, klammerten sie sich aneinander, während sich ihr Gelächter an den Wänden brach. Halb nackt lagen sie sich in den Armen und lachten und lachten, bis sie Seitenstechen hatten, ihnen der Hals wehtat und Annie die Tränen über die Wangen liefen.

Nachdem sie sich wieder beruhigt hatten, fühlten sie sich einander noch näher.

»Das ist Wahnsinn«, flüsterte sie, wobei ihre Lippen seine nackte Brust streiften.

»Du redest zu viel«, gab er zurück und brachte sie mit einem Kuss zum Schweigen.

Es gefiel ihr, dass er keine überflüssigen Fragen stellte und nicht vorsichtig um sie herumschlich, als wäre sie St. Annie, die jungfräuliche Witwe. Er behandelte sie wie eine Frau aus Fleisch und Blut, weshalb sie auf seine Liebkosungen reagieren konnte, ohne lange darüber nachzudenken. Ihre Lippen teilten sich auf sanften Druck, und sie seufzte auf, als seine Zunge über ihre Unterlippe glitt und dann in ihren Mund eindrang.

Alles war so seltsam vertraut und erinnerte an ein sinnliches Duell, bei dem es zwei Sieger geben würde. Begierig erwiderte sie seine Küsse, als hätte sie jahrelang nach ihnen gedürstet. Wenn er geahnt hätte, vor wie vielen Jahren sie zuletzt so geküsst worden war, er hätte vermutlich die Flucht ergriffen.

Sein raues Brusthaar kratzte angenehm auf der zarten Haut ihrer Brüste, sodass sie von köstlichen Schauern durchlaufen wurde. Sie erstarrte, als er die Hand unter das Taillenbündchen ihrer Hose schob und ihren weichen Bauch berührte.

»Ich sollte mehr Sport treiben«, meinte sie verlegen. »Ich habe mir sogar schon ein Gymnastikband gekauft, aber …«

Er beugte sich vor, küsste ihren Bauch, bohrte mit der Zunge in ihrem Nabel herum und lachte, als sie genüsslich und erstaunt aufstöhnte.

O mein Gott, seine Finger wanderten immer tiefer, bis sie die dichten Locken zwischen ihren Beinen erreicht hatten.

Sanft liebkoste er sie immer weiter, bis sie vor lauter Lust kaum noch bei Besinnung war.

Letzte Nacht, als sie in seinen Armen geschlafen hatte, hatte sie davon geträumt und sich den Augenblick ausgemalt, in dem sie zu einer Einheit verschmolzen und alles andere unwichtig wurde. Sie verzehrte sich nach ihm und sehnte sich nach seinem Körper. Zum ersten Mal in ihrem Leben siegte das Verlangen über die Vernunft, und sie tastete nach dem Knopf seiner Jeans.

Kurz darauf lagen sie nackt auf dem Boden neben dem Sofa. Er hatte sich rücklings auf die abgelegten Kleider gelegt und sie auf sich gezogen, sodass sie auf ihm saß.

Sie hatte volle, wunderschöne Brüste, rosafarbene Brustwarzen auf alabasterfarbener Haut. Ihre wilde Lockenmähne streifte seine Brust, als sie sich vorbeugte, um seinen Bauch zu küssen.

Als er ihre Hüften umfasste und sich im Gleichtakt mit ihr wiegte, wuchs seine Leidenschaft ins Unermessliche. Und da kam ihm die ernüchternde Erkenntnis, dass er gar nicht an die Verhütung gedacht hatte.

Beim Anblick ihres Körpers, der sich anmutig auf ihm bewegte, verschlug es ihm den Atem. Doch so unbeschreiblich er sie auch begehrte, sie mussten vernünftig sein.

»Annie.« Der Klang ihres Namens schien in der aufgeladenen Luft zu schweben.

Benommen vor Lust sah sie ihn an.

»Ich habe das nicht geplant«, stieß er hervor.

Natürlich nicht. Dasselbe galt auch für sie. Der Taumel der Leidenschaft war doch nicht planbar.

»Verhütung«, fuhr er fort. »Oder nimmst du die Pille?«, fügte er nach einer kleinen Pause hinzu.

Wirklichkeit und Traum passten einfach nicht zusammen. Annie fühlte sich, als hätte ihr jemand einen Eimer kaltes Wasser übergegossen.

»Nein«, erwiderte sie und fühlte sich zum ersten Mal nackt.

Obwohl sie ihm sagen wollte, dass das keine Rolle spielte, weil sie in knapp zwanzig Jahren Ehe kein einziges Mal schwanger geworden war, brachte sie die Worte einfach nicht heraus. Das war ein Teil ihres alten Lebens, der nichts in der Gegenwart zu suchen hatte.

Beklemmendes Schweigen entstand. Am liebsten hätte Annie ihre Kleider zusammengerafft und sich zu ihren Katzen und in ihr Häuschen geflüchtet. In die Vergangenheit. Doch es war zu spät. Sein Griff um ihre Hüften wurde fester, und er zog sie nach vorne über seine Brust, sodass sie glaubte, jeden Moment in Flammen aufzugehen.

»Lass dich fallen, Annie.« Er klang weder zögerlich noch ängstlich, sondern wie ein Mann, der ebenso viel Leidenschaft empfand wie sie. »Es gibt mehr als einen Weg, eine Frau zu lieben.«

Seine Lippen streiften die Innenseite ihrer Oberschenkel. Tausend Gründe, warum das nicht richtig war, kämpften mit der Begierde.

Sein Haar berührte wie Seide ihre Oberschenkel. Niemand, nicht einmal der Mann, den sie geliebt hatte, hatte in ihr den Wunsch ausgelöst, sich aus der Wirklichkeit auszuklinken und in eine Welt einzutauchen, in der nur die Gefühle herrschten.

Aber war das nicht die Liebe? So hatte sie es wenigstens gehört. Man konnte doch niemanden lieben, den man gerade erst kennengelernt hatte. Nicht einmal, wenn dieser Jemand einen mit bewundernden Blicken verschlang. Nicht einmal, wenn er einem das Leben gerettet hatte. Oder war das gar keine Liebe. Das konnte nicht sein.

Sie verstand die Welt nicht mehr. Es war Liebe, wenn man glaubte, zu zerschmelzen und in Flammen aufzugehen.

Sie zu befriedigen, war das Selbstsüchtigste, was Sam je getan hatte. Ihr Geruch, ihr Stöhnen, das Erzittern ihrer Muskeln – all das war für ihn so schön wie nie zuvor. Dass sie so leidenschaftlich auf seine Liebkosungen reagierte, löste in ihm ungeahnte Gefühle aus, und er wusste, dass das erst der Anfang war. Durch sie hatten sich ihm ungeahnte Möglichkeiten eröffnet.

Warum also schluchzte sie leise an seiner Schulter, als hätte er ihr das Herz gebrochen?

Sam war völlig ratlos. Noch vor einer Sekunde hatte er sich unbesiegbar gefühlt.

Und nun streichelte er ihr Haar und murmelte Koseworte, um sie zu beruhigen.

Seine Begierde war mit einem Mal wie weggeblasen.

Offenbar geschah hier etwas, das er nicht verstand.

Erschrocken bemerkte er die roten Flecken auf der Innenseite ihrer Oberschenkel. Hatte er ihr etwa wehgetan? Sie war so zart und wunderschön. Vielleicht hatte er es in seiner Leidenschaft übertrieben. Wie hatte die Situation so plötzlich umschlagen können?

»Entschuldige, Annie«, sagte er und hätte so gern noch einmal ganz von vorne angefangen. »Ich wollte dir nicht wehtun.«

Mit zwei heftigen Bewegungen wischte sie sich die Tränen weg, und er merkte ihr an, dass sie all ihre Kraft zusammennahm, um sich abzugrenzen. Allerdings sorgte diese Geste endgültig dafür, dass er ihr rettungslos verfiel. Er gehörte ihr – und sie ahnte es nicht einmal.

Annie schalt sich, weil sie es so weit hatte kommen lassen ... und weil sie doch nicht weit genug gegangen war. Sie hatte zu viel Zeit zum Nachdenken gehabt.

Zu viel Zeit, um sich daran zu erinnern, was sie in den Augen der ganzen Stadt verkörperte: Annie Galloway, Kevins Frau, Claudias Schwiegertochter. Kevins Witwe. Aber nicht die Geliebte von Sam Butler. O mein Gott, wie sehr sie sich wünschte, ihn zu berühren, ihn im Arm zu halten und mit den Lippen jeden Zentimeter seines Körpers zu liebkosen. Doch sie konnte sich nicht rühren. Er sehnte sich nach ihr, was nicht zu übersehen war. Sie wusste, dass er mehr verdient hatte. Und zwar von einer Frau, die nicht wie sie ein Päckchen Sorgen mit sich herumschleppte.

Sie war zwar nicht mehr verheiratet, wusste aber nicht, ob sie sich bereit für eine Liebesbeziehung fühlte. Und deshalb kam sie sich selbstsüchtig und wie eine Versagerin vor.

»Wahrscheinlich kommen dir schon die ersten Zweifel«, meinte sie mit einem Auflachen, um ihren Worten die Schärfe zu nehmen. Er hatte ihr ungeahnte Freuden geschenkt – und sie hatte ihm zum Dank etwas vorgeheult wie eine geschändete Jungfrau. »Ich schwöre dir, dass die anderen Frauen in Shelter Rock im Bett nicht gleich in Tränen ausbrechen.« Nur die, die ihren Ehemann zu Grabe getragen und ihre Schuldgefühle noch nicht verarbeitet hatten.

»Die anderen Frauen können sich meinetwegen zum Teufel scheren. Habe ich dir wehgetan?« Sam klang aufrichtig besorgt. Falls er verärgert oder enttäuscht war, verbarg er das ausgezeichnet. Er streichelte sie zärtlich.

Annie war so ausgehungert nach Zuwendung und so vielem mehr. Nach Geborgenheit. Nach einem warmen Körper neben sich im Bett. Und nach der leidenschaftlichen Umarmung mit einem Menschen, der einen durch und durch kannte und doch immer wieder etwas Neues an einem entdeckte. Der einen liebte. Diese Bedürftigkeit erschreckte sie, denn sie ging noch viel tiefer als die Einsamkeit und all die Träume, die sie vor so vielen Jahren auf Eis gelegt hatte. Damals, als ihr klar geworden war, dass sie sich niemals erfüllen würden.

»Habe ich dir wehgetan, Annie?«, wiederholte er.

»Nein, nein.« Warum hatte sie nur so nah am Wasser gebaut? »Es ist nur … Ich meine … Es war so …«, stammelte sie. Auf einmal störten sie die Unvollkommenheiten ihres Körpers weniger als die Sehnsucht in ihrem Herzen. Als sie den goldenen Ring an ihrer linken Hand betrachtete, schwindelte ihr vor Wut und Scham. »Bis heute war ich nie mit einem anderen Mann zusammen.«

155

»Nicht einmal vor deiner Heirat?« – »Es gab kein Davor.«

Kevin Galloway hatte eine wichtige Rolle in ihrem Leben gespielt, seit sie denken konnte.

»Wahrscheinlich findest du es albern, den ersten Jungen zu heiraten, mit dem man geht. Aber wir haben nie daran gezweifelt, dass wir zusammengehören.«

»Ich finde es nicht albern«, erwiderte Sam. »Der Kerl war wirklich ein Glückspilz.«

In dem Blick, den sie ihm zuwarf, mischten sich Trauer, Zorn und Erleichterung, sodass er sich fragte, wie sie diese Gefühle nur gegeneinander abgrenzte. Eine Ehe war eine Geheimgesellschaft mit zwei Mitgliedern, und zwar eine, in die er aus Zeitmangel nie eingetreten war. Der Rest der Welt setzte sich aus Außenstehenden zusammen, die versuchten zu begreifen, was sich eigentlich der Logik entzog.

»Claudia meint, ich hätte in dem alten Haus bleiben sollen. Aber das konnte ich einfach nicht mehr. Zwei Jahre sind genug. Nachdem ich endlich …« Sie hielt inne, peinlich berührt, weil sie beinahe die lange gehüteten Geheimnisse ausgeplaudert hätte. »Sonst bin ich eigentlich nicht so«, fuhr sie mit einem ärgerlichen Kopfschütteln fort. »Normalerweise gehöre ich eher zu den Leuten, die von ihren Mitmenschen um Rat gefragt werden.«

Mit seinen großen schönen Händen streichelte er ihr das Haar. »Und wen fragst du um Rat, Annie Galloway?«

»Wusstest du nicht, dass ich keine Probleme habe? Ich bin die, die sie löst.« Und sie hatte auch schon eine Idee, wie sie dieses Problem lösen würde.

Als er etwas erwidern wollte, läutete das Telefon. Sie lauschten dem Geräusch eine Weile, bis er sich schließlich auf die Suche nach dem Apparat mache. Das Zimmer lag im Dunkeln. Eine leichte Brise bewegte die Vorhänge, und in der Küche bettelte Max um sein Abendessen. Gesprächsfetzen wehten durch die Nachtluft zu Annie hinüber, als Sam mit seiner Schwester telefonierte.

156

»Es passt gerade nicht, Marie. Warum reden wir nicht später darüber ... ja, ja, gib dem Hausmeister das Geld ... er wird schon anrufen. Es ist kein Notfall. Frag Jimmy ... nein, kein Grund zur Sorge ...«

Annie schlüpfte in Hose und Pullover.

»Ich habe gerade keine Zeit, Marie.«

Sie steckte Strümpfe und BH in die Hosentasche.

»Das geht dich nichts an. Ich frage dich ja auch nicht nach ...«

Annie angelte ihre Schuhe unter dem Sofa hervor.

»Ich rufe dich an. keine Ahnung, wann, Marie. Verdammt, warum kannst du nicht ...«

Sie schlich zur Vordertür hinaus, ohne sich umzudrehen.

7

Um Punkt acht läutete es an Claudias Tür, so wie fast an jedem Samstag seit fünfzehn Jahren.

»Ich habe ein Hühnchen mit dir zu rupfen, Warren Bancroft«, begann sie, während sie den Besucher ins Wohnzimmer führte.

»Erspar mir deine Vorträge, Weib.« Er umarmte sie fest, was sie widerwillig über sich ergehen ließ. »Passt du auch auf deinen Blutdruck auf, wie ich es dir gesagt habe?«

»Mein Blutdruck wäre kein Problem, wenn du dich nicht in meine Familienangelegenheiten einmischen würdest.«

»Fang nicht wieder damit an!« Er griff nach dem Glas Scotch, das für ihn bereitstand. »Gut, dann habe ich von Annie eben nicht den üblichen Marktpreis für das Haus verlangt. Verstehst du das etwa auch als Einmischung?«

Ach, auf diese Frage wären Claudia Millionen von Antworten eingefallen. Im Laufe der Jahre hatte Warren sich die ärgerliche Angewohnheit zugelegt, immer da zu sein, wenn sie ihn brauchte. Ein zigarrerauchender Schutzengel, der über ihre Familie wachte, als hätte er das Recht dazu.

»Ich rede von dem Mann, den du in Ellies altem Haus wohnen lässt.«

»Hüte deine Zunge, Claudia. Damals hätte es beinahe Verletzte gegeben.«

Sie ging nicht darauf ein. »Hoffentlich versuchst du nicht, die beiden zu verkuppeln, denn wenn du das tust …«

»Hör auf, um den heißen Brei herumzureden!«, brüllte er. »Sonst trinke ich nämlich aus und gehe nach Hause.«

Sie richtete sich zu voller Größe auf – ein weniger beeindruckender Anblick als in ihrer Jugend.

»Bleib höflich, Warren Bancroft«, schimpfte sie. »Und versprich mir, dass du nichts im Schilde führst.«

Während er genüsslich einen Schluck Scotch trank, wäre sie ihm am liebsten an die Gurgel gesprungen.

»Sam ist ein alter Freund von mir«, sagte er schließlich. »Er braucht für eine Weile eine Unterkunft.«

»Warum lässt du ihn nicht bei dir wohnen?«

Wieder ließ er sich den Scotch auf der Zunge zergehen, wohl wissend, dass er sie damit bis zur Weißglut reizte. »Du weißt doch, dass ich gern meine Ruhe habe, Claudia.«

»Dann mach einmal eine Ausnahme. Du bist sowieso kaum zu Hause.«

Als er eine seiner grässlichen Zigarren aus der Brusttasche zog und die Taschen nach seinem Feuerzeug abklopfte, gab sie ihm kein Streichholz.

»Bald wirst du mir Vorschriften machen, wie ich mein Geschäft führen soll.«

»Das Geschäftliche war nie dein Problem, Warren.«

Mit einer eleganten Bewegung holte er das Feuerzeug aus der Gesäßtasche.

»Und du hattest nie Schwierigkeiten, frei von der Leber weg zu reden.«

Er besaß die Frechheit, die Zigarre anzuzünden, ohne sie um Erlaubnis zu fragen.

»Lass Annie in Ruhe«, sagte sie streng. »Es ist schlimm genug, dass du sie ermutigt hast, das Haus zu verkaufen. Wehe, wenn du versuchst, sie zu verkuppeln!«

Er zündete die Zigarre an und sog den würzigen Rauch ein. Der alte Narr!

»Witwe zu sein ist nicht für jede Frau eine Lebensaufgabe. Annie ist zu jung, um ein klösterliches Leben zu führen.«

Das hatte er absichtlich gesagt, um sie zu kränken. Selbst nach all den Jahren stand ihre Vergangenheit noch zwischen ihnen, auch wenn sie nie wieder so weit gegangen wäre, in Gegenwart von Warren Bancroft Tränen zu vergießen.

»Annie ist erwachsen«, erwiderte sie. »Sie kann sich ohne unsere Hilfe entscheiden.«

»Merk dir deine Worte«, entgegnete Warren. »Denn eines Tages werden sie auf dich zurückfallen.«

Du kennst sie nicht so wie ich, Warren. Ich weiß, was das Beste für sie ist.

»Möchtest du jetzt essen, oder bist du nur gekommen, um mir auf die Nerven zu fallen?«

»Ich hätte dich nie aufgeben sollen, Claudia«, meinte er, als er ihr in die Küche folgte. »Wenn es nach mir ginge, würde ich dich noch einmal heiraten.«

In seinem letzten Highschooljahr war Warren Bancroft einstimmig zum beliebtesten Jungen des Jahrgangs 1950 gewählt worden. Außerdem ernannte man ihn ebenso einstimmig zu dem Jungen, der mit der geringsten Wahrscheinlichkeit einmal Karriere machen würde. Warren selbst teilte diese Auffassung. Er war ein netter, freundlicher Bursche und der Sohn und der Enkel eines Hummerfischers. Und so wäre niemand auf den Gedanken gekommen, dass Warren später etwas anderes tun würde als ebenfalls Hummerreusen auszulegen und über das Wetter zu schimpfen.

Das Wetter war für die Einwohner von Shelter Rock Cove eine wichtige Größe, denn es bestimmte, ob man morgens mit dem Boot hinausfahren konnte und mit einem reichen Fang zurückkehren würde. Genau genommen hing das ganze Überleben vom Wetter ab.

Als Warren nach seinem Schulabschluss zum dritten Mal hinausgefahren war, geriet er mitten in einen Sturm, wie ihn selbst alte Seebären noch nie erlebt hatten. Vier Tage später waren die völlig erschöpften Fischer wieder in den Hafen eingelaufen, wo Warren den zerschrammten Landungssteg geküsst und sich geschworen hatte, seinen Lebensunterhalt in Zukunft anders zu verdienen. Und dann hatte er sich auf die Suche nach einem neuen Beruf gemacht.

160

Zum zehnjährigen Klassentreffen kehrte Warren nach Shelter Rock Cove zurück und sprach nur noch von Computern wie dem Univac in der Art-Linkletter-Show oder dem Emerac aus dem Spencer-Tracy-Film *Eine Frau, die alles weiß*. Da er immer noch der alte Warren aus den Kindertagen war, hatte man ihm höflich zugehört und seine verrückten Ideen sofort wieder vergessen – bis er zum zwanzigjährigen Klassentreffen in einem großen schwarzen Lincoln Continental mit Bostoner Kennzeichen und einem Chauffeur hinter dem Steuer vorfuhr.

Offenbar war Warren Bancroft, der Junge, der wohl nie Karriere machen würde, auf eine Goldader gestoßen und außerdem bereit, seine Heimatstadt an diesem Reichtum teilhaben zu lassen. Allerdings ahnte kein Mensch in Shelter Rock Cove, dass Warren und Claudia Perrine 1951 für sechs kurze Monate Mann und Frau gewesen waren.

Das lag nicht etwa daran, dass Warren sich dieser Ehe geschämt hätte. Ganz im Gegenteil, er hätte es am liebsten von den Dächern gerufen. Doch Claudia war fest entschlossen, diese Liaison unter allen Umständen geheim zu halten.

»Die Ehe wurde annulliert«, verkündete sie an dem Tag, an dem sie sich voneinander verabschiedeten. »Und das heißt, dass es sie nie gegeben hat.«

Und weil er sie liebte, hatte er ihr Geheimnis gewahrt.

Claudia hatte sich einen Mann gewünscht, der jeden Abend um halb sechs nach Hause kam und in seinem Lieblingssessel die Zeitung las, während sie das Abendessen vorbereitete. Sie sehnte sich nach einer Familie, einem Haus voller Kinder, die aufwuchsen, glücklich und gesund waren und später selbst einmal Kinder bekamen. Sie verabscheute Abenteuer, lehnte es ab, Risiken einzugehen, und wollte genauso leben wie ihre Mutter und Großmutter vor ihr.

Leider jedoch hatte Warren ganz andere Zukunftsträume. Damals war er knapp zwanzig Jahre alt und wollte die Welt sehen und etwas erreichen. Er war jung. Um häuslich zu werden und Kinder zu haben, schien ihm später noch genug Zeit zu sein.

Bis heute sah er die Tränen in ihren Augen vor sich, an dem Abend, als sie ihm mitgeteilt hatte, sie wolle die Ehe annullieren lassen.

»Ich war im Pfarrhaus und habe mit dem Priester gesprochen«, hatte sie mit leicht zitternder Stimme begonnen. »Ich habe ihm gesagt, dass du keine Kinder mit mir haben willst.«

»Eines Tages bestimmt«, erwiderte er, wohl wissend, dass er die Schlacht bereits verloren hatte. »Aber nicht jetzt.«

»Er fand, das sei Grund genug, die Ehe rasch zu beenden.«

Also hatte sie John Galloway geheiratet, sechs Kinder bekommen und außerdem Annie Lacy großgezogen, während Warren aus der Ferne zusah und wünschte, es wäre sein eigener Nachwuchs gewesen.

Da Warren ein guter Mensch war und seinen Wohlstand gern mit anderen teilte, war er in Shelter Rock Cove bald für seine unaufdringliche Großzügigkeit bekannt. Er bezahlte die Hypotheken seiner Geschwister ab, übernahm die Arztrechnungen seiner Freunde, und wenn die Stadt einen neuen Streifenwagen oder Geld zur Renovierung der einstürzenden Hafenmauer brauchte, war Warren Bancroft sofort mit seinem Scheckbuch zur Stelle.

Er richtete ein Stipendium für die Kinder auf See umgekommener Fischer ein, stiftete dem Krankenhaus einen neuen Gebäudeflügel und achtete stets darauf, dass niemand Not litt, auch wenn der Betroffene ursprünglich gar nicht aus Shelter Rock Cove stammte. Für ihn war es das Mindeste, was er für diese Stadt tun konnte, die ihm so viel gegeben hatte.

Allerdings waren da zwei Menschen, die ihm ganz besonders viel bedeuteten und den Platz in seinem Herzen besetzten, der sonst seinen eigenen Kindern gehört hätte.

Annie Lacy und Sam Butler.

Sam war fünfzehn Jahre alt gewesen, als er Warren begegnete. Damals arbeitete er im Hafen unweit des Weltausstellungsgeländes in Flushing, Queens, wo er kleine Reparaturen für die Bootsbauer ausführte. Sam war intelligent, fleißig und handwerklich geschickt und kannte sich mit Booten aus. Dank seines Arbeitseifers schätzte ihn im Hafen jeder.

In jenem Jahr wollte Warren seine Lieblingsjacht von den Bahamas nach Shelter Rock Cove bringen, und zwar möglichst vor der Hurrikansaison. In der Nähe von Battery hatte sein Boot jedoch eine Panne, sodass er es mit knapper Not bis in den Hafen schaffte, wo er es reparieren lassen wollte. Es war ein heißer Juliabend, und bis auf einen drahtigen Jungen mit einem dicken, dunklen Haarschopf und genug Tatendrang für drei schien niemand da zu sein.

Nachdem Sam die Jacht wieder flottgemacht hatte, wurden er und Warren Bancroft dicke Freunde.

Sie trafen sich jedes Jahr im Frühsommer, wenn Warren die Küste hinauf nach Maine fuhr, und dann wieder am Ende der Saison, wenn er das Schiff zum Überwintern zurück auf die Bahamas brachte. Im Sommer vor dem Tod seiner Mutter Rosemary hatten der damals sechzehnjährige Sam und einige andere Jungen aus armen Verhältnissen als Matrosen für Warren gearbeitet und in wenigen Wochen von erfahrenen Seeleuten alles über das Leben eines Fischers gelernt. Es war Sams letzter unbeschwerter Sommer gewesen.

Zwei Jahre später wurde Sams Vater Patrick neben Rosemary beerdigt.

In diesem Sommer war Warren nicht nach Maine zurückgekehrt. Er hielt sich in Japan auf, um in Kooperation mit einem Elektronikkonzern ein Großprojekt auf die Beine zu stellen, das eines Tages viele Arbeitsplätze in den Vereinigten Staaten schaffen sollte.

Warrens erste Frau hatte ihn vor vielen Jahren verlassen, und zwar wegen eines Mannes, dessen wichtigstes Lebensziel darin bestand, pünktlich zu den Abendnachrichten aus dem Büro nach Hause zu kommen. Warren redete sich ein, dass es das Beste gewesen war, sich von Claudia zu trennen, solange sie noch keine Kinder gehabt hatten, denn schließlich war eine Scheidung für die Kleinen stets ein schwerer Schlag.

Aber im Grunde seines Herzens wusste er, dass er sich etwas vormachte. Er beneidete seine Ex-Frau um ihre große, fröhliche Familie. Vielleicht war das der Grund, warum er so viele junge Menschen unter seine Fittiche nahm.

Bei der nächsten Begegnung mit Sam hätte er den Jungen kaum wiedererkannt. Sams jugendliche Begeisterungsfähigkeit war einem verbissenen Ehrgeiz gewichen, wie ihn Warren selbst bei hart arbeitenden Geschäftsleuten kaum je erlebt hatte. Da Sam ihm verschwieg, dass sein Vater inzwischen ebenfalls gestorben war, musste Warren es von Bill, dem Betreiber des Jachthafens, erfahren.

»Der Junge schuftet sich kaputt, um seine Geschwister durchzubringen«, sagte Bill. »Ich gebe ihm so viele Arbeitsstunden wie möglich, aber es reicht nicht.«

Deshalb hatte Sam sich zwei weitere Stellen gesucht, und zwar als Verkäufer in der Sportabteilung von Macy's und als Nachtwächter in einem Bürogebäude am Queens Boulevard. Im letzten Semester hatte er das College abgebrochen, und wenn nicht ein Wunder geschah, würde er wohl so bald nicht dorthin zurückkehren.

Für dieses Wunder wollte Warren gern sorgen, wusste aber, dass der Stolz des Jungen das nie zulassen würde. Sam besaß eine rasche Auffassungsgabe, war intelligent und konnte gut mit Menschen umgehen. Außerdem hatte er ein Händchen für Daten und Zahlen, die die meisten seiner Altersgenossen vermutlich zum Gähnen gebracht hätten. Es war der Anfang der wilden 1980er-Jahre, als Börsenmakler Könige waren. Und welch besseren Weg gab es, Sam zu Erfolg zu verhelfen, als ihn zum Prinzen in diesem Königreich zu machen?

Sam war eine ehrliche Haut und fühlte sich in der Geschäftswelt nie so recht wohl. Allerdings hatte er keine andere Wahl, als seine Zweifel beiseite zu schieben, denn er musste an die Zukunft seiner Geschwister denken. Schließlich gab es keine Methode – zumindest keine legale –, mit der ein College-Abbrecher sonst solche Summen hätte verdienen können. Und Sam kam es einzig und allein darauf an, seine Familie zu versorgen.

Aber das war vorbei: Sams Geschwister waren erwachsen, von seinem Beruf hatte er sich verabschiedet, und er besaß die Freiheit, zu tun und zu lassen, was ihm gefiel. Vielleicht würde er weiterstudieren und endlich seinen Abschluss machen, wie er es sich immer erträumt hatte.

Also hätte man doch meinen können, dass der Junge glücklich sein sollte. Verdammt, Warren hätte Luftsprünge gemacht, wenn er selbst wieder fünfunddreißig hätte sein können!

Doch offenbar wurde Sam das Gefühl nicht los, dass er mehr hätte tun und leisten sollen. Und ganz gleich, wie sehr das Warren Bancroft auch bedrückte, handelte es sich um ein Problem, das Sam Butler ganz allein würde lösen müssen.

Er hörte Claudia überhaupt nicht zu, sondern saß nur da, starrte ins Leere, schaufelte ihren preisgekrönten Hackbraten in sich hinein und hing offenbar seinen eigenen Gedanken nach.

Anmutig nahm sie einen Schluck koffeinfreien Kaffee aus ihrer mit Rosen handbemalten Lieblingstasse und seufzte laut.

»Ach, sei still«, brummte er freundlich. »Ich habe jedes Wort gehört, Weib.«

»Hören und verstehen sind zwei Paar Stiefel, Warren.«

»Eileen glaubt, sie wäre schon wieder schwanger. Sean eröffnet den nächsten Laden, drei Enkelkinder haben letzte Woche mit dem College angefangen, und du zerbrichst dir den Kopf über Annie und Sam.«

Claudia erschauderte.

»Annie und Sam! So darfst du das nicht sagen. Die beiden sind kein Paar und ...« Sie hielt inne und blickte aus dem Fenster.

»Jetzt mach schon den Mund auf, Weib, denn ich weiß genau, was du auf dem Herzen hast.«

Am liebsten hätte sie ihm den Inhalt der Kaffeekanne über den Kopf geschüttet, doch die gute Erziehung siegte.

»Und sie werden auch nie eines sein«, schloss sie mit trotziger Miene. »Wenn Annie wieder mit einem Mann ausgehen möchte«, fuhr sie fort, wobei sie sich ein »Gott behüte« kaum verkneifen konnte, »gibt es in Shelter Rock Cove jede Menge passender Kandidaten.«

Ach, wie schade, dass sie nicht mehr rauchte, aber ihr Arzt hatte es ihr strengstens verboten. Nichts unterstrich die Verstimmtheit einer Frau nämlich besser als eine ärgerliche Geste mit einer brennenden Zigarette.

Warren schnaubte höhnisch. »Die hiesigen Männer betrachten sie immer noch als Kevins Frau.« Er schob den leeren Teller weg und sah sie an. »Genauso wie du.«

»Sie ist Kevins Frau.«

»Sie ist Kevins Witwe.« Er tätschelte ihr die Hand. »Jetzt werde bloß nicht sentimental, Claudia. Das Leben geht weiter, und zwar unabhängig davon, ob es dir gefällt oder nicht.«

Sie entzog ihm ihre Hand.

»Mir gefällt es tatsächlich nicht«, zischte sie. »Und zwar ganz und gar nicht. Nicht jede Witwe sucht nach einem Ersatzmann, du Dummkopf. Annie ist wie ich. Kevin war die Liebe ihres Lebens, und die lässt sich nicht ersetzen.«

»Ich weiß«, erwiderte Warren Bancroft leise. »Ich versuche das schon seit fast fünfzig Jahren.«

8

Als Sam am nächsten Morgen bei Ebbe ein Stöckchen für Max suchen ging, hörte er Annies Wagen die Straße hinunter Richtung Stadt fahren. Es kostete ihn Überwindung, nicht die Böschung hinaufzuklettern, um ihr nachzublicken.

Immer mit der Ruhe, sagte er sich, während er Max das Stöckchen zuwarf. Lass sie das Tempo bestimmen.

Schließlich war sie schon einmal verheiratet gewesen und hatte einem Mann ewige Liebe geschworen. Und dieser Schwur besaß heute, zwei Jahre nach dem Tod dieses Mannes, anscheinend immer noch Geltung.

Anfangs hatte Sam Maries zeitlich ungünstigen Anruf für alles verantwortlich gemacht. Doch im Grunde seines Herzens wusste er, dass das nicht stimmte. Annie hatte nur auf einen Vorwand gewartet, um die Flucht zu ergreifen. Der Anruf seiner Schwester lieferte ihr nur einen willkommenen Anlass.

»Hör auf, mich anzumeckern, nur weil du schlechte Laune hast«, hatte Marie gezischt. »Keine Ahnung, was du da oben treibst, aber ich glaube, in New York hast du mir besser gefallen.«

Wie sollte ein Mann mit einem Geist konkurrieren? Sam wusste, wie man lebendige Rivalen wie diesen Arzt ausschaltet, der gestern Vormittag hereingeschneit war. Doch wie sah Schattenboxen mit einem Toten aus?

Annie trug noch ihren Ehering. Ihre Schwiegerfamilie spielte eine wichtige Rolle in ihrem Leben. Ihr gesamter Alltag wurde von Abläufen bestimmt, die sich während ihrer Ehe eingeschliffen und im Laufe der Jahre an Bedeutung gewonnen hatten.

Was hatte er ihr im Gegensatz dazu zu bieten? Das Leben, das er führte, war nicht gerade berauschend; er hatte weder Arbeit noch Zukunftsaussichten. Nur Max' Sextanerblase war es zu verdanken, dass er morgens überhaupt aufstand. Früher oder später würde er sich Gedanken darüber machen müssen, wie es weitergehen sollte. Aber nicht jetzt.

Marie hatte ihn wegen seiner Wohnung angerufen, denn sie, Paul und die Kinder wollten dort übernachten, während sie darauf warteten, dass sich ein Käufer für ihr Haus in Massapequa fand. Warum rief der Hausmeister nie zurück? Wo war der Sicherungskasten? Hatte er sich je überlegt, anstelle des Teppichbodens Parkett verlegen zu lassen?

»Die Wohnung ist leer, Marie«, hatte er erwidert. »Ihr müsstet auf dem Fußboden schlafen.«

Allerdings kam er bald dahinter, dass die Sache mit der Wohnung nur einen Vorwand für den wahren Grund ihres Anrufes darstellte.

»In der Wall Street wird über Schwierigkeiten bei Mason, Marx und Daniel gemunkelt. Hast du gehört, dass sie vielleicht die Börsenaufsicht an den Hals kriegen?«

Sie hielt inne, um ihm Zeit für eine Antwort zu geben, doch er schwieg.

»Du hast genau den richtigen Zeitpunkt abgepasst, großer Bruder. Ich hätte keine Lust, dabei zu sein, wenn die Bombe platzt.«

Marie war Reporterin bei *Newsday* und jahrelang in der Wirtschaftsredaktion tätig gewesen. Inzwischen jedoch hatte sie ihre Arbeitszeiten reduziert und sich in die Familienredaktion versetzen lassen. Wie sie Sam erklärte, sei sie jetzt verheiratet und müsse zuerst an ihren Mann und ihre Kinder denken. Das klang sehr nach einer Rechtfertigung, als ginge sie davon aus, dass er diese Entscheidung nicht billigen würde.

Beinahe hätte er laut losgelacht. Schließlich stand bei ihm die Familie seit seinem neunzehnten Lebensjahr an erster

168

Stelle – vor seinen Träumen, seiner Zukunft und seinen Moralvorstellungen.

Sam fühlte sich erleichtert, als Marie nicht mehr an der Wall Street recherchierte. Sie war eine gute Reporterin und nicht auf den Kopf gefallen, weshalb sie sicher nicht lange gebraucht hätte, um zwei und zwei zusammenzuzählen und den Machenschaften ihres Bruders auf die Schliche zu kommen.

Obwohl sie sich noch immer sehr für das interessierte, was sich so an der Börse tat, fehlte ihr inzwischen die Zeit, den Dingen auf den Grund zu gehen.

Sam hätte ihr von den Unterlagen erzählen können, die er in einem Bankschließfach in Queens versteckte: die heimlich aufgenommenen Fotos, die Mitschriften, die Namen, Daten und Zahlen, die nicht richtig zusammenpassten, und die Menschen, die man auf Herz und Nieren überprüft hatte. Er hätte die Möglichkeit gehabt, ihr von dem Besuch der Männer im Anzug zu berichten, von der Postfachadresse in Virginia, dem Mobiltelefon, das gleichzeitig als elektronische Fußfessel diente. Er hätte ihr sagen müssen, dass ihr Bruder dem Untergang geweiht war, wenn nicht bald ein Wunder geschah.

»Was wird aus den Kunden?«, fragte Marie in ihrem besten Reporterton. Offenbar war es ihr dank ihres journalistischen Instinkts gelungen, sich gefährlich nah an die Wahrheit heranzupirschen. »Wir beide wissen, dass die Bosse immer wieder auf die Füße fallen. Aber was ist mit den kleinen Leuten, die ihnen vertraut haben?«

Er konnte darauf nichts erwidern. Schließlich kannte er die Antworten selbst nicht. Man musste eben tun, was die jeweilige Situation erforderte, und hoffen, dass man mit dem Ergebnis würde weiterleben können.

Sam hatte keine Ahnung, ob er eine Woche, einen Monat oder vielleicht sogar ein Jahr in Shelter Rock Cove bleiben würde. Jeden Moment konnte das Telefon läuten und ihn nach New York zurückbeordern, damit er über sein Verhalten Rechenschaft ablegte.

In den letzten sechzehn Jahren hatte er bei jeder Entscheidung und jedem ausgegebenen Dollar nur das Wohl seiner Geschwister vor Augen gehabt. In nahezu allen Lebensbereichen hatte er Kompromisse gemacht und in einem verhassten Beruf gearbeitet, um seinen Brüdern und Schwestern dieses Schicksal zu ersparen. Freunde und Nachbarn hatten ihn als Helden bejubelt, weil er sich nicht aus dem Staub gemacht und die Kinder der staatlichen Obhut überlassen hatte.

»Niemand tut mehr seine Pflicht«, hatte Mrs Ruggiero gesagt.

Mein Gott, und dabei wäre er so gern geflohen. In seinen Träumen war er per Anhalter zum Flughafen gefahren und ins erstbeste Flugzeug gestiegen, ohne sich noch einmal umzudrehen. Hin und wieder hatte er auch mit dem Gedanken gespielt, Warren Bancroft um Hilfe zu bitten und seinen Stolz hinunterzuschlucken wie bittere Medizin. Warrens Geld hätte ihm das Leben erleichtert, doch jedes Mal hatte er im letzten Moment davor zurückgescheut.

Nein, er war kein Held. Helden sträubten sich nicht gegen ihr Schicksal oder dachten über Auswege nach, sondern krempelten die Ärmel hoch und versuchten, Gefallen an ihrer Situation zu finden. So sehr Sam seine Geschwister auch liebte, hatte er ihnen nie die Eltern ersetzen wollen. Und der Umstand, dass ihm nichts anderes übrig geblieben war, hatte sein Leben unwiederbringlich verändert.

Kein Wunder, dass er nie an eine Heirat dachte. Er hatte zwar einige Beziehungen hinter sich, war jedoch stets instinktiv von Frauen angezogen gewesen, die kein Interesse an Verbindlichkeit hatten.

Bis jetzt.

Seine Gefühle für Annie hatten nichts Beiläufiges und Gleichgültiges. Sie war so reizend, so ernsthaft und so traurig und schleppte ebenso wie er ihr Sorgenpäckchen mit sich herum. Schließlich hatte sie schon ein gutes Stück Leben hinter sich gebracht, als er auf der Bildfläche erschien, und deshalb Erfahrungen gemacht, die sie zu der Frau geformt hatten, die sie heute war.

Obwohl man durch einen Küchentisch und vier Stühle nicht unbedingt zu einem romantischen Helden wurde, hätte man das beinahe denken können, so sehr hatte sie übers ganze Gesicht gestrahlt, als sie sich bei ihm bedankte. Und was war mit dem Sofa und den Couchtischen? Natürlich konnten sie es nicht mit einem Dutzend roter Rosen aufnehmen, aber schließlich besaß die Frau einen Blumenladen! Annie Rosen zu schenken hieß, Eulen nach Athen zu tragen, eine gut gemeinte Geste, aber eigentlich bedeutungslos. Hingegen wusste eine Frau ohne Möbel ein Sofa sicher zu schätzen. Ein Sofa hieß, dass ein Mann es ernst meinte.

Streng deinen Verstand an, du Schlaumeier. Immerhin hat sie dich gestern Abend sitzen lassen.

Noch immer hörte er, wie die Eingangstür hinter ihr ins Schloss fiel. Nach dem Telefonat mit seiner Schwester war Sam ins Wohnzimmer zurückgekehrt und hatte feststellen müssen, dass sie fort war. Seine Kleider lagen ordentlich gefaltet auf dem Sofa, und in der Luft hing noch der zarte Duft ihres Parfüms. Doch ansonsten sah es aus, als wäre das alles nie geschehen. In ihrem Herzen fühlte sich Annie noch immer mit einem Mann namens Kevin Galloway verheiratet, und dagegen war Sam machtlos.

Nachdem er mit Max einen Gewaltmarsch am Strand unternommen hatte, ging er wieder nach Hause. Die Flut kam, und es würde nicht mehr lange dauern, bis das Meer an die Felsenklippe schlug, die den Bereich von Mutter Natur von dem des Menschen trennte. Max war froh, wieder zu Hause zu sein, und legte sich keuchend auf den Küchenboden, während Sam seinen Futternapf füllte.

»Du bist ein Faulpelz«, meinte Sam, während Max, immer noch auf dem Bauch liegend, zu fressen begann. Er bückte sich und kraulte den Hund am Ohr. »Gut, dass ich mich daran erinnere, wie jung und furchtlos du früher einmal gewesen bist.«

Er hatte Max und dessen ersten Besitzer hin und wieder im Aufzug getroffen, wenn dieser am Wochenende zum Camping in Adirondacks fuhr. Da sie sich eigentlich nur vom Grüßen kannten, war Sam erschrocken gewesen, als Phil ihn eines Tages gefragt hatte, ob er nicht jemanden kenne, der einen älteren gelben Labrador mit Mundgeruch und zerstörerischen Lebensgewohnheiten übernehmen wolle.

»Ich heirate im September«, hatte Phil erklärt. »Und meine Verlobte hasst Hunde. Wenn ich kein Zuhause für ihn finde, muss ich ihn einschläfern lassen.«

Weg mit dem Hund, her mit der neuen Frau!

»Ich nehme ihn«, hörte Sam sich selbst sagen. Und ehe er sich versah, hatte Phil ihm Leine, Wassernapf und eine halb volle Packung Hundefutter überreicht.

Was war nur aus Tugenden wie Zuverlässigkeit und Beständigkeit geworden? Hunde, Freundinnen, Arbeitsstellen, Familien, alles konnte man jederzeit hinwerfen. Sobald es die ersten Schwierigkeiten gab, verließ man das sinkende Schiff schneller als die Erste-Klasse-Passagiere die *Titanic*.

Annie hatte ihm erzählt, dass sie in diesem Jahr ihren zwanzigsten Hochzeitstag gefeiert hätte. Heutzutage hielt nichts mehr zwanzig Jahre lang, am allerwenigsten eine Ehe. Und so ertappte sich Sam wieder bei der Frage, was für eine Ehe sie wohl geführt und wie ihr Leben ausgesehen hatte. Sicher war sie sehr glücklich gewesen. Sonst wäre ihr das Loslassen nicht so schwer gefallen.

Er wusste immer noch nicht, ob sie Kinder hatte, denn er hatte sich weder danach erkundigt, noch hatte sie selbst das Thema angeschnitten. Es war schwer, sich vorzustellen, dass eine fast zwanzigjährige Ehe kinderlos geblieben sein sollte. Hoffentlich hatte sie eine Tochter, die irgendwo das College besuchte, eine junge Frau, die ebenso hübsch lächelte wie sie.

Oder einen munteren Sohn mit einem Footballstipendium, einen netten Jungen, der nur ihr Bestes wollte.

Der Gedanke, dass sie ganz allein sein könnte, schien ihm unerträglich. Einige Frauen waren dazu bestimmt, umringt von Kindern, Katzen, Hunden und inmitten von fröhlichem Trubel zu leben. Und Annie Galloway gehörte eindeutig dazu.

Jetzt reiß dich zusammen, Butler. Du weißt überhaupt nichts von ihr und geheimnisst viel zu viel in sie hinein.

Daran gab es nichts zu rütteln, aber ein Mann durfte sich schließlich so seine Gedanken machen. Er wollte alles über sie erfahren, das Gute, das Schlechte und das Schmerzliche, und die Leere in ihrem Leben kennenlernen, in dem hoffentlich für ihn ein Plätzchen frei war.

Vor achtundvierzig Stunden hatte er Annie Galloway noch gar nicht gekannt. Und nun konnte er sich ein Leben ohne sie nicht mehr vorstellen.

Sie hielt ihn für einen Helden. Dabei hatte er nur das Feuer gelöscht, bevor es ernsthaften Schaden anrichten konnte. Jetzt glaubte sie offenbar, dass er ein guter Mensch war. Als sie ihn ansah, hatte er in ihren Augen einen Blick bemerkt, wie noch nie zuvor bei einer Frau. Er verdiente das nicht. Max war viel mehr Held als er. Da brauchte man nur seine Kunden zu fragen, deren Zukunft nun in den Sternen stand. Die hätten sicher einiges über den heldenhaften Sam Butler zu sagen gehabt.

Vielleicht war es also gar nicht das Schlechteste, dass sie auf Distanz gegangen war.

Er griff gerade nach der Cornflakesschachtel, als irgendwo im Haus das Telefon läutete. Zum Teufel mit diesen schnurlosen Dingern. Schließlich entdeckte er es zwischen den Sofapolstern.

»Endlich«, meinte Warren Bancroft. »Ich habe es siebenmal läuten lassen und wollte gerade auflegen.«

»Bist du wieder in der Stadt oder noch in New York?«

»Ich bin gestern Abend zurückgekommen. Morgen Nachmittag muss ich zurück nach New York, aber es ist schön, zu Hause zu sein.«

»Richte Nancy aus, ihr Kuchen war erste Sahne.«

»Das kannst du selber tun«, entgegnete Warren. »Sie macht nämlich gerade ihre berühmten Blaubeerwaffeln. Es ist genug da, um eine Armee durchzufüttern.«

Eine Viertelstunde später traten Sam und Max in die Küche, wo Nancy gerade Teig auf das Waffeleisen schöpfte.

»Gerade rechtzeitig«, stellte sie fest und ließ sich von Sam auf die Wange küssen. »Er lässt es sich schon schmecken.«

Max blieb bei Nancy, in der Hoffnung, dass ein Stück Speck oder eine Waffel für ihn abfallen würde.

Warren saß im Wintergarten, der einen Blick auf den Hafen bot. Das Wasser war ein wenig bewegt, und die schaumgekrönten Wellen hoben sich weiß vom tiefblauen Meer ab. Als Sam hereinkam, sprang Warren auf und griff nach seiner Hand.

»Du bist viel zu mager«, sagte er anstelle einer Begrüßung. »Nancy!«, rief er dann. »Eine doppelte Portion. Der Junge braucht dringend etwas auf die Rippen.«

»Das habe ich mir gleich gedacht«, erwiderte Nancy laut.

»Was ist nur los mit euch?«, meinte Sam und nahm Warren gegenüber Platz. »Ständig versucht ihr, mich zu mästen.«

»Warte nur, bis du den ersten Winter in Maine hinter dir hast«, antwortete Warren und griff nach dem Krug mit warmem Ahornsirup. »Dann wirst du wissen, was ich meine.«

Eine Weile aßen sie zufrieden schweigend und vertilgten zwei Portionen Blaubeerwaffeln.

Schließlich schob Warren seinen Stuhl zurück und lockerte seinen Gürtel.

»Na, haben Annie die Möbel gefallen?«

»Sie war begeistert«, erwiderte Sam und steckte einen knusprigen Speckstreifen in den Mund. »Nachdem sie hörte, dass sie von Ellie sind, gab sie sich zufrieden damit.«

Warren zündete eine Zigarette an, nahm einen Zug und drückte sie dann in einem kleinen Aschenbecher aus, der neben seinem Teller stand.

»Ich wette, sie hat dich eine Quittung unterschreiben lassen.«

»Bis zum letzten bestickten Sofakissen. Warum eigentlich?«

»Annie ist eben absolut ehrlich.« Neugierig sah er Sam an. »Hast du mir sonst noch etwas zu berichten?«

Sam blickte in seine Kaffeetasse. »Nein.«

»Gut«, entgegnete Warren. »Es geht mich sowieso nichts an.«

Um neun Uhr brachte Annie der ziemlich gelassenen Karen Sorenson den Brautstrauß und lieferte um halb zehn die Anstecksträußchen bei einem ausgesprochen nervösen Frankie Machado ab. Offenbar würde es ein langer Tag werden, und sie war in gewisser Weise froh darüber. Sie brauchte dringend ein wenig Abstand von den überraschenden Ereignissen des letzten Abends – und vielleicht auch von Sam selbst.

Gestern war sie einer Frau begegnet, von deren Existenz sie bis jetzt nichts geahnt hatte. Einer leidenschaftlichen Frau, bereit, alle Vorsicht in den Wind zu schlagen. Einer Frau, die vor Begierde fast außer sich geraten war. Die Innenseite ihrer Oberschenkel war nach dem Kontakt mit Sams bartstoppeligen Wangen noch leicht gerötet, und der bloße Gedanke daran, woher die Spuren stammten, sorgte dafür, dass sie sich ihm am liebsten sofort wieder in die Arme geworfen hatte.

Allerdings würde er sie sicher zurückweisen. Gestern Abend war er der perfekte Liebhaber gewesen. Er hatte auf ihren Schutz geachtet und sie mit Händen und Lippen geliebt, bis sie in ihrer Ekstase sich selbst vergessen hatte. Und sie hatte es ihm vergolten, indem sie sich aus dem Haus schlich und feige davonlief, während er telefonierte.

Es wunderte sie fast, dass er weder ihr Haus mit Eiern beworfen noch ihr die Luft aus den Reifen gelassen hatte.

Sie hatte mit ihm schlafen und sich jeden Muskel seines kräftigen Körpers einprägen wollen. Auch wenn sie bis jetzt nur Erfahrung mit einem einzigen Mann hatte, war sie kein Unschuldslamm und wusste, wie man Lust gab und empfing.

Wenn er nur nicht ihre Hand betrachtet hätte, die auf seiner sonnengebräunten Brust lag.

Wenn ihm nur der Ehering nicht aufgefallen wäre.

Erinnerungen an Kevin stürmten auf sie ein. Ihr erster Kuss hinter dem Jachthafen. Die verwelkte Gardenie zum Abschlussball. Der Heiratsantrag auf den Stufen der Bibliothek des Bowdoin-College. Ihr Hochzeitstag, an dem es so heftig geregnet hatte, dass selbst Schirme nichts dagegen hatten ausrichten können. Und so hatten sie sich einfach nassregnen lassen, denn was machte schon das bisschen Wasser, wenn einem das Glück winkte?

Und dann die schlaflosen Nächte, in denen sie auf seine Rückkehr wartete. Die fremden Männer an der Tür. Die Anrufer mit den tiefen Stimmen, deren Nachrichten sie nicht verstehen wollte. Die Nacht, in der alles in ihrem Messingbett geendet hatte, während Annie fassungslos daneben saß.

Zwei Jahre lang hatte sie versucht, sich mit Kevins Tod abzufinden. Aber erst letzte Nacht war ihr in den Armen eines anderen Mannes endlich klar geworden, dass sie ein Leben und die Freiheit besaß, sich auf dem Fundament der Vergangenheit eine Zukunft aufzubauen. Zu lange hatte sie abgewartet und ihre Tage nach bezahlten Rechnungen und abgewendeten Katastrophen bemessen.

Die Annie Galloway, der sie gestern begegnet war, gefiel ihr. Die leidenschaftliche Frau, die nicht ständig über die Schulter blickte und sich fragte, wann das Leben den nächsten linken Haken austeilen würde. Außerdem schien Sam Butler sie zu mögen, zumindest bis sie ihre Sachen zusammengesucht und die Flucht ergriffen hatte, ohne sich auch

176

nur zu bedanken. Vielleicht geheimnisste sie zu viel in dieses kleine Intermezzo hinein. Schließlich war es durchaus möglich, dass dieses in Annies Augen bahnbrechende Ereignis für Sam nur ein angenehmer Zeitvertreib gewesen war.

Sie errötete, als sie an ihre Lust dachte. Vermutlich hatte er sich ziemlich unwohl gefühlt, da er nicht auf seine Kosten kam. Sie würden darüber reden müssen, wie er es empfunden hatte.

Falls sie sich überhaupt wiedersahen.

Ja, und deshalb war sie eindeutig froh darüber, dass sie heute für eine Hochzeit dekorieren musste, ein aufwendiger Großauftrag, bei dem jederzeit alles Mögliche schiefgehen konnte. Annie arbeitete am liebsten unter Zeitdruck und mochte die ständigen Überraschungen, die einem bei einer Hochzeit immer wieder dazwischenfunkten.

Heute war sie die Annie, die alle kannten und auf die man sich verließ. Die Annie mit den Listen, den Zeitplänen und der eingebauten Stoppuhr. So führte man ein Geschäft: Man lieferte stets das Gewünschte, und zwar pünktlich und stets mit einer kleinen Dreingabe. Das bedeutete zwar eine Menge Arbeit, aber die Tatsache, dass sie nun bald in der Lage sein würde, den Briefkasten zu öffnen, ohne sich vor möglicherweise darin lauernden Rechnungen zu fürchten, machte das bisschen Schlafmangel mehr als wett.

Sie verabschiedete sich von Frankie, eilte zurück in den Laden und fing an, die Blumen für die Kirche einzuladen, wobei sie darauf achtete, dass die zarten Blüten kühl blieben und die Stängel stets im Wasser standen. Nachdem sie die Drahtschere, drei dicke Spulen Satinband und einen großen Karton mit Farnen, Asparagus und Schleierkraut eingepackt hatte, machte sie sich rasch auf den Weg zur Kirche.

»Ich weiß nicht, ob Frankie die Zeremonie durchsteht«, meinte sie zu Claudia, während sie den Altar mit duftenden Gestecken aus Federnelken, Ingwerblumen und Hibiskus schmückten. »Er sah total verängstigt aus.«

»Das ist bei Männern immer so«, erwiderte Claudia mit einem nachsichtigen Lachen. »Jedenfalls wenn man meine drei Jungs als Beispiel nehmen kann.«

Erstaunt drehte sich Annie zu ihrer Schwiegermutter um. »Aber doch nicht Kevin.«

»Oh doch, auch Kevin.« Claudia rückte die über dem Altartuch drapierten dicken Satinbänder gerade. »Er war so nervös, dass John ihm einen Schluck Whiskey verabreichen musste.«

»Ich fasse es nicht.«

»Das heißt nicht, dass er dich nicht über alles geliebt hat. Aber die meisten Männer fühlen sich wie auf dem Weg zum Schafott, wenn sie den Mittelgang zum Altar entlangschreiten.«

Annie dachte an die Hunderte von Hochzeiten, die sie als Gast oder als Floristin miterlebt hatte. Durch das Meer von Orangeblüten schimmerte stets ein bestimmtes Muster: Während die Braut majestätisch und fest entschlossen durch die Kirche rauschte, hatte der Bräutigam Schweißperlen auf der Stirn und zerrte an seinem Kragen, als wäre dieser plötzlich zu eng geworden.

»Du hast recht«, meinte sie, während sie Schleierkraut und Farne um die größeren Gestecke arrangierte. »Warum ist mir das bisher nie aufgefallen?«

»Weil wir Frauen praktisch veranlagt sind«, erwiderte Claudia liebevoll und zupfte einen Strauß Federnelken mit den Fingern zurecht. »Wenn wir uns erst einmal für einen Mann entschieden haben, ist daran nichts mehr zu rütteln.«

»War es so bei dir und John?« Auf Annie hatten sie wie das glücklichste Paar der Welt gewirkt, das so gut zusammenpasste, wie man es sich nur wünschen konnte.

»Nach einer Weile«, antwortete Claudia.

Die beiden Frauen plauderten über die bevorstehende Hochzeit und schmückten dabei die ersten Bankreihen. Claudia übernahm die für die Angehörigen der Braut reservierte Seite, während Annie sich um die Plätze für die Familie des Bräutigams kümmerte, und so waren sie bald mit der Arbeit fertig.

Als sie die heruntergefallenen Blüten zusammenfegten, musterte Claudia Annie plötzlich argwöhnisch und trat einen Schritt näher an sie heran.

»Was ist denn das?« Sanft berührte sie Annies linke Wange. »Haben diese Katzen dich wieder gekratzt?«

»Nein«, gab Annie zurück, während sie grüne Blätter von dem bräutlich weißen Teppich klaubte. »Warum fragst du?«

»Deine Wange ist ganz wund, mein Kind. Wie von vielen kleinen Kratzern.«

»Ich kann mir nicht vorstellen, wie ...« Mitten im Satz hielt Annie inne und zwang sich, nicht heftig zu erröten. Offenbar hatten Sams Bartstoppeln – ein wundervoll angenehmes Gefühl auf der Haut – ihre Spuren hinterlassen. Obwohl sie Claudia nur ungern belog, war es zu früh für die Wahrheit.

»Du weißt ja, wie Katzen sind«, sagte sie deshalb, wobei sie sich schwor, George und Gracie für diese böswillige Verleumdung zu entschädigen. »Irgendwann merkt man es gar nicht mehr.«

»Aber du sagtest doch ...«

»Ich habe nicht richtig zugehört, Claudia. Tut mir leid, ich war in Gedanken beim Empfang und allem, was noch dafür erledigt werden muss.« Sie sah auf die Uhr. »In zehn Minuten bin ich mit Jen, Becky und Sweeney im Overlook verabredet.«

»Zehn Minuten! Ach herrje, Kind. Dann müssen wir uns aber beeilen.«

Wieder eine Katastrophe abgewendet.

»Danke für deine Hilfe, Claudia«, meinte Annie, als sie in den strahlenden Septembersonnenschein hinaustraten. »Jetzt werden wir sicher pünktlich fertig.«

Claudia kramte ihre Sonnenbrille aus der marineblauen

Handtasche hervor und setzte sie auf. »Ich würde dir ja gern unter die Arme greifen, aber ich habe heute Nachmittag ein Seminar.«

Nachdem Annie ebenfalls eine Sonnenbrille aufgesetzt hatte, wühlte sie nach ihrem Autoschlüssel. »Was ist es denn diesmal? Tai-Chi oder fettarme Ernährung?«

»Du bist genauso schlimm wie Susan«, erwiderte Claudia und schüttelte den perfekt frisierten Kopf. »Der Kurs heißt ›Investieren in die Zukunft, Teil zwei‹, nur damit du es weißt. Zielgruppe sind Senioren mit regelmäßigen Einkünften.«

Annie konnte ein Aufstöhnen nicht unterdrücken. »Sag bloß nicht, dass der Kurs von diesem schrecklichen Analysten geleitet wird, der in Boston seine eigene Radiosendung hat.«

»Der Mann heißt Adam Winters, und seine Finanzsendung ist die beliebteste in ganz Neuengland.«

»Der Kerl ist ein Betrüger, Claudia, ein Scharlatan.«

»Zufällig gilt er als anerkannter Fachmann auf seinem Gebiet.«

»Nur, wenn es sein Gebiet ist, andere Leute über den Tisch zu ziehen.«

Claudia ließ die Sonnenbrille sinken und musterte Annie kritisch. »Seit wann bist du denn so zynisch?«

Sei still, Annie, bevor du dich noch verplapperst.

»Erinnerst du dich an den Börsenanalysten aus Bangor, gegen den Anklage erhoben wurde? Einige Menschen haben sogar ihr Eigenheim verloren, weil sie sich auf ihn eingelassen haben.«

»Du kränkst mich«, entgegnete Claudia. »Hältst du mich wirklich für so dumm, Annie, meine Ersparnisse einem wildfremden Mann anzuvertrauen?«

»Natürlich nicht«, meinte Annie. »Doch Typen wie er verdienen ihr Geld damit, dass sie ihren Charme spielen lassen und ihre Kunden um den Finger wickeln.«

Claudia schob die Sonnenbrille hoch.

»Ich werde Roberta sagen, dass wir für dich zwei alte Schachteln und im Begriff sind, einem Betrüger auf den Leim zu gehen.«

»Claudia!« Annie wusste nicht, ob sie lachen oder weinen sollte. »Dreh mir nicht jedes Wort im Mund herum. Ich wollte dich doch nur bitten, vorsichtig zu sein.«

Aber es war zu spät, denn Claudia marschierte schon die Kirchenstufen hinunter zum Parkplatz. Wenn Annie nicht alles trog, würde Robertas Zorn nicht lange auf sich warten lassen.

Sie beneidete Adam Winters nicht.

Inzwischen hatte Sam genug Blaubeerwaffeln verschlungen, um Warren und Nancy – nicht zu vergessen sich selbst – mindestens ein Jahr lang glücklich zu machen.

Mit einem lauten Seufzer räumte Nancy die Teller ab.

»Männer lassen es sich schmecken, Frauen nehmen zu. Verdammt ungerecht ist das«, schimpfte sie.

Warren wartete ab, bis Sam seinen Kaffee ausgetrunken hatte, und forderte ihn dann auf, einen Blick auf sein Boot zu werfen.

»Nancy hat es mir schon gezeigt«, erklärte Sam, als sie durch den Garten zur umgebauten Scheune gingen, wo Max sie bereits erwartete. »Du hast diesen Frühling nicht viel geschafft.«

»Das ist eben das Problem, wenn man reich ist«, erwiderte Warren. »Theoretisch hätte man zwar das Geld, um zu tun, was einem gefällt, doch die Zeit fehlt.«

Er sah Sam an.

»Und falls du noch nicht dahintergekommen sein solltest: Das ist der Grund, warum du hier bist.«

In der Scheune war es kühl und dämmrig und roch nach Holzspänen, Heu und Meeresluft, ein köstlicher Duft, den Sam in tiefen Zügen einatmete.

»Ich würde das Museum wirklich gern in einem Jahr um

diese Zeit eröffnen«, fuhr Warren fort. »Allerdings sind wir mit den Exponaten ins Hintertreffen geraten.«

Das zu diesem Zweck angeschaffte Gebäude, eine ehemalige katholische Kirche am Small Crab Harbor, war bereits bis hin zu den Dielenbrettern und Elektroleitungen renoviert worden. Außerdem waren einige Aufträge an ortsansässige Künstler ergangen, die Wandgemälde und Skulpturen anfertigen sollten.

Darüber hinaus würde das Museum kunstgewerbliche Gegenstände sowie moderne und historische Fotografien zeigen.

Die Frauenvereinigung und der Verband der Kriegsveteranen hatten eine umfangreiche Sammlung von Fotoalben, Briefen und Tagebüchern zusammengestellt, die ein lebendiges Bild vom Alltag der Fischer und ihren Familien vermittelten. Eine Firma in Bath restaurierte gerade ein Postboot aus den 1920er-Jahren und ein Bostoner Walfängerschiff aus dem neunzehnten Jahrhundert. Beide Schiffe sollten am Jachthafen von Shelter Rock Cove vor Anker gehen und, wenn das Wetter es zuließ, jeden Tag zu drei Ausflugsfahrten auslaufen.

»Warst du je im Luft- und Raumfahrtmuseum am Smithsonian Institute?«, erkundigte sich Warren.

Sam zuckte die Achseln.

»Vielleicht irgendwann als Kind.«

»Ich möchte mich an dessen Beispiel orientieren und einige Exponate mit dünnen Drähten an der Decke befestigen. Deine Nachbarin Annie Galloway hat uns bei den Beleuchtungseffekten und dem Anlegen des Innenraums geholfen. Sicher wird der Effekt beachtlich sein, wenn ich das sagen darf.«

Die Gewölbedecke eignete sich großartig für diese Technik, und Warren stellte sich vor, wie verschiedene handgefertigte Kanus von einem Boot der Penobscot-Indianer aus dem siebzehnten bis hin zu einem der Passamaquoddy aus dem

neunzehnten und einem Irish-American der dritten Generation aus dem einundzwanzigsten Jahrhundert dort hingen.

»Eigentlich hatte Kieran O'Connor den Auftrag, drei der
Kanus zu bauen, aber er hat sich bei einem Autounfall in
Montreal beide Arme gebrochen und ist für die nächste Zeit
außer Gefecht.«

Warren schwieg abwartend.

»Sag mal, sitzt du auf der Leitung?«, brach es nach einer
Weile aus ihm heraus. »Soll ich es für dich buchstabieren?
Du musst diese Kanus für das Museum bauen!«

»Ich weiß nicht, ob ich das kann«, erwiderte Sam. »Normalerweise sind Reparaturen und Restaurierungsarbeiten
mein Fachgebiet.«

»Wie schwierig kann es schon sein?«, beharrte Warren.
Schließlich hatte er es nicht deshalb so weit gebracht, weil er
dazu neigte, beim ersten Widerstand das Handtuch zu werfen. »Du besorgst dir Holz und ein paar einfache Werkzeuge
– nicht diesen neumodischen Kram –, und dann baust du ein
Kanu.«

»Ich würde lieber weiter am Fischerboot deines alten
Herrn herumbasteln.«

»Nichts da«, gab Warren zurück und tätschelte zärtlich
den noch immer löchrigen Rumpf der *Sally B.* »Das ist mein
Projekt. Ich erledige das selbst.«

»Für die Kanus brauchen wir zwei verschiedene Holzsor-
ten«, verkündete Sam. »Ein zweites Dampfgerät, weil man
mit dem alten nicht …« Er hielt inne. »Du Mistkerl, du wusstest genau, dass ich nicht ablehnen kann.«

»Genau darauf hatte ich gehofft.«

»Warum gibst du den Auftrag nicht einem der vielen Ka-
nubauer in der Gegend von Boothbay? Die leisten gute Arbeit.«

»Weil sie nicht von hier stammen.«

»Dasselbe gilt für die Restauratoren in Bath.«

»Jake und Eli sind in Shelter Rock Cove geboren und auf-

183

gewachsen. Den Umzug kann man ihnen nicht zum Vorwurf machen.«

»Ich komme nicht aus Maine«, protestierte Sam. »Sobald ich den Mund aufmache, werden es alle merken. Wenn es dir auf Ursprünglichkeit ankommt …«

»Du bist doch Ire der dritten Generation, richtig?«

»Ja, aber …«

»Und du hast als Junge einige Zeit hier verbracht.«

»Aber das macht mich immer noch nicht zu …«

»Und du wohnst jetzt hier.«

»Nur, bis ich mir schlüssig bin, was in Zukunft aus mir werden soll.«

»Wer weiß.« Warren zog die Baupläne für die Kanus aus der Gesäßtasche. »Vielleicht hast du deine Antwort ja bald.«

9

Auf dem Weg von der Kirche zum Overlook verstieß Annie einige Male gegen die Geschwindigkeitsbegrenzung, doch sie hatte Glück, denn die Polizei von Shelter Rock Cove – zwei uniformierte Beamte und ein Inspektor – war offenbar anderweitig beschäftigt.

Das Overlook stand oben auf den Klippen und bot, wie der Name schon sagte, einen Blick auf die Bucht. Es war vor etwa achtzig Jahren von einem reichen Schiffsbauer errichtet worden, der es eigentlich als Sommerhaus hatte nutzen wollen. Allerdings hatte die Weltwirtschaftskrise diesem Traum ein jähes Ende bereitet, und so diente das wunderschöne Anwesen in den kommenden Jahren als Waisenhaus, Schönheitsfarm und Hotel. Seit einiger Zeit wurde es als Veranstaltungsort für Hochzeiten, Kongresse und andere Zusammenkünfte genutzt, bei denen man Platz für viele Personen brauchte.

Sweeneys alter VW-Bus stand schon, schief geparkt, neben dem Lieferanteneingang. Seine Besitzerin war gerade damit beschäftigt, Tischdekorationen auf die Rollwagen zu laden, die Annie vor einigen Monaten günstig bei einer Versteigerung von Konkursmasse in Bangor gekauft hatte.

»Für eine Frau, die sich weigert, eine Uhr zu tragen, bist du erschreckend pünktlich«, meinte Annie, als Sweeney sich nach ihr umdrehte.

»Meine vielen Jahre in einer Kommune haben mich gelehrt, wie …« Sweeney hielt inne und fing laut zu lachen an. »Dass ich das noch erleben darf – Bartstoppelkratzer an Annie Galloways Wangen!«

Diesmal war Annie vorbereitet.

»Dafür kann ich mich bei George und Gracie bedanken«, erwiderte sie, während sie das nächste Gesteck aus dem Wagen holte. »Das ist bei Katzenbesitzern Berufsrisiko.«

»Oh, nein«, entgegnete Sweeney kopfschüttelnd. »Diese Kratzer sind nicht von einer Katze. Vergiss nicht, dass ich mit sechs kleinen Stubentigern zusammenlebe, Kindchen. Da steckt eindeutig ein Mann dahinter.«

»Du liest zu viele Liebesromane.«

»Und du zu wenige«, gab Sweeney zurück. »Ich freue mich für dich, Schätzchen.« Sie griff nach einem Blumenarrangement. »Und wenn die Kratzer von dem Typen stammen, an den ich gerade denke, kann man dich nur beglückwünschen.«

Annie musste lachen. »Du kennst ihn doch gar nicht, Sweeney. Vielleicht ist er ja verheiratet und hat sechs Kinder.«

»Und hat er?«

Annie zögerte. »Ich ... äh ... glaube nicht.«

Natürlich nicht, Annie. Hat er nicht selbst gesagt, dass er solo ist?

»Du klingst so unsicher.«

»Wir haben nicht unsere Lebensläufe ausgetauscht, Sweeney.«

»Ich habe gestern die Karten für ihn gelegt«, verkündete Sweeney, während sie die Blumen auf den Wagen ins Gebäude schoben. »Und ich habe viele Familienangehörige gesehen. Allerdings weder Frau noch Kinder.«

»Du fängst doch nicht wieder mit diesen Tarotkarten an!«

»Schon gut«, brummte Sweeney. »Du bist viel zu pragmatisch veranlagt, um an die Karten zu glauben. Aber als ich euch beide so zusammen dastehen sah, hatte ich so ein Gefühl ...«

Annie verzog das Gesicht und schob ihren Wagen weiter. »Bestimmt liegt das an der Tüte mit Schokoladenkeksen, die du ständig mit dir herumschleppst.«

»Glaube mir, Kindchen, wenn ich denken würde, dass ich auch nur die Spur einer Chance bei ihm hätte, würde ich jetzt nicht mit dir plaudern, sondern den Tanz der sieben Schleier auf seiner Veranda aufführen. Dreimal habe ich die Karten gelegt und zwar immer mit demselben Ergebnis: Euch ist eine gemeinsame Zukunft bestimmt.«

Annie versuchte, Sweeneys Prophezeiung auf die leichte Schulter zu nehmen.

Aber du wusstest es von Anfang an, Annie. Seit dem ersten Moment auf dem Parkplatz.

Zum Teufel mit Sweeney, die ihr solche Flausen in den Kopf setzte. Warum war sie dann gestern geflohen, wie von wilden Furien gehetzt, wenn an der Sache mit der gemeinsamen Zukunft etwas dran war?

Diese Frage kannst du dir selbst beantworten. Du hast es mit der Angst zu tun bekommen!

»Ach, sei doch still«, schimpfte Annie und manövrierte den Rollwagen durch die Tür.

»Ich soll still sein?«, empörte sich Sweeney.

»Nicht du«, erwiderte Annie. »Ich habe gerade ein Selbstgespräch geführt.«

»Du auch?« Sweeney schob die Tür mit dem Po auf und bedeutete Annie, sie solle vorangehen. »Deshalb habe ich ja Katzen«, fuhr sie fort und folgte ihr mit ihrem Wagen in den Ballsaal. »Wenn mich jemand bei einem Selbstgespräch ertappt, behaupte ich einfach, dass ich mit den Katzen rede. Das klingt zwar komisch, ist aber erstaunlich wirksam.«

»Das habe ich letzte Woche auch gemacht, als die Flemings zur Hausbesichtigung da waren. Sie sind zwar Hundeliebhaber, doch ich glaube, sie haben mich verstanden.«

Kratzer im Gesicht, Selbstgespräche – bald würde Annie George und Gracie auch noch für ihre miserable Schaufenstergestaltung oder die Verbreitung von Atomwaffen verantwortlich machen.

Dieser amüsante Gedanke lenkte sie von Sam Butler und

ihren undurchschaubaren Gefühlen für ihn ab – wenigstens für sechs Minuten, was Annie als Triumph wertete. Schließlich beherrschte er seit ihrer ersten Begegnung auf dem Supermarktparkplatz ununterbrochen ihre Gedanken. Innerhalb weniger Stunden hatte sie sich von der zuverlässigen Annie Lacy Galloway, die alle kannten, in eine lüsterne Person verwandelt, die einem wildfremden Mann die Kleider vom Leibe riss und das auch noch genoss. Wie konnte man achtunddreißig Jahre alt werden und sich selbst so wenig kennen?

Annie bezweifelte, dass Sweeneys Tarotkarten die Antwort darauf wussten.

Susan musterte Hall über den Rand ihrer Lesebrille hinweg. Vor ihr auf dem Gartentisch waren Ausgaben sämtlicher großer Sonntagszeitungen Neuenglands ausgebreitet und mit den Krümeln eines Erdnussbutter-Marmelade-Brotes und einiger Schokokekse bestreut.

»Lass mich sehen, ob ich das richtig verstanden habe«, meinte Susan, offenbar in der Absicht, zusätzlich Salz in die Wunde zu reiben. »Du hast vergessen, dass deine Kinder übers Wochenende kommen wollten.«

»Absolut«, erwiderte Hall, stützte die Füße auf die Bank und sah seine alte Freundin an. »Als sie an die Tür klopften, stand ich gerade unter der Dusche.«

»Die Großen oder die Kleinen?«

»Die Kleinen.«

Susan stöhnte auf.

»Yvonne hat sicher Luftsprünge gemacht.«

»Sie hat sich beherrscht«, antwortete Hall. »Aber sie wirkte ziemlich enttäuscht.«

»Das kann ich mir denken.« Susan sah sich im Garten um. »Wo sind sie jetzt?«

»Sie warten am Auto.«

»Hol sie her. Sie können mit Jeannie am Pool spielen.«

Beim Anblick von Halls besorgter Miene lachte sie auf. »Keine Angst. Jack fungiert als Bademeister. Ihnen passiert nichts.«

Fünf Minuten später saß Hall wieder auf seinem Platz, stellte den Fuß auf die Bank und musterte Susan. Er hatte Schmetterlinge im Bauch.

»Seit wann kannst du deine Kinder nicht einen Nachmittag lang beschäftigen?«, packte Susan den Stier bei den Hörnern. »Oder legst du es darauf an, dass wir euch alle zum Essen einladen.«

»Ich hatte eher ein Dinner für zwei geplant.«

Susan zog die Augenbrauen hoch. »Du bist verabredet?«

Enttäuschung stieg in ihm hoch und vertrieb die Schmetterlinge im Nu. »Sie hat es dir nicht gesagt.«

Susan war nicht auf den Kopf gefallen und wusste deshalb sofort, dass mit »sie« Annie gemeint war. »Ich habe seit dem Umzug nicht mehr mit ihr gesprochen. Wohin geht ihr denn?«

»Zu Cappy's«, erwiderte Hall, bemüht, in diesem einen Wort nicht zu viel Sehnsucht mitschwingen zu lassen. »Um sieben.«

Sie warf einen Blick auf seine Uhr. »Und jetzt ist es?«

»Viertel vor sechs.«

»Wahrscheinlich möchtest du nach Hause fahren und duschen.«

»Eigentlich schon.«

»Und es wäre besser, wenn die Kinder nicht dabei sind und alle möglichen peinlichen Fragen stellen.«

»Eindeutig.«

»Dann hau schon ab«, antwortete Susan und versetzte ihm mit dem Feuilletonteil der *New York Times* einen spielerischen Klaps auf den Arm. »Aber sag ihr, sie soll mich anrufen. Ich will es von euch beiden aus erster Hand erfahren.«

»Dafür bin ich dir etwas schuldig, Susie«, meinte er und küsste sie liebevoll auf den Scheitel.

»Da kannst du Gift darauf nehmen«, rief sie ihm nach, als er zum Auto stürzte.

Er war zwar älter und ein wenig grau geworden, aber noch immer der Hall, an den sie sich aus Schulzeiten erinnerte – ein festes Ziel vor Augen, doch mit einer lockeren, lässigen Art, mit der er seine Mitmenschen unweigerlich um den Finger wickelte.

Susan wartete, bis sein Wagen die halbe Auffahrt hinter sich hatte, und lief dann zum Pool, wo Jack die Kinder bei einer Partie Wasser-Volleyball beaufsichtigte.

Susan setzte sich neben ihn an den Beckenrand und ließ die Beine baumeln.

»Ich habe wichtige Neuigkeiten«, begann sie.

Er warf ihr den typischen Ehemännerblick zu, der stets aufs Neue Mordlust in ihr weckte.

»Sag nicht, du bist schwanger.«

»Schäm dich«, erwiderte sie und senkte dann die Stimme. »Hall und Annie sind heute Abend verabredet.«

»Ach, herrje, Suze, ich habe dir doch …«

»Ich habe nichts damit zu tun. Offenbar ist er gestern auf Claudias Bitte hin zu Annie gefahren, eins führte zum anderen, und heute gehen sie zusammen aus.«

»Du glaubst doch nicht ernsthaft, dass etwas daraus wird?«

»Hall kann sehr charmant sein«, gab sie zurück und hielt dann kurz inne. »Hinzu kommt, dass er Arzt ist. Das schadet sicher nicht.«

»Aber sie kennt ihn seit ihrer Kindheit. Wenn sie füreinander bestimmt wären, hätte sich sicher schon etwas ergeben, meinst du nicht? Wir hätten es gemerkt.«

»Sie war mit Kevin verheiratet«, antwortete sie wehmütig, als sie an ihren Bruder dachte. »Es ist schwer, in seine Fußstapfen zu treten.«

»Du weißt genau, was ich meine«, sagte Jack. »So wie bei dir und Tony Dee vom Immobilienbüro.«

»Jack!« Susan war gleichzeitig empört und fühlte sich geschmeichelt. »Tony Dee!«

»Ich habe euch beide bei den Betriebsfeiern gesehen«, gab ihr Mann in seinem typisch sachlichen Ton zurück. »Wenn ihr flirtet, knistert die Luft.«

»Sei nicht albern, wir haben doch bloß …«

»Das soll kein Vorwurf sein, Suze. Ich stelle nur fest. Und zwischen Hall und Annie haben wir nie etwas dergleichen beobachtet, oder?«

»Tja, nein, aber …«

»Thema erledigt.«

»Moment. Annie ist ein sehr ernsthafter Mensch. Sie hat nie mit Kevin geflirtet.«

»Da lachen ja die Hühner.«

»Nicht so, dass es offensichtlich gewesen wäre.«

»Aber da war etwas«, stellte ihr plötzlich so aufmerksamer Ehemann fest. »Entweder funkt es zwischen zwei Menschen oder nicht, Suze. Und bei Annie und Hall herrscht eindeutig Funkstille.«

Susan sah, dass ihre jüngste Tochter ihrem kleinen Bruder einen Volleyball an den Kopf warf. Doch da er weder schrie noch eine blutende Wunde davongetragen hatte, achtete sie nicht weiter darauf.

Im Laufe der Jahre änderte sich so vieles. Die Träume, die man mit fünfundzwanzig oder dreißig hegte, erschienen einem plötzlich gar nicht mehr so verlockend, wenn man mit raschen Schritten auf die Vierzig zuging. Niemand zweifelte daran, dass Kevin Annies große Liebe und eine verwandte Seele gewesen war. Man hatte sie nur zusammen sehen müssen, um zu wissen, dass sie nur einander brauchten, um glücklich zu sein. Am liebsten waren sie allein miteinander und opferten ungern ihre kostbaren Wochenenden, um sie mit Freunden oder der Verwandtschaft zu verbringen.

Susan unterdrückte einen Seufzer. Kevin hatte Annie auf Händen getragen. Bis zum Schluss schrieb er Gedichte für sie und schenkte ihr ohne besonderen Anlass Blumen. Nie hatte sie, Susan, jemandem anvertraut, wie sehr sie Annie darum beneidete.

Das hieß jedoch nicht, dass Jack sie nicht liebte. Denn dass er sie anbetete, war so sicher wie der allmorgendliche Sonnenaufgang. Allerdings erinnerte Jacks Liebe eher an eine gemütliche Daunendecke in einer kalten Winternacht, während Kevins Gefühle für Annie mit Sternenlicht, Mondschein und dem Klang von Geigen zu vergleichen waren. Manchmal sehnte eine Frau sich eben nach ein wenig Romantik.

Sie wusste, wie albern es aussah, eine Witwe um eine längst vergangene Ehe zu beneiden. Aber offenbar war genau das der Grund, warum Annie bei Männern so wenig Erfolg hatte. Keiner wagte es, Kevins Platz einzunehmen.

Vielleicht war Hall ihr damals in ihrer Jugend nicht wie der strahlende Ritter erschienen, doch das hieß noch lange nicht, dass sie heute nicht glänzend zusammengepasst hätten.

Die große Liebe ihres Lebens war vorbei. Nun brauchte sie einen erwachsenen und vernünftigen Mann, der gut mit ihrer Familie auskam, aus derselben Stadt stammte und denselben Bekanntenkreis hatte. Und soweit Susan es beurteilen konnte, passte diese Beschreibung haargenau auf Hall.

Wie schön würde es sein, mit Annie und Hall ins Kino zu gehen, vielleicht einen Happen bei Cappy's zu essen oder …

»Hallo, ihr beiden«, brüllte Jack da neben ihr, denn ihre Tochter versuchte gerade ihren kleinen Bruder zu köpfen, während Halls wohlerzogene Kinder das Treiben entsetzt beobachteten. »Wenn ihr das noch einmal macht, ist für euch heute Schluss mit dem Schwimmen.«

Susan schüttelte den Kopf. »Warum ist unser Nachwuchs immer so wild?«

»Müssen die Gene sein«, meinte ihr Mann, legte ihr den Arm um die Schulter und zog sie an sich. »Unsere armen Kleinen werden es noch schwer haben.«

Nach der Arbeit im Overlook lud Annie Sweeney und die Mädchen zu einem Eis ein. Und so saßen sie plaudernd und lachend da, bis es kurz vor sechs war. Während die Mädchen sich auf den Heimweg machten, wollte Sweeney mit einem ihrer vielen Verehrer ein Freiluftkonzert in der Nachbarstadt besuchen.

»Komm doch mit«, meinte sie, als sie zu ihren Autos gingen. »Fred und ich haben uns nicht mehr viel zu sagen, weshalb eine dritte Person mir gar nicht so unrecht wäre.«

Annie schauderte.

»Ich kenne Fred bereits zur Genüge«, sagte sie. »Du solltest dir einen Burggraben mit Zugbrücke anschaffen.«

»In meinem Alter ist die Auswahl nicht so groß, Schätzchen. Und die Kerle sehen leider nicht mehr aus wie Harrison Ford.«

Immer noch lachend bog Annie in ihre Auffahrt ein. In dem kleinen Haus war es dunkel und kühl. George und Gracie schliefen nebeneinander auf dem Kratzbaum und achteten nicht auf sie. Bis auf das Rauschen der Wellen am Strand und hin und wieder den Schrei einer Möwe war es still. Da Sams Wagen nicht in seiner Auffahrt stand, fragte sich Annie, wo er wohl sein mochte.

Nicht, dass sie das etwas anging. Schließlich war sie diejenige, die sich dem Staub gemacht hatte, ohne sich zu verabschieden.

Und zwar nur, weil sie irgendwie Angst vor der eigenen Courage bekommen hatte.

Du weißt, was zu tun ist, Annie. Schließlich bist du eine erwachsene Frau. Mach dich ein bisschen hübsch und geh dann mit einer Flasche Wein und der restlichen Pizza nach drüben, um dich für dein gestriges Verhalten zu entschuldigen.

Wenn sie zu lange wartete, war es zu spät. Annie warf einen Blick auf die Uhr. Die Zeit reichte kaum, um ihre Haare in Ordnung zu bringen.

Susan tat ihr Bestes, einen Bogen ums Telefon zu machen. Doch um halb sieben gab sie sich geschlagen. Sie ließ ihre Familie und Halls Nachwuchs am Pool zurück und schlüpfte ins Arbeitszimmer, wo sie die Schnellwahltaste drückte. Annies Telefon läutete.

»Ich fasse es nicht, dass du es mir verschwiegen hast«, begann sie anstelle einer Begrüßung. »Ich habe so lange gewartet, bis ich es nicht mehr aushielt. Was ziehst du an? Die weiße Hose, hoffe ich, und vielleicht den roten Pulli, heute Abend ist es kühl genug dafür. Vielleicht könntest du …«

»Wer spricht da?«, erwiderte Annie.

»Wer da spricht?«, wiederholte Susan gekränkt. »Ich bin es, Susan, und ich will wissen, warum du es mir nicht gesagt hast.« Schweigen entstand. »Annie?« Sie klopfte mit dem Fingernagel auf die Sprechmuschel. »Bist du noch dran?«

»Ja.« Wieder Schweigen. »Woher weißt du es?«

»Woher ich es weiß? Was glaubst du denn? Er hat es mir erzählt.«

»Dir erzählt? Ich dachte nicht, dass ihr euch überhaupt kennt.«

»Habe ich dich gerade geweckt?«, fragte Susan. »Du klingst so komisch. Er war bei mir und hat mich gebeten, auf seine Kinder aufzupassen, und da hat er es mir gesagt.«

»Oh, mein Gott!«

»Annie, stimmt etwas nicht. Bist du krank? Hast du Probleme? Soll ich vorbeikommen und …«

»Ich habe Hall total vergessen«, antwortete Annie, von hysterischem Gelächter geschüttelt. »Ich muss los. Ich melde mich morgen.«

Klick.

»Sie hat tatsächlich aufgelegt«, sagte Susan ins leere Zimmer hinein. Annie Galloway, eigentlich die höflichste Frau der Welt, hatte einfach aufgelegt und dabei auch noch gelacht!

Etwas war faul in Shelter Rock Cove, und Susan nahm sich vor, der Sache auf den Grund zu gehen.

194

Sam und Warren verbrachten den Tag im Seefahrtsmuseum unweit von Camden. Warren war mit dem dortigen Kurator befreundet, der ihnen alles über interaktive Ausstellungen und die Möglichkeit erklärte, Ausflugsfahrten ins Konzept zu integrieren. Zum Beispiel müsse man dabei verschiedene Unfallschutzvorschriften und die Versicherungskosten in Betracht ziehen. Warren, der das gesamte Vorhaben finanzieren würde, hörte aufmerksam zu, ohne sich eine einzige Notiz zu machen, was Sam wie immer Respekt abnötigte.

Während Warren übers Geschäftliche sprach, schlenderte Sam auf der Werft herum. Es war schon lange her, dass er diese ganz eigene Mischung aus Holz, Lack und Fisch gerochen hatte, und als er die Luft einsog, trat ein glückliches Lächeln auf sein Gesicht.

Für ihn roch es hier wie zu Hause in dem Jachthafen in Queens, wo er als Schüler gearbeitet hatte. War er in seinem späteren Beruf je wieder so zufrieden gewesen? Geschäftsabschlüsse über mehrere Millionen Dollar hatten in ihm nie das Glücksgefühl ausgelöst, das er verspürte, wenn er mit öligen Schiffsteilen hantierte.

Vielleicht war das die Antwort auf seine Frage nach der Zukunft. Er würde irgendwo in einem heruntergekommenen Jachthaften Boote reparieren, die Fingernägel ständig schwarz, die Haut nach Salzwasser riechend und das Konto ständig überzogen. Schließlich gab es Schlimmeres, womit ein Mann sein Leben verbringen konnte. Insbesondere, wenn er dazu auch noch die richtige Frau hatte, um mit ihr Tage und Nächte zu teilen.

Aber was hatte er einer Frau zu bieten? Vor einem halben Jahr hätte er etwas vorzuweisen gehabt: ein dickes Auto, eine große Wohnung und glänzende Karrierechancen. Nun jedoch besaß er sogar weniger als Annie Galloway, denn die hatte wenigstens ihr Häuschen und ihren Laden. Er hingegen stand unter der Fuchtel eines alten gelben Labradors.

»Du siehst aus, als ruhte die ganze Last der Welt auf deinen Schultern«, stellte Warren auf dem Rückweg nach Shelter Rock Cove fest. »Hast du mir vielleicht etwas zu sagen?«

»Ich glaube, deinem Wagen fehlt Hydraulikflüssigkeit«, erwiderte Sam, während er die Fahrspur wechselte. »So einen alten Jeep muss man viel besser pflegen, als du es tust.« Er bremste hinter einem langsamen Audi ab. »Oder du leistest dir ein Auto, das weniger als zehn Jahre auf dem Buckel hat.«

»Klugscheißer«, brummte Warren freundlich. »Erzählst du mir, was los ist, oder soll ich es aus dir herausprügeln?«

Sam lachte auf. »Du hältst mich doch wohl nicht für so leichtsinnig, es darauf ankommen zu lassen!« Warren war in seiner Jugend Amateurboxer gewesen und besaß immer noch einen beeindruckenden Bizeps.

»Du wirst das Problem lösen«, meinte Warren. »Ganz gleich, was es ist.«

»Wirklich?« Sam warf Warren einen Blick zu. »Meinst du, bevor ich so alt bin wie du?«

»Nicht, wenn es um eine Frau geht.«

Dagegen gab es nichts einzuwenden.

»Was hältst du davon, wenn wir uns unterwegs ein Steak und eine Ofenkartoffel genehmigen?«, schlug Warren vor.

Sam sah auf die Uhr auf dem Armaturenbrett. Fünf nach halb sieben. Um sieben war Annie mit dem Herrn Doktor zum Essen verabredet.

Bis nach Shelter Rock Cove war es noch etwa eine halbe Stunde.

Schicksal.

»Ich hätte eher Lust auf Hummer«, meinte er, wohl wissend, dass Warren ihn verstehen würde. »Ich habe da von einem Lokal namens Cappy's gehört.«

»Das Seminar war wirklich höchst interessant«, meinte Roberta, als sie mit Claudia über den Parkplatz des Holiday Inn in Bangor schlenderte. »Der junge Mann ist offenbar ein echtes Naturtalent.«

»Und außerdem könnte er unser Enkel sein«, erwiderte Claudia kopfschüttelnd. »Ausgesprochen intelligent! Sind die jungen Leute heutzutage vielleicht klüger als wir damals, Bobbi, oder kommt es uns nur so vor?«

»Das muss an den vielen Vitaminen liegen«, antwortete Roberta und rückte den Riemen ihrer Handtasche über ihrer ausladenden Büste zurecht. »Stell dir nur vor, wie schlau wir geworden wären, wenn wir nur die Hälfte der Möglichkeiten gehabt hätten wie die heutige Jugend.«

Ja, das stimmte, dachte Claudia, während sie mit Roberta im Wagen zurück nach Shelter Rock Cove fuhr. Die junge Generation hatte keine Ahnung, was es bedeutete, ständig knapsen und sparen zu müssen, und erwartete, sofort nach dem Schulabschluss einen gut dotierten Posten antreten zu können. Und für gewöhnlich klappte das auch. Damals, zu ihrer Zeit, hatte man sich glücklich schätzen können, wenn man überhaupt eine Stelle fand, und man blieb bei ein und derselben Firma, bis zu dem Tag, an dem man in Rente ging.

Adam Winters hatte ihnen im Laufe seines vierstündigen Seminars eine völlig andere Welt eröffnet.

»Glauben Sie nicht, es wäre zu spät, ihre Zukunft zu gestalten«, verkündete er, während er zwischen den Stuhlreihen hindurch marschierte, Claudia, Roberta und ihre anderen anwesenden Altersgenossinnen anlächelte und dabei schneeweiße Zähne blitzen ließ. »Die Amerikaner werden nicht nur älter als je zuvor, sondern haben auch ihren Lebensstandard erhöht. Weshalb sollten nicht auch Sie Ihren Ruhestand genießen und sich ebenfalls ein Stück vom Wohlstandskuchen sichern?«

Wirklich, was sprach dagegen? Die Ausführungen des jungen Mannes hörten sich sehr vernünftig an. Schließlich hatten Claudia und John ihr Leben lang hart gearbeitet, und seit sie Witwe war, bemühte sie sich, das Geld zusammenzuhalten. Das Haus war – Gott sei Dank – abbezahlt, und auch ihr Auto gehörte nicht der Bank. Doch obwohl ihre Krankenversicherung fast alle Risiken abdeckte, würde eine chronische Erkrankung ein Loch in ihre Ersparnisse reißen. Claudia war zwar gut versorgt, fühlte sich aber nicht rundum abgesichert. Und da das etwas war, worauf sie laut Adam Winters ein Recht hatte, bestand nun dringender Handlungsbedarf.

Susan wäre entsetzt gewesen, hätte sie gewusst, dass Claudia zweitausend Dollar im Voraus für Adam Winters einwöchiges Seminar im nächsten Monat bezahlt hatte.

»Bist du völlig übergeschnappt, Ma?«, hätte sie sicher geschimpft. »Warum überreichst du ihm nicht gleich den Schlüssel zu deinem Bankschließfach?«

Allerdings handelte es sich um ein einmalige Gelegenheit: Wenn sie Adam Winters Finanzberatung mit der Verwaltung ihres Vermögens beauftragte, würde man ihr eintausendfünfhundert Dollar Kursgebühren sofort zurückerstatten. Sogar Susan musste einräumen, dass das mehr als großzügig war.

Leider glaubten ihre Kinder das Recht zu haben, sich in ihr Leben einzumischen. Zu allem und jedem – angefangen bei ihrem Haus bis hin zu ihren Ernährungsgewohnheiten und ihrem Freundeskreis – mussten sie ihren Senf dazugeben, und Claudia hatte allmählich genug davon. Da sie sich nach Möglichkeit aus den Angelegenheiten der jungen Generation heraushielt, erwartete sie umgekehrt dieselbe Rücksichtnahme. Schließlich war es ihr Geld, ihres und das ihres geliebten John, und wenn sie beschloss, es zu vermehren, ging das niemanden etwas an.

Claudias Entschluss stand fest.

»Ich verrate Jessica und Peter auch nichts«, meinte Roberta, als sie sich dem Stadtrand näherten. »Noch ein Vortrag darüber, dass es langsam an der Zeit wäre, ihnen eine Generalvollmacht zu erteilen, und ich setze Sparky zum Alleinerben ein.« Sparky war ihr Airedale-Terrier.

Claudia nickte. »Meine Kinder erfahren von mir auch nichts.« Eigentlich hatte sie mit dem Gedanken gespielt, sich Annie anzuvertrauen, aber das kam jetzt nicht mehr in Frage.

»Eines Tages werden sie uns dankbar sein«, sagte Roberta.

»Absolut«, stimmte Claudia zu. »Wenn wir ihr Erbe erst einmal verdreifacht haben, werden sie nicht mehr so klug daherreden.«

Roberta bog links in die Willow Road ein. »Steak bei Brubaker's oder frittierter Fisch bei Cappy's?«

»Cappy's«, erwiderte Claudia. »Ich habe Lust auf Pommes.«

»Zum Teufel mit dem Cholesterin!«, rief Roberta und trat das Gaspedal ihrer Limousine durch. »Volle Kraft voraus!«

10

Cappy's-on-the-Cove war früher eine Fischerhütte gewesen, deren Besitzer stets höher hinausgewollt hatten. Das Restaurant, anfangs nur eine Imbissbude, weitete sich im Laufe der Jahre ständig aus und bot nun – einigermaßen bequem – Platz für vierzig Gäste. Die Böden waren schief, die Decke wies Unebenheiten auf, und die Temperaturen an den Tischen neben der Küchentür lagen um zehn Grad höher als im restlichen Lokal.

Doch wenn es um köstliche Hummergerichte und erstklassigen Blaubeerkuchen ging, konnte niemand Cappy's den Rang ablaufen.

»Wo haben Sie so lange gesteckt, Doc?«, meinte Gloria, die Schwiegertochter des ursprünglichen Wirts. »Wir haben Sie seit dem vierten Juli nicht mehr gesehen.«

»In diesem Sommer gab es viele Babys, Glo«, erwiderte Hall, während er ihr zu einem Tisch am Fenster folgte. »Wie ist denn heute der Muscheleintopf?«

»Erste Sahne«, antwortete sie und legte eine Speisekarte vor ihn auf den Tisch. »Soll ich Ihnen einen Eistee bringen?«

Peinlicher Moment Nummer eins.

»Warten Sie noch damit«, antwortete Hall bemüht lässig. »Ich bin verabredet.«

»Ja?« Neugierig beugte Gloria sich vor. »Mit wem denn?«

»Einer Freundin?«

»Jemand, den ich kenne?«

»Sie kennen doch alle in der Stadt«, sagte er, wobei er sich fühlte wie ein Sechzehnjähriger, der von den Eltern der Angebeteten verhört wird.

»Wenn sie nicht verkleidet ist, werde ich es ja gleich sehen«, antwortete Gloria lachend. »Am besten bringe ich gleich zweimal Eistee.«

Warum machte man sich überhaupt die Mühe zu bestellen?, fragte sich Hall, denn Gloria servierte einem ohnehin nur das, was sie wollte. Das war der Vor- und gleichzeitig der Nachteil, wenn man sein ganzes Leben in derselben Kleinstadt verbrachte. Sobald man die Pubertät hinter sich hatte, konnte man niemanden mehr überraschen.

Die Bibliothekarin wusste, was man am liebsten las. Der Verkäufer im Plattenladen kannte den Musikgeschmack seiner Kunden. Der Kellner in der Kaffeebar schenkte ohne zu fragen schwarzen Kaffee ein und gab einem drei Zuckertütchen dazu. Und Gloria im Cappy's konnte Halls Lieblingsspeisen herunterbeten, obwohl er seit Sommeranfang nicht mehr hier gewesen war.

Und da alle in der Stadt einander kannten, landeten sämtliche persönlichen Informationen in einer gewaltigen Datenbank, mit der Folge, dass man überhaupt keine Privatsphäre mehr besaß.

Man fühlt sich fast wie in Orwells Überwachungsstaat, sagte er sich, und er wünschte, er hätte diese Erkenntnis mit jemandem teilen können.

Gloria kehrte mit dem Eistee zurück. »Die große Unbekannte ist offenbar unpünktlich.«

»Eigentlich nicht.« Elf Minuten und dreißig Sekunden. Was jedoch nicht hieß, dass er ständig auf die Uhr geschaut hätte!

Die Kuhglocke an der Tür bimmelte. »Hallo, Annie«, rief Gloria. »Suchen Sie sich einen Platz aus. Ich bin gleich bei Ihnen.«

Annie setzte sich Hall gegenüber.

»Hoffentlich ist einer dieser Eistees für mich.«

Gloria blieb der Mund offen stehen. »Aber klar doch. Und zweimal Hummer spezial«, fügte sie hinzu. »Kommt sofort.«

»Woher weiß sie immer, was ich essen will, bevor ich es

201

selbst weiß?«, meinte Annie kopfschüttelnd, nachdem Gloria verschwunden war.

»Alles Übung«, antwortete er und warf einen Blick auf den Werbeaufdruck des Platzdeckchens aus Papier.

Zahnprobleme? Die Zahn-Factory hat zeitgemäße Lösungen für Sie.

Wie romantisch! Warum hatte er bloß nicht Renaldi's in der Stadt vorgeschlagen? Oder ein anderes Lokal, wo es Tischdecken gab und nicht so nach Fisch roch?

Falls Annie seine Gedanken gelesen haben sollte, ließ sie es nicht anmerken. Als sie ihm eine lustige Anekdote von der Sorenson-Machado-Hochzeit erzählte, lachte er zwar an den passenden Stellen, hörte aber nicht richtig zu.

Etwas an ihr war anders, auch wenn ihr Haar sich noch immer wild lockte, ihre blauen Augen dichte Wimpern hatten und sich zarte Krähenfüße in den Augenwinkeln andeuteten. Auch ihr schiefes Lächeln war dasselbe geblieben. Hall kam nicht dahinter, was ihm so fremdartig erschien. Jedenfalls war etwas geschehen, und er hatte den Eindruck, von diesem Ereignis ausgeschlossen zu sein.

Annie wies aus dem Fenster auf die Hafenmole. »Ist das da am Geländer nicht Susan?«

Ich bringe dich um, Susie, dachte Hall, als er die vertraute Gestalt erkannte, die sich bemüht unauffällig dort herumdrückte. Was war nur los mit der Frau?

»Warum fragen wir sie nicht, ob sie sich zu uns setzen will?«, meinte Annie.

»Wahrscheinlich hat sie die Kinder dabei.«

»Das ist doch kein Problem«, erwiderte Annie. »Immerhin sind es unsere Patenkinder.«

Er wollte schon eine geistreiche Bemerkung machen, als er feststellte, dass zwei weitere ihm wohlbekannte Gesichter sich die Nasen am Fenster platt drückten. Vier Fäuste trommelten an die Scheibe.

»Das ist Daddy«, jubelte Willa. Bis zu diesem Augenblick

hatte er nicht geahnt, dass sie eine so durchdringende Stimme hatte.

»Daddy!« Mariah, die ältere der beiden, hakte die kleinen Finger in die Mundwinkel und schielte. In Kombination mit der gegen die Fensterscheibe gepressten Nase war diese Grimasse ausgesprochen effektvoll.

Annie winkte den Mädchen zu.

»Ich wusste gar nicht, dass du übers Wochenende deine Kinder dahast.«

»Ich auch nicht«, stammelte er.

»Am besten bitten wir sie herein«, sagte Annie. »Wir können ja schlecht so tun, als wären sie nicht vorhanden.«

»Prima Idee«, erwiderte er in dem bemüht fröhlichen Ton, den er sonst gegenüber seinen Patientinnen anschlug. »Je mehr, desto besser.«

»Holt euch Stühle und setzt euch«, wandte Annie sich an die Neuankömmlinge.

Halls Lächeln war wie festgefroren. Schließlich gehörte Höflichkeit zu seinem Beruf. »Sicher hat unsere Susie Besseres zu tun, als uns beim Essen zuzuschauen.«

Das schlechte Gewissen stand Susan ins Gesicht geschrieben.

»Hall hat recht«, meinte sie, stützte die Hand auf Annies Schulter und stibitzte eine Tomate vom Salatteller ihrer Schwägerin. »Wir verschwinden. Eigentlich wollten wir uns nur eine Pizza holen und sind ein Stückchen zu weit gelaufen.«

So nennt man das also heutzutage, Susie!

»Wisst ihr«, sagte da Jack, der einzig Ahnungslose im Raum. »Ich hatte schon ewig kein Hummerbrötchen mehr. Warum tun wir nicht, was Annie vorgeschlagen hat, und rücken zwei Tische zusammen?«

»Schau mal einer an«, rief Gloria aus, während sie weitere Speisekarten verteilte. »Die ganze Familie ist da.«

Es war, als wolle man verhindern, dass Lava einen Vulkan-

203

kegel hinabfloss. Jack schob zwei Tische zusammen, Susan holte Stühle herbei. Und die Kinder verwandelten den eigentlich romantischen Abend für zwei in ein Fiasko. Das sollte nicht etwa heißen, dass sie die ganze Zeit über ungezogen gewesen wären. Einige Fragen im unpassenden Augenblick genügten vollständig.

»Willst du meinen Daddy heiraten?«, erkundigte sich Willa bei Annie. »Tante Susan sagt …«

»Willa!« Susan machte ein Gesicht, als hätte sie sich am liebsten unter dem Tisch verkrochen. Doch Annie ließ sich davon nicht anfechten.

»Nein, will ich nicht«, erwiderte sie gelassen. »Ich heirate weder euren Daddy noch sonst jemanden.«

Lachend sah sie Hall an und erwartete eigentlich, dass er einstimmen und sich ebenfalls über diese unsinnige Frage amüsieren würde. Aber Halls Miene war nicht nur ernst, sondern er bedachte überdies Susan mit Blicken, die viele Frauen Hals über Kopf in ein Zeugenschutzprogramm hätten flüchten lassen.

»Daddy heiratet nämlich gern«, fügte Mariah hinzu und lutschte dabei an einer dick mit Zucker bestreuten Zitronenscheibe. »Mommy meint, deshalb täte er es so oft.«

»Und ich werde damit weitermachen, bis ich die Richtige finde«, sagte Hall.

Alle lachten, und die angespannte Stimmung am Tisch verflog. Schließlich war allgemein bekannt, dass Kinder sich gern verplapperten. Wenn man all ihre Bemerkungen ernst nehmen wollte, wäre es wohl das Ratsamste, sie gleich nach der Geburt zu erwürgen. Also amüsierte man sich besser, wechselte das Thema und hoffte, dass niemand sich weiter den Kopf darüber zerbrechen würde.

»Schrecklich voll für einen Samstagabend«, stellte Roberta fest, als sie ihren Wagen auf dem Parkplatz des Cappy's vorsichtig in eine Parklücke manövrierte.

204

»Wir haben Labor-Day-Wochenende«, erwiderte Claudia und kramte ihren Lippenstift aus der Handtasche hervor. »Der letzte Feiertag, bevor wieder der Ernst des Lebens beginnt.«

Schließlich hatte sie den leuchtend roten Lippenstift entdeckt und trug ihn geschickt auf, ohne dazu einen Spiegel zu Rate zu ziehen. Einer der wenigen Vorteile am Älterwerden war, dass eine Frau manche Verschönerungsrituale im Schlaf beherrschte.

Unterdessen klappte Roberta ihre silberne Puderdose auf, wendete sorgfältig einen rosafarbenen Lippenstift an und puderte sich dann die Adlernase.

Nachdem sie die Puderdose mit einem lauten Klack zugeklappt hatte, lachte sie auf.

»Für wen machen wir das überhaupt?«, fragte Roberta beim Aussteigen. »In unserem Alter nehmen die Männer sowieso keine Notiz mehr von uns.«

»Für Männer ist man schon ab vierzig nicht mehr vorhanden«, antwortete Claudia. »Das heißt aber noch lange nicht, dass man deshalb sein Äußeres vernachlässigen darf.«

»Sind wir wirklich so eitel, Claudia?« Roberta strich ihre Frisur glatt.

»Ja«, erwiderte diese und hielt ihrer besten Freundin die Tür des Restaurants auf. »Das sind wir.«

Tag für Tag nagte der Zahn der Zeit an ihr, zerknitterte was einst glatt gewesen war, und ließ hängen, was sich ehedem stolz erhoben hatte. Außerdem machte ihr Verdauungstrakt Mucken, die sie nicht einmal ihrer ärgsten Feindin gewünscht hätte. Was also war falsch daran, die äußeren Verfallszeichen wenigstens ein bisschen zurückdrängen zu wollen?

Gloria stand hinter der Theke und winkte ihnen zu. »Ich hätte wissen müssen, dass Sie auch gleich kommen. Ihre Familie sitzt dahinten.«

»Dort drüben«, zischte Roberte und stieß Claudia an. »Da

ist Susie mit ihrem Nachwuchs. Und sind das nicht Dr. Hall und Annie. Aber, aber …«

In Claudias Brust stieg ein Brennen auf, das sicher nicht mit dem Butterbrötchen zusammenhing, das sie sich in der Seminarpause gegönnt hatte.

Hall und Annie? Wie albern!

»Oma!« Susans jüngster Sohn sprang sie an, noch bevor sie den Tisch erreicht hatte. »Sag ihr, dass wir den Nachtisch zuerst essen dürfen.«

Claudia musste lachen. Ihren Enkelkindern gelang es immer wieder, selbst ihre düstersten Tage zu erhellen. »Deine Mutter bestimmt die Regeln, mein Kind«, antwortete sie und zauste ihm das Haar. »So wie damals ich, als sie so alt war wie du.«

Dem kleinen Jungen stand der Unglaube ins Gesicht geschrieben. War seine Mutter wirklich einmal so alt gewesen wie er?

Und ehe Claudia es sich versah, würde er mit seiner Braut zum Altar schreiten, so wie Frankie Machado an diesem Nachmittag.

Höflich wie immer, sprang Hall auf, als Claudia und Roberta sich dem Tisch näherten.

»Meine Damen«, begrüßte er sie so herzlich, als wären sie nie bei ihm in Behandlung gewesen. »Ihr wollt euch doch sicher zu uns setzen.«

Roberta kicherte fast, als sie sich am Tisch niederließ. So wie fast alle ihrer Altersgenossinnen schwärmte sie ein wenig für den Arzt, eine Albernheit, die Claudia schockierend fand. Für sie war Hall noch immer ein Schuljunge und Mitglied der Clique, der auch Susan und ihre Freundinnen angehört hatten.

Ja, früher einmal hatte Claudia gehofft, Hall und Susan würden vielleicht zueinanderfinden (es konnte nicht schaden, einen Arzt in der Familie zu haben), doch ihre Tochter hatte ihren eigenen Kopf. Sie warf einen Blick auf Jack, der freundlich mit einer von Halls adrett gekleideten Töchtern plauderte.

Jack war ein guter Ehemann und Familienvater, und wenn sie es rein egoistisch betrachtete, war ein fähiger Automechaniker in der Familie auch nicht zu verachten. Ihr vier Jahre altes Oldsmobile schnurrte wie ein Kätzchen, was sie nur ihrem Schwiegersohn zu verdanken hatte.

»Ich wusste gar nicht, dass ihr alle heute Abend hier verabredet wart«, meinte sie, bemüht, nicht auf Annie und Hall anzuspielen. »Was für eine nette Überraschung.«

»Wir hatten gerade bestellt, als wir Susan draußen stehen sahen«, antwortet Annie und streichelte Halls Jüngster über das seidige blonde Haar. »Das ist doch viel besser als Pizza, oder?«

Claudias inneres Warnsystem begann leise zu schnarren. Hatte Annie nicht eben »Wir hatten gerade bestellt« gesagt? Oder hatte sie sich das nur eingebildet?

Susan beugte sich zu ihr hinüber.

»Ein einziges Wort«, zischte sie Claudia ins Ohr. »Dann wirst du niemals wieder bei uns babysitten, Ma.«

Claudia tat, als studiere sie das laminierte Stück Papier, das im Cappy's als Speisekarte diente. Falls es zwischen Annie und Hall Talbot wirklich gefunkt haben sollte, konnte sie nichts davon bemerken. Sie schienen sich auf einer freundschaftlichen Ebene gut zu verstehen, und ihr Verhältnis wirkte so frei von jeglicher Erotik, wie es bei zwei Menschen unterschiedlichen Geschlechts nur sein konnte.

Annie plauderte mit ihm wie mit allen anderen, auch wenn Claudia sah, dass Hall ihr Blicke zuwarf, die alles andere als platonisch waren. Doch sie hatte deshalb keine Bedenken. Sollte Hall Annie nur den Hof machen, so viel er wollte. Solange Annie seine Gefühle nur nicht erwiderte.

Der Mann, der gestern Vormittag einfach in den Blumenladen hereingeplatzt war, machte ihr hingegen wirklich Sorgen. In der Luft zwischen ihnen hatte etwas geknistert, das

Claudia ganz und gar nicht gefiel. Gestern Abend hatte sie Warren ordentlich den Kopf gewaschen, damit er sich nicht mehr in das Leben ihrer Schwiegertochter einmischte.

Annie ging es gut, auch wenn es ein schwerer Fehler gewesen war, das Haus zu verkaufen, in dem sie und Kevin den Großteil ihres Ehelebens verbracht hatten. Falls sie sich je – ein Gedanke, den Claudia kaum ertragen konnte – wieder auf einen anderen Mann einlassen sollte, musste es jemand aus Shelter Rock Cove sein, der ihre Vergangenheit kannte und wusste, was ihr wichtig war. Ein mürrisch wirkender Fremder aus New York kam überhaupt nicht in Frage.

Außerdem hatten Männer in Sachen Liebe und Romantik ohnehin eher die Rolle von Trittbrettfahrern. Die Frauen waren es, die am Steuer saßen und entschieden, wohin und wie schnell sich eine Beziehung entwickelte. Sie bestimmten, wann es Zeit war, auf die Bremse zu treten oder richtig Gas zu geben, wie es so schön hieß.

Claudia betrachtete den offenbar leidenschaftlich verliebten Hall und die kühle Annie und schmunzelte in sich hinein. Soweit sie es beurteilen konnte, saßen die beiden nicht einmal im selben Wagen.

Claudia, für meinen Geschmack siehst du ein bisschen zu selbstzufrieden aus, dachte Annie, während sie ihren Krautsalat verspeiste.

Ihr war nicht entgangen, dass die blauen Augen ihrer Schwiegermutter sie und Hall, offenbar auf der Suche nach möglichen Landminen, aufmerksam gemustert hatten. Offenbar war Claudia inzwischen zu dem Schluss gekommen, dass Hall keine Bedrohung für den Status quo darstellte, und genoss nun ihr Abendessen.

Ich liebe dich Claudia, aber das hier geht dich wirklich nichts an.

Sie warf einen Blick auf Susan, die nervös, schuldbewusst und sehr enttäuscht wirkte.

Geschieht dir ganz recht, Suze. Das ist der Lohn für deine Neugier.

Dann lächelte sie Hall zu, der gerade für Willa eine Hummerschere knackte.

So ist es einfacher, Hall. Dir ist es erspart geblieben, mir Liebesgeständnisse zu machen, und ich war nicht gezwungen, dir einen Korb zu geben.

»Also, Roberta«, begann sie. »Wie war das Seminar?« Eigentlich hätte sie auch Claudia fragen können, aber sie war nicht sicher, ob ihre Schwiegermutter noch mit ihr sprach.

Roberta sah Claudia verstohlen an.

»Sehr langatmig«, antwortete sie. »So viele Informationen, dass man sie gar nicht alle aufnehmen konnte.«

Hall hob den über die Hummerschere gesenkten Kopf. »Schon wieder ein Seminar, meine Damen?« Robertas und Claudias Schwäche für Seminare und Kurse war allseits bekannt. »Worum ging es denn diesmal?«

Die beiden alten Damen wechselten Blicke.

Wie merkwürdig, dachte Annie. Warum machen sie so ein Geheimnis daraus?

»Es war sehr lehrreich«, erklärte Claudia. »Thema war die Geschichte der amerikanischen Finanzwelt.«

Hall runzelte die Stirn.

»Doch nicht etwa bei diesem Adam Winters, den ich letztens im Fernsehen gesehen habe?«

Claudia lachte zwar, aber es wirkte nicht sehr glaubwürdig. »Jetzt fang du nicht auch noch an, mein Junge. Meine Kinder setzen mir deshalb schon genug zu. Roberta und ich beurteilen diese Seminare rein nach ihrem Unterhaltungswert.«

»Nein, tut ihr nicht«, protestierte Susan. »Du ... autsch!« Mit ärgerlicher Miene wandte sie sich an Jack. »Sie ist meine Mutter, Jack. Ich kann zu ihr sagen, was ich will.«

»Nein, kannst du nicht«, zischte Claudia. »Wie ich meine Zeit verbringe, ist meine Angelegenheit, mein Kind. Ich mache dir auch keine Vorschriften, wie du dein Leben führen sollst.«

»Selten so gelacht!«

»Also spare dir deine Kritik. Dann geraten wir auch nicht aneinander.«

»Sag doch etwas, Hall«, flehte Susan. »Du bist der Einzige hier, der nicht mit ihr verwandt ist. Erklär ihr, dass diese so genannten Finanzexperten nichts als Scharlatane sind.«

Hall schien tief in Gedanken versunken.

»Bist du etwa auch heimlich süchtig nach diesen Seminaren?«, lachte Annie.

»Nein.« Hall runzelte die Stirn. »Verdammt, mir geht schon den ganzen Tag etwas im Kopf herum. Fast hätte ich es gehabt, als ihr das Seminar erwähnt habt.«

»Sag das Alphabet auf«, schlug Roberta vor. »Das hilft meinem Gedächtnis immer auf die Sprünge.«

»Wahrscheinlich war es nicht so wichtig«, meinte Jack. »Denn sonst würdest du dich ja daran erinnern.«

»Eine tolle Feststellung.« Susan verdrehte die Augen. »Als ob du niemals einen Geburtstag oder ein Jubiläum vergessen würdest.«

Das darauf folgende Geplänkel zum Thema Hochzeitstage sorgte dafür, dass nicht mehr über das Finanzgenie Adam Winters gesprochen wurde.

Annie beschloss aufzuessen, sich zum Nachtisch ein kleines Eis zu gönnen und sich dann zu verabschieden, bevor Hall ihr einen Antrag machte, Claudia eine lästerliche Bemerkung fallen ließ oder Susan sich in ihr eigenes Schwert stürzte.

Sie hatte noch nie viel davon gehalten, das Schicksal herauszufordern, und würde nicht gerade jetzt damit anfangen.

»Ziemlich voll«, stellte Warren fest, als Sam den Wagen geschickt in eine Lücke am hintersten Ende des Parkplatzes manövrierte. »Ich wette, in dem neuen Steakhaus ist alles frei.«

»Nun sind wir schon einmal hier«, erwiderte Sam und stellte den Motor ab. »Also können wir es auf einen Versuch ankommen lassen.«

»Es geht doch nichts über ein dickes saftiges Steak und eine Ofenkartoffel mit ganz viel saurer Sahne.« In Warrens Tonfall schwang Sehnsucht mit.

»So viel Fett ist schlecht für dein Herz«, gab Sam zurück. »Du solltest mehr Fisch essen.«

»Meeresfrüchte enthalten auch Cholesterin«, protestierte Warren, aber Sam achtete nicht darauf.

Denn er wollte genau in dieses Restaurant. Er musste sogar. Schließlich war Annie hier. Er hatte ihren Geländewagen schon von der Straße aus gesehen und hatte nun Schmetterlinge im Bauch wie ein Schuljunge vor seiner ersten Verabredung. Außerdem waren seine Hände schweißnass, und er befürchtete, er könnte etwas sagen, das sie beide später bereuen würden.

Zum Beispiel etwas völlig Unvernünftiges und Verrückes wie »Ich liebe dich«. Man verliebte sich nicht in eine wildfremde Frau. Liebe auf den ersten Blick war nichts weiter als ein romantisches Konstrukt, das es in der wirklichen, greifbaren Welt nicht gab.

Allerdings weigerte sich sein Herz, das einzusehen, und so war Sam gleichzeitig voller Hoffnung, verängstigt, wie auf Wolken schwebend, fest entschlossen und verunsichert. Dazwischen mischten sich noch alle möglichen anderen Gefühle, die er nicht beim Namen nennen konnte. So etwas hatte er noch nie im Leben getan. Schließlich saß sie da drin mit einem anderen Kerl, hatte also gewissermaßen ein Rendezvous – und er war vielleicht gerade im Begriff, ihr alles zu verderben.

»Ein wunderschöner Abend«, meinte Annie und griff nach ihrer Handtasche. »Aber es war ein langer Tag, und ich kann mich kaum noch auf den Beinen halten.«

»Du willst doch nicht schon fort«, entsetzte sich Hall so leise, dass nur sie es hören konnte.

»Ich fürchte doch.« Hatte er sie schon immer so sehnsüchtig angesehen, oder nahm sie es nur zum ersten Mal wahr? »Heute war die Sorenson-Hochzeit, und morgen findet das Labor-Day-Picknick statt.« Während Annie sich zu einem fröhlichen Auflachen zwang, bimmelte die Kuhglocke an der Tür. »Schließlich bin ich auch nicht mehr die Jüngste. Ich brauche meinen Schönheitsschlaf.«

»Warum kommst du …«

Mitten im Satz hielt er inne. Als Annie seinem Blick folgte, klopfte ihr das Herz bis zum Halse: Sam und Warren standen an der Kasse. Warren plauderte vergnügt mit Gloria. Sam wirkte so anders als sonst und gleichzeitig vertraut. Sie hatte die Nacht in seinen Armen verbracht. Er hatte sie geliebt, ohne etwas dafür zu verlangen. Annie wusste so viel über ihn und doch so wenig.

Ihre Blicke trafen sich.

Das hättest du nicht tun sollen, Sam.

Schließlich war er dabei gewesen, als sie sich mit Hall verabredet hatte, und wusste deshalb genau, wo er sie antreffen würde. Dass er nun vor ihr stand, kündete so deutlich von seinen Absichten, als hätte er es ausgesprochen.

Ein unbeschreibliches Glücksgefühl durchströmte sie, und sie war machtlos dagegen, dass sie zu lachen anfing.

Am Tisch herrschte ein beredtes Schweigen, und alle starrten sie an, als hätte sie den Verstand verloren. Vielleicht stimmte das ja. Möglicherweise fühlte es sich genau so an, wenn man bis über beide Ohren verliebt und verrückt nach einem Mann war. Wenn man zum ersten Mal seit vielen, vielen Jahren wieder wirkliches Glück empfand.

Sie schob ihren Stuhl zurück und stand auf.

Die anderen schwiegen.

Sie schulterte ihre Tasche.

Alle hielten den Atem an.

Sie legte einen Zehndollarschein auf den Tisch und machte sich auf den weiten Weg durch den Raum zur Kasse, wo Sam stand.

Niemand rührte sich.

»Tut mir leid«, meinte sie leise, sodass nur Sam sie hören konnte. »Ich hätte gestern Abend nicht davonlaufen sollen.«

Er antwortete nicht.

Sie wartete ab.

Alle Blicke ruhten auf ihr.

Annie spürte, wie mit ihr hier, mitten im Cappy's, eine Verwandlung vorging und wie sie zu einer Frau wurde, die sie bisher nicht gekannt hatte. Zu einer Frau, die mehr brauchte als nur das Pochen ihres eigenen Herzens, um glücklich zu sein. Einer Frau, die sich nicht länger scheute, den ersten Schritt zu tun.

Sag etwas, flehte sie lautlos. Wenn du nicht gleich den Mund aufmachst, drehe ich durch.

»Komm«, meinte er und griff nach ihrer Hand. »Lass uns verschwinden.«

11

Wenn das Cappy's von einer Wasserstoffbombe getroffen worden wäre, die Wirkung hätte nicht dramatischer sein können. Warren blickte Annie Lacy Galloway nach, wie sie, Hand in Hand mit Sam Butler, das Lokal verließ. Von all den theatralischen Abgängen, die er in seinem Leben schon gesehen hatte, war das eindeutig der beeindruckendste.

»Sie kennt ihn?«, brach Roberta das verdatterte Schweigen.

»Nein«, sagte Jack.

»Ich weiß nicht«, antwortete Susan.

»Ja«, erwiderten Hall und Claudia im Chor.

Warren schnappte sich Annies Stuhl.

»Das ist Sam Butler«, meinte er so lässig, als hätte die schockierende Szene nie stattgefunden. »Er wird eine Weile in Ellies altem Haus wohnen.«

»Und das genügt offenbar als Referenz«, murmelte Claudia und klopfte nervös mit den Fingerknöcheln auf die Tischplatte.

»Ich kenne ihn, seit er ein Schuljunge war«, fuhr Warren fort, ohne auf ihre missbilligende Miene zu achten. »Er ist der anständigste junge Mann, den man sich denken kann.«

»Oh, mein Gott!« Susan packte ihren Mann am Arm. »Der Typ, dessen Hund ihre Pizzas gefressen hat!«

Jack bedachte sie mit einem dieser typischen Männerblicke. »Wovon zum Teufel redest du, Susie?«

Susan wiederholte Annies Geschichte von dem Mann, dem Hund und dem verschlungenen Stapel Pizzas.

»Wie romantisch«, begeisterte sich Roberta, ohne zu bemerken, dass Hall, Susan und Claudia sie finster ansahen.

»Eine Zufallsbegegnung wie in einem alten Film mit Rock Hudson und Doris Day.«

»Du siehst zu viel fern«, zischte Claudia. »Das Leben findet nicht in Hollywood statt, Roberta.«

»Ich habe Annie am selben Abend auf dem Parkplatz getroffen«, mischte sich Hall ein. Alle Blicke wandten sich ihm zu. »Der Typ ist einfach abgehauen, ohne die Sauerei zu beseitigen.«

»Dasselbe habe ich auch gehört«, fügte Claudia hinzu, froh etwas beitragen zu können. Dass er Annies Wagen später gereinigt hatte, ließ sie wohlweislich unter den Tisch fallen. Warum sollte sie dem Kerl einen Gefallen tun? »Und ich muss sagen, dass er sich ziemlich besitzergreifend aufgeführt hat, als er ihr den Schlüssel ins Geschäft brachte.«

Als alle am Tisch aufstöhnten, stürmte Gloria herbei, um sich zu vergewissern, dass alles in Ordnung war.

»Annie?« Susan schnappte nach Luft.

»Auf gar keinen Fall«, meinte Jack.

»Hm.«

Robertas Augen funkelten spitzbübisch.

Während Mariah und Willa kicherten, stießen die Jungen Würgegeräusche aus.

Halls Wangen waren feuerrot angelaufen, doch seiner Stimme merkte man die Erschütterung nicht an. »An diesem Vormittag war etwas mit ihrer Tür nicht in Ordnung. Er wollte sie reparieren.«

Als die Mädchen noch lauter kicherten, brachte ihnen das einen strengen Blick von ihrem Vater ein.

»Was hindert sie daran?«, sprang Roberta trotzig für Annie in die Bresche. »Schließlich ist sie schon so lange allein. Immerhin ist sie eine junge Frau. Warum sollte sie sich keinen Liebhaber nehmen?«

»Du redest wirres Zeug.« Claudia hatte angefangen, die Platzdeckchen aus Papier in kleine Schnipsel zu zerreißen. »Man merkt doch auf den ersten Blick, dass er nicht aus unseren gesellschaftlichen Kreisen stammt. Offenbar brauchst du eine neue Brille, Roberta Morgan.«

Roberta sah ihre Freundin ärgerlich an. »Und du hast nie *Lady Chatterley* gelesen!«

»Ich wette, dass ihr alle sonntags brav zur Kirche geht«, meinte Warren und zündete eine Zigarre an. »Was wohl Pater Luedtke zu diesem Gerede sagen würde?«

»Es ist aber die Wahrheit«, zischte Claudia. »Sie auszusprechen, ist nicht unchristlich.«

»Für mich hört es sich eher so an, als müsstet ihr euch alle ein Hobby suchen. Es gibt sicher einen interessanteren Zeitvertreib, als Mutmaßungen über einen Mann anzustellen, den ihr kaum kennt.«

Es stand Warren ins Gesicht geschrieben, dass er menschlich enttäuscht war.

»Ich könnte euch alles über den Jungen erzählen. Dann würde es euch nämlich verdammt leid tun, dass ihr ihn so in Bausch und Bogen verdammt habt. Aber das wäre unfair ihm gegenüber. Er soll selbst entscheiden, wann er mit seiner Geschichte herausrückt. Alles andere wäre ein Vertrauensbruch.«

Hall Talbot schob seinen Stuhl zurück. Offenbar hatte er genug.

»Es ist spät«, sagte er und griff nach der Rechnung, die mitten auf dem Tisch lag. »Ich sollte die Mädchen nach Hause bringen. Morgen habe ich einen langen Tag.«

Das Labor-Day-Picknick – ein Ereignis, das kein Elternteil, der etwas auf sich hielt, vergessen durfte – sollte um zwölf Uhr mittags beginnen.

Willa und Mariah sprangen auf. »Dürfen wir vor dem Schlafengehen noch ein Videospiel spielen?«, fragte Mariah.

»Klar«, erwiderte Hall und nickte den anderen Anwesenden zu. »Was immer ihr wollt.«

Kaum hatte Hall die Kasse erreicht, als Susan sich vorbeugte, um Warren ins Kreuzverhör zu nehmen.

»Woher kennst du diesen Sam Butler?« Claudia sah ihre Tochter finster an. »Sei nicht so taktlos, Susan. Warren hat gerade gesagt, dass uns das nichts angeht.«

»Du hast doch selbst gesehen, wie die beiden einander angehimmelt haben«, gab Susan zurück. »Ich wette, dass sich bis morgen Früh die ganze Stadt darüber das Maul zerreißt.«

Ach, daher weht also der Wind, dachte Warren und ließ seinen Blick über die Anwesenden schweifen.

In einer Kleinstadt konnten sich die Dinge rasch verkomplizieren.

Er hoffte nur, dass Sam und Annie so klug waren, das Telefon abzuschalten.

Sie küssten sich an der Ampel, an Stoppschildern und mussten schließlich rechts heranfahren, um sich in die Arme zu fallen.

»Verdammter Schalthebel«, brummte Sam, während sie versuchten, eine bequemere Position zu finden.

Als seine Hand unter ihren Rock glitt, schnappte Annie nach Luft.

»Der Sitz lässt sich zurückklappen.«

Vergeblich mühten sie sich mit dem Hebel ab.

»Zu mir«, sagte sie und umklammerte mit zitternden Händen das Lenkrad.

»Schnell«, keuchte Sam. Er schien es sehr eilig zu haben. Bis zu diesem Moment hatte Annie diese Eigenschaft an Männern gar nicht zu schätzen gewusst.

»Wenn du so weitermachst, kann ich nicht fahren.« Und nicht denken, und nicht atmen.

»Du bist ganz feucht«, stöhnte er.

Die zehn Meter bis zu ihrer Auffahrt hätten genauso gut zehn Kilometer sein können. Als Annie auf die Bremse trat, stemmte Sam sich gegen das Armaturenbrett, um nicht durch die Windschutzscheibe geschleudert zu werden. Sie schaltete den Motor ab und drehte sich mit leidenschaftlich loderndem Blick zu ihm um. Plötzlich stellten weder der Schalthebel noch der störrische Sitz ein Problem dar.

Sie sprach mit ihm über ihre Bedürfnisse und warnte ihn, dass es diesmal kein Zurück mehr geben würde.

Dann kauerte sie sich auf ihn und öffnete seinen Reißverschluss.

Er zog ihr das Höschen aus, knüllte den feuchten Stoff zusammen.

Sie berührte ihn schnell und kräftig, bis er in ihrer Hand wuchs.

Als er sie auf sich hob, nahm sie ihn langsam in sich auf, ein Gefühl, das sie schon längst vergessen geglaubt hatte. Sie schrie auf.

Erschaudernd kam sie zum Höhepunkt, er folgte ihr kurz darauf.

Doch sie hatten noch immer nicht genug. Das Auto ließen sie einfach stehen und eilten, unterbrochen von leidenschaftlichen Küssen, die Auffahrt hinauf. An der Veranda angekommen, nahm er sie in die Arme und trug sie die drei Stufen bis zur Tür hinauf.

»Im Film steht die Tür immer offen«, meinte er, als sie sich vorbeugte, um den Schlüssel ins Schloss zu stecken.

»Du hättest sie eintreten sollen«, erwiderte sie und küsste sein Kinn, seine Kehle und seine Brust. »Wie ein richtiger Macho.«

»Nicht schon wieder.«

Er trug sie durch den dämmrigen Flur in das winzige Schlafzimmer mit dem riesigen Bett. Durch das offene Fenster schien der Mond herein.

Es war ein verzauberter Moment. Die Kleider glitten von ihren Körpern wie im Film. Das Bett ächzte leise unter ihnen. Und Annie gab sich Sam mit Leib und Seele hin. Und als er die Leere in ihrem Herzen füllte, schwand auch seine eigene.

Irgendwo da draußen gab es eine Welt, die sie beide kannten, und Menschen, die sie liebten. Aber in diesem Augenblick spielte das alles keine Rolle mehr. Das Bett genügte ihnen vollständig.

»Offenbar habt ihr euch prima amüsiert, Leute«, verkündete Gloria. »Aber wir machen jetzt zu. Tut mir leid, dass ich euch den Abend verderben muss.«

»Gütiger Himmel«, entsetzte sich Roberta nach einem Blick auf ihre zierliche goldene Armbanduhr. »Schon fast zehn!« Sie schenkte Warren ein reizendes Lächeln. »Die Zeit rast, wenn man sich interessant unterhält.«

Warren, der Roberta schon immer sympathisch gefunden hatte, erwiderte das Lächeln. »Nett, dass du dir die Anekdoten eines alten Mannes angehört hast, Bobbi.«

Roberta stieß ein gurrendes Kichern aus, das in Claudia wie immer den Wunsch auslöste, ihr eine Bratpfanne über den Kopf zu schlagen.

»Wir kennen uns schon so lange«, erwiderte sie, Claudia hätte schwören können, dass sie mit den Wimpern klimperte. »Alte Freunde sind die besten, wie es so schön heißt.«

Nachdem Susan und Jack ihre Kinder zusammengetrieben hatten, traten sie in die kühle Abendluft hinaus.

»Gute Nacht, Ma.« Susan umarmte Claudia rasch. »Wir holen dich um zwölf zum Picknick ab.«

Claudia zog die Nase hoch und erwiderte die Umarmung nicht. Es war völlig überflüssig, dass Susan das Unschuldslamm spielte. Schließlich hatte ihre Tochter diese Katastrophe mitverschuldet, das war so sicher wie das Amen in der Kirche.

Jack drückte auf die Hupe.

»Ich muss los«, sagte Susan, winkte Warren und Roberta zu und war verschwunden.

Claudia machte auf dem Absatz kehrt und steuerte auf Robertas Auto zu. Warren lief ihr nach.

»Falls du ihr nicht mehr Luft lässt, wirst du sie verlieren«, warnte er leise. »Sei vorsichtig, Claudia.«

219

»Wenn ich deine Meinung hören will, Warren Bancroft, fragte ich dich. Ansonsten kannst du deine Vorträge für dich behalten.«

Roberta hüstelte diskret, sodass Claudia gezwungen war, sich zusammenzunehmen.

»Es ist spät«, meinte Warren. »Wenn ihr wollt, fahre ich euch nach.«

Während Roberta diesen Vorschlag ganz reizend fand, war Claudia beleidigt, beschloss aber, sich das nicht anmerken zu lassen. Die Scheinwerfer von Warrens altersschwachem Jeep folgten ihnen über die Brücke, die Main Street entlang und um die Kurve bis zur Auffahrt des Hauses, das Claudia mit ihrem geliebten Mann geteilt hatte.

»Vergiss die hart gekochten Eier mit scharfer Tomatensauce für morgen nicht«, rief Roberta, als Claudia aus dem Wagen stieg. »Außerdem möchte Peggy ihre Tupperschüssel zurück.«

Labor Day war ein wichtiger Feiertag für die Kaufleute und wohltätigen Organisationen von Shelter Rock Cove. Die Läden in der Maine Street öffneten ihre Türen, stifteten Preise für Wettbewerbe und verteilten Geschenke, um sich bei ihrer Kundschaft für ein Jahr Treue zu bedanken. Die verschiedenen gemeinnützigen Vereine – die Töchter der Amerikanischen Revolution, der Lions Club, die Freiwillige Feuerwehr und viele andere – veranstalteten ein gewaltiges Grillfest auf der Dorfwiese, das um zwölf Uhr begann und viele Stunden später mit einem Feuerwerk endete.

Bei der Verabschiedung würdigte Claudia Warren keines Blickes, sondern stolzierte stocksteif und hoch erhobenen Hauptes auf ihr Haus zu. Nachdem sie die Tür hinter sich zugezogen hatte, schloss sie ab und schaltete die Alarmanlage ein, auf der ihre Kinder bestanden hatten, obwohl Claudia das lächerlich fand.

Wir machen uns Sorgen, hatten sie beharrt. Eine Frau, die allein wohnt, muss eine Alarmanlage haben.

Ständig gaben sie ihr gute Ratschläge: Besorg dir eine Alarmanlage. Schaff dir einen Hund an. Zieh in eine Eigentumswohnung oder in eine Einrichtung für betreutes Wohnen oder in ein Altersheim.

So ging es die ganze Zeit. Wenn man sich erst einmal weich klopfen ließ, trat rasch der Dominoeffekt ein, und man konnte seiner Freiheit endgültig Lebewohl sagen.

Einen Moment lehnte Claudia sich an die Tür und schloss die Augen. Sie sah Annie und Kevin an ihrem Hochzeitstag vor sich – so jung und strotzend vor Zuversicht. Sie sah sie am Tag des Einzugs in ihr neues Haus, hoch verschuldet zwar, aber überglücklich und voller Zukunftspläne. Doch als sie die darauf folgenden Jahre vor ihrem geistigen Auge Revue passieren ließ, nahm ein anderes Bild Gestalt an, das sie bis heute nie zugelassen hatte – der verkniffene Zug um Annies Mund. Kevins erschöpfter Blick. Das Schweigen zwischen ihnen, das mehr ausdrückte als tausend Worte.

»Ich wünschte, du wärst da, Johnny«, sagte Claudia in die Dunkelheit hinein.

Doch wie immer antwortete er nicht.

Hall schenkte sich ein Glas Scotch ein und nahm es mit hinaus auf die Terrasse, wo er sich auf einen der nach Maß gefertigten Gartenstühle setzte und die Füße aufs Geländer stützte. Der Scotch war alt und mild und rann ihm angenehm brennend die Kehle hinab.

Ein Jammer, dass er trotzdem nicht die Erinnerung an Annies Gesichtsausdruck wegspülen konnte, wie sie – Hand in Hand mit diesem Kerl aus New York – das Cappy's verlassen hatte.

Hall hob sein Glas und prostete dem grausamen Schicksal zu.

Geduldig hatte er ihre Ehe und die Trauerzeit abgewartet. Er ließ sich Zeit, ging auf ihre Gefühle ein, nahm Rücksicht auf ihre Familie und harrte klaglos aus, bis der richtige Moment kam – und das alles nur, um einen Tag zu spät zu reagieren. Verdammt, nicht einmal einen ganzen Tag, sondern nur zwölf Stunden. Zwölf jämmerliche Stunden zu spät, und zwar einzig und allein deshalb, weil ein Neuankömmling, der nach Freiheit und Abenteuer roch, in der Stadt erschienen war und Annies Herz im Sturm erobert hatte!

Einen Blick wie den von heute hatte er noch nie bei ihr gesehen, nicht einmal, als sie Kevins Frau wurde. An ihrem Hochzeitstag hatte sie einen eher nervösen Eindruck gemacht und sehr jung und erschreckend ahnungslos gewirkt. Allen Anwesenden war klar gewesen, dass sie nicht nur einen Mann, sondern gleich eine ganze Familie heiratete.

Aber das Mädchen von damals gab es schon lange nicht mehr. Inzwischen wusste sie, dass es im Leben nicht immer gerecht zuging und zumeist nur in Büchern alles gut endete. Doch obwohl sie mittlerweile eine Frau mit Erfahrung war, hatte sie diesen dahergelaufenen Mistkerl angehimmelt wie ein Backfisch.

Hall trank einen weiteren Schluck Scotch und wartete auf das Brennen im Magen.

Immer noch beschäftigte ihn ein Gedanke, der ihn einfach nicht losließ: Dieser Sam Butler kam ihm irgendwie bekannt vor, auch wenn er ihn nicht einordnen konnte. Der Bursche sah zwar aus wie ein gewöhnlicher Hafenarbeiter, aber man erkannte am Funkeln in seinen Augen, dass er ein heller Kopf sein musste. Außerdem hatte er etwas an sich, das in Hall sagte, dass mit ihm nicht gut Kirschen essen war.

Was für ein himmelweiter Unterschied zu Kevin Galloway! Kevin war stets mit offenen Armen auf andere zugegangen, selbst als er schon seine liebe Not gehabt hatte, seine Sucht vor der Stadt geheim zu halten. Der Neue hingegen konnte Kevin in Sachen Ausstrahlung und Charisma nicht das Wasser reichen, und sicher fehlte ihm auch dessen poetische Ader. So problembeladen Kevin gewesen sein mochte, es war leicht nachzuvollziehen, was Annie an ihm gefunden hatte.

Dieser Sam Butler stammte aus New York und hatte den unverkennbaren Akzent, der die Bewohner dieser Metropole von ihren Landsleuten unterschied wie ein genetischer Fingerabdruck. Doch das konnte schlecht der Grund dafür sein, warum Hall ihn schon einmal gesehen zu haben glaubte. Ob er ihm vielleicht doch einmal irgendwo begegnet war? Vor langer Zeit auf einer Party oder bei einem anderen gesellschaftlichen Anlass?

Obwohl Hall sich nur schwer vorstellen konnte, wo ihre Wege sich hätten kreuzen sollen, hatte er inzwischen die Erfahrung gemacht, dass alles möglich schien. Denn das war ihm am heutigen Abend wieder einmal drastisch vor Augen geführt worden.

»Sag es nicht«, warnte Susan, als sie und Jack sich zum Schlafengehen anschickten. »Wenn dir etwas an unserer Ehe liegt, hältst du besser den Mund.«

Jack beförderte sein feuchtes Handtuch in den Wäschekorb und grinste seine Frau an. »Du hättest auf mich hören sollen.«

Susan sah sich nach einem halbwegs tödlichen Wurfgeschoss um, aber alles in dem winzigen Badezimmer war entweder fest am Boden und den Wänden verankert oder anderweitig ungeeignet.

»Bis jetzt wissen wir nichts«, erwiderte sie und schlüpfte in ihr Baumwollnachthemd. »Na und? Sie ist mit ihm weggegangen. Möglicherweise wollte sie nur verschwinden, bevor Hall Gelegenheit hatte, sich noch einmal mit ihr zu verabreden.«

Gefolgt von ihrem Mann, kehrte sie zurück ins Schlafzimmer.

»Du kannst ihr ja wohl keinen Vorwurf daraus machen, dass sie die erstbeste Gelegenheit genutzt hat, um sich zu verdrücken.«

Jack nahm die Überdecke und legte sie auf den Hocker neben dem Fenster. »Du glaubst diesen Unsinn doch wohl nicht im Ernst?«

Susan ließ sich aufs Bett sinken.

»Nein«, antwortete sie bedrückt.

Die Matratze wippte, als er sich neben ihr niederließ. »Wo liegt denn das wirkliche Problem, Susie? Es geht gar nicht um Annie, oder?«

»Seit wann sind Automechaniker so sensibel?«, frotzelte sie und versuchte, die Tränen zurückzudrängen.

»Was ist los?«, beharrte er. »Bist du eifersüchtig?«

»Ich fasse es nicht«, gab sie zurück. »Obwohl du deine Socken nicht einmal dann finden könntest, wenn sie dich morgens mit Handschlag begrüßen würden, verstehst du immer genau, was in mir vorgeht.«

»Schließlich liebe ich meine Socken nicht.«

Susan konnte sich ein Schmunzeln nicht verkneifen. »Du alter Charmeur. Mit deinen Schmeicheleien wickelst du mich ständig um den Finger.«

Die Worte, die er ihr als Nächstes ins Ohr flüsterte, verfehlten ihre Wirkung nicht.

»Vielleicht«, meinte sie. »Ich werd's mir überlegen.«

»Könnte nett werden.«

»Könnte.« Sie lehnte den Kopf an seine Schulter. »Annie sah so glücklich aus«, flüsterte sie. »Die beiden schienen sehr verliebt zu sein.«

»Das sind wir auch.«

»Aber anders.«

»Stimmt«, entgegnete er. »So war es bei uns vor zwanzig Jahren. Und heute ist es so, wie es ist.«

»Manchmal sehne ich mich nach früher.«

»Ich auch.«

Sie blickte ihn an. »Du auch?«

»Die Arbeit, die Kinder, der Alltag …« Er schüttelte den Kopf. »Hin und wieder befürchte ich, dich im Gewühl zu verlieren.«

»Ja, genauso geht es mir auch. Ich rufe dich, aber da sind so viele Leute, dass du mich gar nicht zu hören scheinst.«

»Ich höre dich, Susie. Ich sitze neben dir, und ich höre dir zu.«

»Was ist, wenn er ihr wehtut?«, fragte sie leise, als sie sich in das Bett legten, das sie schon so lange miteinander teilten. »Sie kennt sich doch gar nicht aus in der Welt.«

»War es denn so toll mit Kevin?«

Susan erstarrte. »Was sagst du da?«

»Ich habe deinen Bruder sehr gern gehabt, Suze, aber er war nicht vollkommen.«

»Was soll das heißen?«

Jack seufzte auf. »Vergiss es.«

»Nein«, fuhr sie auf. »Das kommt überhaupt nicht in Frage. Erklär mir, was das gerade heißen sollte.«

»Sein Hang zum Glücksspiel.«

Susan verzog das Gesicht. »Das war nie ein Problem.«

»Mach die Augen auf, Suze, und schau dir Annie an. Du glaubst doch nicht etwa, dass sie das große Haus verkauft hat, weil ihr die Aussicht nicht gefiel! Sie konnte nicht anders, er hat sie mittellos zurückgelassen.«

»Woher willst du das wissen?«

»Ich habe Augen im Kopf.«

»Sie wollte einen Neuanfang machen«, beharrte Susan, ohne auf das unbehagliche Gefühl zu achten, das seine Worte in ihr auslösten. »In dem riesigen Kasten hat sie sich allein wie verloren gefühlt.«

Jacks traurige und vielsagende Miene ließ sie innehalten.

»Sicher irrst du dich«, fügte sie schicksalsergeben hinzu. »Kevin war ein mustergültiger Ehemann, und die beiden waren das glücklichste Paar, das ich je gesehen habe. Kein Mann wird sie je wieder so glücklich machen wie Kevin.«

Aber wie genau hatte dieses Glück ausgesehen? Ganz gleich, wie sehr Susan sich auch das Hirn zermarterte, ihr fielen keine Beispiele ein, die diese These untermauert hätten.

Jedenfalls keine, die weniger lang zurücklagen als fünfzehn Jahre.

So sehr hatte Annie sich mit Feuereifer dem Erfolg ihres Blumenladens gewidmet, dass ihre langen Arbeitsstunden auf die Missbilligung der Familie gestoßen waren. Natürlich wusste jedes Kind, dass man als Lehrer keine Reichtümer verdienen konnte, auch wenn Kevin der begabteste Englischlehrer war, den diese Stadt je hatte erleben dürfen.

Er engagierte sich Tag und Nacht, traf sich nach dem Unterricht mit Eltern und Schülern, unterrichtete außerplanmäßige Kurse und belegte an den Wochenenden Fortbildungsseminare. Es schien ein Wunder, dass Annie und er sich überhaupt zu Gesicht bekamen. Bei wie vielen Familienfeiern hatten die beiden durch Abwesenheit geglänzt, weil Kevin nicht in der Stadt und Annie so mit Aufträgen eingedeckt war, sodass sie sich nicht freimachen konnte?

Nach einer Weile hatten die Galloways das Mitzählen aufgegeben. Auch die Einladungen in das große alte viktorianische Haus waren immer seltener geworden, bis sie sich auf ein- bis zweimal jährlich einpendelten.

War das Eheglück? Susan konnte diese Frage nicht beantworten.

»Wir dürfen ihr keine Steine in den Weg legen«, meinte Jack und streichelte Susan das Haar. »Annie hat Glück verdient, und solange sie keine Risiken eingeht, wird sie es nicht finden.«

Jack hatte recht. Das wusste Susan ganz genau. Doch der Gedanke, dass Annie irgendwo da draußen mit einem Mann zusammen war, der nicht zur Familie gehörte, jagte ihr trotzdem einen unheilverkündenden Schauder über den Rücken, den nicht einmal Jacks zärtliche Küsse vertreiben konnten.

Ein Glas Brandy in der Hand, saß Warren in seiner Bibliothek. Der arme, alte Max lag schlafend zu seinen Füßen. Es war kurz nach Mitternacht, und wenn Warren sich nicht schwer irrte, würde der Hund wohl hier übernachten müssen.

»Du kannst bei mir am Fußende schlafen«, meinte er zu ihm. »Und zum Frühstück macht Nancy dir Eier mit Speck.«

Der gelbe Labrador hob den Kopf und sah ihn traurig an.

»Keine Angst.« Warren tätschelte den alten Rüden am Hals. »Er hat dich nicht verlassen.«

So etwas würde Sam Butler niemals tun, auch wenn der Junge momentan nicht so recht an sich selbst glaubte.

Als Warren sich so reden hörte, konnte er sich ein Lachen nicht verkneifen. Wer hätte das gedacht? Da saß er nun, ein Mann, dessen Konterfei erst vor einem Monat die Titelseite des *Forbes Magazine* geziert hatte, und versuchte, einem Hund, der Wasser aus der Toilettenschüssel trank, alles über die Liebe zu erklären. Und das ausgerechnet er, Warren Bancroft, der von diesem Thema eigentlich nicht die geringste Ahnung hatte. Er wusste nur, dass die Liebe alles komplizierte und einem Mann das Leben zur Hölle machen konnte, wenn sie scheiterte.

Und außerdem, dass ohne Liebe nichts mehr eine Rolle spielte.

Waren Sam und Annie ineinander verliebt? Warren war nicht sicher. Schließlich kannten sie sich erst seit knapp drei Tagen. Allerdings wären sie nicht die Ersten gewesen. Seine eigenen Eltern hatten auch nach kurzer Zeit geheiratet – und waren die nächsten dreißig Jahre glücklich miteinander gewesen.

Dasselbe wünschte er sich auch für Sam und Annie, und er hoffte, dass sie behutsam miteinander sein würden. Falls die Beziehung zwischen ihnen nicht von Dauer war, sollten sie beide gestärkt und froh über diese Erfahrung daraus hervorgehen.

Obwohl Geduld nicht gerade Warrens Stärke war, nahm er sich fest vor, nichts zu überstürzen. Er hatte sie zusammengeführt und konnte nun nichts weiter tun, als abzuwarten.

Bis jetzt hatte noch niemand eine Methode erfunden, Liebe zu erzeugen, wo keine sein sollte.

Oder sie zu ignorieren, wenn sie vorhanden war.

Warren erinnerte sich an Claudias verängstigten Blick und ihren gereizten Tonfall. Allerdings hatten ihre spitzen Bemerkungen nicht verbergen können, wie sehr sie sich davor fürchtete, Annie könne sich auf einen Mann einlassen, der nicht Kevin war. In den Augen der Familie Galloway schien sie noch immer das empfindsame junge Mädchen zu sein, das kurz vor seinem sechzehnten Geburtstag beide Eltern verloren hatte. Damals hatten die Galloways sie mit offenen Armen aufgenommen, und sie war so dankbar gewesen, dazugehören zu können. Und um nie wieder allein sein zu müssen, hatte sie alles getan, um sich unentbehrlich zu machen.

An diesem Bild von ihr hatte sich nichts geändert: hilflos, empfindlich, wenig Selbstbewusstsein. Die Galloways ahnten nicht, wie falsch sie damit lagen. Niemand aus der Familie hatte auch nur den leisesten Verdacht, welche Hebel Annie in Bewegung gesetzt hatte, um den Ruf des heiligen Kevin zu schützen. Nur ihr war es zu verdanken, dass es nicht zu einer Katastrophe gekommen war, und zwar ohne dass ein Mensch davon erfuhr.

Warren hatte Annie nie verraten, dass er über Kevins Spielsucht Bescheid wusste. Er fragte sich, wer in der Stadt sonst noch informiert gewesen sein mochte, ohne es sich anmerken zu lassen. Hin und wieder spielte er mit dem Gedanken, Claudia reinen Wein einzuschenken und ihr zu erzählen, wie ihre Schwiegertochter sich rund um die Uhr krummgeschuftet hatte, um für den Lebensunterhalt zu sorgen, während Kevin immer tiefer in seiner Sucht versank.

Das Gespräch beim Abendessen stieß ihm noch immer sauer auf. Alle hatten auf Sam herumgehackt, als wäre er einzig und allein mit dem Vorsatz in die Stadt gekommen, ihr Familienidyll zu zerstören. Woher zum Teufel nahmen die Galloways das Recht, einen Mann zu verurteilen, den sie gar nicht kannten? Und wofür hielten sie sich, über Annies Leben bestimmen zu wollen, als wäre diese eine verschüchterte Sechzehnjährige?

Inzwischen war sie eine erwachsene Frau. Und wenn das Schicksal gnädiger zu ihr gewesen wäre, hätte sie nun wahrscheinlich Kinder im Collegealter, die am Wochenende nach Hause kamen, um Mutter die Wäsche zu bringen. Sie hätte einen Mann gehabt, der …

Tja, es schien zwecklos, darüber nachzugrübeln. An manchen Dingen ließ sich nichts ändern.

Sam Butler war das Beste, was ihr hatte passieren können, und wenn diese engstirnigen Spießer das nicht einsahen, sollten sie sich zum Teufel scheren.

Sie würden es schon noch begreifen.

Und Sam vielleicht auch.

12

Sam und Annie waren in der Küche mit der Zubereitung von Rührei und Toast beschäftigt.

»Das ist verrückt«, meinte Annie, während sie den Eierkarton aus dem Kühlschrank nahm. »Wir sollten eigentlich noch schlafen.«

Sie war bis auf Sams Jeanshemd nackt. Auf ihren Lippen lag ein träumerisches Lächeln.

»Bist du etwa müde?«, fragte Sam, der ein Handtuch um die Hüften trug, steckte zwei Aufbackbrötchen in den Toaster und drückte den Hebel hinunter. »Ich kann mir nicht vorstellen, warum.«

Vielleicht war es doch ein Vorzug, eine so winzige Küche zu haben.

Annie beugte sich vor und küsste ihn auf die Schulter. »Lügenbold«, frotzelte sie.

Er nahm ihr den Eierkarton ab und stellte ihn auf die Anrichte. »Komm her«, sagte er und zog sie in seine Arme.

»Das hier ist eine Küche«, protestierte sie, während sie ihm die Arme um den Hals schlang. »In einer Küche tut man so etwas nicht.«

»Weshalb?«

Sie überlegte kurz. »Aus Gründen der Tradition?«

»Truthahn zu Thanksgiving ist eine Tradition.«

»Du darfst mich nicht zum Lachen bringen, wenn du romantisch sein willst.«

Er liebte ihr Lachen. Ach, er liebte eigentlich alles an ihr. »Du hast vorhin aber auch gelacht. Ein schüchternerer Mann hätte sich davon abschrecken lassen.«

»Ich bin so glücklich«, sagte sie, wohl wissend, dass er

nicht – noch nicht – verstehen konnte, was ihr diese Worte bedeuteten. »Du machst mich glücklich.«

Eine Weile standen sie eng aneinandergeschmiegt da und hätten sich wahrscheinlich noch länger nicht bewegt, wären nicht George und Gracie ausgerechnet in diesem Moment wie von wilden Furien gehetzt durch die Küche gestürmt und schliddernd vor der Tür stehen geblieben.

»Sie sind nicht unbedingt begeistert von mir«, stellte Sam fest und beäugte die Katzen über Annies Kopf hinweg.

»Du bist neu«, erwiderte sie. »Sie werden sich schon an dich gewöhnen.«

»Und was ist mit dir? Gewöhnst du dich auch irgendwann an mich?«

»Nein«, antwortete sie und bedeckte seine Kehle und seinen Kiefer mit Küssen. »Und ich hoffe, dass das nie geschieht.«

Offenbar war Sam ein erfahrener Koch, denn Annie stellte rasch fest, dass er geschickt mit Sieb und Schneidebrettchen hantierte.

»Du stellst dich gar nicht so dumm an«, meinte sie, während er die Brötchen butterte und dick mit Blaubeermarmelade bestrich. »Hast du einmal in einem Imbiss gearbeitet?«

»Ich habe zu Hause gekocht«, sagte er. »Schließlich komme ich aus einer großen Familie.«

»Mein Mann auch.« Erstaunlicherweise machte es ihr gar nichts aus, über Kevin zu sprechen. »Was genau meinst du mit groß?«

»Drei Jungen und drei Mädchen.«

»Dich selbst mitgerechnet?«

»Richtig.«

»Und du bist der Älteste.«

»Woher weißt du das?«

»Du übernimmst gern das Kommando.«

»Soll das heißen, ich bin aggressiv?«

»Nein, einfach nur tüchtig.«

Als er ihren leidenschaftlichen Blick bemerkte, musste er lachen.

»Du kannst manchmal ganz schön komisch sein, Annie Galloway«, meinte er und biss in sein Brötchen. Dann musterte er sie eingehend. »Einzelkind, Eltern schon etwas älter, total verwöhnt.«

Erschrocken stellte er fest, dass sich Trauer in ihre Augen schlich.

»Einzelkind.« Sie schlug ein großes weißes Ei an der Kante der Edelstahlschüssel auf und warf die leere Schale dann in den Mülleimer unter der Arbeitsfläche. »Meine Eltern haben gleich nach der Highschool geheiratet. Sechs Monate später wurde ich geboren.«

Kichernd beförderte sie weitere Eierschalen in den Müll und sah ihn an.

»Du kannst dir das Getratsche in der Stadt sicherlich vorstellen.«

»Da freut man sich doch, dass die Zeiten sich geändert haben!«

»Versteh mich nicht falsch. Sie haben sich wirklich geliebt und wollten ohnehin heiraten. Allerdings nicht so schnell, und für eine Familie war es ein bisschen früh.«

Sam hatte das Gefühl, sich auf unsicherem Terrain zu bewegen, ließ sich davon aber nicht abhalten.

»Sind sie noch zusammen?«

Annie stützte die Hände auf die Arbeitsfläche, und es dauerte eine Weile, bis sie antwortete.

»Hoffentlich«, sagte sie dann und sah ihn an. »Sie sind kurz vor meinem sechzehnten Geburtstag gestorben.«

In knappen schlichten Worten schilderte sie ihm den starken Sturm, der das kleine Fischerboot zum Kentern gebracht und Eve und Ron Lacy das Leben gekostet hatte.

»Die Galloways haben mich bei sich aufgenommen. Unfassbar! Obwohl ich nichts weiter als Kevins Freundin war, haben sie mir ein Zuhause gegeben und mich in ihre Familie integriert. Nicht auszudenken, was sonst geschehen wäre.«

»Ich war siebzehn.«

Sie starrte ihn entgeistert an. »Was?«

»Ich war siebzehn, als meine Mutter starb. Mein Vater kam zwei Jahre später ums Leben.«

»Oh, Sam …«

»Courtney, die Jüngste, war bei seinem Tod erst vier.«

»Dann weißt du, wie das ist«, flüsterte sie.

»Ja«, erwiderte er leise. »Ich weiß es.«

Ihre Blicke trafen sich, und wieder wurden sie beide von dem tiefen und unausweichlichen Gefühl ergriffen, füreinander bestimmt zu sein.

»Zum Glück hattest du wenigstens eine große Familie«, meinte sie. »Jemand hat sich um euch gekümmert.«

Ich war so jung, Sam. Eigentlich noch ein Kind. Und die Welt war so groß und kalt. Claudia hat mir ein Zuhause gegeben, ein richtiges Zuhause. Und durch die Hochzeit mit Kevin gehörte ich noch enger zur Familie.

Sam schüttelte den Kopf.

»Leider nicht. Meine Mutter war Einzelkind, und die Angehörigen meines Vaters wollten uns Geschwister voneinander trennen und uns in verschiedenen Pflegefamilien unterbringen. Aber das durfte ich auf gar keinen Fall zulassen.«

Sie waren doch noch so klein. Wir hatten alle eine Heidenangst. Wir brauchten einander. Was hätte ich denn sonst tun sollen?

»Soll das heißen, du hast deine Geschwister großgezogen?«

»Ich hatte keine andere Wahl«, erwiderte er sachlich. »Sonst hat sich niemand freiwillig gemeldet.«

»Und du bist in die Bresche gesprungen«, antwortete sie. »Viele andere hätten sich vor der Verantwortung gedrückt.«

Du warst doch selber noch ein Junge. Wer hätte dir einen Vorwurf gemacht, wenn du dich überfordert gefühlt hättest?

»Ich habe mit dem Gedanken gespielt, einfach abzuhauen. An manchen Tagen habe ich mich wirklich gefragt, warum ich mich so abmühe.«

An dem Abend, als Tony sich das Bein gebrochen hat. An dem Wochenende, als Courtney mit einem Kerl abgehauen ist. Nichts bereitet einen auf solche Probleme vor.

»Aber du hast durchgehalten«, beharrte sie. »Du warst für sie da, als sie dich brauchten.«

In den ersten Monaten hat Claudia bei mir am Bett gesessen, bis ich eingeschlafen war. Sie hielt meine Hand und beteuerte, mir könne nichts geschehen. Wenn du nur auch Unterstützung gehabt hättest.

»Warren hat mir geholfen, meine erste richtige Anstellung zu finden«, sagte Sam, während Annie die geschlagenen Eier in die schmurgelnde Pfanne goss und die Mischung mit einem kleinen Pfannenwender durchrührte. »Die Firmen haben sich nicht gerade um einen Collegeabbrecher gerissen, der fünf Personen versorgen musste. Aber Warren wusste, dass ich schnell und fleißig bin und mich gut ausdrücken kann. Und ehe ich mich versah, saß ich in einem Büro in der Wall Street und akquirierte Kunden am Telefon.«

Damals, Mitte der achtziger Jahre, hatte die Börse geboomt. Obwohl die lukrativsten Stellen natürlich an die Absolventen der Eliteuniversitäten gingen, bekam auch ein Junge, der nicht auf den Kopf gefallen war und außerdem das Geld dringend brauchte, seine Chance.

»Warren hat meine Collegeausbildung finanziert«, meinte Annie, als sie sich an den Küchentisch setzten, der einmal Ellie Bancroft gehört hatte. »Ich war die erste Warren-Bancroft-Stipendiatin. Um das Stipendium zu bekommen, musste man Kind eines Fischers sein.«

»Das kluge Kind eines Fischers.«

»Zum Glück traf das bei mir zu. Sonst hätten die Leute sicher von Schiebung geredet.«

»So als würdest du anderen vorgezogen?«

234

»Ich fürchte, ja. Wenn Warren einem nicht direkt helfen kann, findet er andere Mittel und Wege, und er duldet keinen Widerspruch.«

»Er hat mir erzählt, was du alles für das Museum tust«, sagte er. »Es klingt ziemlich anspruchsvoll.«

Annie tippte sich mit dem Zeigefinger an die Stirn.

»Da oben ist jede Menge Wissen gespeichert, das ich nirgendwo anwenden kann. Hat er dir das Modell des fertigen Projekts gezeigt?«

Annie hatte eine Idee für eine Skulptur, die eine Fischerfamilie darstellen sollte. Allerdings hatte sie sich lange Zeit nicht mehr an ein so ehrgeiziges Vorhaben herangewagt und schaffte es einfach nicht, Warren darauf anzusprechen – und das, obwohl er sie sogar aufgefordert hatte, eine eigene Arbeit zu dem Museum beizutragen.

»Nein, aber er hat mich angeworben, um die Kanus zu bauen.«

Annie gab sich keine Mühe, ihre Begeisterung zu verbergen. »Dann werden wir zusammenarbeiten.« Sie erklärte ihm, dass sie die an der Decke hängenden Boote mithilfe eingebauter Scheinwerfer besser zur Geltung bringen wollte.

»Dann werden wir wirklich viel Zeit miteinander verbringen müssen«, meinte Sam, und sie lächelten einander an wie zwei liebeskranke Teenager.

George und Gracie kamen hereinspaziert und beäugten die beiden. Während Gracie anmutig aus ihrem Wassernapf trank, fixierte George Sam mit dem gewissen Blick, für den Katzen berüchtigt sind.

»Er hasst mich«, stellte Sam fest.

»George hasst jeden bis auf Gracie. Achte einfach nicht auf ihn.«

Nachdem Gracie ihren Durst gestillt hatte, schlenderte sie mit hochgerecktem Schwanz hinaus. George folgte ihr auf den Fersen.

»Das hat etwas zu bedeuten«, sagte Sam.

»Da bin ich ganz sicher.« Sie wies auf seinen Teller. »Iss auf, bevor die Eier kalt werden. Es gibt nichts Scheußlicheres als kaltes, gummiartiges Rührei.«

Nachdem Sam sein Essen verschlungen hatte, schnappte er sich ein Stück von Annies Brötchen.

»Hey«, protestierte sie. Doch dann fiel ihr ein, dass sie ihn aus dem Cappy's geschleppt hatte, ohne ihm Gelegenheit zu geben, etwas zu essen.

»Hier.« Sie schob ihm ihren Teller hin. »Greif zu.«

Die Bemerkung, die sie sich dafür einhandelte, war so unverblümt erotisch, dass sie errötete. Kevins Schmeicheleien waren stets in poetische Bilder gefasst gewesen, während Sams Komplimente … nun, sie lösten in ihr ein Gefühl aus, das jede Faser ihres Körpers ergriff, sie gleichzeitig erdete und ihr Flügel verlieh.

Kurz darauf lagen sie einander wieder in den Armen. Sie lehnte mit dem Rücken am Kühlschrank und schlang die Beine um seine Hüften. Er stöhnte auf, als sie die Muskeln anspannte und sie sich im Gleichtakt bewegten. So hatte sie das Beisammensein mit einem Mann noch nie erlebt, das alles andere als sanft und zartfühlend war. Ihre Vereinigung war so wild und leidenschaftlich, als hätten sie ihr ganzes Leben lang auf diesen Moment gewartet. Und vielleicht war das wirklich so.

»Fang schon mit den Waffeln an, Nancy«, rief Warren. »Sie kommen.«

Max war außer sich vor Begeisterung, sprang an Warren hoch und stützte seine riesigen behaarten Tatzen auf seine Brust. Dabei bellte er aus voller Kehle.

»Ich habe dir doch gesagt, dass er wiederkommt«, meinte er zu dem großen gelben Hund und öffnete die Tür. »Geh und begrüß ihn.«

Max sauste die Stufen hinunter, raste schnell wie der Blitz über den Rasen und bellte, was seine Lungen hergaben. Kurz vor Sam und Annie blieb er ruckartig stehen und sprang dann sein Herrchen überglücklich an.

»Meine Ex-Frauen haben mich nie so überschwänglich willkommen geheißen«, meinte Warren, der ihnen die Einfahrt entlang entgegenkam.

»Das liegt nur am Hundekuchen«, erwiderte Annie und schwenkte den Leckerbissen. »Damit erobert man ihr Herz.«

Während Sam und Max miteinander herumtollten, hakte Warren Annie unter.

»Du siehst glücklich aus«, stellte er fest, als sie zum Haus zurückschlenderten.

»Das bin ich auch«, antwortete sie.

»Ihm scheint es ebenso zu gehen.«

Annie warf einen Blick über die Schulter. »Stimmt.«

»Es freut mich, dass ihr beide euch versteht«, fuhr Warren fort. »Insbesondere deshalb, weil ihr im Museum zusammenarbeiten werdet.«

Annies Augen funkelten belustigt. »Ich bin sicher, dass das dein wichtigstes Anliegen war.«

Es schien einer der Tage zu werden, an denen ein alter Mann sich des Lebens erfreuen konnte. Zwei junge Leute – für ihn würden sie immer jung bleiben – hatten sich vor seinen Augen verändert. Annie strahlte vor Glück. Bis zum heutigen Tag war stets ein leicht besorgter Ausdruck in ihrem reizenden Gesicht gestanden, und auch die Trauer um Kevin hatte ihren Tribut gefordert. Heute Morgen jedoch sah sie mit ihrem dicken lockigen Pferdeschwanz und dem ungeschminkten fröhlichen Gesicht aus wie das kleine Mädchen, das sie einmal gewesen war, bevor sich die schreckliche Tragödie in ihrem Leben ereignete.

Und was Sam betraf – der Junge war kaum wiederzuerkennen! Er lachte froh und unbefangen und konnte den Blick nicht von Annie abwenden.

Ihre Stimmung wärmte Warren das Herz, denn genau so etwas hatte er sich für sie gewünscht. Das sollte jedoch nicht heißen, dass das vergnügte Lachen, das an diesem sonnigen Labor-Day-Morgen über den Frühstückstisch hallte, während sie Blaubeerwaffeln verspeisten und Anekdoten austauschten, nur seinen Bemühungen zu verdanken gewesen wäre. Schließlich hatte er nichts weiter getan, als Annie ein Haus zu verkaufen und Sam eine Unterkunft zu gewähren, um ihm Zeit zu geben, seine Probleme zu lösen.

Mit der Liebe war es eine komische Angelegenheit. Man konnte noch so überzeugt davon sein, dass zwei Menschen zueinander passten.

Wenn der Funke nicht übersprang, waren alle Bemühungen vergebens.

Aber man brauchte Sam und Annie nur anzuschauen, um zu wissen, dass es in diesem Fall eindeutig gefunkt hatte.

Was bedeuteten im Vergleich dazu ein schickes Büro, ein Privatflugzeug und Geschäftsabschlüsse, die es auf die Titelseite des *Wall Street Journal* schafften?

So sah die Wirklichkeit aus, dachte Warren, als er beobachtete, wie seine beiden Ersatzkinder einander etwas ins Ohr flüsterten. Nun konnte er nur noch beten, dass es Bestand haben würde.

Hall und Ellen trafen sich kurz nach zehn im Aufenthaltsraum für Ärzte.

Ellen, immer noch im OP-Anzug, fuhr sich mit der Hand durch die rote Lockenmähne. Sie konnte ein Gähnen kaum unterdrücken.

»Jetzt weiß ich, warum der Labor Day der Tag der Arbeit ist«, seufzte sie. »Wer hätte gedacht, dass Mrs Perrin und Mrs Bradsher gleichzeitig die Wehen kriegen?«

»Muss am Vollmond liegen.« Hall reichte ihr eine Tasse.

Ellen verdrehte die Augen. »Ach, klasse. Dann können wir das Picknick wohl vergessen.«

Sie suchten sich einen freien Tisch und ließen sich erschöpft auf ihre Stühle fallen.

»Du hast dir das Kleinstadtleben wohl anders vorgestellt, Dr. Markowitz?«, frotzelte er.

»Ich weiß nicht«, erwiderte sie, unverblümt wie immer. »Als Neuling fühlt man sich von den gesellschaftlichen Verpflichtungen manchmal ein bisschen überwältigt. Bis jetzt habe ich am Labor Day nie mehr unternommen, als mein Strandlaken zurechtzurutschen.«

»Willkommen in Neuengland«, meinte Hall und bedauerte, dass er keinen Bagel mit Frischkäse zu seinem Kaffee hatte. »Wo der Müßiggang als aller Laster Anfang gilt.«

Ellen grinste.

»Offensichtlich.«

»Kopf hoch, Markowitz«, sagte Hall. »Schließlich werden wir heute nicht in Eisen geschlagen. Wir müssen uns nur in die kleine Bude neben dem Grill stellen und Coupons für kostenlose Vorsorgeuntersuchungen verteilen.«

»Hamburger und Mammographien zum Mitnehmen«, entgegnete sie kopfschüttelnd. »Anscheinend muss ich noch viel lernen.«

»Du schlägst dich ziemlich wacker«, antwortete er. Dabei bemerkte er, dass sie dunkle Ringe unter den grauen Augen hatte. »Alle mögen dich«, er machte eine dramatische Pause, »obwohl du aus New York bist.«

Ellen warf ein Zuckertütchen nach ihm.

»Na, warte«, lachte sie. »Wenn wir das nächste Mal zu einer Fortbildung hinmüssen, fahre ich mit dir in mein altes Viertel und zeige dir, wie ein richtiger Bagel schmecken muss.«

Er riss erstaunt die Augen auf. »Woher wusstest du, dass ich gerade an einen Bagel denke?«

Sie beugte sich vor, stützte die Ellenbogen auf den billigen Resopaltisch und fixierte ihn mit einem ernsten, aber freundschaftlichen Blick.

»Was ist los mit dir?«, sagte sie so leise, dass nur er sie hören könnte. »Du siehst entsetzlich aus.«

Ihm stand das Bild vor Augen, wie Annie Galloway Hand in Hand mit Sam Butler das Cappy's verlassen hatte.

»Ich hatte vergessen, dass Willa und Mariah das Wochenende bei mir verbringen sollten.«

»Wo sind sie jetzt?«

»Steven von der Kinderabteilung hat mir angeboten, sie im Wintergarten malen zu lassen, während ich mit den Perrins spreche.«

»Und was war sonst noch?«

»Mehr verrate ich dir nicht.«

»Die Frau weiß nicht, was gut für sie ist«, verkündete Ellen. »Du darfst mich zitieren.«

»Du bist eine wunderbare Freundin, Markowitz«, entgegnete Hall. »Aber du hast trotzdem keine Ahnung, wovon du redest.«

Ellen schmunzelte und verkniff sich eine Antwort.

Claudia lag die ganze Nacht wach. Immer, wenn sie die Augen schloss, sah sie Annie und diesen Mann vor sich, und ihr Magen krampfte sich zusammen, sodass sie wieder eine der Tabletten nehmen musste, die auf ihren Nachtkästchen lagen. Schließlich gab sie es auf und ging in die Küche, um die hart gekochten Eier mit Tomatensauce für das Picknick vorzubereiten. Wenn sie sich richtig erinnerte, würde Annie sich um den Blumenladen kümmern, während sie selbst, Roberta und die übrigen Mitglieder ihrer Seniorengruppe Spenden für das geplante Seniorenzentrum des Krankenhauses sammelten.

Claudia arrangierte die vierundzwanzig, mit einer scharfen Sauce aus Ketchup, Tabasco, Senfpulver und Mayonnaise dekorierten Eierhälften auf den mit Einbuchtungen versehenen runden Glasplatten, die eigens für diese von Cholesterin strotzende Leckerei gedacht waren. Die Teller hatten ihrer Mutter und davor deren Mutter gehört. Heute konnten ihre Enkeltöchter es kaum fassen, dass es einmal eine Zeit gegeben hatte, in der derart ungesunde Lebensmittel in so großen Mengen verzehrt worden waren, dass man sogar eigenes Geschirr dafür besaß.

So gern hätte Claudia eines der leckeren dottergelben Eier gekostet, aber sie wagte es nicht. Schließlich hatte sie Mann und Sohn durch einen Herzinfarkt verloren und wollte es deshalb nicht riskieren, für einen Bissen Ei mit Mayonnaise ihr Leben zu riskieren.

Um sechs waren die Eier, drei Dutzend Schinkenröllchen mit Frischkäse und Frühlingszwiebeln fertig, ebenso eine Platte mit gedämpftem Gemüse, begleitet von einem gesunden, fettarmen Dipp. Nun ruhte alles ordentlich eingepackt im Kühlschrank, damit Susan es mit dem Wagen in die Stadt bringen konnte.

Claudia nahm ein Bad, verrichtete ihre Morgentoilette und verspeiste ein Frühstück, bestehend aus Weizenkeimflocken, entrahmter Milch und koffeinfreiem Kaffee. Als sie fertig war, zeigte die Uhr erst halb acht, was hieß, dass sie bis zum Aufbruch noch viereinhalb Stunden totschlagen musste. Sie überlegte, ob sie die Zimmer im Erdgeschoss aufräumen sollte, doch sie waren bereits ordentlich.

Seit Johns Tod fand sie viel Trost in diesen wiederkehrenden Arbeiten im Haushalt. Montags erledigte sie die Wäsche, am Dienstag schrubbte sie die Böden, am Mittwoch putzte sie die Bäder, und am Donnerstagabend waren die Einkäufe an der Reihe. Wenn man noch die Stunden in Annies Blumenladen und ihr Engagement in der Seniorengruppe dazurechnete, kam dabei etwas heraus, was von außen betrachtet wie ein erfülltes Leben aussah. Es war schön, morgens einen Grund zum Aufstehen und außerdem Menschen zu haben, die einen erwarteten.

Wie nannten die jungen Leute das heutzutage? Analfixiert? Oder war es eher zwanghaft? Ganz gleich, wie der Begriff auch lauten mochte, befürchtete Claudia, er könne zutreffen.

»Du wirst immer festgefahrener, Ma«, hatte Sean bei seinem letzten Besuch zu Hause gesagt. »Sei ein bisschen lockerer, das wirkt lebensverlängernd.«

Du hast leicht reden, Sean, dachte sie, als sie sich mit dem neuesten Roman von John Grisham in einem Sessel niederließ. In meinem Alter hört sich das gar nicht mehr so verheißungsvoll an.

Susan war wie immer zu spät dran. Sie musste das Frühstück vorbereiten, saubermachen und Jack ausführlich erklären, was er später zum Picknick mitbringen sollte und wo er die fraglichen Gegenstände finden konnte. Außerdem durfte sie nicht vergessen, sich zurechtzumachen, um auch dem Bild einer erfolgreichen Immobilienmaklerin bei einem Kleinstadtpicknick zu entsprechen.

Ach, wie sie lässige Geschäftskleidung verabscheute! Damals in den 1980er-Jahren war alles viel einfacher gewesen. Man brauchte nur Schulterpolster und ein Seidenkleid.

Zu guter Letzt entschied sie sich für eine ordentliche Bermudashorts, ihre neuen Sandalen und eine Baumwollbluse, zwar nicht designpreisverdächtig, aber annehmbar.

Als Susan um viertel nach zwölf vor ihrem Elternhaus ankam, rechnete sie eigentlich damit, dass Claudia schon ungeduldig in der Einfahrt stehen und auf die Uhr schauen würde. Doch zu ihrer Überraschung war ihre Mutter nirgendwo in Sicht.

»Super«, murmelte Susan und stellte den Wagen ab.

Wahrscheinlich war sie wieder hineingegangen und las Jack am Telefon die Leviten, weil sich ihre Tochter um ein paar jämmerliche Minuten verspätet hatte. Wenn ihre Mutter nur ein bisschen lockerer sein könnte! Aber das war wohl, als würde man von der Erde verlangen, dass sie aufhörte, sich zu drehen. Claudia war so, und daran konnte nur der liebe Gott etwas ändern.

Okay, Ma, ich habe verstanden. Du kannst herauskommen.

Susan trommelte mit den Fingern aufs Lenkrad und blickte zwischen der Uhr auf dem Armaturenbrett und dem stillen Haus hin und her.

Sie ist deine Mutter, Susan. Auch wenn sie dich manchmal zur Raserei treibt. Also beweg deinen Hintern aus dem Auto und geh nachschauen, was los ist.

Die Hintertür stand offen. Susan war nicht sicher, ob das ein gutes oder ein schlechtes Zeichen war. »Entschuldige die Verspätung, Ma«, rief sie. »Du weißt ja, wie das mit Kindern ist.«

Keine Antwort.

Susans Herz begann zu schlagen.

Die Küche war blitzsauber. So wie immer. Vermutlich wimmelten im Operationssaal eines durchschnittlichen Krankenhauses mehr Bakterien herum als in Claudias Mülleimer. »Ma?«

Kein Laut. O mein Gott! Schließlich geschah es alle Tage, dass alte Menschen einen Unfall erlitten. Sie fielen die Kellertreppe hinunter oder stürzten in der Badewanne. Wie oft hatte sie ihrer Mutter gepredigt, es sei zu gefährlich für eine Frau, allein in einem so großen Haus zu wohnen? Susan hatte sogar Prospekte der neuen Siedlung für betreutes Wohnen am Stadtrand besorgt, wo vierundzwanzig Stunden am Tag Personal für den Notfall bereitstand.

Sie stürmte ins Wohnzimmer und war schon fast die Treppe hinauf, als sie feststellte, dass Claudia, ein aufgeschlagenes Buch auf dem Schoß, im Lehnsessel saß. Angst ergriff sie, bis sie sah, dass sich die Brust ihrer Mutter langsam hob und senkte. Vor lauter Erleichterung wurden ihr die Knie weich. Sie legte ihrer Mutter die Hand auf den Arm. Claudia wirkte so zart und zerbrechlich.

»Ma«, sagte sie leise. »Ma, wach auf.«

Claudia seufzte tief, verzog das Gesicht und schlug die Augen auf. »Du kommst zu spät«, verkündete sie.

»Seit wann hältst du vormittags ein Nickerchen?«

»Ich konnte letzte Nacht nicht schlafen«, erwiderte Claudia. »Außerdem geht dich das gar nichts an.«

»Fehlt dir etwas?« Schließlich litt ihre Mutter an verschiedenen Altersbeschwerden, die alle für eine schlaflose Nacht verantwortlich sein konnten.

»Du warst doch dabei«, entgegnete Claudia. »Du hast es mit eigenen Augen gesehen.«

»Ich weiß«, antwortete Susan, überrascht, dass sie in dieser Sache die Meinung ihrer Mutter teilte. »Ich kann es auch nicht glauben.«

»Ich habe Warren ordentlich den Marsch geblasen«, erwiderte Claudia, während sie in die Küche gingen, um das Essen zu holen.

»Was hat Warren denn damit zu tun?« Susan machte den Kühlschrank auf und holte die Platten mit den Eiern heraus.

»Er ist an allem schuld.«

»Er lässt den Kerl doch nur in Ellies altem Haus wohnen.«

»Das behauptet er, aber ich kenne ihn besser. Er führt etwas im Schilde.«

»Das klingt wie eine der Verschwörungstheorien, denen Sean und Eileen anhängen.«

Die beiden sahen einander an. Claudia begann als Erste zu lachen. »War ich schon immer so schlimm, oder verbiestere ich auf meine alten Tage?«

Susan umarmte sie.

»Du hast dich überhaupt nicht verändert.«

Wie zart sich ihre Mutter anfühlte, wie erschreckend menschlich.

»Hast du gesehen, wie sie gestern Abend diesen Mann angehimmelt hat?« Claudias Stimme klang wehmütig.

»Das haben wir vermutlich alle, Ma.«

Das Schweigen, das nun entstand, schien eine lange Zeit zu dauern.

»Genauso habe ich für deinen Vater empfunden«, sagte Claudia nach einer Weile. »So sehr haben wir uns geliebt.«

244

Susan seufzte auf. Sie und Jack liebten sich zwar auch von Herzen, doch sie war nicht sicher, ob sie je solche Blicke miteinander gewechselt hatten. »Du glaubst doch nicht, dass sie ihn heute zum Picknick mitbringt?«

»Wenn man ihr gestriges Verhalten bedenkt, würde mich nichts mehr überraschen.«

»Aber, Ma! Es ist ja nicht so, dass sie gestern im Cappy's über ihn hergefallen wäre. Sie haben Händchen gehalten. Das ist doch nicht verboten.«

Claudia machte ein Gesicht, als hätte sie am liebsten sofort eine diesbezügliche Gesetzesinitiative eingebracht.

Und wenn Susan ehrlich war, hätte sie vermutlich dafür gestimmt.

13

Sweeney bemerkte es zuerst.

Sie waren gerade dabei, die Auslage auf dem Gehweg aufzubauen, und als Annie nach einem Glasornament griff, packte Sweeney sie an der linken Hand.

»Der Ring«, rief sie und sah Annie fragend an.

Automatisch zog Annie die Finger ein. »Es war allmählich Zeit«, erwiderte sie.

Die Neugier siegte. »Hat das vielleicht zufällig etwas mit dem Typen zu tun, der letztens mit deinen Schlüsseln aufgekreuzt ist?«

Annie spielte mit dem Gedanken, etwas Ausweichendes zu antworten, kam aber zu dem Schluss, dass es zwecklos war. Nach dem gestrigen Zwischenfall im Cappy's würde sich vermutlich ganz Shelter Rock Cove das Maul über sie zerreißen.

»Ja«, erwiderte sie, sehr zu Sweeneys Freude. »Doch je weniger wir in Claudias Gegenwart darüber reden, desto besser.«

»Vielleicht merkt sie es ja nicht.«

Annie zog die Augenbraue hoch. »Mach dir nichts vor, Sweeney.«

»Kommt er zum Picknick?«

»Er ist schon da«, antwortete sie. »Ich glaube, er steht drüben beim Feuerwehrwagen.«

Auch Warren wurde erwartet, denn er wollte mit dem Verkauf von Grillwürstchen Geld für sein Museum sammeln.

Claudia und Roberta waren damit beschäftigt, Platten mit Speisen auf den großen Tischen unter den Ahornbäumen neben der Bühne anzuordnen. Susan, die keine zehn Meter von

Annie entfernt den Stand ihres Immobilienbüros aufbaute, zeigte ihrer Schwägerin die kalte Schulter.

»Was ist denn mit der los?«, fragte Sweeney, während sie die Kante ihres Tisches mit einer Blättergirlande schmückte. »Redet sie nicht mehr mit dir?«

»Sieht fast so aus«, meinte Annie. »Ich dachte schon, ich bilde es mir nur ein.«

»Da läuft es einem ja kalt den Rücken hinunter.« Sweeney tat, als schauderte sie. »Sag nicht, sie wäre böse wegen deines Verehrers.«

»Er heißt Sam«, antwortete Annie lachend. »Ich verstehe nicht, warum sie sich so darüber aufregt.«

Die Reaktion passte so gar nicht zu Susan, die sonst ihr Möglichstes tat, damit Claudia sich nicht zu sehr in Annies Leben einmischte.

»Weißt du, was passiert, wenn man einen Stein in einen Teich wirft?«

»Es entstehen Ringe«, erwiderte Annie. »Konzentrische Kreise, die sich nach außen ausbreiten und dabei immer schwächer werden. Wo liegt der Zusammenhang?«

»Ganz einfach«, entgegnete Sweeney. »Der Galloway-Clan ist der Teich, und dein Sam – tja, der ist ein riesiger Felsbrocken.«

Die Freiwillige Feuerwehr von Shelter Rock Cove hatte sieben Mitglieder im Alter von sechzehn bis Anfang sechzig, eines davon im achten Monat schwanger und deshalb bis zur Niederkunft zum Telefondienst verdonnert. Vermutlich handelte es sich um die seltsamste Löschtruppe, die Sam je gesehen hatte, doch das bunt zusammengewürfelte Grüppchen, bestehend aus einem Zahnarzt, einer Friseurin, dem Besitzer eines Heimwerkermarktes, einem Pommesbrater, einer Kindergärtnerin und zwei Hummerfischern, war eine eingeschworene Gemeinschaft.

»Da Becky im Moment keine Einsätze mehr fahren kann,

brauchen wir auf der Feuerwache dringend neue Gesichter«, meinte Ethan Venable, der Zahnarzt, der kurz vor der Rente stand. »Und Sie scheinen mir ein ausgezeichneter Kandidat zu sein.«

Sam konnte nicht abstreiten, dass ihm der leuchtend rote Feuerwehrwagen und die freundschaftliche Stimmung unter den Mitgliedern gut gefiel. »Ich wohne zurzeit in Ellie Bancrofts altem Haus, allerdings nur vorübergehend.« Als er hinzufügte, er sei gerade zwischen zwei Arbeitsstellen, nickte Ethan höflich.

»Schade«, sagte er und schüttelte Sam die Hand. »Ich hatte den Eindruck, dass Sie prima zu uns gepasst hätten.«

Wenn jemand Sam vor zwei Wochen gesagt hätte, dass ihm so etwas passieren würde, er hätte den Betreffenden sicher für verrückt erklärt. Schließlich war er mit Leib und Seele New Yorker und brauchte die Menschenmassen, den Lärm und das hektische Treiben wie die Luft zum Atmen. Doch als er nun über die Dorfwiese schlenderte und Sarahs berühmten Blaubeerkuchen und Amandas erstklassigen Kartoffelsalat kostete, hatte er einen Riesenspaß daran.

Annie hatte ihr ganzes Leben in dieser Kleinstadt verbracht und inmitten ihrer Bewohner ihre Weltsicht entwickelt. Am liebsten hätte Sam die Frau an der Fotobude gefragt, ob sie Annie als kleines Mädchen gekannt hatte.

Erzählt mir von ihr, dachte er, während er die Eindrücke auf sich wirken ließ. War sie schüchtern? War sie beliebt? Hatten alle Menschen sie gern oder wurde sie eher nicht wahrgenommen?

Er wollte alles über die Nacht hören, in der ihre Eltern gestorben waren, sodass sich ihr Leben von Grund auf verändert hatte.

Hatte Kevin Galloway sie im Arm gehalten und sie getröstet? Hatte er versucht, die Trauer wegzuküssen? Hatte sie ihn wirklich geliebt oder einfach nur zu seiner Familie gehören wollen?

Heute Morgen bei Warren hatte er ein Foto von Galloway gesehen. Da Max irgendwo im Haus verschwunden war, ließ Sam Warren und Annie am Frühstückstisch sitzen, um sich auf die Suche nach dem Abtrünnigen zu machen. Wie immer war es nicht schwer gewesen, Max zu finden. Doch als er an der Schwelle des Arbeitszimmers, das an Warrens Schlafzimmer angrenzte, nach dem Hund rief, rührte sich dieser nicht von der Stelle. Er lag auf einem farbenfroh gemusterten Orientteppich und frönte seiner Lieblingsbeschäftigung: dem Schönheitsschlaf.

»Komm, alter Junge«, meinte Sam, um einen strengen Tonfall bemüht. »Sonst machst du dich unbeliebt.«

Aber Max kratzte sich nur genüsslich hinter dem linken Ohr.

Nur ein Erdbeben von mindestens Stärke sieben hätte Max dazu veranlassen können, sich zu bewegen, ehe er Lust dazu hatte. Sam wollte sich schon geschlagen geben, als sein Blick auf einige gerahmte Fotos fiel, die auf dem langen Tisch am Fenster standen. Wenn ihn nicht alles täuschte, war in der ersten Reihe auch eines von ihm selbst dabei.

Er griff danach und betrachtete lächelnd das Bild, das ihn im Alter von fünfzehn Jahren zeigte. Er stand am Hafen neben dem Gelände der Weltausstellung und blickte in die Kamera. In seinem Gesicht stand das albern-glückselige, unbefangene Lächeln, das einem das Leben bis zur Volljährigkeit normalerweise ausgetrieben hat, und seine Miene sollte wohl besagen, dass ihm die ganze Welt gehörte.

Vielleicht hatte er sich wirklich so gefühlt. Damals lebten seine Eltern noch, und er brauchte sich nicht den Kopf darüber zu zerbrechen, wie er die Miete bezahlen und seine Geschwister durchfüttern sollte. Die Schule bereitete ihm keine Mühe, weshalb er sich mit Feuereifer seinem Hobby widmen konnte, nämlich dem Herumschrauben an ölverschmierten Booten – eine Arbeit, mit der man weder angeben noch viel Geld verdienen konnte. Und dennoch war Sam nie wieder so glücklich gewesen wie damals, als das Leben ihm noch wie eine Küstenstraße ohne Geschwindigkeitsbegrenzung erschien.

Er musterte die anderen Fotos, konnte aber niemanden darauf erkennen. Als er sich gerade abwenden wollte, bemerkte er ein Bild, das ein unglaublich junges Brautpaar zeigte.

Der Bräutigam war höchstens neunzehn Jahre alt, groß, kräftig gebaut und breitschultrig. Mit seinem strahlenden Lächeln sah er aus wie der nette amerikanische Junge von nebenan, war also das genaue Gegenstück zu Sam. Er machte den Eindruck eines Mannes, dem man auf dem Flug von Cincinnati nach Houston sein Herz ausschüttete, weil man sofort Vertrauen zu ihm fasste. Außerdem hatte er einen dichten Lockenschopf, das gute Aussehen eines Filmstars und außerdem offenbar richtig Glück im Leben. Denn die Braut war Annie Lacy.

In ihrem langen weißen Kleid mit Schleier wirkte sie wie ein kleines Mädchen auf einem Kostümfest. Das lockige Haar hatte anscheinend sämtlichen Bändigungsversuchen widerstanden und fiel ihr offen über die Schultern. Unter den wunderschönen blauen Augen zeichneten sich noch keine dunklen Ringe ab, und sie hatte keine Sorgenfalten. Schutzsuchend lehnte sie sich an ihren Mann. Der Anblick, wie der inzwischen Verstorbene die große Hand auf ihre zarten Schultern legte, löste in Sam eine Reihe schwer in Worte zu fassender Gefühle aus: Neid, Trauer und Zorn auf eine Welt, die nicht zuließ, dass Glück von Dauer war.

Ja, vielleicht hätte diese Ehe wirklich Bestand gehabt. Wenn Kevin Galloway nicht gestorben wäre, würde Annie sich sicher immer noch an seine kräftige Gestalt lehnen, so wie an ihrem Hochzeitstag. Auch die Augenringe und Sorgenfalten wären erst irgendwann in ferner Zukunft gekommen. In vielen Jahren, wenn sie alt und grau sein würde und mit Tragödien wie dieser rechnen musste. Sie hätte das Leben geführt, das er sich eigentlich bei ihrer ersten Begegnung auf dem Supermarktparkplatz für sie vorgestellt hatte: Kinder, ein großes Haus und all die Dinge, die alle Welt für selbstverständlich nahm, weil sie so leicht erreichbar zu sein schienen. Nur nicht für Menschen wie Annie und Sam.

»Sie sehen wundervoll aus, Annie. Haben Sie abgenommen?«, fragte Grace Lowell und musterte Annies Hüften.

»Mann, Sie wirken so erholt.« Bob Haskells Augen funkelten, als er sie ansah. »Waren Sie im Urlaub?«

Sarah Wentworth beugte sich vor.

»Ich schwöre, es niemandem zu verraten«, raunte sie verschwörerisch. »Wer ist Ihr Schönheitschirurg?«

Annie wartete, bis Sarah außer Hörweite war, und wandte sich dann an Sweeney. »Was zum Teufel ist heute nur los mit den Leuten? Das war die Zehnte, die mir Komplimente zu meinem Aussehen gemacht hat!«

»Das nennt man Liebe, Kindchen«, erwiderte Sweeney mit einem breiten Grinsen. »Nur die Liebe macht so schön.«

Annie spürte, wie sie errötete. »Mir wäre lieber, wenn sie glaubten, ich hätte mich liften lassen.«

»Tut mir leid«, entgegnete Sweeney. »Das kannst du vergessen. Nicht, solange ihr beide euch so anhimmelt.«

Obwohl Annie sich redlich Mühe gegeben hatte, nicht zu oft in Sams Richtung zu blicken, hatte Sweeney sie offenbar dabei ertappt.

»Bei ihm ist es auch nicht anders.«

Dabei tat sie doch alles, um sich möglichst unauffällig zu benehmen. Schließlich hatte sie alle Hände voll damit zu tun, die Werbetrommel für ihren Blumenladen zu rühren, während er eine beachtliche schauspielerische Leistung ablieferte, indem er Interesse an Phyllis Rileys Perlenstickereien und der umfangreichen Ausstellung von Maiskolbenskulpturen heuchelte, die die Kinder aus Marge Rhodenbarrs dritter Klasse der Grundschule von Shelter Rock Cove gebastelt hatten.

Als Warren gegen zwei Uhr erschien, winkte er Sam zu sich an Annies Tisch und verwickelte die beiden in ein angeregtes Gespräch über das Museum – mit der Folge, dass die Stadt nun noch mehr auf das neue Paar aufmerksam wurde.

Als Claudia kurz vorbeischaute, um im Blumenladen auf die Toilette zu gehen, begrüßte sie Annie zwar beiläufig, würdigte Warren und Sam allerdings keines Blickes.

»Sie wird es überleben«, sagte Warren. »Morgen wird sie sich über Eileens neue Frisur oder Susans Erziehungsmethoden aufregen. Diese Frau findet immer ein Haar in der Suppe.« Allerdings hatte Warren nur bis zu einem gewissen Punkt recht, denn Annie wusste, dass das Problem tiefer ging, was sie ziemlich kränkte. Claudia war nicht verärgert, sondern verletzt, und Annie kannte den Grund genau.

»Ich bin gleich zurück«, meinte sie und eilte in den Laden, als Claudia sich gerade zum Gehen anschickte.

»Du siehst reizend aus«, meinte Claudia steif, als Annie ihr den Weg versperrte. »Der Pullover steht dir.«

»Solche Komplimente höre ich heute schon den ganzen Tag«, erwiderte Annie mit einem verlegenen Lachen. »Offenbar bin ich in letzter Zeit wie eine Vogelscheuche herumgelaufen.«

Angespanntes Schweigen entstand.

»Ich muss zurück zu meiner Bude«, sagte Claudia und klemmte die Handtasche unter den linken Arm. »Roberta könnte das Wechselgeld nicht einmal richtig herausgeben, wenn ihr Leben davon abhinge.«

Annie legte ihrer Schwiegermutter die Hand auf den Arm. »Claudia, wegen gestern Abend …«

»Du bist mir keine Erklärung schuldig, Annie. Schließlich bist du eine erwachsene Frau und für deine Entscheidungen selbst verantwortlich.«

»Ich hätte mit dir reden oder ihn wenigstens vorstellen sollen«, fuhr Annie stockend fort.

»Anscheinend warst du anderweitig abgelenkt.«

Annie holte tief Luft. Die höfliche Ausflucht lag ihr schon auf der Zunge, doch vielleicht war jetzt der Zeitpunkt gekommen, den Stier bei den Hörnern zu packen. »Du hast recht«, meinte sie. »Ich war wirklich abgelenkt, und es tut mir leid, wenn ich dich gekränkt haben sollte. Es war wirklich keine Absicht.«

Claudia sah ihr kurz in die Augen. Dann wanderte ihr Blick zur Dorfwiese hinüber. Annie bedeckte ihre ringlose linke Hand mit der rechten. Musik, Gelächter und der köstliche Duft von gegrillten Hamburgern und Würstchen wehten zur offenen Tür hinein.

Bitte, Claudia, sag doch etwas, irgendetwas. Sag, dass du mir böse bist, dass er nicht gut genug für mich ist. Wenn wir darüber reden können, sind wir der Lösung schon ein gutes Stück näher.

Sie hatten so viel zusammen durchgemacht. Der Gedanke, ihr Glück könnte nun einen Keil zwischen sie treiben, war Annie unerträglich.

»Was hast du so lange gemacht?«, erkundigte sich Roberta, als Claudia an den Stand zurückkehrte. »Ich wusste kaum noch, wo mir der Kopf steht.«

Claudia musterte die Frau, die nun schon seit knapp sechzig Jahren ihre Freundin war.

»Bin ich eine Zicke?«, fragte sie.

Roberta gefror das Lächeln auf den Lippen.

»Was sagst du da?«

»Ach, tu nicht so, als ob du dieses Wort noch nie gehört hättest, Roberta Morgan. Du benützt es nämlich auch hin und wieder.«

»Mag sein. Aber du doch nicht!«

»Tja, dann fange ich eben jetzt damit an.« Sie blickte sich um, um sich zu vergewissern, dass niemand in Hörweite war. »Hältst du mich für eine Zicke?«

»Gütiger Himmel, Claudia, was redest du da?«

»Was gibt es an dieser Frage nicht zu verstehen? Ich habe heute nämlich nachgedacht und bin zu einigen Ergebnissen gekommen, die mir gar nicht gefallen.«

»Hast du wieder diese Ratgebersendung gesehen?«

»Das geht dich gar nichts an. Antwortest du mir jetzt oder nicht?«

Roberta machte ein Gesicht, als wäre sie am liebsten im Erdboden versunken. »Wie kannst du so etwas von mir verlangen? Du bringst mich damit schrecklich in Verlegenheit.«

Die arme Roberta geriet ins Stammeln, nicht ahnend, dass sie damit Claudias Frage mehr oder weniger beantwortet hatte.

Ja, du bist eine Zicke, Claudia Galloway. Jetzt ist es offiziell. Zufrieden?

Dieser Gedanke war ihr zum ersten Mal gekommen, als Susan ihr eröffnet hatte, dass mit ihr oft nicht gut Kirschenessen sei. Allerdings sah Claudias Selbstbild völlig anders aus. Ihr John, möge er in Frieden ruhen, hatte schließlich stets beteuert, sie sei der Lichtblick seines Lebens und eine Frau, mit der man Pferde stehlen könne.

Natürlich hatten auch sie ihre Krisen durchgemacht, Dinge, die Claudia niemals einer Menschenseele verraten hätte. Aber ihre Liebe war dadurch nie ins Wanken geraten. In Johns Augen schien sie eine ausgeglichene, gutmütige und unkomplizierte Frau gewesen zu sein. Vermutlich wäre Susan vor lauter Lachen mit dem Auto im Straßengraben gelandet, hätte sie das gehört. Und dasselbe galt vermutlich auch für ihre anderen Kinder.

Und gerade in Annies Laden war es wieder geschehen.

Was hättest du dir vergeben, wenn du ein wenig versöhnlicher gewesen wärst? Sie hat dir die Hand gereicht, aber du bist stur geblieben.

Schließlich wollte sie doch nicht, dass Annie unglücklich wurde. Welche Frau wünschte so etwas dem Mädchen, das sie aufgezogen hatte wie ihr eigenes Kind? Eine Zicke war

254

sie! Eine miese, kaltherzige, rechthaberische Zicke! Wenn nur die Vorstellung, dass Annie mit einem anderen Mann als mit Kevin zusammen war, nicht so unglaublich wehgetan hätte! In gewisser Weise schien es ihr, als verlöre sie ihn zum zweiten Mal.

Nach Johns Tod hatte Claudia kein Interesse mehr an Männern gehabt. Natürlich machten viele nette Herren in Shelter Rock Cove ihr den Hof, doch sie hatte ihnen allen einen Korb gegeben. John war die Liebe ihres Lebens, ihre einzige wahre Liebe, und kein Mann der Welt würde ihm je das Wasser reichen können. Bis jetzt hatte sie gedacht, dass es bei Annie und Kevin genauso gewesen sei.

Kevin hatte Annie so vergöttert, dass die Familie ihn dauernd wegen der Gedichte und Blumen hänselte. Während seine Geschwister praktisch veranlagte Menschen waren, die nie einen Gedanken an den Unterschied zwischen einem Couplet und einem Sonnett verschwendet hätten, kannte Kevin diesen nicht nur, sondern hatte auch das Bedürfnis, ihn seinen Mitmenschen ausführlich zu erklären – und zwar auf eine Weise, dass sich seine Worte für immer in ihr Herz einbrannten.

Annie hatte in diesen ersten Jahren ein Leuchten verbreitet, in dem sich die ganze Stadt sonnte. Kevin und Annie. Annie und Kevin. Man konnte kaum feststellen, wo die Grenze zwischen ihnen verlief. Bis heute sah Claudia Kevin attraktiv und hochgewachsen an Annies Seite, wann immer sie sie betrachtete.

Tränen traten ihr in die Augen. Sie kramte ihre Sonnenbrille hervor und setzte sie auf. Den Anblick, wie Annie gestern Abend die Hand eines Mannes gehalten hatte, der nicht Kevin war, hatte sie kaum ertragen können.

Hatte sie die Augen vor der Wirklichkeit verschlossen? So unwahrscheinlich es auch klingen mochte, gab es keine andere Erklärung für ihr Entsetzen. Bis zu diesem Moment hatte sie sich vorgemacht, dass Kevin nur im Nebenzimmer oder vielleicht ein paar Straßen weiter war, nicht anwesend zwar, aber dennoch nicht für immer fort.

Doch an der Tatsache, dass Annie diesen drahtigen, unwirschen Fremden, der in Warrens Begleitung ins Cappy's gekommen war, mit einem glückseligen Strahlen in den Augen angehimmelt hatte, gab es nun einmal nichts zu rütteln.

Nimm dich zusammen, Claudia. Sonst wird sich die ganze Stadt morgen das Maul über deinen Zusammenbruch beim Labor-Day-Picknick zerreißen.

Auf diese Weise würde sie der Gerüchteküche Stoff für viele Jahre liefern, was unter allen Umständen vermieden werden musste.

Roberta stand angeregt plaudernd neben ihr, erzählte Adele Roscoe und Jean Gillooley gerade brühwarm alles über das Seminar von Adam Winters und erwähnte auch, dass sie mit dem Gedanken spielten, in seinen Fonds zu investieren. Claudia wäre ihrer besten Freundin am liebsten an die Gurgel gegangen.

»Warum musstest du das Adele und Jean unter die Nase reiben?«, schimpfte sie, als die beiden Frauen weitergegangen waren. »Wenn du schon dabei bist, kannst du gleich unsere Kinder anrufen.«

»Sie haben die Broschüre gesehen, die aus meiner Tasche herausgelugt hat«, erwiderte Roberta mit einem aufsässigen Blick in ihren Knopfaugen. »Hätte ich sie etwa anlügen sollen?«

»Ja«, zischte Claudia. »Es wäre doch sicher auch möglich gewesen, über das Seminar zu sprechen, ohne unsere geschäftlichen Entscheidungen in der ganzen Stadt herumzuposaunen, oder vielleicht nicht?«

»Erinnerst du dich noch an deine Frage von vorhin? Ich glaube, die kann ich jetzt beantworten.«

»Ach, sei doch still«, gab Claudia zurück. »Warum …«

Das schlug dem Fass doch den Boden aus! Annies neuer Freund – wie hieß er doch gleich? Sam soundso – steuerte auf ihren Infotisch zu, als sei er fest entschlossen, eine kostenlose Mammographie zu gewinnen.

Roberta sah ihn an. »Ist das nicht …?«

»Ja«, raunte Claudia. »Wehe, wenn du …«

»Mrs Galloway?« Der Mann blieb vor ihnen stehen und streckte die rechte Hand aus. »Wir hatten gestern Abend keine Gelegenheit, uns kennenzulernen. Aber Warren und Annie haben mir viel von Ihnen erzählt.«

Offenbar blieb ihr nichts anders übrig, als Sam Butler die Hand zu schütteln. Er hatte einen festen, aber nicht übertrieben vertraulichen Händedruck. Der Mann wusste anscheinend, wo er hingehörte.

»Das ist meine Freundin Roberta Morgan«, verkündete sie. Warum konnte Bobbi sich denn nicht selbst vorstellen?

Erfreut schüttelte Roberta ihm die Hand. »Nett, Sie kennenzulernen. Ich habe Sie gestern Abend mit unserer Annie gesehen.«

Sie klimperte sogar mit den Wimpern!

»Ich muss sagen, dass Sie beide ein hübsches Paar abgeben.«

Er bedankte sich zwar für das Kompliment, aber Claudia merkte ihm an, dass es ihm peinlich war.

»Ich habe zufällig gehört, wie Sie mit zwei anderen Damen über ein Finanzseminar gesprochen haben.«

Claudia zog die Augenbraue hoch. »Haben Sie uns etwa belauscht?«

»Ja«, erwiderte er mit einem entwaffnenden Lächeln. »Ich bekenne mich schuldig.«

Roberta, der wie immer das Gefühl für Zwischentöne fehlte, ging ihm sofort auf den Leim. »Wenn Sie möchten, kann ich Ihnen eine Broschüre geben.«

Sein Lächeln war so blendend weiß wie aus einer Zahnpastareklame, und Roberta machte sehr zu Claudias Ärger ein Gesicht, als würde sie jeden Moment in Ohnmacht fallen.

»Die würde ich mir gern einmal ansehen.«

Flugs förderte Roberta die Broschüre zutage und reichte sie ihm. »Wenn Sie möchten, können Sie sie behalten.«

Aber Sam hörte gar nicht zu, blätterte die Seiten durch und überflog den Text, als hätte er noch nie etwas so Spannendes gelesen. Claudia und Roberta wechselten Blicke.

Ein schöner Mann, sagte Robertas Miene. Und dann interessiert er sich auch noch fürs Finanzwesen!

Der sieht sich doch nur die Bilder an, dachte Claudia.

Für sie hatte er etwas Ungepflegtes an sich, obwohl seine Kleider sauber und verhältnismäßig modern waren. Aber trugen die jungen Leute heutzutage nicht alle Jeans und Pullover? Es war, als ob jemand eine Vorschrift erlassen hätte, dass jeder unter fünfzig in dieser Uniform herumlaufen musste, um nicht aus der Generation ausgeschlossen zu werden. Allerdings schien diese Lässigkeit auf manche Frauen zu wirken.

Nach Robertas verzückter Miene zu urteilen, gehörte sie offensichtlich dazu. Ganz im Gegensatz zu Claudia. Ihr John wäre niemals ohne Anzug und Krawatte aus dem Haus gegangen und hatte darin stets ordentlich, würdevoll und makellos elegant ausgesehen. Kevin hatte sich zwar weniger formell gekleidet, aber mit Tweedjacke und Cordhose Claudias Bild von einem Lehrer entsprochen.

»Wir waren gestern auf seinem Seminar«, sagte Roberta gerade. »Außerdem wollen wir …«

»Bobbi«, fiel Claudia ihr ins Wort. »Wir brauchen noch mehr Unterschriftenlisten. Könntest du Dr. Markowitz fragen, ob sie noch welche hat?«

»Einen Moment«, erwiderte Roberta und bedachte Claudia mit einem finsteren Blick. Dann wandte sie sich wieder an Sam Butler. »Er bietet an …«

»Roberta«, wiederholte Claudia in demselben Tonfall, den sie auch gegenüber ihren halbwüchsigen Kindern angeschlagen hatte, wenn diese sich abends verspäteten. »Wir brauchen die Listen.«

Roberta lächelte Annies Freund zu.

258

»Warum behalten sie die Broschüre nicht einfach?«, schlug sie freundlich vor. »Bevor ich Adam Winters' Radiosendungen kannte, wusste ich gar nicht, dass Geld verdienen so unterhaltsam sein kann!«

Als Claudia Sam Butlers Miene bemerkte, wusste sie, dass sie etwas sagen musste. Denn nach Susans und Annies entsetzter Reaktion von vorgestern war sie fest entschlossen, ihre Pläne geheim zu halten.

»Roberta ist sehr begeisterungsfähig«, meinte sie, ein wenig beunruhigt von seinem forschenden Blick. »Nach dem Ikebanakurs wäre sie am liebsten sofort Zenmeisterin geworden.«

Wie erwartet, lachte er. Offenbar hatte er doch bessere Manieren, als sie dachte.

»Eine meiner Schwestern ist genauso«, antwortete er in einem für einen New Yorker ausgesprochen freundlichen Ton. »Nach drei Kursen in Ölmalerei wollte sie nach Paris ziehen und in einer Mansarde wohnen.«

Claudia musste schmunzeln. »Meine Töpferexperimente füllen zwei Regale. So sehr ich mich auch bemühe, meine Kinder zu bestechen, sie wollen sie einfach nicht nehmen.«

Claudia bemerkte, dass er versuchte, sich – ebenso wie umgekehrt – ein Bild von ihr zu machen, und sie fragte sich, welche Familiengeheimnisse Annie diesem Fremden wohl schon verraten haben mochte. Vielleicht handelte es sich um Dinge, von denen sie, Claudia, selbst nichts wusste.

Sicher wirst du bald wieder abserviert, dachte sie, während sie ihn weiter anlächelte. Bestimmt ist es nichts weiter als eine Liebelei.

Allerdings sagte ihr der Blick, den er Annie über die Wiese hinweg zuwarf, dass sie sich gründlich irrte.

14

»Du hast recht«, meinte Ellen zu Hall, als der Strom der Interessenten einen Moment nachließ. »Er kommt mir auch bekannt vor.«

»Ich weiß«, antwortete er, während sie beobachteten, wie Sam Butler versuchte, sich bei Claudia Galloway einzuschmeicheln. »Vielleicht hat er einmal eines meiner Boote repariert.«

Ellen stöhnte auf und versetzte ihm einen Klaps mit einem zusammengerollten Infoblatt zum Thema Mammographie. »Und woher soll ich ihn dann kennnen? Schließlich habe ich noch nie einen Fuß auf eines deiner Boote gesetzt.«

Überrascht sah er sie an. »Du warst doch auf der Schaluppe?«

»Leider nein, Käpt'n.«

»Das ist das kleine Segelboot.«

»Wirklich nicht.«

»Und in dem Kajak, das ich oben an der Hütte liegen habe?«

»Nein.« Er betrachtete sie. »Dagegen müssen wir dringend etwas unternehmen, Markowitz.«

Sie ging nicht darauf ein. »Glaubst du wirklich, er hätte eines deiner Boote repariert?«

»Nein«, antwortete Hall. »Aber etwas Besseres fällt mir nicht ein. Der Kerl ist aus New York. Ich hingegen wohne hier und komme, wenn ich Glück habe, alle zwei Jahre einmal dorthin. Also ist es recht unwahrscheinlich, dass sich unsere Wege jemals gekreuzt haben.«

Ihre Augen weiteten sich vor Erstaunen. »Er ist aus New York?«

»Sein Akzent ist noch schauerlicher als deiner«, gab er zurück und duckte sich, um einer geworfenen Büroklammer auszuweichen.

»Wusstest du, dass ich einem New Yorker mit einer Genauigkeit von zwei Häuserblocks auf den Kopf zusagen kann, wo er zuletzt gewohnt hat?« Sie schob sich die wilde rote Lockenmähne aus der Stirn. »Manchmal errate ich sogar die richtige Etage.«

»Zehn Dollar, dass du nicht einmal auf das Stadtviertel kommst.«

Lachend warf sie den Kopf zurück. »Die Wette gilt, Doc. So leicht habe ich noch nie zehn Dollar verdient.«

Adam Winters hatte eine erstklassige Hochglanzbroschüre im Vierfarbdruck drucken lassen, vollgestopft mit hanebüchenen Behauptungen, die nur den Zweck verfolgten, Rentnern an der Ostküste das Geld aus der Tasche zu ziehen. Auf der Titelseite prangte sein jungenhaftes Gesicht – ein unschuldiges Lächeln und ein dichter Haarschopf über einer faltenlosen Stirn –, offenbar in der Absicht, seine weibliche Zuhörerschaft jenseits der Sechzig in dem Glauben zu wiegen, dass sie ihm ebenso vertrauen konnten wie ihren eigenen Kindern. Er war der Sohn, der jeden Sonntag zum Essen kam, seiner Mutter Blumen und Pralinen schenkte und sich jeden Morgen telefonisch nach ihrem Befinden erkundigte.

Der Traumsohn, der versprach, die Einlage schon im ersten Jahr zu verdreifachen.

Sam kannte diese Methode, denn sie war ihm in seinen Jahren an der Wall Street unzählige Male untergekommen. Auch er selbst hatte manchmal zu ähnlichen Tricks gegriffen. In dem Text der Broschüre hatte er nichts Neues entdecken können, und nirgendwo wurde dem Anleger tatsächlich ein finanzieller Zuwachs garantiert. Stattdessen setzte Winters auf weit verbreitete Ängste: Hört auf mich, damit ihr nicht in einem jener Pflegeheime landet, in denen es nach Urin und

Verwesung stinkt. Ich zeige euch, wie ihr euch davor schützen könnt.

Alle alten Menschen fürchteten sich vor diesem Schicksal. Und deshalb lag ihnen viel daran zu verhindern, dass ihnen vor dem Lebensende das Geld ausging. Schon manch ein Scharlatan hatte ein Vermögen damit gemacht, diese Ängste auszubeuten.

Doch wenn er Claudia das erklärt hätte, hätte sie ihm sicher nicht geglaubt.

Haben Sie nicht auch auf diese Weise Ihren Lebensunterhalt verdient?, hätte sie erwidert. Was ist denn in diesem Fall so anders?

Und Sam hätte ihr diese Frage nicht beantworten können, war er doch auch nicht besser als Adam Winters und all die anderen zwielichtigen Gestalten, die sich in der Finanzwelt tummelten.

Kein Grund, um stolz zu sein.

Da erschien plötzlich eine hoch gewachsene schlanke Frau mit einem roten Lockenschopf neben ihm.

»Dr. Markowitz«, begrüßte Claudia sie mit einem freundlichen Lächeln. »Wie gefällt Ihnen Ihr erstes Labor-Day-Picknick in Shelter Rock Cove?«

»Bitte nennen Sie mich Ellen«, entgegnete sie und lächelte Sam und Claudia an. »Dr. Markowitz ist die Dame mit dem Stethoskop.«

»Sam Butler.«

Er hielt ihr die Hand hin.

Wahrscheinlich war es sinnlos zu warten, bis Claudia sie miteinander bekannt machte.

»Queens«, meinte sie und musterte ihn. »Irgendwo in der Nähe von Bayside.«

Er nickte. »Nicht schlecht. Bayside stimmt.«

Ihr Lächeln war rein freundschaftlich gemeint. »Ich hätte entweder auf Queens oder aufs westliche Suffolk County getippt.«

»Manhattan«, gab er zurück. »Upper West Side, Nähe Columbus Circle.«

»Ich bekenne mich schuldig. Was hat mich verraten?«

»Nichts«, erwiderte er. »Es war nur das Erste, was mir eingefallen ist.

Sie lachten, und auch Claudia stimmte ein.

»Ich meinte gerade zu Hall, dass Sie mir so bekannt vorkommen«, fuhr Ellen fort. »Sind wir uns vielleicht schon einmal irgendwo begegnet?«

Sam schüttelte den Kopf.

»Am Columbus Circle war ich eigentlich nur selten.«

»Dann haben Sie wahrscheinlich einen Doppelgänger«, erwiderte sie. »Wahrscheinlich hörten Sie so etwas oft.«

Das war zwar nicht der Fall, aber er widersprach nicht. Ellen Markowitz machte einen sympathischen Eindruck, obwohl sie offenbar etwas im Schilde führte. Sam hatte sie nämlich im angeregten Gespräch mit dem guten Dr. Talbot beobachtet. Außerdem wusste er von Annie, dass die beiden eine frauenärztliche Gemeinschaftspraxis betrieben. Wahrscheinlich hatte Talbot sie geschickt, damit sie unauffällig Erkundigungen über ihn einzog.

»Ihr erstes Labor-Day-Picknick in Shelter Rock Cove, richtig, meine Liebe?«, fragte Claudia.

»Stimmt«, antwortete Ellen. »Und ich bin positiv überrascht. An unserem Stand ging es so hoch her, dass ich gar keine Zeit hatte, das köstliche Essen zu probieren, das ich hier überall sehe.«

»Nehmen Sie ein Ei«, bot Claudia ihr an und holte die Platte aus der Kühlbox. »Sie auch«, wandte sie sich an Sam.

Als Ellen der Aufforderung folgte, bemerkte sie die Broschüre in Sams Hand.

»Oh, was ist denn das?« Sie beugte sich vor, studierte das Titelblatt und kicherte. »Jetzt sagen Sie bloß nicht, dass Sie zu seinen Anhängern gehören.«

Claudia riss Sam die Broschüre aus der Hand. »Roberta

und ich besuchen seine Seminare«, gab sie spitz zurück und richtete sich zu voller aristokratischer Größe auf. »Mr Winters kann sich wirklich gut verkaufen.«

»Meine Tante ist auf eines dieser Finanzgenies aus dem Radio reingefallen«, meinte Ellen kopfschüttelnd. »Bis auf ihr Haus hat sie alles verloren. Lassen Sie bloß die Finger von Kerlen wie ihm, Claudia. Die haben einen Riecher für Frauen mit Geld.«

»Ach, du meine Güte«, entgegnete Claudia mit einem künstlichen Lachen. »Sie nehmen das viel zu ernst. Für uns ist es nur ein Zeitvertreib, eine Woche Finanzplanung, eine Woche Tai-Chi.«

Sie wirkte dabei ganz kühl und gelassen und ganz und gar nicht wie eine Frau, die sich so mir nichts dir nichts auf einen zwielichtigen Geschäftemacher einließ.

Und damit entsprach sie haargenau der Zielgruppe!

»Sagen Sie es ihr«, forderte Ellen Sam auf.

»Warum ich?« Sam erstarrte vor Schreck.

»Sie schienen sich gerade sehr für diese Broschüre zu interessieren, als ich hier hereingeplatzt bin. Deshalb habe ich angenommen ...« Offenbar sah sie etwas in seinem Blick, denn sie verstummte schlagartig.

»Die Eier sind einfach köstlich«, verkündete sie und tupfte sich den Mund mit einer Papierserviette ab. »Schön, Sie zu treffen, Claudia. Nett, Sie kennenzulernen, Sam. Jetzt kümmere ich mich besser wieder um unseren Stand, bevor Hall einen Suchtrupp nach mir losschickt.«

»Nun«, meinte Claudia, als die Ärztin eilig davonhastete. »Das war aber nicht sehr höflich.«

Sam, der nicht die Absicht hatte, sich in die gesellschaftlichen Verwicklungen von Shelter Rock Cove einzumischen, schwieg und dankte dem Schicksal.

Er hatte ihr eiskalte Limonade, einen vollgehäuften Teller mit frittierten Venusmuscheln, gekochten Hummer, Pommes und dazu ein Stück von einem göttlichen Blaubeerkuchen mitgebracht.

»Sam, das ist viel zu viel«, rief Annie aus, als er ihr stolz seine Ausbeute präsentierte. »Du musst unbedingt mitessen.«

»Genau das habe ich gehofft.« Er nahm eine knusprige, goldgelbe Venusmuschel und steckte sie ihr in den Mund.

»Ich habe dich vermisst.« Sie fütterte ihn ebenfalls mit einer Muschel. »Hoffentlich hast du dich nicht allzu sehr gelangweilt.«

»Ich habe mich ein bisschen mit den Leuten von der Feuerwehr unterhalten«, erwiderte er. »Der Zahnarzt wollte mich anwerben, aber ich habe ihm erklärt, dass ich nur auf der Durchreise bin.«

Plötzlich schien sich der strahlende Tag zu verdunkeln.

»Und stimmt das?«

»Ich kann doch nicht ewig bei Warren wohnen.«

»Natürlich kannst du«, antwortete sie lachend. »Warren liebt dich und wäre begeistert, wenn du dich auf Dauer in Shelter Rock Cove niederlassen würdest.«

Sam sagte nichts darauf – doch wer konnte ihm das zum Vorwurf machen? Sie hatte ihn in die Ecke gedrängt wie diese grässlichen Weiber in den Nachmittagstalkshows, die einen armen Burschen auf Schritt und Tritt verfolgten und ihm die Autofenster mit Seife einrieben, wenn er es wagte, eine andere Frau zum Essen einzuladen.

Jetzt hast du es wieder einmal geschafft, Galloway! Warum machst du ihm nicht gleich einen Heiratsantrag?

»Vergiss es«, fügte sie rasch hinzu und machte sich mit einer Plastikgabel über den Hummer her. »Wahrscheinlich ist mir die Limonade zu Kopf gestiegen.«

»Ich habe nicht gewusst, dass ich dir begegnen würde«, antwortete er leise. »Damit hätte ich nie gerechnet.«

»Schon gut«, sagte sie. Am liebsten hätte sie sich unter dem Tisch verkrochen und wäre bis Silvester dort geblieben. »Du

265

brauchst dich nicht zu rechtfertigen. Wenn man seit der Amtszeit von Ronald Reagan nicht mehr mit einem Mann ausgegangen ist, kann es schon passieren, dass man sich verplappert.«

Annie war die Situation offenbar schrecklich peinlich, und Sam erkannte an ihrem Blick und ihrem Tonfall, dass er nichts dagegen tun konnte. Es versetzte ihm einen Stich ins Herz. Wie gern hätte er ihr ewige Treue geschworen und beteuert, dass nichts auf der Welt sie voneinander trennen konnte. Aber das wäre ihr gegenüber nicht fair gewesen.

Er hatte nicht das Recht, von ihr zu verlangen, dass sie sich mit ganzem Herzen auf eine Beziehung mit ihm einließ, solange irgendwo da draußen noch eine sehr reale Bedrohung auf ihn wartete. Eines Tages würde die Wirklichkeit an seine Tür klopfen – und ihm würde nichts anderes übrig bleiben, als aufzumachen.

Je weniger Annie davon wusste, desto besser. Schließlich sollte sie nicht in diese Affäre hineingezogen werden, an der sie nicht die geringste Schuld traf – und zwar einzig und allein aus dem Grund, weil er es in seinem Egoismus nicht geschafft hatte, seine Probleme für sich zu behalten.

Wie konnte man einer Frau ewige Treue schwören, wenn man selbst keine Ahnung hatte, was der nächste Tag einem bringen würde?

Als er ihre Hand nahm und an die Lippen führte, bemerkte er den weißen Streifen, wo ihr Ehering gewesen war. Das kleine Stück helle Haut sprach Bände.

»Es wurde allmählich Zeit dafür«, sagte sie. »Mit dem Ring bin ich immer im Blumendraht hängen geblieben ...«

»Meine Gefühle für dich sind echt«, erwiderte er, während er die Stelle küsste. »Ich möchte, dass du das nie vergisst, was immer auch geschieht.«

»Ich weiß«, antwortete sie. »Ich wusste es vom ersten Augenblick an.«

Allerdings verstand sie nicht wirklich, was er meinte, worüber er in gewisser Weise froh war. Sicher dachte sie, dass er über die Unwägbarkeiten des Lebens im Allgemeinen sprach, und er wünschte, es wäre tatsächlich so gewesen. Das Schicksal ließ sich leichter erklären als die Aneinanderreihung von Entscheidungen, die ihn hierher geführt hatte.

Ihnen blieb – so wie allen Menschen – nur der Moment. Und obwohl das alles andere als genug war, musste es eben reichen.

Seit Teddy Webb denken konnte, schrieb er nun schon für das örtliche Anzeigenblättchen. Da er bereits über die letzten zwanzig Labor-Day-Picknicks berichtet hatte, gingen ihm allmählich die Adjektive aus, um Hamburger, Hotdogs und Ceils preisgekrönten Apfelstrudel zu schildern. Was gab es sonst noch, wenn *köstlich, lecker* und *appetitlich* schon abgenutzt waren? *Wohlschmeckend* vielleicht? Doch an dem Tag, an dem seine krummen alten Finger ein Wort wie wohlschmeckend in die Tastatur tippten, würde er seinen Presseausweis zurückgeben und seinen Beruf endgültig an den Nagel hängen.

Nachdem Teddy einzelne Stichpunkte in seinem kleinen Notizbuch festgehalten hatte, plante er eigentlich, nach Hause zu gehen, sich mit einem Schluck Pepto Bismol zu stärken, den Bericht zu schreiben und ihn noch rechtzeitig zum Redaktionsschluss ins Büro zu mailen.

Allerdings fehlte ihm noch ein packendes Foto. Oh, ja, er hatte einige Bilder von aufwendig dekorierten Apfelkuchen und von Eileen Galloways Söhnen geschossen, das Gesicht über und über mit Wassermelone beschmiert, aber nichts wirklich Spektakuläres. Ob er einfach das Bild vom letztjährigen Sackhüpfen wiederverwerten sollte? Sicher würde das keinen Menschen stören.

Während er überlegte, fiel sein Blick auf eine Szene, die sein altes Reporterherz höher schlagen ließ: Annie Lacy Galloway himmelte einen Burschen an, dem Teddy noch nie zu-

267

vor begegnet war. Man konnte förmlich sehen, wie Amor seine Pfeile auf die beiden abschoss. Die ganze Stadt hatte Annie gern, und so würden sich die Leute sicher freuen, dass sie wieder glücklich war.

Schmunzelnd zückte Teddy die Kamera und betätigte den Auslöser. Jetzt hatte er sein Titelfoto.

Susan war gerade dabei, George und Lily Williams die Vorzüge einer zentralen Staubsauganlage zu erläutern – wer hatte schon Lust einen fünf Kilo schweren Staubsauger treppauf, treppab durchs ganze Haus zu zerren? –, als sie den Kuss sah. Sam Butler hob Annies Hand an die Lippen und küsste sie.

»Susan?«, fragte Lily, die Leiterin des Kindergartens gegenüber vom Rathaus. »Fühlen Sie sich nicht wohl?«

»Entschuldigung«, sagte Susan und versuchte sich zu konzentrieren. »Wo war ich gerade stehengeblieben?«

»Bei der Staubsauganlage«, gab George ihr das Stichwort. »Wir hatten Fragen zum Filtersystem.«

Sprachen die beiden Englisch oder irgendeine Susan völlig unbekannte Fremdsprache? Sie verstand jedenfalls kein Wort. Nicht, solange Annie Sam in die Augen blickte, als hätte sie ein Leben lang auf diesen Moment gewartet.

Eine tiefe Sehnsucht stieg in ihrer Brust auf, und zwar mit einer Macht, dass ihr beinahe die Knie weich wurden. Das letzte Mal hatte sie bei der Geburt ihrer Kinder so empfunden. Als sie den ersten Schrei der Babys hörte, war sie von einem heftigen und beinahe unerträglichen Gefühl der Liebe überkommen worden. Und so ging es ihr nun wieder, als sie Annie und Sam beobachtete, die vor gegenseitiger Zuneigung strahlten wie tausend Sterne.

Hall klopfte Willa gerade das Gras von der weißen Shorts, als Mariah quer über die Wiese deutete.

»Igitt«, rief sie und verzog angewidert das Gesicht. »Der Mann küsst Annie!«

»Pfui«, stimmte Willa ein, ohne auch nur hinzuschauen. »Wie eklig!«

Hall wusste, dass er besser nicht hinstarren sollte. Warum sollte er sich mit einem Anblick quälen, vor dem er sich insgeheim schon seit einigen Tagen fürchtete. Er konnte nichts daran ändern. Er war absolut machtlos. Außerdem sah er keinen Weg, diesen Sam Butler loszuwerden, der einfach so mir nichts dir nichts in die Stadt spazierte. Der Kerl interessierte sich einen Dreck dafür, dass Annie Kevins Witwe war. Er wusste nichts über Kevins Spielsucht, die nie geborenen Kinder und all die anderen Dinge, die Hall an der Erfüllung seiner Träume gehindert hatten.

Nein, er tauchte einfach auf und schnappte sich Annie, während Hall, ein Glas Scotch in der Hand, auf seiner Veranda gesessen und überlegt hatte, wie er den ersten Schritt machen sollte.

»Vielleicht ist es nur ein Strohfeuer«, meinte Ellen und setzte sich zu ihm, während die Kinder losliefen, um mit ihren Altersgenossen zu spielen. »Sicher wird er es nicht lange in Shelter Rock Cove aushalten.«

Hall schüttelte den Kopf. »Das macht nichts«, erwiderte er. »Siehst du nicht, wie sie ihn anhimmelt?«

Ellens Antwort bestand nur in einem Seufzen.

»Jetzt schau dir das an!« Roberta versetzte Claudia einen Rippenstoß. »So etwas Romantisches habe ich schon lange nicht mehr erlebt.«

Roberta war ein wenig spät dran, denn Claudia hatte die ganze Szene, getarnt hinter ihrer Sonnenbrille, von Anfang an beobachtet. Sie hatte bemerkt, wie Annies Lächeln verflog und wie Sam nach den richtigen Worten rang. Als er nach Annies Hand griff, als wolle er ihr aus der Handfläche lesen, war ihr fast die Luft weggeblieben. Und als er sie schließlich an die Lippen hob, hatte Claudia das Gefühl, ihr Herz wäre gerade zersprungen.

Eigentlich hatte sie nicht nah am Wasser gebaut, denn Tränen änderten in dieser Welt nichts. Sie bezahlten weder die Fixkosten noch die Dachdeckerrechnung und sie konnten geliebte Menschen nicht wieder lebendig machen. Doch nun kullerten ihr zu ihrem Ärger Tränen die Wangen hinunter, ohne dass sie etwas dagegen hätte tun können.

»Ich bin gleich zurück«, meinte sie zu Roberta und steuerte quer über die Wiese auf den Blumenladen zu, um sich zurückzuziehen, bis sie sich wieder gefasst hatte. Leider jedoch heftete sich Warren an ihre Fersen.

Weder Warren noch sie sprachen ein Wort. Sie blickten einander nur an, und die jahrzehntealten Erinnerungen standen ihnen ins Gesicht geschrieben. Als er schließlich nach ihrer Hand griff, zog sie sie ausnahmsweise nicht weg.

15

In jener Nacht liebten sie sich wild und leidenschaftlich, so als wollten sie ein Band schmieden, das weder die Zeit noch äußere Umstände zerreißen konnten. Dass sie beide so etwas überhaupt für möglich hielten, schweißte sie noch enger zusammen, als sie es je für möglich gehalten hätten.

Nach einer Weile schlief Sam ein, doch Annie war zu aufgewühlt, um auch nur ein Auge zuzutun. Seit Jahren hatte sie nicht mehr das Gefühl gehabt, dass ihr Körper und ihre Seele zusammengehörten und eine Einheit bildeten. Sie bestand weder ausschließlich aus Geist noch nur aus Körper, ein Gefühl, das sie dem Beisammensein mit Sam verdankte. Es war wieder so wie damals, bevor Enttäuschungen und Leid ihre ständigen Begleiter wurden.

Annie spürte, wie Energie zwischen Herz und Gehirn hin und her floss und ihr regenbogenbunt bis in Finger und Zehen strömte.

Nichts währt ewig, aber meine Gefühle sind echt ... alles ist echt.

Wirklich? Obwohl man die schicksalhafte Verbindung zwischen ihnen nicht wirklich fassen konnte, wusste sie einfach, dass sie vorhanden war. Sam hatte wie sie die Erfahrung gemacht, in jungen Jahren beide Eltern zu verlieren. Eine Erfahrung, auf die einen nichts vorbereitete und für das es keine Selbsthilfegruppe gab. Sie beide hatten erlebt, wie grausam, launenhaft und unberechenbar das Schicksal sein konnte. So lange hatte sie, Annie, sich von der Erkenntnis ihrer Machtlosigkeit lähmen lassen. Und nun hatte sie plötzlich nicht mehr das Gefühl, auf der Stelle zu treten.

Sie sehnte sich danach, all das einzufangen, nach den Sternen und dem Mond zu greifen, sie auf eine Leinwand zu bannen oder mit den Händen über einen seidenglatten Holzblock zu streichen, bis sie die darin verborgene Form ertasten konnte.

Leise stand sie auf und schlüpfte in eines von Sams T-Shirts. Nachdem sie vorsichtig über den schlafenden Max hinweggestiegen war, schlich sie über den Flur in das Zimmer, wo die noch nicht ausgepackten Kartons standen. Ganz hinten, einklemmt zwischen die Kisten mit der Aufschrift »Musik, Bücher, Vermischtes« befand sich ein alter Picknickkorb, der ihrer Mutter gehört hatte. Es war eine gewaltige, aus Weiden geflochtene Konstruktion mit herausklappbaren Fächern und ordentlichen kleinen Abteilungen für Besteck, Teller und Lebensmittel, die sich ausgezeichnet zur Aufbewahrung von Stiften, Tuschefässern und weiteren Künstlerutensilien eignete.

Annie nahm ein Stück Zeichenkohle heraus, spitzte sie mit einem Stück Sandpapier an und kramte dann einen dicken Skizzenblock hervor, in dem noch einige Seiten frei waren.

Vor ihrem geistigen Auge sah sie die sechs Figuren, die sie nun zu Papier brachte, um sie besser kennenzulernen. Ihre Hand bewegte sich wie von selbst. Der Mann war noch jung, höchstens zwanzig, sehnig, muskulös und furchtlos. Die fünf Kinder waren hinter ihm verteilt, sodass die Anordnung an die Speichen eines Rades erinnerte. Jedes von ihnen stand allein, war jedoch wie durch unsichtbare Fäden mit dem Mann in der Mitte verbunden. Trauer stand in ihren Augen, aber es gab auch Hoffnung, denn das war sein Geschenk an sie.

Hoffnung und Liebe und ein eigenes Zuhause, in dem sie vor allen Unbilden des Lebens Schutz fanden. All diese Bilder waren bereits vorhanden, hatten nur auf Annie gewartet und flossen wie von Zauberhand aus ihrem Herzen auf das Papier. Seite um Seite füllte sie so mit Skizzen dieser Menschen. Aus der Entfernung, als Porträt, einzeln und als Gruppe.

Sie spielte mit Proportionen und Winkeln und experimentierte mit verschiedenen Anordnungen. Auf jeder Zeichnung hatte der Mann Sams Gesicht.

Schließlich sah Annie die Skulptur vor sich, wie sie, befreit von ihrer Hülle aus Ahornholz, wirken würde. Sechs Figuren als vollkommene Einheit blickten nach Shelter Rock Cove hinaus und hielten Ausschau nach den Seeleuten, die das Meer für immer verschlungen hatte.

Sam stand auf der Türschwelle und beobachtete sie. Annie war völlig in ihr Werk versunken und füllte Seite um Seite mit anmutigen Schwüngen und Linien. Obwohl er nicht feststellen konnte, was sie da zeichnete, genügte es ihm, ihr einfach nur bei der Arbeit zuzuschauen. Inmitten von Kistenstapeln saß sie in dem kleinen Zimmer und schuf durch ihre bloße Anwesenheit etwas Schönes. Da sie bis auf sein T-Shirt nackt war, konnte er ihre wohlgerundeten Formen deutlich erkennen. Auch Max beäugte sie mit unverhohlener Bewunderung.

Ich bete sie auch an, Max, dachte Sam, während er ein Gähnen unterdrückte.

Sie sah so rosig und zufrieden aus, wie sie da, vertieft in ihre eigene Welt, auf einem Bücherkarton kauerte. Er hätte ewig so dastehen und ihr Lächeln betrachten können.

War das Liebe? Er wusste es nicht. Noch nie hatte er so für einen anderen Menschen empfunden. Allein die Tatsache, dass sie existierte, machte ihn glücklich. Seine Geschwister hatten stets beteuert, er würde es schon merken, wenn er der Richtigen über den Weg liefe. Dann würden sich Geheimtüren in seinem Herzen öffnen, damit sie eintreten und die Leere füllen konnte.

Sam hatte das jedoch als romantischen Schund abgetan und diese Einstellung mehr als einmal lautstark geäußert. Inzwischen aber hatte er den Verdacht, dass sie doch recht gehabt haben könnten.

»Du wist schon sehen«, hatte Marie vor ein paar Jahren verkündet, als sie bei einer Pizza und einer Flasche Rotwein zusammensaßen. »Die Richtige wird auf der Bildfläche erscheinen, wenn du am allerwenigsten damit rechnest, und dann ist es aus und vorbei mit dir.«

Marie war zwar eine scharfsinnige Reporterin, aber im Grunde ihres Herzens die geborene Romanschriftstellerin. Sie glaubte an Liebe auf den ersten Blick und an ein glückliches Ende, und obwohl ihr eigene Ehe von Alltäglichkeiten wie Windeln, Abgabeterminen und unbezahlten Rechnungen geprägt war, konnte niemand leugnen, dass sie es gut getroffen hatte.

In Annies Gegenwart fühlte Sam sich so wohl wie sonst nie. Allein ihr Blick löste in ihm das Gefühl aus, dass er sich noch mehr Mühe geben musste, um der Mann zu sein, für den sie ihn hielt. Allerdings war die Voraussetzung dafür, dass er einen gewissen Abstand zu ihr wahrte.

»Willst du die ganze Nacht so stehen bleiben?«, fragte Annie. »Oder interessiert es dich, was ich mache?«

»Woher wusstest du, dass ich da bin?«

Sie drehte sich zu ihm um. »Max hat mit dem Schwanz gewedelt. Also bin ich davon ausgegangen, dass du irgendwo in der Nähe sein musst.«

Er bahnte sich einen Weg durch die Kistenstapel zum Fenster. »Was zeichnest du da?«

»Ich bin noch nicht ganz sicher«, erwiderte sie. »Vielleicht etwas für das Museum.« Sie lachte verlegen auf. »Oder für den Papierkorb.«

Er streckte die Hand aus. »Zeig es mir.«

»Ich weiß nicht so recht«, meinte sie, reichte ihm aber den Skizzenblock.

Der Anblick verschlug ihm den Atem, denn von den Seiten blickte ihm sein eigenes Gesicht in jüngeren Jahren entgegen. Er erkannte die Einsamkeit und Angst in seinen Augen, ebenso wie eine Charakterstärke, derer er sich nicht mehr ganz sicher war. Seine Geschwister umringten ihn. War es Zauberei, oder warum hatte Annie sie alle genau getroffen? »Das sind nur vorläufige Skizzen«, erklärte sie. »Ich versuche, die Positionen festzulegen.«

Sie sah die Figuren aus Ahornholz vor sich, die mit der Zeit rau und verwittert aussehen würden.

»Warren hat recht«, sagte Sam, als er endlich die Sprache wiederfand. »Du bist wirklich talentiert.«

»Und du bist voreingenommen.«

»Diesmal nicht. Du hast meine Geschwister porträtiert, obwohl du ihnen nie begegnet bist.«

Vor Freude errötete sie heftig. »Du hast mir von ihnen erzählt. Den Rest habe ich improvisiert.«

»Du solltest zeichnen und keine Blumensträuße binden.«

»Meine Ausbildung kommt mir im Blumenladen sehr gelegen, das kannst du mir glauben.«

»Du weißt genau, was ich meine.«

»Mit hübschen Bildchen kann man seinen Lebensunterhalt nicht verdienen«, erwiderte sie ruhig. »Und irgendwo musste das Geld ja herkommen.«

»Warren hat mir gesagt, dein Mann wäre Lehrer gewesen. Hat er denn nicht …«

Annie schüttelte den Kopf. »Ein großes Haus. Hohe Schulden. Wir gehörten zu den typischen Familien, die mit zwei Gehältern gerade so über die Runden kommen.«

Plötzlich fiel es Sam wie Schuppen von den Augen: der Umzug in das kleine Haus am Strand. Die leeren Zimmer. Das verbeulte Auto. Offenbar war auch sie ein Opfer der Illusion vom amerikanischen Traum, den er bei Mason, Marx und Daniel angepriesen hatte.

Falls es jemand entgangen sein sollte, dass Sam beim Labor-Day-Picknick Annies Hand geküsst hatte, brachte die neueste Ausgabe der Wochenzeitung den Betreffenden sofort auf den aktuellen Stand der Dinge.

Als Sweeney am Freitagmorgen die Zeitung auf die Ladentheke warf, lief Annie feuerrot an.

»Gut gemacht, Mädchen!«, verkündete Sweeney.

Claudia spähte über Annies Schulter, um festzustellen, wovon die Rede war. Beim Anblick des romantischen Fotos gefror ihr das Lächeln auf den Lippen, und sie wandte sich rasch ab.

Im Laufe der nächsten Wochen betrachtete Annie das Labor-Day-Picknick immer mehr als Wendepunkt zwischen ihrem alten Leben und ihrem neuen mit Sam. Plötzlich waren ihre Tage von Freude und Leidenschaft erfüllt, und ihre Kreativität, die viel zu lange geschlummert hatte, erwachte wieder zum Leben.

Annie fühlte sie ganz und gar eins mit sich. Jede Nacht entdeckte sie in Sams Armen die Frau wieder, die sie vor langer, langer Zeit einmal gewesen war: sinnlich, neugierig und glücklich. Beinahe hätte sie diesen Teil von sich für immer verloren.

Inzwischen wusste die ganze Stadt, dass Annie und Sam ein Paar waren. Claudia verhielt sich höflich-distanziert, als täten Annies Gefühle für Sam die Liebe zu dem jungen Mädchen Abbruch, das sie vor so vielen Jahren bei sich aufgenommen hatte. Obwohl nichts weiter entfernt von der Wahrheit war, flüchtete Claudia sich stets in eine Erledigung oder einen Termin, sobald Annie das Thema aufs Tapet bringen wollte. Annie war zwar mehr als eine Schwiegertochter für sie, aber eben doch kein leibliches Kind.

Der Gedanke, ihre Liebe zu Sam könnte sie die Beziehung zu der Frau gekostet haben, die zweiundzwanzig Jahre ihre Ersatzmutter gewesen war, machte Annie sehr traurig.

»Lass dir von ihr kein schlechtes Gewissen einreden«, meinte Warren, als Annie die nächsten getippten Manuskriptseiten bei ihm ablieferte. »Sie hat sich selbst in diese Ecke manövriert. Sie wird schon einen Weg finden, wie sie da wieder herauskommt.«

Annie war sich da nicht so sicher. Die meiste Zeit schien Claudia nämlich damit zu verbringen, über Seminarunterlagen von Adam Winters zu brüten oder Zahlen in ihren Computer einzutippen. Die Disketten, auf die sie die Ergebnisse ihrer Berechnungen speicherte, nahm sie überall mit hin.

Unter gewöhnlichen Umständen hätte Annie nicht gezögert, ihre Schwiegermutter zu fragen, was sie da tat. Aber inzwischen erinnerte ihr alltäglicher Umgang miteinander eher an einen Eiertanz, und Annie hatte nicht vor, einen weiteren Konflikt anzuzetteln.

Selbst Susan verhielt sich Annie gegenüber anders als früher. Sie plauderte zwar noch freundlich mit ihr, doch ihr Verhältnis war deutlich steifer geworden.

»Du bist immer so beschäftigt«, meinte sie eines Nachmittags Anfang Oktober zu Annie. Sie war in den Laden gekommen, um einen Strauß für die Einweihungsfeier eines Kunden abzuholen. »Die Kinder fragen nach ihrer Tante Annie.«

»Tante Annie ist immer hier«, erwiderte sie, während sie das Drahtgerüst für ein Erntedankgesteck mit Moos tarnte. »Richte ihnen aus, sie können jederzeit vorbeischauen.«

»Du weißt genau, was ich meine.«

»Nein«, antwortete Annie und griff nach einigen großen, glänzenden Efeublättern. »Weiß ich nicht. Ich stehe jeden Tag von früh bis spät im Laden. Und wenn ich einmal nicht da bin, arbeite ich bei Warren an meinem Projekt.«

»Oder du bist mit Sam zusammen.«

»Aha, da liegt also der Hund begraben!«

»Ja, äh, nein, ach, verdammt, ich weiß nicht, was ich eigentlich sagen wollte.«

Annie wischte sich die Hände an der Jeans ab.

»Ich koche uns einen Tee«, schlug sie nach einem Blick auf die Uhr vor. »Claudia ist heute bei ihrem Seminar, und die Leute von der Kunsthandwerkerkooperative bereiten eine Ausstellung in Bar Harbor vor.«

»Ich habe wirklich keine Zeit«, protestierte Susan. »Heute Vormittag habe ich Dienst am Empfang.«

»Nur zehn Minuten«, drängte Annie. »Wir haben schon zu lange nicht mehr miteinander geredet, Susie.« Sie drehte das Schild an der Tür um, sodass nun »geschlossen« darauf stand. »Das kannst du mir doch nicht abschlagen.«

Es war fast wie in alten Zeiten. Annie nahm die rote Teekanne, die sie vor Jahren auf einem Flohmarkt gekauft hatte, und griff nach der Teedose.

»Teebeutel sind wohl nicht gut genug für dich«, frotzelte Susan, während sie sich in dem kleinen Hängeschrank auf die Suche nach den Schokoladenkeksen machte. »Sagst du mir nachher aus den Teeblättern die Zukunft voraus?«

»Das brauche ich nicht«, antwortete Annie und goss kochendes Wasser in die Teekanne. »Für uns ist doch alles in Butter.«

»Sprich nur von dir«, erwiderte Susan und brach die beiden Schichten des Kekses auseinander, sodass die weiße Füllung in Sicht kam. »Ich glaube, ich sehe Wolken und Unwetter am Horizont.«

»Hast du mir etwas zu sagen?«

»Ich weiß nicht. Ich meine nur … ach, verdammt, Annie, ich bin einfach nur neidisch.«

Annie lachte auf. »Willst du mich auf den Arm nehmen? Du hast doch alles, was du dir immer gewünscht hast.« Einen Ehemann, Kinder, ein schönes Haus, einen Beruf, eine große Familie, die sie bedingungslos liebte.

Zu ihrem Erstaunen traten Susan Tränen in die dunkelbraunen Augen.

»Ihr beide seid so glücklich, dass es der ganzen Stadt auffällt. Ihr erleuchtet einen Raum, sobald ihr ihn betretet. Wenn ich nur zehn Sekunden lang so empfinden könnte …« Sie hielt inne. »Hör nicht auf mich. Sicher sind das die Wechseljahre.«

»Du beneidest Sam und mich?« Annie traute ihren Ohren nicht.

278

»Ja.« Susan wischte sich die Tränen von den Wangen. »Und wenn du noch etwas Abartiges hören willst: Kevin und dich habe ich auch beneidet.«

»Mir fehlen die Worte.«

Susan lachte rau und tupfte sich mit einem Stück Küchenrolle die Augen ab.

»Du und Kevin, ihr wart das romantischste Paar, dem ich je begegnet bin. Schon in der Highschool waren wir alle schrecklich eifersüchtig auf euch beide. Und als ihr dann geheiratet habt, schien das noch umwerfender zu sein als in den Liebesromanen, die wir heimlich unter der Bettdecke gelesen haben. Weißt du, wie wir euch beide nannten?«

Annie schüttelte den Kopf. Allmählich hatte sie den Eindruck, dass sie ziemlich ahnungslos durchs Leben gegangen war.

»Die Waise und der arme Poet.«

Annie lachte.

»Schon gut, heute klingt das komisch. Aber damals fanden wir es so unglaublich romantisch!«

»Auch als Kevin und ich Doppelschichten bei McDonald's gearbeitet haben, um über die Runden zu kommen?«

»Was ist romantischer als Armut, wenn man jung ist?«

Oh, Susan, wenn du nur wüsstest …

Annie schenkte Tee ein und setzte sich dann ihrer Freundin gegenüber.

»Ich weiß, dass du mit Jack glücklich bist«, meinte sie. »Denn da ich dich kenne, bin ich sicher, dass du sonst nicht mehr mit ihm zusammen wärst.«

»Wir sind wirklich glücklich«, räumte Susan ein. »Allerdings ertappe ich mich manchmal bei dem Gedanken, ob ich nicht doch etwas verpasst haben könnte.« Sie spielte mit ihrem Teelöffel. »Ich bin zweiundvierzig, Annie, und kann einfach nicht glauben, dass das schon alles gewesen sein soll.«

»Das hat Sweeney auch gesagt, als sie ihren sechsten Mann verlassen hat.«

»Das soll nicht heißen, dass ich sechs Ehemänner brauche«, stöhnte Susan auf. »Allerdings stelle ich mir bei manchen Männern vor, wie es wäre, ihnen die Kleider vom Leib zu reißen und sie in mein Zelt zu schleppen.« Als sie Annies Gesichtsausdruck sah, lachte sie auf. »Natürlich nur bildlich gesprochen.«

»Und ich dachte immer, es ginge nur mir allein so.«

»Du? Das soll wohl ein Witz sein?«, entsetzte sich Susan.

»Und zwar jeden Tag«, fügte Annie hinzu. »Du würdest nicht glauben, was ich letzten Frühling alles mit dem neuen Tankwart angestellt habe.«

Susan fing zu lachen an, und kurz darauf stimmte Annie mit ein. Es war ein lautes, fröhliches Prusten, das keinen Raum für Eifersucht oder verletzte Gefühle ließ.

»Bei meiner letzten Schwangerschaft hatte ich tatsächlich Phantasien von Hall im Kreißsaal«, gab Susan zu.

»Wusstest du, dass Roberta Morgan sich vor jedem Besuch in seiner Praxis mit Parfüm einnebelt?«

Wieder krümmten sich die beiden vor Lachen und hingen schließlich atemlos keuchend über der Tischkante.

»Woher hast du denn das?«, fragte Susan, nachdem sie wieder Luft zum Sprechen hatte.

»Ich habe es im Laden aufgeschnappt«, erwiderte Annie. »Sie und Claudia sprachen über Untersuchungen beim Frauenarzt, und da hat sie es ihr gestanden.«

»Schade, dass ich in diesem Moment Mutters Gesicht nicht sehen konnte.«

Annie schenkte Tee nach und öffnete eine neue Kekstüte.

»Weißt du, ich war enttäuscht, dass es mit dir und Hall nicht geklappt hat«, sagte Susan.

»Das habe ich mir fast gedacht.« Annie trank einen Schluck Tee. »Er ist ein sympathischer Mensch«, fügte sie hinzu. »Aber es hat zwischen uns einfach nicht gefunkt.«

»Vielleicht klappt es, wenn du ihm eine Chance gibst.«

Annie schüttelte den Kopf.

»So etwas lässt sich nicht erzwingen, Susie. Entweder ist da das gewisse Etwas oder eben nicht.«

»Jetzt redest du wie Jack.«

»Dein Mann ist nicht auf den Kopf gefallen.«

»Ich weiß«, antwortete Susan.

»Und er liebt dich.«

»Das weiß ich auch.«

»Das ist mehr, als die meisten Menschen vom Leben erhoffen dürfen.«

Susan brach noch einen Keks auseinander.

»Hast du Kevin geliebt?«, fragte sie unvermittelt.

»Was soll denn das heißen?«, empörte sich Annie. »Natürlich habe ich ihn geliebt.«

»Warst du glücklich?«

Warum erkundigte sie sich nicht lieber, wie viele Engel auf eine Nadelspitze passten?

»Ich glaube, der Tee ist dir zu Kopf gestiegen.«

»Nein, nein«, protestierte Susan. »Wimmle mich bitte nicht mit einem Witz ab, Annie. Es interessiert mich wirklich, ob du und mein Bruder glücklich miteinander wart.«

»Ist das eine Prüfung?«, gab Annie in scherzhaftem Ton zurück. »Wenn ich eine Frage falsch beantworte, schmeißt der Galloway-Clan mich raus?«

Nun war es an Susan, gekränkt das Gesicht zu verziehen.

»Ihr habt auf uns alle einen glücklichen Eindruck gemacht. Doch in letzter Zeit überlege ich mir oft, was Glück eigentlich bedeutet.«

»Du bist verheiratet.« Annie legte sich ihre Worte sorgfältig zurecht. »Und da geht es nicht immer darum, ob man glücklich oder unglücklich ist.«

»Er hat dich angebetet.«

Das konnte Annie nicht abstreiten. »Allerdings war er nicht sehr praktisch veranlagt.«

»Er war eben ein Dichter«, erwiderte Susan. »Ein Poet, der mitten in einer Horde von Kleinkrämern gelandet ist.«

»Das Zusammenleben mit einem Dichter ist allerdings nicht immer einfach.«

Beinahe hätten wir das Haus verloren, Susie. Mitten in der Nacht standen fremde Männer vor unserer Tür. Unser Dichter hatte da nämlich ein kleines Problem.

»Ist Sam ein Dichter?«

Annie schüttelte den Kopf. »Nur wenn er an einem von Warrens Booten arbeitet. Es ist, als könne er sich ganz und gar in sie hineinfühlen.«

»Verdient er damit seinen Lebensunterhalt?«

Annie konnte sich ein Grinsen nicht verkneifen. »Du wirst es nicht fassen, aber er ist auch einer von den Kleinkrämern.«

»Du bist glücklich, richtig?«

»Sehr.«

»Und bist du auch vorsichtig? Seit du ein Schulmädchen warst und mit Jungs gegangen bist, hat sich die Welt sehr verändert.«

»Er ist vertrauenswürdig.«

Weißt du noch, wie ich zusammengebrochen bin, als meine Eltern starben, Susie? Sam hat auch seine Eltern verloren, aber er hat sich davon nicht unterkriegen lassen, sondern getan, was nötig war, um die Familie zusammenzuhalten. Ich hätte das nie geschafft.

»Ich habe noch nie einen Mann wie ihn kennengelernt.«

»Wehe, wenn er nicht gut zu dir ist«, drohte Susan. »Dann kriegt er es nämlich mit mir zu tun.«

»Er hat mir das Leben gerettet.«

»Sehr witzig.«

»Das ist kein Scherz, Susie. Das war in der Nacht nach dem Umzug.«

Sie erzählte ihrer Freundin die ganze Geschichte, angefangen von der Flasche billigen Schampus auf nüchternen Magen bis hin zu ihrem verbrannten grünen Morgenmantel und der Tatsache, dass sie am nächsten Morgen neben ihm im Bett aufgewacht war.

»Ach, du grüne Neune!« Susans Augen weiteten sich vor Entsetzen. »Das darf doch nicht wahr sein!«

»Und zu allem Überfluss hat er mir am nächsten Tag eine Tüte mit Donuts von DeeDee's mitgebracht.«

Susan tat, als sänke sie ohnmächtig über die Tischplatte. »Du willst mich nur quälen! Erst sagst du mir, der Typ sei ein echter Held, und dann soll er dir auch noch mit Deedee's Donuts den Hof gemacht haben.«

»Ich fürchte, ich hatte keine Chance«, meinte Annie. »Für einen Mann ist er beinahe vollkommen.«

»Mit den Donuts allein hätte er mich schon herumge-kriegt«, gab Susan zu. Sie plauderten weiter, sprachen end-lich wieder über Dinge, die wichtig für sie beide waren, und erörterten auch die Familie, Freunde und die neuesten Ge-rüchte, die gerade in der Stadt die Runde machten.

»Momentan bist du Thema Nummer eins«, verkündete Susan, während Annie das Teegeschirr spülte.

Annie reichte ihr eine nasse Tasse und ein Geschirrtuch. »Was wird denn so geredet?«

»Hauptsächlich heißt es, du hättest noch nie so gut ausge-sehen. Ceil vom Yankee Shopper tippt auf eine neue asiati-sche Entspannungstechnik.«

Annie fing zu lachen an. Wie gern hätte sie ihrer Freundin gestanden, wie wundervoll es war, sich keine Gedanken mehr über die Raten für das Haus machen zu müssen. Auch wenn sie keine Reichtümer ihr Eigen nannte, gehörte alles ihr und vermittelte ihr ein lang ersehntes Gefühl von Freiheit und Un-abhängigkeit.

Und ausgerechnet in diesem Moment war auch noch ein Mann wie Sam in ihr Leben getreten! Eigentlich reichte das, um eine Frau glauben zu machen, dass sie unter einem Glücksstern geboren war.

16

Als Hall vom Computer aufblickte, stand Ellen, einen Zeitungsausschnitt in der Hand, auf der Türschwelle seines Büros.

»Das habe ich im Fax gefunden«, verkündete sie. »Ein hübsches Foto von Annie Galloway und Sam Butler, findest du nicht?«

»Danke«, erwiderte er. »Ich habe das Ding schon gesucht.«

»Du solltest nicht immer alles im Fax liegen lassen, Hall.« Ellen legte den Zeitungsausschnitt auf seine Tastatur. »Eines Tages wirst du noch belastende Beweismittel darin vergessen.«

Er lehnte sich zurück und sah sie an. »Wenn du mir etwas zu sagen hast, dann raus mit der Sprache.«

»Ich habe mich doch gerade deutlich genug ausgedrückt.« Ellen lehnte sich an die Schreibtischkante und verschränkte die Arme. »Allerdings bin ich nicht sicher, ob du mir überhaupt zuhörst.«

»Ich habe den Artikel einem Freund gefaxt. Ist das ein Verbrechen?«

»Das Foto ist vom Labor Day. Wie lange willst du es noch aufbewahren?«

»Du führst offenbar etwas im Schilde.«

»Aber klar.«

»Ich weiß, dass Annie diesen Kerl liebt.« An manchen Tagen glaubte Hall sogar selbst an das, was er da sagte.

»Und warum hebst du dann dieses alberne Foto auf?«

»Ich habe so ein komisches Gefühl«, erwiderte er und stand auf. »Verdammt, Markowitz, keine Ahnung warum, aber ich bin froh, dass ich es getan habe.«

Sie musterte ihn schicksalsergeben und leicht gereizt. »Er kommt dir immer noch bekannt vor, richtig?«

»Mehr denn je. Was schadet es also, wenn ich Erkundigungen über ihn einziehe?«

»Du meinst, abgesehen davon, dass es dich nichts angeht?«

»Ich kenne Annie seit meiner Kindheit«, antwortete er, ohne zu wissen, warum er sich überhaupt Mühe gab, es ihr zu erklären. »Sie hat im Leben viel mitgemacht, und möchte nicht, dass ihr noch einmal wehgetan wird.«

»Seit wann bist du bei den Pfadfindern?«

»Ach, was sind wir heute wieder witzig, Markowitz. Was ist los mit dir?«

»Vergiss es«, gab sie zurück. »Wenn du es nicht von selbst kapierst, ist es zwecklos.«

Sie knallte die Tür so heftig zu, dass Halls Diplome an der Wand wackelten. Ganz gleich, was Ellen auch denken mochte, hatte er nicht versucht, sie abzuwimmeln. Es stimmte wirklich, dass ihm Sam von Anfang an bekannt vorgekommen war. Und dass er ihn einfach nicht einordnen konnte, trieb ihn in den Wahnsinn.

Außerdem war der Verdacht, dass dieser Sam Butler etwas zu verbergen hatte, zu stark, um ihn einfach beiseite zu schieben. Und das Gleiche galt für die Gewissheit, dass Annie in Gefahr schwebte. Obwohl Hall sich keine Hoffnungen zu machen brauchte, war er nicht bereit, tatenlos zuzusehen, wie ein anderer Mann ihr das Herz brach. Wenn er sie schon nicht haben konnte, sollte sie wenigstens einen Mann finden, der ihrer würdig war. Und dieser Mann war eindeutig nicht Sam Butler.

Was also schadete es, wenn er den Zeitungsausschnitt an einige Freunde und Kollegen in New York faxte und sie fragte, ob sie vielleicht etwas über diesen Kerl wussten? Susan hatte gesagt, der Bursche sei an der Wall Street tätig gewesen. Das war doch ein Anfang. Hall hatte schon einmal geschwiegen und Annie damit im Stich gelassen. Diesen Fehler wollte er nicht wiederholen.

Sam verbrachte seine Tage in Warrens Scheune und die Nächte in Annies Bett – für ihn ein steter Wechsel zwischen Himmel und Paradies. Das erste Kanu war schon fast fertig. Nun stand ihm nur noch die zeitraubende Aufgabe bevor, das Segeltuch über den Rahmen zu spannen und es in Abständen von zweieinhalb Zentimetern zu befestigen.

Die meisten Menschen hätten diese Arbeit als langweilig und monoton empfunden, ganz im Gegenteil zu Sam, dem sie große Freude bereitete. Er liebte den süßlich-scharfen Geruch frisch geschnittenen Holzes, den anmutig geschwungenen Rumpf der Kanus, die symmetrisch angeordneten Ruderbänke und das frische Weiß des zum Zerreißen gespannten Segeltuchs.

Kanus waren ein Wunder des Schiffbaus, elegant, praktisch und das ideale Beispiel dafür, dass weniger oft mehr bedeutete. Lautlos glitten sie durch das Wasser, so wie schon vor zweihundert Jahren, als es hier mehr Indianer vom Stamm der Penobscot als Weiße gegeben hatte. Kanus waren ein historisches Erbe, und Sam stellte fest, dass er sich von Tag zu Tag mehr zu den Menschen dieser Region und ihrer Geschichte hingezogen fühlte.

Annie und Warren stammten von hier. Sie waren Kinder dieser schroffen Küste mit ihren reichen Fischgründen. Beide waren sie starke und ehrliche Menschen und beseelt von der unverbrüchlichen Treue zu allem, was sie liebten. Sam teilte ihre traditionellen Wertvorstellungen, auch wenn es ihm nicht immer gelang, sie im wirklichen Leben anzuwenden.

Wie jedes Jahr war Warren mit einigen alten Freunden zum Fischen nach Kanada gefahren, während Pete und Nancy eine Woche in Rhode Island bei ihrer Tochter und dem neugeborenen Enkelkind verbrachten. Sam hatte versprochen, den Briefkasten zu leeren und hin und wieder nach dem Haus zu sehen. Doch bis auf einige Lieferungen von FedEx blieb der Kasten am Ende der Auffahrt unbenutzt.

Sam war nicht daran gewöhnt, über derart lange Zeiträume hinweg keiner Menschenseele zu begegnen, und so erstaunte es ihn, wie sehr ihm dieser Zustand gefiel. Er gab ihm Gelegenheit, sich so in seine Arbeit zu vertiefen, dass er den Rest der Welt vergaß. Annie war in dieser Hinsicht ganz ähnlich wie er. Ihm war aufgefallen, wie sie sich in ihr augenblickliches Projekt versenken und sich in eine innere Welt zurückziehen konnte, zu der sonst niemand Zutritt hatte – für Sam wieder ein Beweis dafür, dass sie zusammengehörten.

Begeistert hatte Warren ihre Mitteilung aufgenommen, sie habe ein Konzept für den Eingang des Museums entwickelt. Er faxte ihre Materialliste an einen Freund, der versprochen hatte, das Gewünschte innerhalb der nächsten beiden Wochen zu liefern. Annie war zwischen Aufregung und Todesangst hin und her gerissen. Manchmal schien sie überzeugt zu sein, ihr Vorhaben in die Tat umsetzen zu können, dann wieder fürchtete sie sich vor dem Scheitern.

Sam war von ihr fasziniert. Sie machte ihn glücklich und gab ihm das Gefühl, alles sei möglich. Außerdem verstand sie die tiefe Einsamkeit, die ihn stets begleitete, und zwar, weil sie ebenso empfand wie er. Beide Eltern zu verlieren war, als würde man ohne Kompass mitten auf rauer See ausgesetzt, ein Erlebnis, das man nie wieder loswurde, das einen bis ans Lebensende prägte und das einem das Urvertrauen raubte. Danach erschien das Leben einem nie wieder sicher und unkompliziert.

Sam war froh, dass die Galloways Annie mit offenen Armen aufgenommen hatten. Schade, dass seinen Geschwistern und ihm dieses Glück versagt geblieben war.

Gegen sechs fing er an, die Werkstatt aufzuräumen. Da begann Max, der bis jetzt friedlich in einer Ecke geschlafen hatte, plötzlich zu bellen und stürmte zur offenen Tür hinaus.

»Max«, brüllte Sam. »Komm sofort zurück!«

Warrens Haus lag tief im Wald, und weder Sam noch Max besaßen einen ausgeprägten Orientierungssinn. Wenn er den Labrador nicht gleich erwischte, würde er vermutlich die halbe Nacht nach ihm suchen müssen.

Inzwischen wurde es früh dunkel. Die Wiese neben der Scheune lag bereits im Schatten, als er Max um die Hausecke rennen sah. Sam lief schneller. Währenddessen steuerte Max auf die Auffahrt zu und war schon fast an der Hauptstraße.

Doch hinter Sams Geländewagen blieb der Hund ruckartig stehen und bellte den fremden Wagen an, der dort mit leuchtenden Scheinwerfern, aber mit abgeschaltetem Motor, stand.

»Alles in Ordnung, alter Junge«, murmelte Sam und kraulte Max am Ohr. »Ich erledige das.«

Der Hund vollführte einige rasche Trippelschritte, die kein Mensch der Welt jemals nachahmen könnte, und lief dann, immer noch kläffend, zur Vorderseite des Hauses.

Sam warf einen raschen Blick ins Wageninnere. Aus einer offenen Tasche waren Papiere vom Sitz auf den Boden gefallen. Scheckbuch, Stift, einige zusammengeheftete getippte Seiten und eine von Adam Winters' Broschüren lagen herum. Der Schlüssel steckte. Es roch kräftig nach einem Parfüm, das für Sams Geschmack ein wenig zu süßlich war. Eindeutig nicht Annies.

Im nächsten Moment hörte er Max' wildes Gebell und den Aufschrei einer Frau an der Vordertür. Zum Teufel mit dem Auto. Sam rannte los. Als er die Vortreppe hinaufhastete, stand er unvermittelt vor Annies ehemaliger Schwiegermutter, die einem Zusammenbruch nah schien.

»Wo ist er?«, wollte sie wissen. Ihr Gesicht war tränenüberströmt. »Ich muss sofort mit Warren sprechen.«

»Er ist in Boston«, antwortete Sam. »Kann ich Ihnen vielleicht helfen?«

»Der alte Narr ist nie da, wenn man ihn braucht.« Ihre Stimme klang heiser. »Was soll ich nur tun?«

»Am besten setzen Sie sich erst einmal«, erwiderte Sam. »Sie können sich ja kaum noch auf den Beinen halten.«

Als er ihr die Hand auf den Arm legte, riss sie sich los.

»Ich bin noch nicht senil«, zischte sie. »Ich kann sehr gut allein stehen.«

»Verzeihung.« Mit ausgebreiteten Händen wich er zurück. »Kommen Sie doch herein und setzen Sie sich.«

Gute Frau, du brauchst dringend ein Beruhigungsmittel.

Sam öffnete die Tür und führte Claudia durch den Flur ins Wohnzimmer. »Nehmen Sie Platz«, forderte er sie auf, obwohl er damit einen erneuten Wutausbruch riskierte. »Ich hole Ihnen ein Glas Wasser.«

Ohne ihn eines Blickes zu würdigen, steuerte Claudia auf die Küche zu. »Ich kenne mich hier aus«, zischte sie. »Ich hole mir mein Wasser selbst.«

»Wie Sie wollen«, murmelte er, während er ihr folgte, Max im Schlepptau. Offenbar war er ihr unsympathisch, ein Gefühl, das im Moment auf Gegenseitigkeit beruhte.

Sie suchte nach einem Wasserglas.

»Weingläser im untersten Regal. Was denkt sich Nancy nur dabei?« Mit zitternden Händen wollte sie nach einem dickwandigen Glas greifen, das im zweiten Regal stand.

Sam holte das Glas für sie herunter.

»Hier«, sagte er. »Das haben Sie vermutlich gesucht.«

»Danke.«

»Keine Ursache.« Wer hätte gedacht, dass eine höfliche Bemerkung so zornig klingen konnte?

Sie füllte das Glas am Wasserhahn und trank durstig, wobei sie klang wie Max an seinem Wassernapf. Sam hatte das Gefühl, dass Claudia Galloway zum ersten Mal in ihrem Leben menschliche Züge zeigte.

»Ich kenne mich gut mit Autos aus«, begann er. »Wenn Sie also eine Reifenpanne hatten …«

»Mein Schwiegersohn ist Kfz-Meister«, gab sie zurück, während ihr wieder die Tränen über die Wangen liefen.

»Sie haben das Licht angelassen«, fügte er hinzu. »Ich habe es ausgeschaltet.«

»Das war nicht nötig.«

»Doch, falls Sie vorhaben sollten, nachher den Motor anzulassen.«

Sie machte eine wegwerfende Handbewegung.

»Das interessiert mich nicht.«

Sam dachte an das Durcheinander auf dem Beifahrersitz und den verstreuten Inhalt ihrer Handtasche. Das Scheckbuch. Die Papiere, die eindeutig wie unterzeichnete Verträge aussahen. Adam Winters' Gesicht im Hochglanz-Vierfarbdruck, das ihm von der Titelseite der Broschüre entgegengestarrt hatte. Die Tatsache, dass sie so dringend Warren sprechen musste.

Ich gebe Ihnen noch eine Chance, Mrs G., dann verschwinde ich.

Ihre schlanke Gestalt über das Wasserglas gebeugt, saß sie am Küchentisch und sah aus wie damals Sams Mutter, wenn sie wieder einmal ihre Miete nicht pünktlich zahlen konnten. Sicher hatten seine Kunden ein ganz ähnliches Gesicht gemacht, als ihnen klar geworden war, dass ihr Geld immer weniger wurde.

»Sie haben den Vertrag mit Adam Winters unterzeichnet, richtig?«

Als sie den Kopf hob, stand ihr die Verzweiflung ins Gesicht geschrieben. »Woher wissen Sie das?«

»Ich habe nur geraten«, erwiderte er. »Wie schlimm ist es?«

»Sehr.« Sie schlug die Hände vors Gesicht. »Eine Katastrophe.«

Sam hätte es dabei bewenden lassen können. Schließlich gingen ihn Claudias Probleme nichts an. Warum also sollte er seinen Hals riskieren, um ihren zu retten?

Wenn er sofort einen Rückzieher machte, würde sie nie etwas ahnen.

Als er sich nach der Summe erkundigte und Claudia sie ihm nannte, verschlug es ihm den Atem. Vor einem Jahr hätte er bei einem solchen Betrag nicht einmal mit der Wimper gezuckt.

»Sie haben recht«, meinte er. »Das ist tatsächlich eine Katastrophe.«

»Wehe, wenn Sie das jemandem erzählen«, zischte sie. »Dann reiße ich Ihnen den Kopf ab. Ich weiß nicht, warum ich es Ihnen überhaupt gesagt habe.«

»Das haben Sie nicht«, antwortete er. »Ich habe nur geraten.«

»Nun, vergessen Sie das Ganze am besten«, befal sie. »Es geht Sie nämlich nichts an.«

Lass die Finger davon, Butler. So etwas hat dir gerade noch gefehlt. Du musst dich eine Weile bedeckt halten.

»Sie haben recht«, stellte er fest. »Es geht mich nichts an. Aber was würden Sie davon halten, wenn ich Ihnen trotzdem helfe?«

»Sie?« Sie starrte ihn so verdattert an, als sei sie erstaunt, dass er überhaupt zählen konnte, ohne Finger und Zehen zu Hilfe zu nehmen.

Er wiederholte die Summe und wartete ab, bis der gewaltige Umfang des Betrags zu ihr durchgedrungen war.

»Tiefer können Sie nicht mehr in den Schlamassel hineingeraten. Also schadet es nichts, wenn Sie mich anhören.«

Sam Butler bestand darauf, den ganzen Weg bis nach Hause hinter Claudia herzufahren. Nachdem sie in ihre Auffahrt eingebogen war, winkte sie ihm huldvoll zu und öffnete dann die Haustür. Sam wartete eine Weile, bis sie Licht gemacht hatte. Sicher wäre sie stolz wie eine Schneekönigin gewesen, wenn einer ihrer Söhne so gute Manieren an den Tag gelegt hätte. Doch leider war er der Mann, der versuchte, den Platz ihres Kevin einzunehmen, und so konnte er bei ihr keine Pluspunkte machen.

291

Er hätte dir nicht zu helfen brauchen, Claudia. Er hätte dich mit deinem Problem einfach sitzen lassen können.

»Was für ein Unsinn«, murmelte sie, während sie ihre Jacke in den Garderobenschrank hängte und die Schuhe auszog. Schließlich hatte er ihr nur ein paar Namen und Telefonnummern aufgeschrieben. Das war doch wohl nicht zu viel verlangt, oder?

Du verwandelst dich immer mehr in ein verbittertes altes Weib. Er ist doch nicht schuld daran, dass du die Ersparnisse eines ganzen Lebens verzockt hast.

Nein, das hatte sie ganz allein getan. Selbst jetzt, da der Beweis in Form von Papieren auf ihrem Küchentisch lag, konnte sie es noch immer nicht fassen. Normalerweise war es doch Roberta, die zu derart überstürzten Handlungen neigte. Claudia konnte die verrückten Einfälle ihrer Freundin kaum zählen. Doch diesmal hatte Roberte den bereits ausgefüllten Scheck zusammengefaltet und wieder in ihre Handtasche gesteckt, bevor Adam Winters mit seiner Präsentation fertig war.

Ganz im Gegensatz zu Claudia, die Robertas Vorsicht in diesem Moment eher als Feigheit auslegte. Adam Winters' Vortrag, in dem er seinen Zuhörerinnen versprach, sie von den Fesseln der Kostenübernahme durch die Krankenkasse und den Ansprüchen ihrer habgierigen Kinder zu befreien, war so anregend und weitblickend gewesen.

Wer hatte nicht den Wunsch, unabhängig und wohlhabend zu sein und sein Leben selbst bestimmen zu können, ohne einen Gedanken an Zuzahlungen verschwenden oder Sorge haben zu müssen, dass man später einmal seinen Angehörigen zur Last fallen könnte? Kaum zu fassen, dass dieser Mann erst dreißig Jahre alt sein sollte, denn er wirkte viel, viel reifer. Außerdem war er offenbar aufrichtig an Claudias Schicksal interessiert und hatte alle ihre Fragen ausführlich beantwortet. Ja, fast schien es, als könne er sie vorausahnen – das war jedenfalls ihr Eindruck gewesen.

Er hatte Claudia, was ihre mangelhafte finanzielle Absicherung anging, die Augen geöffnet. Und das Beste schien ihr zu sein, dass er mit vernünftigen Lösungen aufwarten konnte und wusste, wie man seine Investition schon innerhalb der ersten beiden Jahre verdoppelte.

»Natürlich erhöht sich der Gewinn beträchtlich, je mehr man anlegt«, hatte er hinzugefügt. »Warum wollen Sie Ihren Träumen Grenzen setzen?«

Darauf konnte Claudia nichts erwidern. Sie wusste nur, dass sie eine Heidenangst davor hatte, im Alltag von ihren Kindern abhängig zu sein. Nicht auszudenken, wenn Susan später die Lebensmittel für sie einkaufen oder Eileen die Grundsteuer bezahlen musste! Und was war, wenn sie gezwungen sein sollte das Auto abzuschaffen und sich jeden Tag von Annie zum Blumenladen mitnehmen zu lassen?

Claudia hatte einmal einen Artikel zu dem Thema gelesen, wie man in Grönland oder einem ähnlich kalten und einsamen Teil der Welt mit Senioren umging. Wenn dort ein alter Mensch der Gemeinschaft zur Last fiel, kroch er auf eine Eisscholle und ließ sich einfach davontreiben. Damals war sie zunächst erschrocken und gleichzeitig erleichtert gewesen, in einer modernen Gesellschaft mit einer aufgeklärten Einstellung zum Altern zu leben. Doch nun, viele Jahre später, glaubte sie immer mehr Hinweise auf diese Eisschollenmentalität zu entdecken.

Adam Winters hatte für alles eine Tabelle parat. Er zeichnete die Entwicklung des Dow Jones und des NASDAQ in den letzten fünf Jahren auf und wies besonders auf die Wachstumsbranchen Telekommunikation und Pharmazie hin. Als Rechenbeispiel diente ihm eine Summe etwa in der Höhe wie die, die Claudia ihm schließlich anvertraut hatte. Die Erträge waren atemberaubend. Wie hatte sie da widerstehen können?

Du dumme Gans, dachte sie nun erbittert. Du bist auf eine ganz alte Masche hereingefallen: Er hat dir aufmerksam zugehört. Er hat sich an deinen Namen erinnert. Er hat dir die Schulter getätschelt. Und er hat dich beim Reden eindringlich angesehen.

Nun kam sie der Wahrheit schon ein bisschen näher: Sie hatte sich einwickeln lassen wie eine Anfängerin. Ein junger Mann, der beinahe ihr Enkel sein konnte, hatte ihr, einer einsamen alten Frau, den Kopf verdreht. Wie peinlich, lächerlich und erbärmlich! Selbst Roberta, eigentlich eine Spezialistin in Sachen Leichtsinn, war klug genug gewesen, ihr Scheckbuch wieder wegzustecken, als der Moment zur Unterschrift gekommen war.

Aber nicht Claudia. Stattdessen hatten die alten Dämonen ihre grässlichen Häupter erhoben und ihr zugeraunt, sie müsse zugreifen und das Risiko eingehen. Am Glücksrad drehen. Die Würfel rollen lassen. Sein Geld anzulegen war doch kein Glücksspiel im eigentlichen Sinne, oder? Sie hatte sich nur an den guten Rat eines netten, kultivierten jungen Mannes gehalten. Was konnte sie schon verlieren – bis auf alles, was sie besaß?

Sam Butler hatte ihr vorgeschlagen, den Scheck gleich am nächsten Morgen sperren zu lassen. Als ob sie nicht schon von selbst auf diese offensichtliche Lösung gekommen wäre! Hätte sie sich denn so aufgeregt, wenn diese Möglichkeit noch bestanden hätte? Adam Winters hatte nämlich einen von der Bank bestätigten Scheck verlangt, der eine Auszahlung garantierte.

»Dann rufen Sie meine Freunde an«, hatte Sam gesagt, ohne auf Claudias Selbstvorwürfe einzugehen, und er versprach, ihren Anruf anzukündigen, damit sie nicht ins Blaue hinein herumtelefonieren musste.

»Warum sollte ich das tun?«, entgegnete sie.

»Weil sie die Besten in dieser Branche sind«, erwiderte Sam. Einer der Männer sei Anwalt in der Wall Street, der andere Fachmann für Verbraucherrecht.

»Und woher wollen Sie diese Leute kennen?« Schließlich

war dieser Sam Butler – ganz im Gegenteil zu ihrem John und ihrem Kevin – kein Mann, der in Anzug und Krawatte zur Arbeit ging. Dass er nur ein einfacher Handwerker war, merkte man doch, wenn er den Mund aufmachte.

»Sie haben früher für mich gearbeitet«, antwortete er, und niemals würde Claudia den Blick in seinen Augen vergessen.

Sie hatte nicht verhindern können, dass sie laut auflachte. Der bloße Gedanke, dass dieser schäbige Kerl einem Anwalt oder einem Analysten Vorschriften machen konnte, war zu absurd!

Aber Sam Butler hatte das gar nicht komisch gefunden und stattdessen einen Schwall von Erläuterungen zum Thema Wachstumsfonds, konservative und riskante Wertanlagen sowie den Vor- und Nachteilen von Sparplänen im Vergleich zu Investionen auf dem Aktienmarkt auf sie abgefeuert. Er fügte hinzu, man solle die Entscheidungsgewalt über die eigenen Finanzen niemals in fremde Hände geben, sofern einen körperliche Krankheit oder geistige Unzurechnungsfähigkeit nicht dazu zwänge. Zu guter Letzt sagte er, Claudia habe das Recht, ihr Geld von diesem Adam Winters zurückzufordern.

Hätte er plötzlich Sonnette von Shakespeare rezitiert, ihre Überraschung hätte nicht größer sein können, und ihr wurde schlagartig klar, dass es ein Fehler gewesen war, Sam Butler nach dem äußeren Schein zu beurteilen. Sicher spottete er nun über die dumme alte Frau, die sich von einem netten jungen Mann um den Finger hatte wickeln lassen.

Vielleicht war die Eisscholle doch die bessere Lösung.

17

Sam war nicht ganz sicher, ob es ihm gelungen war, Claudia Galloway zu überzeugen. Sie hatte den Zettel mit den Telefonnummern von Arnold Gilingham und William Fenestra zwar zusammengefaltet und in die Jackentasche gesteckt, doch er bezweifelte, dass sie wirklich anrufen würde. Im Moment war sie viel zu sehr in Selbstmitleid versunken, um ein Hilfsangebot annehmen zu können.

Und er selbst war ohnehin schon viel offener gewesen, als es eigentlich in seiner Absicht lag. Allerdings hatte er es einfach nicht über sich gebracht, tatenlos zuzusehen, wie diese Frau ihr gesamtes Vermögen an einen Hai wie Winters verlor.

Ein Jammer, dass der Kerl vermutlich schon unterwegs zu seinem nächsten Auftritt in Arizona war. Ansonsten hätte Sam sich ihn wahrscheinlich persönlich vorgeknöpft und Claudias Geld zurückverlangt.

Die ganze Situation war ihm viel zu persönlich. Wie viele seiner ehemaligen Kunden befanden sich wohl nun in derselben Lage wie Claudia, waren außer sich vor Sorge und fragten sich, wie sie ihre früher einmal ausgezeichnete Altersvorsorge retten sollten? Wahrscheinlich befanden sich nicht wenige darunter, die ihn jeden Abend vor dem Einschlafen verfluchten.

Deshalb stoppte Sam auf halbem Wege zwischen Claudias Haus und seiner vorübergehenden Unterkunft am Straßenrand, um Arnold Gillingham anzurufen. Eigentlich handelte es sich bei der fraglichen Summe nur um Kleinkram, mit dem sich ein Mann wie Arnold gar nicht mehr befasste, seit er landesweit tätig war. Aber er schuldete Sam noch einen Gefallen, und deshalb gebot es die Ehre, dass er ihm in dieser Sache unter die Arme griff. Außerdem beschäftigte sich Arnold deshalb mit Verbraucherrechten, weil es ihn wirklich empörte, wenn arglose Menschen von Lügnern und Betrügern ausgenommen wurden.

In den letzten Wochen mit Annie hatte Sam in einer Traumwelt gelebt und sich gestattet, die Schatten zu vergessen, die bedrohlich am Horizont lauerten und die Macht hatten, sein Leben für immer zu verändern. Der Anblick, wie die sonst so selbstbewusste Claudia verzweifelt in Warrens Küche saß, hatte ihn tief getroffen. Eigentlich war er ja auch nicht besser als dieser zwielichtige Adam Winters, der von den Ängsten einsamer alter Menschen profitierte. Der einzige Unterschied bestand darin, dass die Anstellung bei der Kanzlei Mason, Marx und Daniel ihm zusätzlich Seriosität garantierte.

Wie gern wäre Sam nach Hause gefahren, um Annie alles zu beichten, ihr sein Herz auszuschütten und es ihr zu überlassen, ein Urteil darüber zu fällen. Aber er konnte es nicht, denn damit hätte er sie nur in diese unschöne Angelegenheit hineingezogen. Solange sie ahnungslos war, konnte ihr niemand etwas am Zeug flicken. Doch sobald sie Bescheid wusste, würden sich die Medien und die Gerichte auch mit ihr befassen.

Sams Gefühle für sie waren zu tief und zu wichtig, um sie auf dem Altar seiner eigenen Einsamkeit zu opfern. Auch wenn er sonst vieles falsch gemacht hatte, war es seine Pflicht, sie vor Schaden zu bewahren.

Gegen sieben hörte Annie, wie Sams Wagen knirschend in die Einfahrt einbog. Obwohl sie sich jede Nacht in den Armen lagen, gab es bei ihnen keine festen Essenszeiten. Manchmal kochte sie, manchmal er, und hin und wieder gönnten sie sich auch bei Cappy's ein paar Hummerbrötchen oder freitags frittierten Fisch. Bei ihrem letzten Besuch im Restaurant hatte eine aufdringliche Frau mittleren Alters die anderen Gäste damit belästigt, dass sie ununterbrochen telefonierte. Jedes Gespräch beendete sie mit einem mondänen »Ciao«, bis Sam und Annie fast vor Lachen unter den Tisch gefallen wären.

Heute hatte sich Annie von dem kühlen Frühherbstwetter inspirieren lassen und eine Gemüsesuppe gekocht. Dazu gab es knuspriges Baguette, das sie vorhin im Supermarkt gekauft hatte. Allmählich pendelte sich zwischen ihnen ein geruhsamer Alltag ein, in dem alles auf eine gemeinsame Zukunft hinzuweisen schien.

Das bedeutete allerdings nicht, dass sie jemals über dieses Thema – oder über die Vergangenheit – sprachen. Sie waren fest im Hier und Jetzt verwurzelt und versuchten, jeden einzelnen Augenblick in vollen Zügen auszukosten, denn sie wussten genau, dass nichts ewig währte.

Doch natürlich gab es diese Zukunft, und Annie ahnte, dass bald die Frage aufs Tapet kommen würde, ob sie sie miteinander teilen sollten. Mit Sam war alles so einfach und so selbstverständlich. Da sie auf ähnliche Erfahrungen zurückblicken konnten, verstanden sie einander so gut wie nur wenige andere Menschen.

Sie brauchte ihm nicht zu erklären, wie wichtig ihr eine Familie war. Er musste nicht eigens betonen, dass er sein Leben aufs Spiel setzen würde, um die Menschen zu schützen, die er liebte. Dass sie nun, nachdem sie endlich die Scherben ihres Lebens mit Kevin zusammengekehrt hatte, Sam begegnet war, bedeutete einen echten Glückstreffer, wie er nur selten vorkam.

Eine Spätentwicklerin, dieser Ausdruck traf auf sie zu. Sie gehörte zu den Frauen, die sich erst – Vorsicht, Männer! – mit dreißig oder vierzig selbst entdeckten. Sogar ihr Körper erschien ihr in letzter Zeit verändert, weiblicher und empfindlicher. Ganz sicher hatte sie mehr Oberweite bekommen, und ihre Brüste reagierten auf jede auch noch so zarte Berührung. Inzwischen lag es nicht nur an Sam, dass sie sich lebendiger fühlte.

Es war, als hätte jemand einen Schalter umgelegt, sodass den ganzen Tag die Begierde durch ihren Körper strömte und sie mit einer Energie erfüllte, die auch auf andere Lebensbereiche übergriff.

Der Blumenladen florierte buchstäblich. Wenn sie an ihrer Skulptur für das Museum arbeitete, war sie mit Leib und Seele bei der Sache. Und die gemeinsame Zeit mit Sam – sei es zusammen im Bett oder beim Frühstückmachen – empfand sie stets als ein Nachhausekommen. Das Leben hatte wieder einen Sinn, und Annie war dankbar für dieses Geschenk in einem Moment, in dem sie am allerwenigsten damit gerechnet hätte.

In der nächsten Woche wollte sie anlässlich des Jahrestreffens der Floristenvereinigung von Maine in York Harbor einen Kurs mit dem Titel »Den eigenen Horizont erweitern« geben. Sam sollte sie begleiten, und sie planten, die Nacht in einem Gasthaus mit Blick auf den Hafen zu verbringen. Annie freute sich auf die erstaunten Mienen ihrer Kolleginnen und Kollegen, wenn diese sie mit Sam an ihrer Seite sahen.

Allerdings war da eine dunkle Wolke, die seit einigen Wochen ihren Horizont verdüsterte, nämlich diese ärgerliche Müdigkeit. Annie wusste, dass sie sich zu wenig Ruhe gönnte, aber dagegen war zurzeit leider nichts zu machen. Sie strotzte vor Tatendrang, Einfällen und Lebensfreude, sodass ihr der Schlaf wie Zeitverschwendung erschien. Sweeney hatte ihr vorgeschlagen, mittags ein Nickerchen zu halten, doch Annie schob diesen Vorschlag mit einem Lachen beiseite. Claudia zu erklären, warum sie unbedingt schlafen musste, war vermutlich anstrengender, als gleich darauf zu verzichten.

Sie warf einen Blick auf die Uhr. Gleich würde sie Sams Schritte auf dem Gartenweg hören.

Sie strich ihr Haar glatt und musterte ihr Spiegelbild in der

Metallverkleidung des Toasters. Fünf Minuten. Zehn. Fünfzehn. Als Annie aus dem Küchenfenster spähte, stellte sie fest, dass in Sams Wohnzimmer Licht brannte. Eigentlich hätte Max schon ungeduldig auf ihrer Veranda warten müssen, um festzustellen, was sie heute Leckeres für ihn hatte.

Nach zwanzig Minuten kam Annie zu dem Schluss, dass da etwas im Argen lag. Sie schaltete die Gasflamme unter der Suppe ab und ging hinüber zu Sams Haus. Als sie anklopfte, hörte sie Max drinnen bellen. »Ich bin es, Annie«, rief sie und war sehr erleichtert, als Sam, das Mobiltelefon in der Hand, die Tür öffnete und sie hereinwinkte.

Max stellte sich auf die Hinterbeine und stützte, zur Begrüßung kläffend, die riesigen Pfoten auf ihre Schultern. Sein Herrchen hingegen wirkte abgelenkt und ziemlich besorgt.

»Annie von gegenüber«, sprach er ins Telefon. »Geht dich nichts an. Ruf einfach den Schlüsseldienst, Marie. Ja, ich komme. Sag Geo, die Jets werden die Raiders am Sonntag in die Pfanne hauen. Du auch … Bis später.« Er warf das Telefon aufs Sofa und drehte sich zu Annie um. »Ich habe dich heute vermisst.«

»Ich dich auch.« Sie sank ihm in die Arme. »Stimmt etwas nicht?«

»Das war meine Schwester Marie. Sie sagt, in meine Wohnung in Manhattan wäre eingebrochen worden.«

Annie schauderte. »Zum Glück warst du nicht da. Haben die Diebe viel gestohlen?«

»Die Wohnung war praktisch leer. Allerdings haben die Einbrecher alles verwüstet.«

So etwas hatten Kevin und sie ganz zu Anfang ihrer Ehe erlebt. Als sie eines Tages von der Arbeit nach Hause gekommen waren, hatte im ganzen Haus Chaos geherrscht. Bücherregale waren umgekippt, Matratzen durchs Zimmer geworfen und das Geschirr zerschmettert worden. Ein kleiner Denkzettel von einem Mann, der keine Lust mehr hatte, auf sein Geld zu warten.

Allerdings ahnte Annie noch nichts von der Existenz dieses Gläubigers und wollte die Polizei rufen. Doch Kevin hatte sich mit Händen und Füßen dagegen gesträubt. Damals verstand Annie nicht, warum er sich so vehement weigerte, den Einbruch anzuzeigen, und widersprach heftig. Nie würde sie den Blick in Kevins Augen vergessen, als er schließlich sagte: »Ich muss dir etwas beichten, Annie Rose.« Sie hoffte, diese Worte nie wieder hören zu müssen.

Annie versuchte, das unbehagliche Gefühl zu verscheuchen. Schließlich waren Einbrüche in Manhattan an der Tagesordnung und kamen so häufig vor wie ein Schnupfen. Ganz im Gegensatz zu Shelter Rock Cove, wo die Polizei nicht viel mehr zu tun hatte, als die beiden Streifenwagen zu putzen und zu betanken.

Sie lehnte den Kopf an Sams Brust und schloss die Augen. »Musst du hinfahren, um Anzeige zu erstatten?«

»Meine Schwester hat sich um alles gekümmert«, erwiderte er. »Kein Grund zur Sorge.«

Allerdings nahm sie ihm das nicht ganz ab, und ihr Unbehagen wuchs.

»Ich habe eine Suppe gekocht«, sagte sie. »Du und Max, ihr beide seid eingeladen.«

»Klasse.« Er küsste sie, und die Welt war wieder in Ordnung. »In fünf Minuten bin ich da und bringe eine Flasche Wein mit.«

Kaum waren Annie und Max zur Tür hinaus, als das Telefon läutete.

»Sie kriegt ihr Geld zurück«, meldete Arnie Gillingham anstelle einer Begrüßung. »Kein Problem.«

Arnie arbeitete als Reporter für Verbraucherfragen bei einem landesweit ausgestrahlten Kabelsender und kannte seine Pappenheimer. Adam Winters bewegte sich stets am Rande der Legalität und hatte deshalb Interesse daran, nicht unangenehm aufzufallen. Dazu brauchte er zufriedene Investoren – und Mrs Claudia Galloway aus Shelter Rock Cove passte eindeutig nicht in diese Kategorie. Also würde sie innerhalb der nächsten vierundzwanzig Stunden ihr Geld, einschließlich der Seminargebühr von zweitausend Dollar, zurückerhalten.

»Jetzt bin ich dir etwas schuldig«, meinte Sam und dachte dabei an die verzweifelte Claudia, die ihn so sehr an seine Mutter vor so vielen Jahren erinnerte.

»Also wohnst du jetzt in Maine«, meinte Arnie. »Ich hätte eigentlich eher auf Aruba oder die Costa del Sol getippt.«

»Am Mobiltelefon kann ich nicht offen reden«, erwiderte Sam in einem hoffentlich beiläufigen Ton.

»Du brauchst gar nichts zu sagen«, antwortete Arnie. »Wenn man sich anschaut, was zurzeit bei Mason und Marx los ist, würde ich mich an deiner Stelle ganz schön bedeckt halten.« Er lachte. »Du hattest schon immer einen Riecher dafür, wann man besser verschwindet. Man kann sich darauf verlassen, dass Sam Butler rechtzeitig seinen goldenen Fallschirm nimmt und sich aus dem Staub macht.«

Als Sam kurz darauf das Gespräch beendete, fühlte er sich, als trampelte jemand mit schweren Stiefeln in seinem Magen herum. Was hatte er sich nur dabei gedacht, Arnie vom Auto aus anzurufen? Wäre es denn so schlimm gewesen, noch einen Tag oder eine Woche zu warten? Aber er hatte beim Anblick der weinenden Claudia so sehr an seine Mutter in Queens denken müssen, die sich fragte, wie sie die Rechnungen bezahlen sollte. Und auch an Mrs Ruggiero, die fest davon überzeugt gewesen war, dass Rosemarys Sohn Sam sie niemals schlecht beraten würde.

Als Nächstes sah er sich selbst im Alter zwischen neunzehn und dreiundzwanzig Jahren vor sich, wie er, einen noch höheren Stapel Rechnungen vor sich, an eben diesem Küchentisch saß und sich wünschte, er hätte den Mut zur Flucht gehabt. Viele Jahre hatte er gebraucht, um zu verstehen, dass man viel mutiger sein musste, um bei der Stange zu bleiben.

Oft malte er sich aus, Annie einfach an der Hand zu nehmen und mit ihr davonzufahren. In seinen Träumen packte er Max und die beiden Katzen in den Wagen, und dann ging es los ins Blaue. Allerdings gelang es ihm nicht, diese Phantasie auf die Wirklichkeit zu übertragen. Manche Menschen verdrückten sich, wenn es schwierig wurde. Und andere stellten sich dem Konflikt. Und er wusste, zu welchem Menschentyp er und Annie gehörten.

Man kann sich darauf verlassen, dass Butler sich rechtzeitig seinen goldenen Fallschirm schnappt und sich aus dem Staub macht.

Er hatte Arnie nicht widersprochen, doch offenbar war nicht daran zu rütteln, dass sich momentan in New York einiges tat. Obwohl er es Marie verschwiegen hatte, hätte er seinen Geländewagen darauf verwettet, dass es sich bei diesem Einbruch in seine New Yorker Wohnung nicht um einen Zufall handelte. Diese Leute suchten etwas Bestimmtes und wussten, dass er der Mann war, der sie auffliegen lassen konnte.

Wie ihm schlagartig einfiel, wussten sie vermutlich ebenfalls, dass er in Shelter Rock Cove wohnte. Ein Foto in einer Kleinstadtzeitung besaß heutzutage die Halbwertszeit von Uran – und konnte ebenso viel Schaden anrichten. Sein Kontaktmann hatte ihm ordentlich die Hölle heißgemacht, als er davon erfuhr.

»Was soll das, Butler? Wollen Sie unsere Operation gefährden?« Schließlich hatte er sich deshalb nach Shelter Rock Cove zurückgezogen, um sich rar zu machen, während alle Hebel zum Sturz von Mason, Marx und Daniel in Bewegung gesetzt wurden. Denn nur das konnte ihn, Sam, vor dem Gefängnis bewahren.

Allerdings war der Zorn seines Kontaktmanns über das Zeitungsfoto eine Kleinigkeit verglichen mit dem, was ihm blühte, wenn herauskam, dass er sich wegen Claudias Vertrag mit Adam Winters an Arnie Gillingham gewandt hatte.

Doch für Reue war es nun zu spät. Die Maschinerie lief, und er konnte nichts tun, um sie zu stoppen.

Seine Nächte in Annies Armen waren gezählt.

Am Samstagabend Punkt acht Uhr stand Warren wie immer vor Claudias Tür.

Allerdings fiel die Begrüßung ganz anders aus als sonst.

»Er hat es dir erzählt, richtig?«

Warren nahm den Hut ab und warf ihn auf das Flurtischchen. »Wer soll mir was erzählt haben?« Er zog den Mantel aus und hängte ihn an den Garderobenständer neben der Tür.

»Dein Freund aus New York. Bestimmt hat er dir gesagt, was ich getan habe.«

»Meinst du Sam?«

»Ja, genau den meine ich. Er hat dir erklärt, was passiert ist, und du hast sie gezwungen, mir mein Geld zurückzugeben.«

»Hast du getrunken?«

Ihr Blick loderte wie damals, als sie eine wunderschöne junge Braut von neunzehn Jahren gewesen war.

»Nein, habe ich nicht. Und tu nicht so, als wüsstest du nicht, wovon ich rede, Warren Bancroft, denn das nehme ich dir nicht ab.«

»Ich verstehe wirklich kein Wort, Weib. Fang noch einmal ganz von vorne an.«

Beim Zuhören schenkte er sich ein großes Glas von dem Single-Malt-Whisky ein, den er im Küchenschrank aufbewahrte.

»Nein«, entgegnete er dann. »Ich hatte nichts damit zu tun.«

Sie stellte einen Teller mit Spaghetti und Fleischklößchen vor ihn hin. »Lüg mich nicht an, du alter Schwerenöter. Wer hätte so etwas denn sonst hingekriegt?«

»Sam«, erwiderte er, während er nach dem Parmesan griff. »Du solltest ihm dankbar sein.«

Genau das hatte Claudia befürchtet. Als eines Morgens, drei Tage nachdem Annies »Bekannter« sie heulend auf Warrens Vortreppe angetroffen hatte, der Kurier erschien, hatte sie den Verdacht, dass Sam Butler dahintersteckte. In der Schuld dieses Mannes zu stehen, fehlte ihr gerade noch. Schlimm genug, dass er sie als schwaches und einsames Frauenzimmer kennengelernt hatte. Nun würde sie sich auch noch bei ihm bedanken müssen.

Sie wartete bis Montagmorgen, weil sie sicher war, dass Warren geschäftlich in Portland und Annie im Laden sein würde.

Wie sie wusste, verbrachte Sam den Tag meistens in der Werkstatt hinter Warrens Haus, wo er an einem Projekt für das Museum arbeitete.

Raureif funkelte auf dem Rasen, als sie in der Einfahrt hinter dem Haus stoppte. Wie immer war der Herbst in diesem Teil von Maine eine angenehme Jahreszeit. Im September und Oktober vermählten sich landschaftliche Schönheit und wirtschaftlicher Erfolg, und die Flitterwochen dauerten, mit ein wenig Glück, bis Weihnachten an. Das bunte Herbstlaub der letzten vierzehn Tage hatten zahlreiche Touristen nach Shelter Rock Cove gelockt. Annies Blumenladen tätigte gute Umsätze, und selbst Sweeneys Kunstgewerbekooperative konnte Rekordeinnahmen verbuchen. Offenbar waren alle mit dem Leben zufrieden. Das hieß, alle, bis auf Claudia.

Sam Butlers Schandfleck von einem Auto parkte einige Meter vor ihrer Limousine. Es hatte noch immer New Yorker Nummernschilder, und Claudia fragte sich, ob er wohl eines Tages dorthin zurückkehren würde. Annie hatte kein Wort über ihre Pläne verloren. Und dabei sprachen die beiden doch bestimmt über die Zukunft. Schließlich gab es – bis auf das Schwelgen in Erinnerungen an ihre erste Begegnung – nichts, was Liebenden mehr Vergnügen bereitete als das Schmieden von Zukunftsplänen. Allerdings schwiegen sich Sam und Annie in dieser Hinsicht aus.

305

Willst du den ganzen Tag da sitzen bleiben, Claudia, oder bringst du es endlich hinter dich?

Sie kontrollierte ihren Lippenstift im Rückspiegel, strich ihr Haar glatt und stieg aus. Wie hieß der Film mit diesem netten Tom Hanks, in dem es um einen zum Tode Verurteilten ging? *The Green Mile*, richtig. Der lange Weg des Mannes zum elektrischen Stuhl war Claudia besonders gut im Gedächtnis geblieben. Und genau so fühlte sie sich, als sie auf die Scheune zusteuerte. Wie auf dem Weg zur Hinrichtung – und Sam Butler hatte die Hand am Schalter.

Sein aufdringlicher Hund kündigte ihre Ankunft an, was vermutlich ein Vorteil war. Denn wenn der Labrador nicht zu bellen angefangen hätte, wäre sie nämlich in Versuchung geraten, sich wieder zum Wagen zurückzustehlen und rasch wegzufahren.

»Sei still, Max«, rief Sam Butler von irgendwo in der Scheune. »Ich habe dich gehört.«

Claudia näherte sich der Tür, wobei sie versuchte, nicht auf den großen Hund zu achten, der sie umtänzelte. Ob es nicht besser war, dem Mann einen Brief zu schreiben oder ihm einen frisch duftenden, auch für Herren geeigneten Blumenstrauß zu schicken, um sich zu bedanken.

Feigling!

Sie hob die Hand und klopfte zweimal an. Die Tür öffnete sich einen Spalt, und ein erstaunter Sam Butler spähte hinaus.

»Warren ist in Portland«, verkündete er. »Er kommt heute Nachmittag wieder.«

»Ich wollte nicht zu Warren.« Sie zwang sich, nicht den Blick abzuwenden, obwohl er sie unangenehm eindringlich ansah. »Ich bin gekommen, um mich bei Ihnen zu bedanken.«

Die Tür wurde aufgerissen. Sam Butlers argwöhnische Miene wurde von einem Ausdruck abgelöst, den Claudia nur als überglücklich beschreiben konnte.

»Arnie hat es geschafft!«

»Am Freitagmorgen«, entgegnete sie steif. »Ein Kurier hat mir einen Verrechnungsscheck gebracht.«

Als er sie hereinbat, folgte der Hund ihr auf den Fersen. »Sie hätten außerdem eine notariell beglaubigte Urkunde mit dem Inhalt erhalten müssen, dass ihre Vereinbarungen mit Adam Winters nichtig sind.«

»Das habe ich auch«, antwortete sie. »Sie liegt in meinem Bankschließfach.«

Wie nett er wirkte, wenn er lächelte. Eigentlich missfiel Claudia diese Erkenntnis, doch es war nicht zu übersehen, wie sehr er sich freute. Man hätte meinen können, er sei persönlich betroffen gewesen.

Wie dumm von ihr! Natürlich versprach er sich einen Vorteil davon. Was interessierte ihn schon die Zukunft einer alten Witwe aus Shelter Rock Cove? Für ihn war Claudia sicher nur eine alte Dame unter vielen und absolut unbedeutend. Er wollte sich bei Annie beliebt machen. Und welcher bessere Weg bot sich da an, als ihrer vertrottelten Schwiegermutter aus der Patsche zu helfen? Bestimmt würde er dafür sorgen, dass die Geschichte auf die Titelseite der Wochenzeitung kam, so wie das Foto von ihm und Annie im letzten Monat.

»Wie ich annehme, haben Sie Annie alles erzählt.« Das war keine Frage, sondern eine Feststellung.

»Nein«, erwiderte er. »Habe ich nicht. Die Entscheidung, wem Sie sich anvertrauen wollen, liegt ganz bei Ihnen.«

Wieder wurde sie von Dankbarkeit ergriffen. Wie konnte der Kerl es wagen, so einfühlsam und verständnisvoll zu sein? Wenn er sich weiter solche Mühe gab, sie freundlich und respektvoll zu behandeln, hatte sie keinen Grund mehr, ihm zu grollen!

»Ich halte nichts davon, mit meiner Familie über meine Finanzen zu sprechen.«

»Verständlich«, antwortete er, und sein Tonfall ließ sie glauben, dass er das wirklich ernst meinte. »Die meisten

307

Menschen zeigen einem eher ihr Tagebuch als ihre Kontoauszüge. Geld ist das letzte Tabu in diesem Land.«

Als sie lachte, schien er fast ebenso überrascht zu sein wie sie selbst. Er hatte etwas sehr Anziehendes an sich, wenn er lockerer wurde, einen erfrischenden, ein wenig raubeinigen Charme, der ihr beinahe gefiel. Und dass sich hinter dem schäbigen Äußeren ein scharfer Verstand verbarg, war ihr inzwischen auch schon aufgefallen.

»Ich würde mich gern dafür revanchieren«, sagte sie. »Hätten Sie vielleicht Lust, mit Annie ein Wochenende in Bar Harbor zu verbringen? Ich würde mich freuen …«

»Nein.« Sein Lächeln ließ seine Ablehnung weniger brüsk wirken. »Trotzdem vielen Dank. Aber überlegen Sie es sich beim nächsten Mal gründlich, bevor Sie etwas unterschreiben.«

Er wollte nichts von ihr annehmen. Selbst ihr Dank schien ihn verlegen zu machen. Er brüstete sich nicht und schien sich auch nicht mit seiner guten Tat in Szene setzen zu wollen. Offenbar war er ein geradliniger, offener und netter Mensch, der ihr nicht geholfen hatte, um sich bei Annie einzuschmeicheln oder bei Warren Punkte zu machen. Er hatte es einfach nur um ihrer selbst willen getan, weil er über die nötigen Mittel dafür verfügte.

In der Welt gab es so wenig Großzügigkeit, dass man seinen Mitmenschen ganz automatisch Hintergedanken unterstellte. Die alltäglichen Kränkungen, Beleidigungen, scharfen Bemerkungen und harten Worte stießen fast niemandem mehr auf, denn sie gehörten inzwischen zum alltäglichen Umgang wie »guten Tag« und »auf Wiedersehen«. Und wenn dann plötzlich ein uneigennütziger Mensch wie Sam Butler auf der Bildfläche erschien, traute man deshalb zunächst seinen Empfindungen nicht.

18

Annie hatte sich angewöhnt, im Bett liegen zu bleiben, bis Sam mit Max zu seiner morgendlichen Joggingrunde aufbrach. Erst wenn sie hörte, wie die Eingangstür ins Schloss fiel, sprang sie auf und eilte ins Badezimmer.

Kaum zu glauben, welche Beschwerden einem ein leerer Magen bereiten konnte! Seit zwei Wochen kniete Annie allmorgendlich vor der Toilettenschüssel und betete darum, ein Blitzschlag möge sie von ihren Leiden erlösen. Die zwanzig Minuten Folterqualen wurden von einem zehnminütigen flauen Gefühl abgelöst, das sich nach einer Tasse Pfefferminztee mit Zucker allmählich legte. Wenn Sam und Max, verschwitzt und in Hochstimmung, vom Joggen zurückkamen, sah Annie dann schon wieder aus, als hätte sie nichts anderes getan, als sich die Zähne zu putzen und ein Glas Orangensaft zu trinken.

Als sie an diesem Morgen zur Arbeit gefahren war, war noch alles in Ordnung gewesen. Doch beim Abbiegen am Shore Drive stülpte sich ihr plötzlich der Magen um, sodass sie rechts heranfahren musste, um sich zu erbrechen. Zum Glück hatte es niemand gesehen. Denn die Nachricht, dass Annie Galloway auf offener Straße ihr Frühstück von sich gegeben hatte, hätte sich sicher bis zum Mittagessen in Windeseile in der Stadt verbreitet.

»Du siehst zum Fürchten aus«, verkündete Sweeney, als Annie endlich im Blumenladen eintraf.

»Mir ist so ...« Sie stürmte in die kleine Toilette hinter der Kühlkammer.

»Hier«, meinte Sweeney und reichte ihr eine Tasse heißen Tee. »Das beruhigt den Magen.«

»Ich habe schon eine Tasse getrunken«, erwiderte Annie und legte die Hände um die warme Tasse.

»Pfefferminz hilft immer«, sagte Sweeney weise. »Die ersten drei Monate sind meistens eine Tortur. Da muss man schwere Geschütze auffahren.«

Annie schrak zusammen, als sie Sweeneys Worte hörte, sodass sich heißer Tee über ihren moosgrünen Pullover ergoss.

»Die ersten drei Monate!« Sie versuchte, den Tee mit einem Stück Küchenrolle wegzutupfen. »Ich finde, du übertreibst es ein bisschen.«

»Ich habe es dreimal mitgemacht, Kindchen. Glaube mir, ich kenne die Symptome.«

»Ich theoretisch auch, aber es ist unmöglich«, entgegnete Annie.

Sweeney zog die Augenbraue hoch. »Unmöglich?«

»Gut, meinetwegen, theoretisch möglich, aber nicht sehr wahrscheinlich.« Der süße Pfefferminztee schmeckte wie aufgelöste Hustenbonbons. »Ich bin schon achtunddreißig. Wahrscheinlich fangen bei mir die Wechseljahre recht früh an.«

»Von den Wechseljahren wird einem morgens nicht übel.«

»Pst!« Annie sah sich im Laden um. »Ich habe nicht vor, es an die große Glocke zu hängen, Sweeney.«

Allerdings war niemand da, der es hätte hören können.

»Claudia ist noch nicht hier. Sie hat angerufen und gesagt, dass sie ein bisschen später kommt.«

»Da hat sie sich den richtigen Tag ausgesucht«, antwortete Annie und rannte wieder ins Bad.

Als sie sich anschließend das Gesicht wusch und abtrocknete, fiel ihr Blick in den Spiegel: Man sah ihr jedes ihrer achtunddreißig Lebensjahre an – und vielleicht noch ein paar mehr. Außerdem machte sie einen ziemlich verängstigten Eindruck.

Natürlich hatte sie sich auch schon gefragt, ob sie nicht schwanger sein könnte, sich allerdings stets wegen ihrer Al-

310

bernheit gescholten. Schließlich war sie fast zwanzig Jahre lang mit einem Mann verheiratet gewesen, der gesunde Spermien besaß, und war während dieser Zeit kein einziges Mal schwanger geworden. Sie hatte von einem eigenen Kind geträumt, darum gebetet und schließlich um das Baby getrauert, das sie nie bekommen würde. Irgendwann hatte sie sich dann damit abgefunden, obwohl stets das Gefühl blieb, etwas verloren zu haben.

Die Liebe zu Sam war an sich schon ein Wunder. Wie unersättlich musste da eine Frau sein, um noch mehr von den Göttern zu verlangen?

»Kauf dir einen Schwangerschaftstest«, schlug Sweeney vor, als Annie wieder hinter der Ladentheke erschien.

»Und wie soll ich das Ding im Yankee Shopper an Ceil vorbeischmuggeln?« Annie musste lachen. »Sie würde das Ergebnis kennen, noch bevor ich es selbst weiß.«

»Und ihre Nachbarin vermutlich ebenfalls«, räumte Sweeney ein. »Ich besorge ihn für dich.«

Annie schüttelte den Kopf. »Das brauchst du nicht. Ich habe heute Nachmittag einen Termin bei Ellen.«

»Hast du es Sam schon erzählt?«

»Da gibt es nichts zu erzählen.«

»Aber bald«, entgegnete Sweeney. »Kindchen, offenbar hast du diesmal den Jackpot geknackt.«

Als Annie Claudia mitteilte, sie müsse zur alljährlichen frauenärztlichen Vorsorgeuntersuchung, zuckte ihre Schwiegermutter damenhaft zusammen.

»Eines Tages werden sie hoffentlich begreifen, dass sie die Instrumente anwärmen sollten«, meinte sie. »Doch vermutlich werde ich das nicht mehr erleben.«

»Ellen ist in dieser Hinsicht sehr rücksichtsvoll«, antwortete Annie, zog die Jacke an und nahm ihre Tasche vom Haken. »Wahrscheinlich deshalb, weil sie es aus eigener Erfahrung kennt.«

311

»Lass dir nur Zeit, mein Kind«, meinte Claudia. »Ich passe auf den Laden auf. Heute ist sowieso nicht viel los. Nimm dir den Nachmittag frei. Du musst sicher noch deinen Kurs vorbereiten.«

Annie wirkte so erleichtert, dass es Claudia beinahe verlegen machte. Nachdem sie ihre Schwiegermutter auf die Wange geküsst hatte, hastete sie aus dem Laden.

»Gott segne dich«, flüsterte Claudia, als die Tür hinter ihr ins Schloss fiel. »Gott segne dich und dein Baby.«

Bei Annies Ankunft war das Wartezimmer leer. Sie hängte ihre Jacke auf und meldete sich bei Janna am Empfang an.

»Sie kommen gerade zur rechten Zeit«, meinte Janna und griff nach Annies Akte. »Eine Patientin hat abgesagt. Also kann Dr. Markowitz Sie gleich drannehmen. Am besten geben Sie erst einmal eine Urinprobe ab.«

Annie folgte ihr den hellblauen Flur entlang zu Behandlungsraum zwei. Nachdem Janna die Akte in einen Plastikhalter gesteckt hatte, wies sie auf den Wandschirm.

»Sie kennen das ja. Die Frau Doktor ist bei Ihnen, noch ehe sie aus der Strumpfhose sind.« Mit einem Zwinkern kehrte Janna an ihren Schreibtisch zurück.

Wie oft war Annie erfüllt von Hoffnungen und Träumen in dieses kahle Untersuchungszimmer getreten? Sie sah sich als achtzehnjährige Braut, als dreiundzwanzigjährige Ehefrau und als erschöpfte und verängstigte Dreißigjährige, die auf der Kante des mit Papier bedeckten Untersuchungsstuhls saß, mit den Beinen baumelte und, die Hände im Schoß verschränkt, darauf wartete, dass der jeweilige Arzt ihr das mitteilte, was sie ohnehin wusste: Tut mir leid, Annie, aber Sie sind nicht schwanger.

Sie hatte keinen Grund zu der Annahme, dass es diesmal anders sein würde.

»Schön, dich zu sehen, Annie.« Nach zweimaligem Klopfen öffnete Ellen Markowitz die Tür. »Wie geht es dir?«

»Recht gut«, erwiderte Annie und stellte fest, dass sie Gänsehaut an den nackten Beinen hatte. »Neue Frisur?«

Ellen rümpfte die Nase.

»Man soll die Hoffnung nie aufgeben. Saranne von Hair Today schwört, dass sie ein Händchen für Locken hat, aber ich bin da nicht so sicher. Ich finde, dass ich eher wie ein Pudel aussehe.«

Annie lachte. »Ist doch toll geworden. Ich sollte selbst einmal zu Saranne gehen«, meinte sie.

Ellen setzte die Brille auf und studierte Annies Akte. »Du bist also wegen der jährlichen Vorsorgeuntersuchung gekommen.« Sie machte sich eine Notiz. »Wann war denn die letzte Periode?«

Annie überlegte. Ihr Monatszyklus, ihre Finanzen, ihr Leben – seit Kevins Tod ging alles durcheinander.

»Ich weiß nicht genau«, sagte sie. »Irgendwann Ende August.«

Ellen blickte auf. »Bist du sicher?«

»Ziemlich.«

Ellen blätterte ein paar Seiten um.

»Dein Zyklus schwankt zwischen sechsundzwanzig und fünfundvierzig Tagen. Also sind wir noch im grünen Bereich.«

Siehst du, Galloway, deine Periode hat sich einfach nur verspätet. Das war schon häufiger so und wird nicht das letzte Mal sein.

»Sonst irgendwelche Symptome?«

Annie zögerte. »In letzter Zeit bin ich tagsüber oft müde und könnte dafür nachts dann Bäume ausreißen.«

»Wie ich gehört habe, arbeitest du an einer Statue für Warrens Museum. Das hält dich wahrscheinlich ziemlich auf Trab.«

»Stimmt«, erwiderte Annie. »Ich muss zugeben, dass sich bei mir momentan alles um dieses Projekt dreht.«

»Tja, das könnte eine Erklärung für die Müdigkeit sein.«

313

Ellen sah Annie in die Augen. »Hast du mir sonst noch etwas zu sagen?«

Annie holte tief Luft. »Mir ist morgens immer übel.« Sie lachte gezwungen auf. »Aber das kann auch ein Zufall sein.«

Ellen nickte und machte sich noch eine Notiz. »Moment bitte.« Sie griff zum Haustelefon. »Janna, haben Sie Mrs Galloways Urinprobe schon untersucht? Gut. Führen Sie noch Test Nummer drei durch. Ja. Danke.«

Das passiert nicht wirklich. Ich bin doch schon fast vierzig.

Gerade habe ich es geschafft, mein Leben einigermaßen zu ordnen. Und ich habe außerdem einen wundervollen Mann kennengelernt – der nie auch nur mit einem Wort erwähnt hat, dass er Kinder will.

»Leg dich hin und entspann dich«, meinte Ellen und ging, um sich die Hände zu waschen. »Dann sehen wir einmal nach.«

Das Papier knisterte laut, als Annie die erforderliche Körperhaltung einnahm. Männer hatten ja keine Ahnung, wie unangenehm das war! Ahnte auch nur ein männliches Wesen, wie sich Frauen über die richtige Fußbekleidung auf dem gynäkologischen Stuhl das Hirn zermarterten? Barfuß? Socken? Schuhe? Mit Gedanken wie diesen versuchte Annie, sich von dem Bewusstsein abzulenken, dass sie ihre Seele in diesem Moment noch mehr entblößte als ihren Körper.

Ellen stellte sich ans Fußende des Stuhls. »Rutsch noch ein bisschen herunter. Sehr gut. Dann schauen wir mal. In den ersten drei Monaten finden nämlich kleine Veränderungen am Muttermund statt. Spürst du das?«

»Ja.«

»Das auch?«

»Autsch! Ja.«

»Dein Uterus ist leicht vergrößert, was aber auch nichts bedeuten muss.« Ellen zog die Gummihandschuhe aus und warf sie in den Papierkorb. »Du kannst dich aufsetzen, Annie.«

Du hast leicht reden, Ellen.

»Und was denkst du?«, fragte sie und wünschte, ihre Stimme hätte nicht so flehend geklungen. »Bin ich …?«

Sie brachte es nicht fertig, das Wort auszusprechen, das so viele Gefühle in ihr auslöste.

Das Surren des Haustelefons hinderte Ellen an einer Antwort. Die Ärztin griff nach dem Hörer, lauschte, stellte eine Frage und hängte ein.

»Herzlichen Glückwunsch«, sagte sie dann zu Annie. »Du bekommst ein Baby.«

In ihren sechs Berufsjahren als Frauenärztin hatte Ellen Markowitz die verschiedensten Reaktionen auf einen positiv ausgefallenen Schwangerschaftstest erlebt.

Manche Frauen weinten vor Freude, andere vergossen Tränen der Verzweiflung.

Einige fluchten auf ihren Ehemann, ihren Freund oder auf ihr Verhütungsmittel. Wieder andere fanden sich schicksalsergeben mit Gottes Willen ab.

Sie hatte gesehen, wie sich junge Paare so überglücklich in die Arme fielen, dass Ellen sich schon fragte, ob sie gleich an Ort und Stelle weiteren Nachwuchs produzieren wollten. Und sie war Zeugin geworden, wie ältere Paare wegen dieser Überraschung mitten in den Wechseljahren in Streit gerieten.

Doch noch nie war ihr das ehrfürchtige Erstaunen untergekommen, das sie nun in Annie Galloways Gesicht sah.

Annies Freude war so tief empfunden und kam derart von Herzen, dass Ellen die Tränen in die Augen traten. Sie wandte sich ab und tat, als trage sie etwas in die Akte ein. Es geschah nicht oft, dass sie eine ihrer Patientinnen beneidete. Doch an diesem Nachmittag hätte sie alles gegeben, um mit Annie Galloway tauschen zu können.

Hall hatte gerade seinen Rover auf dem für ihn reservierten Parkplatz abgestellt, als er Annie die Klinikstufen hinunterlaufen sah. Ihre offene Lockenmähne schimmerte rotgolden in der strahlenden Herbstsonne. Und ihr Gesichtsausdruck – nun, den würde er in zweihundert Jahren nicht vergessen. Während sie an ihm vorbeirannte, schien sie von innen heraus zu leuchten. Anders konnte man das nicht ausdrücken.

In seinen Augen war sie schon immer wunderschön gewesen, doch heute war es, als strahlte sie. Ihr Haar, ihre Haut, ihr wohlgerundeter Körper. Und es war noch etwas hinzugekommen, ein wundersames Staunen, das nur eines zu bedeuten haben konnte.

»Annie!« Er stieg aus und winkte ihr zu.

Aber offenbar hatte sie ihn gar nicht bemerkt, denn sie rauschte an ihm vorbei und über den Parkplatz in Richtung Blumenladen.

Hall nahm den Papierstapel vom Beifahrersitz und schloss den Wagen ab. Sein Kontaktmann in New York hatte mit mehr Informationen als erhofft aufwarten können, und es sah für Sam Butler gar nicht gut aus. Falls auch nur eine der Anschuldigungen auf Wahrheit beruhte, standen die Chancen hoch, dass dieser Butler die Welt für eine lange Zeit durch schwedische Gardinen betrachten würde.

»Guten Nachmittag, Dr. Talbot«, begrüßte Janna ihn mit einem freundlichen Lächeln. »Ihre Patientin um fünfzehn Uhr fünfzehn wird sich um ein paar Minuten verspäten.«

Hall nickte. Auf dem Weg zu seinem Büro stand ihm immer noch das Bild der strahlenden Annie Galloway vor Augen. Ellen konnte er schlecht nach dem Grund fragen. Schließlich wussten sie beide, dass sein Interesse an Annie nicht beruflich bedingt war. Obwohl niemand ihn daran hindern konnte, einen Blick in Annies Krankenakte zu riskieren, hatte er eigentlich für Menschen, die solche Dinge taten, nur Verachtung übrig. Allerdings hatte er in den letzten Wochen

316

gegen einige seiner Prinzipien verstoßen – zum Beispiel indem er in Sam Butlers Vergangenheit herumwühlte.

Hall machte Licht und zog gerade seine Jacke aus, als Ellen hereinkam.

»Du kommst zu spät«, verkündete sie mit gespieltem Tadel. »Hast du deinen Wecker nicht gestellt?«

»Zwillinge«, antwortete er und warf seinen Papierstapel auf den Schreibtisch.

»Neugeboren oder schon volljährig?«

Er konnte sich ein Lachen nicht verkneifen. »Mrs Pelletier konnte es nicht erwarten.«

»Alles gesund?«

Er klopfte mit dem Fingerknöchel dreimal auf die Tischplatte. »Bis jetzt schon. Sie müssen zwar noch ein bisschen im Krankenhaus bleiben, bis sie zugenommen haben, aber der Verlauf scheint normal zu sein.«

»Super.« Trotz der guten Nachricht wirkte die Falte zwischen ihren Augenbrauen tiefer. »Nach allem, was sie unternommen haben, um diese Kinder zu bekommen, haben sie einen glücklichen Ausgang verdient.«

»Haben wir das nicht alle?«, gab er zurück und nahm Platz. »Ich bin beim Hereinkommen Annie Galloway begegnet.«

Schnappte er jetzt völlig über, oder strahlte Markowitz ebenfalls?

»Hat sie dir etwas gesagt?«

»Nein«, erwiderte er. »Ich glaube, sie hat mich nicht einmal wahrgenommen.«

Ellen nickte, schwieg aber.

»Ist mit ihr alles in Ordnung?«

»Ihr geht es prima«, antwortete Ellen mit einem breiten Grinsen. »Einfach prima.«

Und da wusste Hall, dass die Frau, die er geliebt und verloren hatte, ein Kind von einem Mann erwartete, der das Silvesterfest vermutlich hinter Gittern feiern würde.

Annie hastete am Blumenladen, am Buchladen und an Dee-Dee's Donuts vorbei zu ihrem Auto, wo sie den Schlüssel ins Zündschloss steckte und den Rückwärtsgang einlegte, ohne dem Motor Zeit zum Aufwärmen zu geben. Der Wagen würde es schon verkraften. Denn ihr Bedürfnis, jetzt bei Sam zu sein, war stärker als alles andere.

Ein Baby ... Ich bekomme ein Baby!

So oft sie die Worte auch laut wiederholte, sie konnte es noch immer nicht fassen. Laut Ellen würde sie in sieben Monaten an einem warmen Junitag ein Kind zur Welt bringen, dessen Erbgut sie und Sam auf ewig verbinden würde. Ein Baby, dessen bloße Existenz von ihrer Liebe zeugte.

»Noch Fragen?«, hatte sich Ellen erkundigt, als Annie sich verabschiedete.

»Ja«, erwiderte Annie. »Wie um alles in der Welt konnte das geschehen?«

Ellen war so klug, sich den Scherz zu verkneifen und offen zu antworten. »Ich weiß es nicht«, meinte sie. »Ich kann nur sagen, dass dieses Baby ein echter Glückspilz ist.«

Ein Baby, ein winziges, hilfloses, forderndes Kind, dessen Bedürfnisse lange Zeit alles andere in den Schatten stellen würden.

»Ein Wunder«, flüsterte Annie. Eine einmalige Chance für zwei Menschen, die die Hoffnung auf Lebensglück bereits aufgegeben hatten.

So empfindest du, Galloway. Aber was macht dich so sicher, dass es Sam genauso geht?

Nur einmal hatten sie über Kinder gesprochen, und zwar als Annie ihm erklärt hatte, dass sie unfruchtbar sei. Darauf hatte er sie nur verständnisvoll angesehen und das Thema nie wieder angeschnitten. Sie hatte seine Reaktion als Mitgefühl und Akzeptanz gedeutet. Inzwischen jedoch fragte sie sich, ob das nur eine Wunschvorstellung gewesen war.

Immerhin hatte er einen Teil seiner Jugend und fast sein ganzes Erwachsenenleben damit verbracht, seine Geschwister durchzubringen, und hatte deshalb mehr Erfahrung in der Kindererziehung als die meisten Eltern in seinem Alter. Vielleicht war er einfach nur erleichtert gewesen, denn er hatte das alles hinter sich und sicher nicht vor, sich so bald wieder in so eine Situation zu begeben.

Allerdings kamen nicht alle Kinder geplant zur Welt. Manchmal war es einfach ein Wunder, und es blieb den Erwachsenen überlassen, in ihrem Leben Platz für sie zu schaffen.

Wie romantisch, Galloway. Was ist, wenn er sich durch ein Baby unter Druck gesetzt fühlt? Dein Wunder könnte dazu führen, dass er die Beine in die Hand nimmt.

Tja, es war zu spät, um sich darüber den Kopf zu zerbrechen, und zwar eigentlich schon seit dem Moment vor zwei Monaten, als sich das Spermium mit der Eizelle vereinigt hatte. Je früher sie Sam reinen Wein einschenkte, desto besser. Da war Annie sich ganz sicher. Ja, natürlich konnte man die Sache auch taktvoller angehen. Sweeney hatte bestimmt alle möglichen Tipps auf Lager, wie man es einem Mann schonend beibrachte. Doch Annie war in der Liebe nie eine Taktikerin gewesen. Ansonsten hätte sie es wahrscheinlich auch nicht bis zum bitteren Ende bei Kevin ausgehalten. Im Augenblick zählte für sie nur, Sam so schnell wie möglich mitzuteilen, dass sie ein Kind von ihm bekam.

Würde er sich darüber freuen?

Bitte, lieber Gott, bitte.

Würde er die Verantwortung als Belastung empfinden?

Nicht Sam, der hatte immer Verständnis.

Würde er sie in die Arme nehmen und mit Küssen überhäufen? Oder würde er ihr sagen, dass es ihr Privatproblem sei? Das konnte sie sich jedoch nicht vorstellen. Schließlich war er ein Ehrenmann, ein guter Mensch, wie ihn jede kluge Frau sich erträumte.

Natürlich würde er überrascht sein. Ebenso wie sie selbst. Genau genommen hatte sie die Wahrheit noch immer nicht richtig begriffen und nur das Bedürfnis, mit dem einzigen Mann auf der Welt zu sprechen, dem diese Nachricht ebenso wichtig sein würde wie ihr. Bis jetzt hatten sie das Thema Familiengründung nie erörtert. Die Gegenwart war ihnen wie die Ewigkeit erschienen, in der sie sich nicht um ein Morgen zu kümmern brauchten.

Ihr habt nie über die Zukunft geredet? Kein einziges Mal? Ist das nicht ein wenig seltsam, Galloway?

Aber wie hätte sie das beurteilen können? Annie hatte ihren ersten Freund geheiratet und war fast zwanzig Jahre lang seine Frau geblieben. Ihre Erfahrung mit dem anderen Geschlecht beschränkte sich auf Schulbälle und einen Jungen, mit dem man ging, während sich der Rest der Welt weiterentwickelte. Vielleicht war das Thema Zukunft nur etwas für romantische, zum ersten Mal verliebte Jugendliche, während man von älteren Semestern die Abgeklärtheit und Reife erwartete, diese einfach auf sich zukommen zu lassen und ins kalte Wasser zu springen.

Allerdings fühlte sich Annie leider noch wie ein Schulmädchen, wenn es um Sam ging. Früher einmal hatte sie eine grenzenlose Fähigkeit besessen, sich zu freuen, eine Gabe, die ihr von widrigen Umständen geraubt worden war. Nun jedoch spürte sie, wie sie mit jedem Tag, den sie mit ihm verbrachte, fröhlicher und lebenslustiger wurde und sich ihre Jugend zurückeroberte. Sam begeisterte sie, machte sie glücklich und ließ sie wieder daran glauben, dass sie eine Chance auf Liebe hatte, ein kostbares Geschenk, das sie nun mehr zu schätzen wusste als früher.

All das und noch viel mehr wollte sie ihm heute Nachmittag sagen.

Inzwischen war es kurz vor drei. Vermutlich arbeitete er in der Werkstatt hinter Warrens Haus an einem seiner Kanus. Doch sie beschloss, erst bei ihm vorbeizufahren und nachzusehen, ob sein Wagen schon vor dem Haus stand, nur für den Fall, dass er doch früher Schluss gemacht hatte.

Als sie das Ende der Bancroft Road erreichte, fuhr sie langsamer. Ihr Magen begann ängstlich zu flattern, denn zwei dunkle Autos standen quer in ihrer Einfahrt. Mit zitternden Händen umkrampfte Annie das Lenkrad. Das durfte nicht sein!

Nicht jetzt, da sie sich endlich aus dem Griff von Kevins Spielschulden befreit geglaubt hatte und sich am Anfang eines neuen und wunderschönen Lebens wähnte! Als sie die Straße hinunterblickte, bemerkte sie, dass auch in Sams Einfahrt zwei dunkle Wagen standen. Die Galle stieg ihr in der Kehle hoch, und es kostete sie alle Mühe, ihren Mageninhalt bei sich zu behalten.

Bis heute hatte sie gehofft, dass jeder schmierige Buchmacher aus Neuengland in den Wochen nach Kevins Tod den Weg zu ihrer Tür gefunden hatte, um sein Geld zurückzufordern. Aber offenbar hatte Kevin noch tiefer in Schwierigkeiten gesteckt, als sie ahnte.

Außerdem sah es ganz danach aus, als ob Sam ebenfalls in Gefahr schwebte. Es war schlimm genug, dass sie für die Sünden ihres verstorbenen Mannes bezahlen musste. Sam durfte auf keinen Fall mit hineingezogen werden.

Sie musste sofort zu ihm, um ihn rechtzeitig zu warnen. Diesmal wollte sie ihm die ganze hässliche Geschichte vom Anfang bis zum Ende erzählen und auch nicht das kleinste Detail auslassen. Die Spielsucht, die zwielichtigen Gestalten, die Drohungen, das mühsame Abarbeiten des Schuldenbergs – und die niederschmetternde Erkenntnis, dass es noch nicht vorbei war und dass es womöglich kein Entrinnen gab, ganz gleich, wie sehr sie sich abrackerte. Falls die Gläubiger erfuhren, wie viel Sam ihr bedeutete, würden sie ihm ebenfalls zusetzen, und zwar auf eine Weise, die stets auf ihrem Gewissen lasten würde. Der Vater ihres Kindes hatte das nicht verdient.

Wenn sie ihn wirklich liebte, musste sie ihm die Freiheit geben.

321

Die langen roten Zedernbohlen mussten gedämpft werden, bis sie biegsam genug waren, dass Sam sie in den geschwungenen Rumpf des Kanus einpassen konnte. Viel Geduld und Druck waren nötig, um ein gerades Stück Holz in diese nicht naturgemäße Form zu bringen und es anschließend rasch festzunageln, bevor dieses es sich wieder anders überlegte.

Gerade hämmerte Sam die dritte Planke am zweiten der vier Kanus fest, als er einen vertrauten Wagen in der Einfahrt hörte. Max hatte ihn auch bemerkt, denn er sprang von seinem sonnigen Plätzchen auf und begann, an der Tür hin und her zu rennen. Manchmal wäre Sam bei Annies Anblick am liebsten seinem Beispiel gefolgt, hätte Handstand gemacht, Purzelbäume geschlagen und ihren Namen mit leuchtenden Sternen in den Himmel geschrieben.

Wusste sie eigentlich, dass er sie liebte? Schließlich hatte er ihr das nie ausdrücklich gesagt. Aber dazu hatte er auch nicht das Recht, bevor er nicht wusste, was die Zukunft für ihn bereithielt. Seine Gefühle für sie waren viel zu tief. Lieber würde er sie gehen lassen, als sie zu einem Leben zu verurteilen, das nur daraus bestand, auf ihn zu warten.

Heute Morgen hatte er seinen Kontaktmann in Washington angerufen. Er brauchte Antworten, einen Zeitplan, irgendetwas, an das er sich halten konnte. Man hatte ihn daran erinnert, dass seine Zukunft einzig und allein vom Erfolg ihrer Operation abhing. Nur wenn es gelang, Mason, Marx und Daniel zu Fall zu bringen, würde Sam ein freier Mann bleiben.

Letzte Nacht hatte er von einer gemeinsamen Zukunft mit Annie geträumt. In fünf Jahren, in zehn Jahren … Sie beide zusammen in einem sonnigen Haus und so überglücklich, wie er es nie für möglich gehalten hätte. Im Traum hatten sie eine Familie gehabt, gesunde, kräftige Kinder, geboren aus ihrer Liebe. Allerdings würde dieser Wunsch niemals in Erfüllung gehen, denn schließlich hatte Annie ihm erzählt, wie viele Jahre sie vergeblich auf ein Wunder gewartet hatte.

Er hatte erwidert, ihm sei sie Wunder genug. Sie sei sein Zuhause, seine Familie, sein Rückzugsort, wenn die Welt ihm über den Kopf wüchse. Da er sie nun gefunden habe, könne er sich ein Leben ohne sie nicht mehr vorstellen.

»Sam!« Wie ein wunderschöner Tornado kam sie in die Werkstatt gestürmt. Ihr Haar umwehte sie wie eine Wolke, und sie sah ziemlich aufgebracht, wild, aufregend und sexy aus. Sie war die Frau, die er liebte.

Max schlug praktisch Purzelbäume, um sie auf sich aufmerksam zu machen, doch sie schien ihn gar nicht wahrzunehmen.

Sam legte den Hammer weg und wischte sich die Hände an der Jeans ab.

»Sag nichts«, meinte er. »Du hast den Blumenladen aufgegeben, und morgen fliegen wir nach Tahiti.«

Das sollte ein Scherz sein, und tatsächlich konnte sie sich ein Schmunzeln nicht verkneifen. Doch der Blick, den sie ihm zuwarf, war so schmerzerfüllt und elend, dass es ihm den Atem verschlug.

»Da gibt es etwas, das du wissen solltest«, begann sie und wich seiner Umarmung aus.

»Vermutlich ist das eine ganze Menge«, erwiderte er, um Ruhe bemüht. »Schließlich hatten wir beide schon einiges hinter uns, als wir uns kennengelernt haben.«

Sie tat seine Worte mit einer Handbewegung ab. »Du verstehst mich nicht. Kein Mensch – nicht einmal Susan, Claudia oder Warren – weiß, was ich dir nun sagen werde. Niemand in der ganzen Stadt, Sam. Ich bin die Einzige.«

Ein scharfer Stich durchfuhr ihn. Obwohl sie nur einen Meter entfernt von ihm stand, erschien sie ihm plötzlich ganz weit weg. »Und das möchtest du mir jetzt mitteilen.«

»Nein«, entgegnete sie schonungslos. »Am liebsten würde ich es weiter für mich behalten, doch das geht nicht mehr. Sie sind wieder da und wissen von deiner Existenz und …« Sie senkte den Kopf, damit er ihre Tränen nicht bemerkte.

Sie ist so stolz, dachte er. Stolz, zäh und ehrlich. Aber es war ihre Einsamkeit, die ihm am meisten ans Herz ging.

»Wer ist zurück?«, hakte er nach. »Noch mehr Galloways in göttlicher Mission?«

Der Nachmittag war so still, dass man nicht einmal Vogelgesang hörte. Aus der Ferne näherte sich ein Auto. Und im nächsten Moment bemerkte er, dass Annie am ganzen Leibe zitterte.

»Du weißt nicht, wie sie sind«, sagte sie, während er sich fragte, ob sie wohl von kleinen grünen Marsmännchen sprach. »Man kann sich nicht vor ihnen verstecken. Sie finden einen, egal, wo man sich verkriecht, und sie verfolgen einen, bis sie kriegen, was sie wollen.«

Er packte sie am Arm. »Du machst mir Angst«, stellte er fest, begriff aber immer noch nicht, wovon sie eigentlich redete. »Wer verfolgt dich, Annie? Was zum Teufel ist los?« Sie konnte doch unmöglich etwas über seine Vergangenheit erfahren haben. Woher denn auch?

Ein Wagen bog in die Einfahrt ein. Kurz darauf folgte ein zweiter.

»Nimm Max und geh«, sagte sie und wollte ihn wegstoßen. »Sie sind nur hinter mir her. Ich habe nach Kevins Tod alles getan, was sie wollten: das Haus verkauft, das Auto auch. Ich hatte drei Arbeitsstellen. Ich habe alles bis auf den letzten Cent zurückgezahlt. Doch man wird solche Leute nicht los.«

Nacheinander wurden drei Wagentüren zugeknallt.

»O mein Gott!« Es klang fast wie ein Klagelaut. »Bitte geh, Sam. Es ist mein Problem, nicht deins. Du hast das nicht verdient.«

Vier Männer in dunklen Anzügen traten vom hellen Sonnenlicht in die dämmrige Scheune. Annie riss sich von Sam los und stellte sich ihnen in den Weg. Wie eine Amazone versuchte sie, ihn zu beschützen – und er hatte sie nie mehr geliebt als in diesem Moment.

»Lassen Sie ihn gehen«, rief sie so laut, wie er es niemals zuvor bei ihr gehört hatte. »Kümmern Sie sich nicht um ihn. Ich bin es, hinter der Sie her sind.«

Die vier Männer wechselten verdatterte Blicke. Und da wusste Sam, dass es aus war. Seine Idylle in Shelter Rock Cove war vorbei. Sanft nahm er Annie an den Schultern und hielt sie zurück.

»Sie suchen mich«, sagte er und wünschte von ganzem Herzen, er hätte es ihr erleichtern können.

»Sam Butler?« Einer der Männer trat vor.

»Ich dachte, Sie würden zuerst anrufen«, meinte Sam. »Schließlich war es so vereinbart.« Erst ein Anruf, dann ein FBI-Agent, der ihn in Schutzhaft nehmen und zurück nach New York bringen würde. So hatte man es ihm zumindest erklärt.

»Schauen Sie auf Ihr Mobiltelefon«, antwortete der Mann. »Wir haben versucht, Sie zu erreichen, aber Sie sind nie drangegangen. Offenbar ist Ihr Gerät nicht in Ordnung.«

Irgendetwas stimmte nicht!

Sam zog das Telefon aus der Tasche, schaltete es ein und hielt die Hand über das Display, damit die Männer das grüne Leuchten nicht sehen konnten.

»Der Akku ist leer«, verkündete er.

»Na, also«, sagte der Mann. »Deshalb konnten wir Sie nicht erreichen.«

Was zum Teufel wurde da gespielt? Schließlich hatte Sam im letzten Jahr genug mit dem FBI zu tun gehabt, und wusste deshalb, dass etwas im Argen lag. So gingen die Beamten normalerweise nicht vor. Deshalb gab es nur eine mögliche Erklärung: Mason, Marx und Daniel hatten Wind von der Operation und von Sams Rolle darin bekommen. Ihre Macht reichte zwar nicht, um den Staatsapparat aufzuhalten, doch Sam Butler konnten sie jederzeit zum Schweigen bringen.

Annies Augen waren schreckgeweitet. Wie gern hätte Sam sie in den Arm genommen, ihr alles erklärt, ihr erläutert, wie

325

seine Entscheidungen zustande gekommen waren, und sich zu seinen Fehlern bekannt. Warum konnte er nicht die Zeit bis zu dem Moment zurückdrehen, in dem die Außenwelt sich in ihr Leben gedrängt hatte?

Doch je weniger sie wusste, desto besser. Jetzt kam es nur noch darauf an, sie vor Schaden zu bewahren.

Er warf das Telefon auf die Werkbank. »Und wohin fahren wir?«

»Sam Butler, wir haben einen Haftbefehl gegen Sie. Ihnen wird Untreue zur Last gelegt. Sie haben das Recht zu schweigen …«

Annie stieß einen Schrei aus. Wie gern hätte Sam sie an sich gezogen und sie mit einer Halbwahrheit beruhigt. Aber das kam nicht in Frage. Er konnte nur die Arme ausstrecken, um sich Handschellen anlegen zu lassen, und hoffen, dass das Schweigen alles erklärte.

Max knurrte, als die Männer sich seinem Herrchen näherten. Sam bemerkte Annies Blick, und es stand so viel Schmerz darin, dass ihm beinahe die Knie weich wurden.

Das alles ist nur deine Schuld, Butler. So wird sie dich in Erinnerung behalten. Kannst du damit leben?

Am liebsten hätte er sich gegen diese Kerle zur Wehr gesetzt, ihnen die selbstzufriedenen Visagen poliert und dann Annie an der Hand genommen, um mit ihr zu fliehen. Eigentlich neigte er nicht dazu, sich kampflos geschlagen zu geben. Doch im Augenblick blieb ihm nichts anders übrig, wenn er die Frau, die er liebte, retten wollte.

Annie schlang die Arme um Max' Hals und hielt ihn am Halsband fest. Der arme alte Max jaulte leise, und sie konnte nicht verhindern, dass ihr die Tränen über die Wangen liefen und in das gelbe Fell des Hundes tropften. Die Männer waren nicht ihretwegen hier. Sie hatten nichts mit Kevins Spielschulden zu tun. Zum ersten Mal im Leben war nicht sie es, die sich vor Fremden fürchten musste, die plötzlich vor ihrer Tür erschienen, um ihr Leben auf den Kopf zu stellen.

326

Seltsamerweise wirkte Sam gar nicht überrascht. Erschrocken vielleicht, aber nicht erstaunt. Das ganze Gerede über Telefonanrufe – es war fast, als hätte er mit so etwas gerechnet.

Toll, Galloway, du hast wirklich ein Händchen für Männer. Schlimm genug, dass der Erste spielsüchtig war. Jetzt bist du sogar an einen richtigen Verbrecher geraten.

Etwas in ihr weigerte sich, das zu glauben. Sam war ein guter Mensch. Das wusste sie tief in ihrem Herzen.

Kevin war auch ein guter Mensch, was ihn jedoch nicht daran gehindert hat, beinahe dein Leben zu ruinieren.

Aber man durfte Äpfel nicht mit Birnen vergleichen. Kevin war ein schwacher Mensch gewesen, während Sam eine starke Persönlichkeit besaß. Man musste ihn sich nur anschauen, um zu wissen, dass er sein Leben im Griff hatte. Er benahm sich wie ein Mann, der für andere einstand, ganz gleich, was auch geschah.

Nichts als Wunschdenken, Galloway. Hör nicht auf deine Schwangerschaftshormone. Die gaukeln dir nämlich nur etwas vor.

Sam war der großzügigste Mensch, dem sie je begegnet war. Er hatte die Verantwortung für seine fünf Geschwister übernommen, und zwar in einem Alter, in dem die meisten jungen Männer lieber tranken und feierten. Sam war es zugute zu halten, dass aus seinen Brüdern und Schwestern gebildete und erfolgreiche Mitglieder der Gesellschaft geworden waren und nicht Fälle für die Sozialbehörden.

Außerdem verdankte sie, Annie, ihm ihr Leben. Hätte er in jener Nacht nicht die Tür eingetreten, sie würde nicht hier stehen – und nicht wie durch ein Wunder ein Kind erwarten. Nie hätte sie Gelegenheit gehabt, so viel unerwartetes Glück zu empfinden. Hatte sie sich so in diesem Mann geirrt, der ihr so viel von seinem Herzen offenbart hatte?

Warren hatte gesagt, Sam sei für ihn wie ein eigener Sohn. Einen besseren als Sam gibt es nicht, hatte er eines Tages zu ihr gemeint, als der Erwähnte außer Hörweite war. Ich würde ihm mein Leben anvertrauen.

Und ich auch, dachte Annie, während sie die Hand auf ihren Bauch legte. Sogar zwei Leben.

Vielleicht war es purer Leichtsinn. Möglicherweise befand sie sich im Begriff, sich in eine ähnliche Katastrophe hineinzumanövrieren wie damals bei Kevin. Doch Annie war bereit, dieses Risiko einzugehen. Welchen Sinn hatte es, jemanden zu lieben, wenn man nicht in Krisenzeiten für ihn einstand?

Sie ließ ihren Blick durch die Scheune schweifen. An der Decke baumelten zwei Kanus, am dritten wurde noch gearbeitet. Der elegant geschwungene Rumpf, der Berg Nägel, der Haufen rötlicher Hobelspäne am Boden. Neben dem Kanu auf der Werkbank lag das Mobiltelefon. Annies Herz klopfte so heftig, dass es wehtat.

Das Telefon, das war die Lösung!

Sam hatte doch gesagt, der Akku sei tot. Aber das stimmte nicht, denn sie hatte das schwache grüne Licht gesehen, das zwischen seinen Fingern hervorschimmerte, als er die Hand über das Display hielt, wie um es vor den Besuchern zu verbergen.

Die Männer hatten gelogen. Er wusste es, und nun fiel es auch ihr wie Schuppen von den Augen. Die Frage war nur, was sie jetzt unternehmen sollte.

»Sind Sie bereit?«, wandte sich einer der Männer an Sam.

»Warum nicht?«, gab dieser zurück und drehte sich zu Annie um. »Kümmere dich um Max.«

»Natürlich.«

»Keine Sorge«, fügte Sam mit einem verwegenen Grinsen hinzu. »Ich bin zurück, bevor die Sonne untergeht.«

Sie schenkte ihm ein breites Lächeln.

»Ciao«, antwortete sie und lächelte weiter starr, bis er sich abgewandt hatte. Nur über ihre Leiche sollten diese Dreckskerle sie weinen sehen.

Sie hielt Max am Halsband fest, und dann beobachtete sie, wie die Männer Sam ins Auto schoben und mit ihm davonfuhren.

Der Schmerz in ihrem Herzen schien fast mehr, als sie ertragen konnte. Doch das war nicht der richtige Zeitpunkt, um sich mit Fragen zu zermürben oder sich in Selbstmitleid zu suhlen. Nachdem der letzte Wagen um die Ecke gebogen war, zählte Annie bis zehn und griff dann nach dem Mobiltelefon, das auf der Werkbank lag.

Sie musste so schnell wie möglich herausfinden, was es mit diesem Telefon für eine Bewandtnis hatte. Zuerst schaltete sie das Gerät ein und sah, wie das Display grün aufleuchtete. Bis jetzt konnte sie nichts Bemerkenswertes feststellen. Keine technische Sonderausstattung oder Internetanschluss. Dann jedoch stach ihr ins Auge, dass die Ziffer sechs rot eingefärbt war. Was war so wichtig an der Sechser-Taste, dass man sie besonders hervorheben musste?

Annie tat, was wohl jeder Mensch unter diesen Umständen getan hätte: Sie drückte darauf.

Nichts geschah.

Sie drückte noch einmal und betätigte anschließend die Taste »Anrufen«.

Immer noch nichts.

Als sie auf AUTO drückte, schnarrte im nächsten Moment eine barsche Stimme in ihrem Ohr.

»Codenummer bitte.«

»Ich habe keine Codenummer.«

»Zur Benutzung dieses Telefons ist eine besondere Codenummer erforderlich. Bitte nennen Sie die Nummer.«

»Das kann ich nicht«, erwiderte Annie. »Ich kenne sie nicht.«

»Bitte identifizieren Sie sich, indem Sie langsam Ihren Vor- und Nachnamen nennen, diesen buchstabieren und anschließend Ihre Adresse mit Postleitzahl, Telefonnummer und Sozialversicherungsnummer angeben.«

»Ich habe keine Ahnung, wer Sie sind. Warum sollte ich Ihnen meine Sozialversicherungsnummer sagen?«

»Ma'am, Sie benutzen ein Telefon, das ausschließlich für Mitarbeiter der Regierung der Vereinigten Staaten bestimmt ist. Jede andere Verwendung stellt einen Gesetzesverstoß dar.«

»Ich verstehe kein Wort. Der Besitzer dieses Telefons wurde soeben verhaftet, und ich weiß nicht, was ich tun soll. Ich habe das Telefon gefunden und …«

»Bitte bleiben Sie dran, Ma'am. Es wird gleich ein Agent mit Ihnen sprechen.«

»Max«, meinte Annie zu dem gelben Hund, der neben ihr saß. »Ich glaube, wir stecken ordentlich in der Klemme.«

19

Die Männer waren klüger, als Sam ihnen zugetraut hatte. Sobald sie die Schnellstraße erreichten, blieben zwei der vier Wagen zurück, da sie als Konvoi nur Aufsehen erregt hätten.

Allerdings gefiel diese Erkenntnis ihm gar nicht, denn er hatte auf weniger graue Gehirnzellen, dafür aber auf mehr Geschwätzigkeit gehofft. Bis jetzt beschränkte sich das Geplauder im Auto jedoch auf den Benzinverbrauch und das seltsame Klopfgeräusch unter der Motorhaube. Sam spielte mit dem Gedanken, die Männer einfach zu fragen, was zum Teufel eigentlich los war. Doch dann hielt er es für vernünftiger, sich das zu verkneifen.

Es kostete ihn alle Mühe, nicht an Annie zu denken. Sicher würden sie niemanden zurückschicken, denn wenn sie sie entführen wollten, hätten sie das bestimmt gleich getan. Sie befand sich in Sicherheit. Das wiederholte er sich ständig wie ein Mantra. Sie war in Sicherheit, und er würde in ihren Armen liegen, noch ehe die Nacht zu Ende ging.

Als sie »Ciao« anstatt »Auf Wiedersehen« gesagt hatte, hätte er am liebsten laut gejubelt. Seit sie die aufdringliche Frau im Cappy's belauscht hatten, beendeten sie nämlich jedes Telefonat mit diesem Wort. Also hatte Annie verstanden, dass es mit dem Telefon eine besondere Bewandtnis hatte. Sie hatte aufmerksam zugehört, alles beobachtet und ihre Schlüsse daraus gezogen. Nun brauchte sie nur ein paar Tasten zu drücken, und dann würde es nicht lange dauern, bis es in Shelter Rock Cove von FBI-Leuten wimmelte.

Es hätte ihn nicht gewundert, wenn bereits auf dem Flughafen ein Empfangskomitee auf sie wartete.

Sam sah aus dem Fenster. Jeden Moment würden sie am

Flughafen sein. Sein Herz klopfte so heftig, dass er kaum Luft bekam. Die Polizei war ganz bestimmt schon da. Vielleicht auch das FBI. Sie würden das Auto umzingeln, ehe es richtig zum Stillstand kam. Und dann war er frei.

So einfach ist das nicht, Butler. Diese Kerle haben dich entführt. Das ist ein Bundesverbrechen. Also werden sie nicht kampflos aufgeben.

Und das hieß, dass sie sicher bewaffnet waren. Mein Gott, was zum Teufel wurde hier gespielt? Sam ließ sich tiefer in seinen Sitz sinken. Wenn sich Gesetzeshüter auf dem Flughafen herumtrieben, konnte es ganz schön unangenehm werden. Außerdem hatte er den leisen Verdacht, dass keine der beiden Seiten zögern würde, das Feuer zu eröffnen. Und wer war der einzige Unbewaffnete im Umkreis von vielen Kilometern? Allerdings hätte eine Pistole ihn auch nicht weitergebracht, denn schließlich trug er Handschellen. So etwas nannte man wohl eine Zwickmühle.

Der Fahrer bog scharf nach links ab, und dann ging es durch ein Tor zu einer Rollbahn, die schon lange keine Bauarbeiter – und auch sonst keine Menschenseele – mehr gesehen hatte. Etwa hundert Meter weiter wartete ein Kleinflugzeug. Ein Mann in Pilotenuniform umrundete die Maschine und musterte sie gründlich. Es fehlte nur noch, dass er gegen die Reifen trat.

Keine Polizei. Kein FBI. Er war ganz allein.

Ich liebe dich, Annie, dachte Sam, als die Männer die Wagentür öffneten.

Er stieg aus. Draußen herrschte strahlender Sonnenschein.

Ganz gleich, was geschieht, ich werde dich immer lieben.

Und dann trat er zu, und zwar mit einer mörderischen Wucht, in die er all seine Wut, seine Enttäuschung und seine Liebe hineinlegte. Sein erster Tritt traf den größeren der beiden Männer so überraschend, dass er wie ein nasser Sack zu Boden ging, seinen Bauch umklammerte und sich unter Schmerzen auf dem Asphalt wälzte.

332

Der zweite Tritt verletzte den Kleineren der beiden zwar an der Schulter, konnte ihn jedoch nicht aufhalten. Er stürzte sich auf Sam und schlug nach seinem Kopf. Da Sam Handschellen trug, war es ihm unmöglich, sich zu wehren.

Er taumelte. Ihm war schwindelig, und ihm drehte sich der Kopf. So sehr er sich auch bemühte, das Gleichgewicht zu bewahren und noch einmal zuzutreten, war er im Begriff, die Orientierung zu verlieren. Er hörte einen Automotor in der Nähe. Menschen rannten auf ihn zu.

Die Zeit wird knapp, Butler, es muss klappen. Es ist deine letzte Chance. Ich liebe dich, Annie, ich liebe dich.

Er holte zum dritten Mal aus, aber er hatte zu wenig Schwung, und es war zu spät. Aus dem Augenwinkel sah er, wie einer der Männer näher kam. Dann wurde es schwarz um ihn.

In Warrens Haus und Scheune wimmelte es von FBI-Agenten, uniformierten Beamten und Kriminalpolizisten, wie man es in Shelter Rock Cove noch nie gesehen hatte. Sam war nicht verhaftet, sondern entführt worden, und nun lautete die Frage: von wem?

Annie wurde von einem Agenten namens Briscoe verhört, der sie behandelte, als habe sie versucht, die Regierung zu stürzen. Unschuldig zu sein, hörte sich aus seinem Munde an wie eine strafbare Handlung, und er vertrat sogar die These, Sams Entführung sei vielleicht nur vorgetäuscht.

»Ich habe keine Ahnung, wer die Kerle waren und was sie von Sam wollten«, sagte Annie nun schon zum dritten oder vierten Mal. »Schließlich haben sie ihn entführt, nicht ich.«

Es fiel ihr schwer, das Wort auszusprechen. Der bloße Gedanke, dass Sam irgendwo von fremden Menschen gefangen gehalten wurde, ängstigte sie mehr als eine Festnahme.

»Und die Situation kam Ihnen nicht merkwürdig vor?«

»Ich konnte nicht ahnen, dass so etwas geschehen würde, bevor die Männer auf der Bildfläche erschienen. Ich weiß nur, dass Sam fragte, warum sie nicht zuerst angerufen hätten. Sie behaupteten, sein Telefon sei tot gewesen. Aber als er es ausprobierte, sah ich, dass das Display leuchtete. Das habe ich ihnen doch schon tausendmal erklärt. Warum verschwenden Sie wertvolle Zeit damit, mir Fragen zu stellen, während Sam irgendwo festgehalten wird und in Gefahr schwebt?«

Und dann tat Annie das, was sie in den letzten anderthalb Stunden hatte unterdrücken können: Sie brach in Tränen aus.

»Sie brauchen einen Whiskey«, meinte Briscoe. »Ist welcher im Haus?«

»Kein Alkohol«, stieß sie hervor. »Ich bin schwanger.«

Die Tränen flossen in Sturzbächen.

Sofort wurde der knallharte Briscoe ganz freundlich, sodass Annie sich fragte, warum sie eigentlich so viele Jahre damit vergeudet hatte, die Starke zu mimen. Offenbar waren ein paar Tränen zur rechten Zeit noch immer die beste Waffe einer Frau. Briscoe wies seine Kollegen an, Tee für sie zu kochen und ihn ins Wohnzimmer zu bringen. Dann bot er ihr ein Kissen, eine Decke und ein Aspirin an. Aber Annie schüttelte nur weinend den Kopf. Auch wenn sie es gewollt hätte, sie konnte nicht mehr aufhören, denn Angst, Freude, Entsetzen, Liebe, Enttäuschung und all die anderen Gefühle, die in den letzten Stunden in ihr getobt hatten, machten sich nun in einem Tränenstrom Luft.

Sie war schwanger. Sie, Annie Galloway, würde tatsächlich ein Baby zur Welt bringen. Und der Mann, den sie liebte, der Vater ihres Kindes, war spurlos verschwunden.

Oh, Sam, eigentlich bin ich ja hergekommen, um es dir zu sagen. Ich weiß nicht, wie du darauf reagieren wirst. Wir haben nie über Kinder gesprochen. Ich hätte es nie für möglich gehalten. Ein Baby, Sam, unser Baby!

»Hier«, sagte Briscoe und reichte ihr eine dickwandige Tasse mit milchigem Tee. »Gleich werden Sie sich besser fühlen.«

Annie bedankte sich. Max, der seit Sams Entführung nicht von ihrer Seite gewichen war, betrachtete den Polizisten und knurrte leise.

»Was hat der Hund?« Briscoe wich einen Schritt zurück. »Beschützt er Sie immer so?«

»Ja«, antwortete sie und küsste Max auf den gelben Schädel. »Er ist ein guter Junge, richtig, Max?«

Annie trank einen großen Schluck Tee. Er war heiß, süß und stärkend, genau das, was sie brauchte. »Bitte suchen Sie Sam. Ich habe Angst, dass ihm Gefahr droht.«

»Wir arbeiten daran, Mrs Galloway. Glauben Sie mir, wir wollen Mr Butler genauso dringend finden wie Sie.«

Das bezweifle ich, dachte sie während sie noch einen Schluck Tee trank. Schließlich sind Sie nicht schwanger von ihm.

»Das ist mein Haus, verdammt«, hörte sie da eine vertraute Stimme fluchen. »Wenn Sie mich nicht sofort hineinlassen, kriegen Sie einen Ärger, der sich gewaschen hat.«

»Ach, herrje«, murmelte Briscoe. »Was ist denn nun schon wieder?«

Warren kam hereinmarschiert. Er war fuchsteufelswild. Obwohl er gut dreißig Jahre älter war als die übrigen Anwesenden, dominierte er sofort den Raum. Er ging auf Annie zu und beugte sich zu ihr hinunter.

»Alles in Ordnung?«

Sie nickte. »Es geht um Sam. Er wurde entführt.«

»Das habe ich schon gehört.« Warren richtete sich auf und trat auf Briscoe zu. »Ich hoffe, Sie haben eine gute Erklärung für dieses Theater.«

Briscoe spulte dieselbe Litanei herunter wie vorhin gegenüber Annie. Man habe auf Annies Anruf reagiert, sei aber nicht befugt, weitere Einzelheiten preiszugeben.

»Warum hast du das FBI alarmiert?«, wollte Warren leise von Annie wissen.

»Ich habe Sams Telefon benutzt«, erwiderte sie. »Wenn

man auf die rote Sechs drückt, hat man Washington an der Strippe.«

Warren stieß einen leisen Pfiff aus. »Gibt es einen Verdacht, wer die Entführer sein könnten?«

»Keine Ahnung«, antwortete sie. »Und ich vermute, dass ich damit nicht allein bin. Sie haben sogar behauptet, die Tat könnte nur vorgetäuscht sein. Ist das zu fassen?«

Warren zückte sein Mobiltelefon und rief einen hohen Regierungsbeamten in Washington an.

»Man verfolgt gerade die Flugroute eines Privatjets, der vor etwa zwei Stunden auf unserem Flugplatz gestartet ist. Offiziell gehört er der Ehefrau eines leitenden Mitarbeiters von Mason, Marx und Daniel, Sams ehemaligem Arbeitgeber.«

Annie war verzweifelt. Nun würde Briscoe seine Theorie sicher bestätigt sehen. Warren reichte Briscoe das Telefon. Nachdem dieser eine Weile nahezu schweigend gelauscht hatte, beendete er das Gespräch.

»Vielleicht müssen wir morgen noch einmal mit Ihnen sprechen«, meinte er zu Annie. »Wo kann ich Sie finden?«

Sie gab ihm die Adresse und die Telefonnummer des Blumenladens. »Wir melden uns«, sagte Briscoe. »Vergessen Sie nicht: Die offizielle Version lautet, dass Mr Butler verhaftet wurde. Es ist in seinem und auch in Ihrem besten Interesse, dass Sie sich daran halten.«

Die Nachricht von Sams Festnahme verbreitete sich wie ein Lauffeuer in Shelter Rock Cove. Als Annie nach Hause kam, wusste die ganze Stadt, dass ihr Freund in Handschellen abgeführt worden war. Wohin man ihn gebracht hatte und was dahintersteckte, konnte zwar niemand sagen, aber die Gerüchteküche arbeitete auf Hochtouren. Ceil, die Kassiererin vom Supermarkt, berichtete, ihr Schwager Stan habe gesehen, wie Sam auf dem kleinen Flugplatz nördlich der Stadt in eine Privatmaschine stieg. Doch da alle über Stans enge persönliche Beziehung zu einem gewissen Mr Jack Daniels im Bilde waren, galt seine Beobachtung als nicht besonders zuverlässig.

An den Fakten konnte allerdings auch die Person des Erzählers nichts ändern: Die arme Annie war allem Anschein nach einem zwielichtigen Gesellen auf den Leim gegangen. Nun, im Bett schien er eine Wucht gewesen zu sein – schließlich konnte jeder sehen, wie sich die beiden sogar in aller Öffentlichkeit mit Blicken verschlangen. Doch was nützte guter Sex, wenn der Auserwählte hinter schwedischen Gardinen saß?

Vielleicht würde sich Annie beim nächsten Mal von ihrem Verstand und nicht von ihren Hormonen leiten lassen und sich an einen netten Kerl wie Hall Talbot halten. Schließlich wusste die ganze Stadt, dass er seit seiner Jugend für sie schwärmte. Wäre es nicht nett, wenn sie jemanden heiratete, der so wie sie hier aufgewachsen war?

Warren, der sehr besorgt war, fuhr hinter Annie her, um sicherzugehen, dass sie auch gut nach Hause kam. Sie bat ihn auf eine Tasse Kaffee herein, damit er sich vergewissern konnte, dass weder im Schrank noch unter dem Bett böse Buben lauerten.

Annie hörte ihren Anrufbeantworter ab und löschte die meisten Nachrichten. Sweeney klang ziemlich erschrocken. Susan war eher schockiert. Und Hall hörte sich an, als plage ihn das schlechte Gewissen.

»Tut mir leid, das alles ist nur meine Schuld«, sagte er. »Ruf mich an.« Aber daran war im Moment nicht zu denken. Nachdem Annie Warren einen Kaffee eingeschenkt hatte, setzten sie sich zum Reden in die Küche.

»Du kennst Sam sehr lange«, begann Annie, die es am besten fand, den Stier bei den Hörnern zu packen. »Verschweigst du mir etwas? Ein dunkles Geheimnis vielleicht?«

»Er ist nicht wie Kevin, mein Kind.«

Erschrocken fuhr Annie hoch.

»Das sollte keine Retourkutsche sein. Wir haben keine Zeit, um den heißen Brei herumzureden.«

»Du wusstest, dass Kevin …«

Sie brachte das Wort nicht über die Lippen. Zu viele Jahre hatte sie es vor den Menschen geheim gehalten, die ihn kannten und liebten, damit sich bloß nichts an diesen Gefühlen änderte.

»Spielsucht«, erwiderte Warren. »Er hat mich kurz vor seinem Tod um Geld gebeten.«

»Und du hast es ihm gegeben?«

»Nein.« Warren wirkte so bedrückt, wie sie ihn noch nie erlebt hatte. Und dass er ihre Trauer verstand, war Balsam für ihre Seele. »Ich habe ihm angeboten, ihm bei der Lösung seiner Probleme zu helfen, und ihm vorgeschlagen, ihn zu den Anonymen Spielern zu begleiten.«

Er fuhr sich mit der Hand durchs immer noch dicke weiße Haar. »Das Geld habe ich ihm verweigert, weil ich befürchtete, er könnte es verspielen, bevor die Tinte auf dem Scheck trocken war.«

»Du hattest recht«, erwiderte sie. »Genau das hätte er getan.«

»Ich wollte dich nicht in Verlegenheit bringen«, fuhr Warren fort. »Denn schließlich war dir deine Privatsphäre heilig. Du hast deinen guten Ruf riskiert, um den von Kevin zu schützen.«

»Das war ein Fehler«, entgegnete sie. »Ich hätte es öffentlich machen sollen, um ihn zu zwingen, Hilfe in Anspruch zu nehmen.«

»Du hast auf dein Herz gehört. Mehr kann man von einem Menschen nicht verlangen.«

»Du wusstest also, warum ich das Haus verkaufen musste?«

»Ich bekenne mich schuldig«, antwortete Warren.

»Und dieses Haus hast du mir günstig überlassen, um mich zu unterstützen.«

Obwohl er die Stirn runzelte, verriet ihn sein Blick. »Diese Bruchbude? Ein Glück, dass ich überhaupt einen Käufer gefunden habe.«

»Ich liebe das Haus«, sagte Annie und griff nach seiner Hand. »Ich liebe es fast so sehr wie dich.«

Nachdem sie die Ereignisse des Nachmittags noch einmal von Anfang an durchgegangen waren, wussten sie auch nicht mehr. Warren zückte sein Mobiltelefon und rief seine Anwälte und einen Privatdetektiv an, der den Auftrag hatte, die Gegend im Auge zu behalten.

»Ich will alles erfahren, was Sie über diese Kerle herauskriegen können, und außerdem wissen, wohin sie geflogen sind. Und zwar am besten gestern.«

»Gestern?« Annie zog die Augenbraue hoch. »Du siehst zu viel fern, Warren.«

»Wenn man solche Leute nicht unter Druck setzt, wartet man bis nächste Woche«, erwiderte Warren, als das Telefonat zu Ende war. »Und nun beginnen wir noch einmal ganz am Anfang.«

Gerade hatte Annie zu ihrem Bericht angesetzt, als sie Claudias Schritte auf dem Gartenweg hörten.

Warren schüttelte den Kopf. »Wie kann so ein zierliches Persönchen so viel Lärm machen?«

Annie sah sich im Raum um, als suche sie nach einer Fluchtmöglichkeit. »Das wird mir im Moment ein bisschen zu viel«, sagte sie. »Eine Gardinenpredigt von Claudia hat mir gerade noch gefehlt.«

»Ich werde sie schon bändigen«, versprach Warren. »Wenn sie Unsinn redet, fliegt sie raus.«

Claudia klopfte höflich an, wartete eine halbe Sekunde und rief dann: »Ich weiß, dass du da bist. Wenn es sein muss, warte ich die ganze Nacht vor der Tür.«

Warren verdrehte die Augen, und Annie stand auf, um ihrer Schwiegermutter die Tür zu öffnen.

»Wie geht es dir?« Claudia umfasste Annies Gesicht mit

beiden Händen und musterte sie prüfend. »Du siehst müde aus.«

»Alles bestens«, antwortete Annie, »zumindest in Anbetracht der Lage.« Sie forderte Claudia auf, an dem kleinen Küchentisch Platz zu nehmen.

»Ich hätte mir denken können, dass du gekommen bist.« Claudia bedachte Warren mit einem strengen Blick. »Immer musst du deine Nase in anderer Leute Angelegenheiten stecken.«

»Halt den Mund, Weib«, erwiderte er. »Wenn du nichts Hilfreiches beizutragen hast, kannst du genauso gut still sein.«

»Ich bin wegen Annie hier.« Claudia ließ sich in dem Schaukelstuhl nieder, den Annie an den Tisch gerückt hatte. »Und ich würde mich freuen, wenn du dich um einen höflicheren Ton bemühen könntest.«

»Könnt ihr beide nicht …« Der Raum fing an, sich zu drehen, sodass Annie sich an der Lehne des Schaukelstuhls festhalten musste.

»Gütiger Himmel!« Warren sprang auf, legte ihr den Arm um die Taille und half ihr auf einen Stuhl. »Das Mädchen wäre beinahe in Ohnmacht gefallen.«

Claudia stand rasch auf, schob Warren beiseite, bückte sich und blickte Annie in die Augen. »Wann hast du zuletzt etwas gegessen?«

»Ich … keine Ahnung.«

»Dann mach dich nützlich«, wies Claudia Warren an. »Hol ihr ein paar Kräcker und ein Glas Milch.« Sie wartete ab, bis Warren hinausgeeilt war, und sah Annie dann wieder in die Augen. »War heute Nachmittag beim Arzt alles in Ordnung?«, fragte sie sanft.

Ihre gemeinsame Vergangenheit schwebte im Raum. Annie war wieder ein kleines Mädchen, das im großen Garten der Galloways spielte. Sie half Claudia, riesige Krüge mit kalter Limonade nach draußen zu schleppen. Sie ließ sich von

340

ihrer neuen Schwiegermutter beibringen, wie man Blaubeermarmelade kocht. Sie vertraute sich in ihrer Trauer der einzigen Frau an, die Kevin genauso geliebt hatte wie sie. Sie arbeitete Seite an Seite mit der stärksten Frau, die sie je gekannt hatte. All diese Zeit, jede Minute davon, stand nun wieder vor ihnen.

Annie nickte. »Einfach wunderbar«, flüsterte sie. »Es hätte gar nicht besser sein können.«

Es tat nur ganz kurz weh. Ein scharfer schmerzhafter Stich, so heftig, dass Claudia befürchtete, ihn nicht ertragen zu können. Die vielen Jahre des Wartens und der allmonatlichen Enttäuschung, die Annie und Kevin zu verbergen versucht hatten. Und nun das Wunder. Annie, ihre geliebte Annie, würde endlich ein Kind bekommen. Und damit wurde das letzte Band zwischen ihnen durchtrennt.

Alles ging weiter, ganz gleich, was man auch tat, um das zu verhindern. Die Liebe erblühte dort, wo man am wenigsten mit ihr rechnete. Und genau das war es, was das Leben zu einem solchen Wunder machte. Es war überflüssig, dass Claudia Annies Bedürfnis nach einem Neuanfang verstand. Sie musste nur den Mut finden, sie in die Welt hinauszuschicken.

Die schwerste Aufgabe, die man ihr je abverlangt hatte – und gleichzeitig auch die einfachste.

Claudia drückte fest Annies Hände.

»Ein Baby«, flüsterte sie mit zitternder Stimme. »Gott hat ein Wunder gewirkt.«

Annie lachte leise auf. »Eindeutig ein Wunder. Schließlich bin ich schon achtunddreißig. Die letzte Chance.«

Als Claudia in Annies wunderschöne blaue Augen blickte, wünschte sie, sie hätte die lange Zeit der Angst und Einsamkeit ungeschehen machen können. Wie blind war sie gewesen, nicht zu bemerken, dass ihre Schwiegertochter unglücklich war? Stattdessen hatte sie Kevins Heiligenschein poliert, obwohl die ganze Stadt die Wahrheit kannte. Wenn sie nun an das neue Leben dachte, dass in Annie heranwuchs, erschien ihr all das als schreckliche Verschwendung.

»Heute Nachmittag wollte ich es Sam sagen«, fuhr Annie fort. »Ich weiß, dass du ihn nicht leiden kannst, aber …«

»Ich habe mich in ihm geirrt.«

Es fiel ihr unerwartet leicht, diese Worte auszusprechen. Sie hätte es schon vor langer Zeit tun und noch vieles mehr sagen sollen.

»Dein Sam hat sich große Mühe gegeben, mir bei der Lösung eines Problems zu helfen, und ich fürchte, dass ihn seine Großzügigkeit erst in diese Klemme gebracht hat.« Claudia holte tief Luft. Jetzt gab es kein Zurück mehr. »Ich habe ihn nur als jemanden gesehen, der Kevins Platz einnehmen wollte, und das war ungerecht von mir. Sam hat ein gutes Herz, Annie. Er ist ein anständiger Mensch, und er liebt dich.«

»Woher weißt du das?«

»Mein Kind, jeder in unserer wunderbaren Stadt weiß, was Sam Butler für dich empfindet.«

»Und kennen sie auch meine Gefühle für ihn?«

»Für die anderen kann ich nicht sprechen, aber ich bin ziemlich sicher.«

Du liebst ihn, Annie Lacy Galloway. Du hast deine Gefühle noch nie verbergen können.

Sie sah so jung aus wie das kleine Mädchen, das sie erst vorgestern noch gewesen war.

»Es könnte sein, dass ich dich eines Tages um deinen Segen bitte.«

Claudia stiegen die Tränen in die Augen. »Als ob du das nötig hättest! Du warst meinem Sohn eine gute Frau, Annie, obwohl du es sicher nicht immer leicht mit ihm hattest. Wenn wir anderen nicht die Augen verschlossen hätten …« Sie seufzte tief. »Doch so ist unsere Familie nun einmal damit umgegangen.« Sie schob Annie ein Stück weg und sah sie eindringlich an. »Auch damals, als ich dasselbe Problem hatte.«

»Du?« Annie machte ein Gesicht wie Claudias Jüngste, als sie dahintergekommen war, dass es den Weihnachtsmann gar nicht gab. »Das glaube ich nicht.«

»Ich bin nicht stolz auf mein Verhalten«, fuhr Claudia fort, »aber darauf, dass ich es geschafft habe, davon loszukommen. Ich habe gehofft, dass es Kevin auch gelingen würde, doch das sollte anscheinend nicht sein.«

Kevin war der beste Sohn gewesen, den eine Mutter sich wünschen konnte, der Maßstab, an dem sie ihre anderen Kinder gemessen und für ungenügend befunden hatte. Wenn diese ihn nicht ebenso vergöttert hätten wie sie, wäre sie heute eine sehr einsame Frau.

»Ich habe es versucht, Claudia«, erwiderte Annie mit tränenerstickter Stimme. »Ich habe alles versucht, was mir eingefallen ist. Ich habe sogar gedroht, ihn zu verlassen, wenn er nicht aufhört.«

»Pst«, sagte Claudia und streichelte ihr übers Haar. »Mein John wollte sich auch von mir trennen, aber ich fing erst an, mich zu ändern, als ich wirklich bereit dazu war. Wir alle liebten Kevin und haben dazu beigetragen, sein Geheimnis zu wahren. Die ganze Stadt hat mitgemacht. Keine Ehefrau hätte mehr tun können als du. Deine Mutter wäre sehr stolz auf dich gewesen.« Sie zögerte kurz und betete, dass sie noch das Recht hatte, die folgenden Worte zu sagen. »Ich bin auch sehr stolz auf dich.«

Annie fühlte sich in der Liebe ihrer Mutter und ihrer Ersatzmutter geborgen. Wenn diese sie vor Schaden bewahren könnte, würde ihr nie mehr etwas geschehen.

Ohne Sam erschien ihr das Bett leer. George und Gracie hatten sich am Fußende zusammengerollt, sodass genügend Platz für Max war. Doch nicht einmal seine tröstende Gegenwart konnte Annie über die Sehnsucht nach Sam hinweghelfen.

Sie hörte, wie Claudia und Warren leise miteinander sprachen und am Küchentisch Karten spielten. Obwohl sie beteuert hatte, dass sie nicht bleiben mussten, bestanden sie darauf. Und um ehrlich zu sein, war Annie froh über die Gesellschaft. Es war so schön zu wissen, dass sie da unten saßen, lachten und sich kabbelten, denn es vermittelte ihr die nötige Zuversicht, dass alles ein gutes Ende finden würde.

Es stellte sich als unmöglich heraus, Claudia die Wahrheit zu verheimlichen. Lange hatten sie zu dritt dagesessen und sich das Hirn zermartert, welchen Grund jemand haben sollte, Sam zu entführen. Doch sie waren nun ebenso schlau wie zuvor.

»Er ist arbeitslos«, meinte Warren. »Also hat er keine Entscheidungsgewalt in einem Unternehmen.«

»Und Geld hat er auch nicht«, fügte Claudia hinzu.

»Vielleicht verfügt er über wichtige Informationen«, schlug Annie vor.

Bis zu diesem Zeitpunkt hatte sie kaum darüber nachgedacht, womit Sam seinen Lebensunterhalt verdient hatte, bevor er nach Shelter Rock Cove kam. Ihr erzählte er, er habe in einer großen Kanzlei an der Wall Street gearbeitet. Doch genauso gut hätte er ihr erklären können, er verdiene sein Geld mit dem Knacken von Kokosnüssen, so wenig verstand sie von diesem Geschäft. Der Mann, den sie kannte und liebte, besaß einen großen gelben Labrador und fuhr in einem zerbeulten Geländewagen herum, der dem ihren zum Verwechseln ähnlich sah. Er wohnte in einem Haus, das ihm nicht gehörte, und bastelte Kanus für Warrens Museum, wenn er nicht gerade in ihrem Bett lag.

Annie konnte sich nicht vorstellen, welchen Grund jemand haben könnte, einen solchen Mann zu verschleppen. Wenn dieser Mann jedoch an der Wall Street gearbeitet hatte, sah die Sache natürlich ganz anders aus.

»Dein Freund hat offenbar einen Riecher für Schlagzeilen«, verkündete Sweeney, als Annie am nächsten Morgen in den

Blumenladen kam. Claudia war zu Hause geblieben, um für den Fall, dass Sam anrief, das Telefon zu hüten. »Eine tolle Geschichte, Kindchen.«

»Ich traue mich gar nicht hinzuschauen«, erwiderte Annie und riskierte dann doch einen kurzen Blick auf die Tageszeitung – angesichts der Tatsache, dass ihr Magen allmorgendlich auf Kriegsfuß mit ihrem restlichen Körper stand, ein gefährliches Unterfangen. Es war noch schlimmer, als sie befürchtet hatte. Auf der Titelseite prangte das Foto, das Annie und Sam beim Labor-Day-Picknick zeigte. Die Schlagzeile darunter lautete: Freund von Ladenbesitzerin mit Waffengewalt entführt.

Als sie die Nachrichten einschalteten, hörten sie die Meldung, eine Kanzlei an der Wall Street sei nach dem Verschwinden eines ehemaligen leitenden Angestellten wegen Betrugs aufgeflogen. Wie der Nachrichtensprecher kurz zusammenfasste, habe sich der Skandal in der Kanzlei Mason, Marx und Daniel ereignet, wo Sam früher tätig gewesen sei. Tausende von Anlegern hätten durch die Machenschaften der Manager viele Millionen Dollar verloren. Ein Foto von Sam, kaum zu erkennen in einem eleganten und teuren Anzug, war lange genug auf dem Bildschirm zu sehen, um Annie wieder zum Weinen zu bringen, woraufhin Sweeney loseilte, um Pfefferminztee mit viel Zucker zu holen.

»Es heißt, er sei verschwunden«, sagte Sweeney, während sie Zucker in ihre eigene Tasse gab. »Du sagtest doch, man hätte ihn verhaftet.«

»So sah es aus«, antwortete Annie. »Wie würdest du es nennen, wenn dir ein Typ Handschellen anlegt?«

»Kindchen, das behalte ich lieber für mich.«

Als Annie Agent Briscoe anrufen wollte, erreichte sie nur seinen Anrufbeantworter. Daraufhin wählte sie die Nummer von Warren, der schon den ganzen Morgen versuchte, verschiedenen Quellen Informationen zu entlocken. Doch er stieß überall nur auf hartnäckiges Schweigen.

»Es gibt nichts Neues«, meldete er. »Aber da das Flugzeug auf Marcella Dixon registriert ist, vermutete ich, dass ein ehemaliger Kollege Sams Foto vom Labor-Day-Picknick gesehen und ihn dadurch aufgespürt hat.«

»Aber was verspricht sich dieser Mensch davon?«, fragte Annie. »Du machst mir Angst, Warren.«

»Das wollte ich nicht. Vielleicht möchte man sich sein Schweigen mit einem Flugticket in die Schweiz oder ein kleines karibisches Steuerparadies erkaufen.«

»Nach den Fernsehberichten zu urteilen, ist er auf das Angebot eingegangen.« Jeder, der auch nur fünf Minuten lang die Sendungen verfolgte, musste den Eindruck gewinnen, dass Sam ein Finanzmanager war, der sogar seine eigene Mutter verkauft hätte, wenn nur der Profit stimmte. Der Theorie, Sam könnte seine eigene Entführung inszeniert haben, um sich der Strafverfolgung zu entziehen, wurde im Fernsehen mehr Zeit gewidmet, als Annie lieb war.

»Gib ihn nicht auf«, sagte Warren. »Sicher wird alles gut.«

Allerdings wollten sich die Zweifel, auf welcher Seite Sam nun wirklich stand, einfach nicht legen. Gehörte er zu den Managern, die der Veruntreuung von Mandantengeldern beschuldigt wurden? Oder war er von Anfang an im Auftrag der Regierung tätig gewesen, um diese Unterschlagungen auffliegen zu lassen. War es überhaupt möglich, derart zwischen den Stühlen zu sitzen und den Skandal dennoch unbeschadet zu überstehen? Über diese ethische Frage wollte Annie lieber gar nicht erst nachdenken.

Ein Mann, der die Verantwortung für seine fünf Geschwister übernahm, konnte doch unmöglich unschuldige Menschen bestehlen. Oder vielleicht doch? Wahrscheinlich hatte er unter unglaublichem finanziellem Druck gestanden. Wer konnte sagen, wie sich ein knapp volljähriger junger Mann verhalten würde, wenn die Sorge um die Zukunft von fünf kleinen Kindern auf seinen Schultern lastete? Schließlich war die Welt, anders als Annie in ihrer Kindheit geglaubt hatte, nicht schwarz-weiß, und die Wahrheit lag, wie sie nun wusste, häufig in der Mitte. Das traf auf ihr Leben zu und vermutlich ebenso auf das von Sam.

Alle Bewohner der Stadt, mit denen Annie zur Schule gegangen war oder im Supermarkt ein Schwätzchen gehalten hatte, fanden heute einen Vorwand für einen Besuch im Blumenladen. Wenigstens besaßen manche den Anstand, zumindest eine Rose oder einen kleinen Strauß Margeriten zu kaufen. Die meisten jedoch gaben sich gar keine Mühe zu verhehlen, dass sie auf Informationen aus waren, die sie als Aussagen aus erster Hand weiterverbreiten konnten. Der Sturz der jungfräulichen Witwe war heute in der ganzen Stadt das wichtigste Gesprächsthema.

»Ach, gehen Sie doch nach Hause und schauen Sie die Nachrichten an«, fuhr Annie die Bibliothekarin Mrs McDougal an. »Dann wissen Sie genauso viel wie ich.«

»Die Frau ist vierundachtzig«, meinte Sweeney schockiert zu ihr. »Du hättest nicht so grob zu dem alten Mädchen sein dürfen.«

»Ich hasse sie alle«, murmelte Annie und hängte das Schild mit der Aufschrift »Geschlossen« ins Fenster.

»Seit wann machen wir Mittagspause?«, staunte Sweeney.

»Seit heute.«

»Das ist gar nicht gut fürs Geschäft, Schätzchen.«

»Dasselbe gilt für gefährliche Körperverletzung. Und dazu könnte es durchaus kommen, wenn mich noch jemand fragt, was denn nun wirklich passiert sei.«

»Du brauchst noch einen Pfefferminztee und etwas Essbares«, meinte Sweeney.

Annie verzog das Gesicht. »Am liebsten hätte ich einen Martini. Aber der Tee muss genügen.«

»Es ist keine gute Idee, wenn du hungerst.«

»Verdammt, Sweeney, du bist nicht meine Mutter. Ich esse, wann ich will, und damit basta.«

347

Spitze, nun klang sie schon wie eine Schwangere in einem Stadium zwischen Wechseljahren und Trotzphase.

Annie wollte sich gerade einen Tee kochen, als es an der Tür klopfte. »Kannst du nicht lesen?«, brummte sie. »Wir haben geschlossen.«

»Es ist Hall«, verkündete Sweeney und spähte über den Rand ihrer Zeitung hinweg. »Ach herrje, was mag er nur wollen?«

Annie schloss auf und bat Hall herein. »Wenn du mich begaffen oder aushorchen willst, kannst du gleich wieder abhauen.«

Sein Patriziergesicht rötete sich kaum wahrnehmbar. »Ich bin gekommen, um mich zu entschuldigen.«

»Wofür?«

»Dafür, dass ich ein mieses Schwein bin.«

Verdutzt starrte sie ihn an. »Das müsstest du mir ein bisschen genauer erklären.«

Er wies mit dem Kopf auf Sweeney. »Können wir uns nicht irgendwo unter vier Augen unterhalten?«

Sweeney blickte auf.

»Mit Vergnügen«, meinte sie und schob ihren Stuhl zurück. »Die Einzelheiten erfahre ich später sowieso von Annie.«

»Ich wollte sie nicht kränken«, sagte Hall, als Sweeney an ihm vorbei und zur Hintertür hinausrauschte.

»Du kannst dich bei ihr entschuldigen, wenn du magst.«

»Du klingst heute so anders, Annie.«

»Tja, vielleicht liegt das daran, dass ich noch nie so einen Tag mitgemacht habe.« Es fiel ihr schwer, ihre Ungeduld zu verbergen. »Und aus welchem Grund willst du dich bei mir entschuldigen?«

»Weil ich dieses ganze Durcheinander vermutlich ausgelöst habe.«

Der Nächste, dachte sie.

»Und wie hast du das angestellt?«

Zuerst hatte Claudia die Schuld an Sams Schwierigkeiten auf sich nehmen wollen.

Dann hatte der alte Teddy Webb vom *Weekly* vorbeigeschaut und wegen des Fotos von Sam und Annie um Verzeihung gebeten. »Ich wollte seine Tarnung nicht auffliegen lassen«, verkündete Teddy und klang dabei wie eine Figur aus einem alten Spionagefilm.

Und jetzt erbot sich Hall, die Verantwortung zu übernehmen.

Annie wusste nicht, ob sie lachen oder weinen sollte.

»Ich habe mir Sorgen um dich gemacht, Annie. Sam kam mir und Ellen irgendwie bekannt vor, und ich wurde das Gefühl nicht los, dass ich ihm schon irgendwo begegnet war. Also habe ich das Foto von euch beiden beim Picknick an verschiedene Freunde in New York gefaxt. Und einer von ihnen hatte wirklich Informationen über ihn.«

In diesem Moment hasste sie ihn, ein heftiger Ansturm von Gefühlen, der ihr fast die Knie weich werden ließ. Seinem Egoismus war es vielleicht zu verdanken, dass sie den Mann, den sie liebte, für immer verloren hatte.

Hall erklärte ihr, Sam sei ein Börsenanalyst mit einem großen Kundenstamm und außerdem eine Person des öffentlichen Lebens gewesen. Wegen seiner glänzenden Erfolge und seines Redetalents habe er eine Sendung bei einem Kabelkanal in Manhattan moderiert – der Grund, warum Ellen und Hall ihn zu kennen glaubten. Als sie wegen einer Konferenz in New York gewesen waren, hatten sie sich die Sendung nämlich angesehen. »In jenem Sommer ist er gefeuert worden, Annie. Gerüchten zufolge soll er Mandantengelder abgezweigt und auf sein eigenes Konto überwiesen haben.«

»Unterschlagung?« Der Gedanke, dass Sam so ganz anders sein könnte, als sie ihn eingeschätzt hatte, tat weh.

»Sieht ganz danach aus.«

»Wegen Unterschlagung wird man nicht gefeuert, sondern kommt in den Knast, Hall.«

Und vor allem landet man nicht vollkommen pleite in Shelter Rock Cove.

Halls Miene zeigte eine so tiefe Trauer, dass Annie ihn am liebsten verprügelt hätte. »Noch ist nicht aller Tage Abend.«

»Und du hieltest es für nötig, mir das mitzuteilen.«

»Ich möchte verhindern, dass dir wehgetan wird. Das war ich dir schuldig.«

»Du warst es mir schuldig, hinter meinem Rücken Nachforschungen über Sam anzustellen?«

»Als Freund musste ich das tun, damit du die Möglichkeit hast, deine Entscheidungen zu treffen.« Er hielt inne, und sie merkte ihm an, dass er nach den richtigen Worten rang. Doch sie hatte nicht die Spur von Mitleid mit ihm. »Das Gleiche hätte ich beim ersten Mal auch machen sollen.«

»Ich verstehe nicht ganz.«

Als sich ihre Blicke trafen, fiel es ihr wie Schuppen von den Augen.

»Kevin?«, fragte sie. Er nickte.

»Ein paar Tage vor seinem Tod kam er zu mir und bat mich um Geld. Ich habe mich geweigert. Es war nicht das erste Mal, Annie. Wenn ich es dir gesagt hätte …«

Sie zuckte schicksalsergeben die Achseln. »Es hätte keine Rolle gespielt, Hall. Du hast getan, was du für richtig hieltest. Ebenso wie ich, Warren, Claudia und alle anderen in der Stadt.«

»Ich bin Arzt und weiß, welche Folgen Stress bei einem Menschen mit einem schwachen Herzen haben kann. Wenn ich ihm mit ein paar Dollar aus der Patsche geholfen hätte, hätte das vielleicht Druck von ihm genommen und ihn vor dem tödlichen Herzinfarkt bewahrt.«

»Möglicherweise hätte ich ihm auch nicht eine Stunde vor seinem Tod mit Trennung drohen sollen.«

»Ach, mein Gott, Annie …«

»Wir alle sind schuldig, unschuldig und alles, was dazwischen liegt. Zwanzig Jahre meines Lebens habe ich damit verbracht, das verstehen zu wollen, und bin bis heute keinen Schritt weitergekommen.«

»Ich wollte nicht, dass du wieder leiden musst. Nur deshalb habe ich Erkundigungen über Sam eingezogen.«

»Waren da nicht andere Motive im Spiel?«

»Vor einem Monat vielleicht«, räumte er ein. »Aber selbst bei mir fällt irgendwann einmal der Groschen. Ihr beide gehört zusammen. Hoffentlich klappt es.«

Er lehnte die angebotene Tasse Tee ab und meinte, er müsse wieder zu seinen Patientinnen. Sie drängte ihn nicht, denn heute war zu viel zwischen ihnen vorgefallen. Ein Jammer, dass die schwache Seite eines begabten Mannes noch zwei Jahre nach seinem Tod Anlass von Trauer und Streit war.

Trotzdem hatte sie diese Krise auf seltsame Weise gebraucht. In den letzten vierundzwanzig Stunden hatte Annie mehr über ihr Leben und ihre Ehe gelernt als in den achtunddreißig Jahren zuvor. Und das, was sie erfuhr, verminderte die Schuldgefühle, hinter denen sie sich bisher hatte so gut verkriechen können. Sie hatte Kevin geliebt und zu ihm gehalten. Nun war es Zeit weiterzugehen. Kevin war ihre erste Liebe gewesen. Sam würde ihre letzte sein.

Gebannt starrte Annie in den kleinen Fernseher in der Werkstatt hinter dem Verkaufsraum, während Claudia und Sweeney die Kundschaft bedienten. Annie wollte alles über Sams Schicksal erfahren. Leider hatte Warren Agent Briscoe nicht erreichen können, und auch seine übrigen Informationsquellen waren schlagartig versiegt.

Außerdem hatte Annie festgestellt, dass sie von einem dunkelblauen Auto verfolgt wurde. Der Fahrer schien einer von Briscoes Untergebenen zu sein. Offenbar stand sie ebenfalls unter Verdacht.

Um drei meldete der Kabelsender, der den ganzen Tag Nachrichten brachte, das FBI habe das Büro von Mason,

Marx und Daniel geschlossen und zahlreiche Verhaftungen vorgenommen. Doch obwohl Annie ungeduldig wartete und hoffte, erfuhr sie nichts Neues über Sam, bis um fünf Uhr das Telefon läutete.

»Sie haben ihn«, verkündete Warren triumphierend. »Er wurde in einer Hütte auf St. Johns gefunden. Jetzt ist er in Schutzhaft.«

»Schutzhaft?«, wiederholte Annie. »Das heißt doch, dass sie ihn für unschuldig halten, oder? Einen Verbrecher steckt man nicht in Schutzhaft.«

»Schnell«, rief Claudia aus dem Verkaufsraum. »Schalte auf Kanal 49 um. Es kommt etwas über Sam!«

Annie griff zur Fernbedienung.

»... wurde der ehemalige leitende Angestellte in einem unbewohnten Gebäude aufgefunden. Bis auf einige blaue Flecke ist er unverletzt. Die örtliche Polizei nahm Butler bis zum Eintreffen von Vertretern der Bundesbehörde, die die mutmaßliche Entführung untersuchen werden, in Gewahrsam.«

Claudia, die sich zu Annie in die Werkstatt gesellt hatte, umarmte sie. »Alles wird gut, mein Kind«, sagte sie und strich Annie übers Haar. »Jetzt ist es ausgestanden. Sicher kommt er bald nach Hause.«

Im Laufe der nächsten Tage regten sich bei Annie zunehmend Zweifel, ob Sam wirklich nach Hause kommen würde. Sie verfolgte die Ermittlungen gegen Mason, Marx und Daniel und prägte sich jeden Satz ein, in dem Sam erwähnt wurde. Zum Glück stand inzwischen fest, dass er der Justiz bei den Ermittlungen gegen seinen ehemaligen Arbeitgeber geholfen hatte, und die Gerüchte, er könne nur versucht haben, seinen Hals aus der Schlinge zu ziehen, waren der spannenderen Version gewichen, er sei ein V-Mann im Auftrag der Regierung gewesen.

Abhängig von der Position des Berichterstatters war Sam

entweder ein Held oder ein Nestbeschmutzer der übelsten Sorte – die öffentliche Meinung tendierte zu dieser Version.

Am dritten Tag riss der Strom der Gratulanten allmählich ab, und am vierten Tag konnte sogar Claudia Annie nicht mehr in die Augen schauen.

»Dauert das nicht entsetzlich lang?«, fragte sie Warren, der sich mit solchen Dingen auskannte.

»Es gibt Vorgänge, die sich nicht beschleunigen lassen«, lautete dessen nicht sehr hilfreiche Antwort. »Du musst Geduld haben, Annie. Früher oder später kommt er wieder.«

»Du alter Dummkopf«, schimpfte Claudia, die einen Teil des Gesprächs mitgehört hatte. »Sie liebt diesen Mann. Oder ist es bei dir schon so lange her, dass du vergessen hast, wie sich das anfühlt?«

Darauf lieferten sich die beiden wieder einmal eines ihrer berühmten Wortgefechte, die Annie inzwischen als Zeichen von Zuneigung deutete. Sie wusste nicht, wie sie die letzten Tage ohne die Liebe und Unterstützung von Warren und Claudia überstanden hätte. Obwohl nicht blutsverwandt, waren sie ihre wirklichen Eltern, und Annie wusste, dass das Kind, das sie erwartete, großes Glück hatte, solche Großeltern zu bekommen.

Denn das würden Claudia und Warren für ihr Baby sein. Es war vielleicht ein wenig unkonventionell und würde sicher zu einigem Getuschel führen. Aber Annie spürte tief in ihrem Herzen, dass es die richtige Entscheidung sein würde. Und wenn Sam nach Hause kam, würde er ihre Meinung teilen.

Falls er nach Hause kam.

Auf dem Verkehrsschild stand zwar »Willkommen in Shelter Rock Cove«, doch für Sam bedeutete es »Willkommen zu Hause«.

Er beugte sich vor und tippte dem Fahrer auf die Schulter. »Sie können mich hier rauslassen.«

»Wir haben Ihnen versprochen, Sie bis zu Ihrer Haustür zu

bringen«, erwiderte der Fahrer. »Die Regierung zahlt die Rechnung. Das werden Sie so schnell nicht wieder zu hören kriegen.«

»Ich möchte trotzdem lieber aussteigen.«

»Es ist bestimmt schön, wieder zu Hause zu sein«, meinte der Fahrer. Sam lachte.

»So schön, wie Sie es sich gar nicht vorstellen können.«

Nachdem der Fahrer ihm alles Gute gewünscht hatte, ließ er ihn an der Ecke aussteigen, wo die Main Street am Hafen endete. Sam stand in der Nachmittagssonne und atmete in tiefen Zügen die Meeresluft ein, die ihn bis in seine Träume begleitet hatte.

Zweihundert Meter links von ihm neben dem Stoppschild standen das Cappy's und Rich's Anglerbedarf. Wenn er den Kopf ein ganz kleines Stück weiterdrehte, konnte er den Kirchturm erkennen, wo Warrens Museum allmählich Gestalt annahm.

Und wenn er seinem Herzen die Main Street entlang folgte, würde sie ihn nach Hause bringen. Zu Annie Galloway.

Nach Hause.

Sam ließ sich die Wörter auf der Zunge zergehen. Dieser winzige Punkt auf der Landkarte, der Shelter Rock Cove hieß, war sein Zuhause, und zwar, weil Annie Galloway hier wohnte. Vier Tage lang hatte er ständig an die Frau denken müssen, die er liebte, und sich entsetzlich nach ihr gesehnt. Doch nun, da ihn nur noch ein dreiminütiger Fußmarsch von ihr trennte, konnte er sich vor Angst nicht von der Stelle rühren.

Würde sie ihn überhaupt noch wollen? Er wusste es nicht. Die Fernsehberichte über den Untergang von Mason, Marx und Daniel waren ziemlich unschön gewesen und hatten ihn, Sam, zumeist in einem wenig schmeichelhaften Licht dargestellt. Und angesichts der Zustände, die in dieser Welt herrschten, würde die kleine Information, dass er entlastet worden war, wohl unter den Tisch fallen. Bisher hatte Annie ihn für einen Helden gehalten. Würde sie damit leben können, dass er Fehler gemacht hatte, die einem Menschen mit stärkerem Charakter vielleicht erspart geblieben wären?

Er hatte darauf keine Antwort. Ihm war nur wichtig, sie wiederzusehen.

Viele Ereignisse der letzten Tage lagen für ihn in einem Nebel. Beim Auftanken irgendwo unweit von Miami war er wieder zu Bewusstsein gekommen und hatte einen seiner Entführer überredet, ihm die Handschellen abzunehmen, damit er zur Toilette gehen konnte. Dort war es ihm gelungen, ein Fenster aufzustemmen, und er war gerade dabei gewesen, sich durch die Öffnung zu zwängen, als der Mistkerl argwöhnisch wurde, weil er so lange brauchte.

Die Beulen und Blutergüsse, Folgen dieser Begegnung, würden er und sein Widersacher wohl noch eine Weile mit sich herumtragen.

Die Männer hatten geplant, ihn in ein sicheres Haus auf den Bahamas zu bringen, wo ausgewählte Mitarbeiter von Mason, Marx und Daniel ihn bearbeiten sollten, damit er ihr großzügiges Angebot – Geld gegen Schweigen – annahm. Allerdings bekam Sam die Bedingungen weder zu hören noch erhielt er Gelegenheit abzulehnen, denn bei ihrer Ankunft in dem Haus erfuhren sie, dass die Bombe geplatzt war. Das Justizministerium hatte bereits die ersten Mitarbeiter in New York, Chicago, Fort Lauderdale und London verhaftet.

Die Männer fesselten Sam im Haus an einen Stuhl und machten sich aus dem Staub. Nach einer Weile wurde er von der örtlichen Polizei aufgefunden und ans FBI übergeben, das ihn in ein kleines Krankenhaus brachte. Nachdem man ihn zur Beobachtung eine Nacht behalten hatte, wurde er zurück nach Miami geflogen und von einer Reihe von Ermittlern, die alle darauf erpicht schienen, ihm seine Schuld nachzuweisen, in die Mangel genommen.

Er hatte Annie eine Menge zu erzählen, aber dafür war noch Zeit – ein ganzes Leben lang, wenn sie Glück hatten.

Außerdem musste sie unbedingt Mrs Ruggiero kennenlernen, die alte Dame, der er so viel verdankte, ohne dass sie selbst etwas davon ahnte. Der Akt der Menschlichkeit, der ihn seine Stelle gekostet hatte, hatte letztlich auch zu seiner Freilassung geführt. Denn durch seine Versuche, Mrs Ruggiero, Lila und Mr Ashkenazy zu helfen, hatte er unwissentlich eine Spur gelegt, welche die Vorwürfe seines Arbeitgebers entkräftet und auch den Bemühungen der Ermittler standgehalten hatte.

Auch wenn ihn das schlechte Gewissen noch so sehr quälte, war er im Sinne des Gesetzes unschuldig. Irgendwann würde ihm die Staatsanwaltschaft eine eidesstattliche Versicherung abnehmen, und er musste früher oder später als Zeuge vor Gericht aussagen. Doch sämtliche Verfahren gegen ihn waren offiziell eingestellt.

Sam war ein freier Mann.

Allerdings würde dieser Zustand nicht von Dauer sein. Das Leben war zu kurz, und er liebte Annie viel zu sehr, um länger zu warten. Er fühlte sich wohl, wenn er mit ihr zusammen war, und es gefiel ihm, wie sie ihn zum Lachen und zum Träumen brachte. In den Augen der Welt mochte er ein Versager sein, ein Mann von fünfunddreißig Jahren, dessen gesamte Habe auf die Rückbank seines Wagens passte. Doch wenn Annie Galloway ihn anlächelte, fühlte er sich wie ein König.

Er würde ihr sagen, dass er sie liebte und dass sie die Heimat war, nach der er sich immer gesehnt hatte. Ohne sie schien seine Zukunft nichts weiter als eine bedeutungslose Aneinanderreihung von Tagen und Nächten. Er würde die Worte aussprechen, die er noch nie einer Frau gegenüber in den Mund genommen hatte: »Ich liebe dich.«

Und dann konnte nur noch beten, dass sie seine Gefühle erwiderte.

»Mit einem Nein lassen wir uns nicht abspeisen«, verkündete Susan, die mit Claudia und Sweeney um Annie herumstand. »Du gehst mit uns zum Abendessen, sonst gnade dir Gott.«

Annie, die auf einem Hocker hinter ihrem Arbeitstisch saß, zwang sich zu einem Lächeln. »Das ist wirklich nett von euch, aber ich habe mit den Vorbereitungen für die Selkirk-Holder-Hochzeit zu tun.«

Susans lautes Aufstöhnen konnte man vermutlich bis ins Cappy's hören. »Mach eine Pause, Annie. Du kannst schließlich nicht ständig in den Fernseher stieren und darauf warten, dass das Telefon läutet. Du brauchst einen Tapetenwechsel.«

»Und wenn Sam …«

»Der findet dich garantiert«, erwiderte Sweeney lachend. »Schließlich befinden wir uns in einer Kleinstadt, und er ist Thema Nummer eins. Sobald er sich blicken lässt, wird ihn die gesamte Bevölkerung von Shelter Rock Cove zur Wiedersehensfeier ins Cappy's eskortieren.«

»Ein guter Grund, um Überstunden zu machen«, brummte Annie.

Claudia legte ihr sanft die Hand auf die Schulter. »Du musst bei Kräften bleiben«, sagte sie leise. »Denk an dein Baby.«

Claudia hatte recht. Ebenso wie Susan und Sweeney. Außerdem würden die drei sowieso nicht locker lassen, bis sie nachgab.

»Gut«, seufzte sie. »Ihr habt gewonnen.« Sie stand auf. »Ich muss mir nur noch das Gesicht waschen und meine Haare bändigen. Dann komme ich mit.«

Die drei wechselten Blicke, und Annie konnte sich schon denken, was diese zu bedeuten hatten. Sie machten sich Sorgen um sie und fanden, dass sie zu viel über Sam nachgrübelte, der vielleicht nie wieder nach Shelter Rock Cove zurückkehren würde. Schließlich hatte er in New York sein eigenes Leben geführt. Er hatte eine Wohnung, Geschwister und Nichten und Neffen, die ihn liebten und ihn brauchten.

Warum also sollte er in einer Kleinstadt in Maine wohnen wollen, wo es im Winter zu viel schneite, im Sommer ständig regnete und das restliche Jahr über Aprilwetter herrschte?

Weil er dich liebt.

Das wäre ein wundervoller Grund gewesen, wenn er der Wahrheit entsprach. Aber tat er das? Woher sollte sie das wissen, solange sie diese magischen Worte, die Herz und Seele öffneten, nie ausgesprochen hatten? Sie hatten sich zwar herangetastet, doch niemals wagte es einer von ihnen, über den eigenen Schatten zu springen und »Ich liebe dich« zu sagen.

Sie wünschte sich eine zweite Chance herbei, um ihm von dem Baby zu erzählen und ihm zu erklären, wie sehr sie ihn liebte. Nachdem sie ein Leben lang eine Heimat gesucht hatte, hatte sie sie in seinen Armen gefunden.

All das und noch viel mehr wollte sie ihm mitteilen, wenn er nur nach Shelter Rock Cove zurückkam.

Die Tür von Annies Blumenladen schwang auf. Sweeney beugte sich heraus und packte Sam am Ärmel. »Beeil dich«, zischte sie und zerrte ihn hinein. »Komm schon!«

»Das habe ich vor fünf Minuten probiert, aber du hast mich hinausgeschmissen.«

»Pst!« Sie hielt sich einen mit Farbe beklecksten Finger an die Lippen. »Wollen wir sie überraschen oder nicht?«

Sam bezweifelte zwar, dass Annie überrascht sein würde, aber er hatte schließlich drei Schwestern und wusste deshalb, wie zwecklos es war, eine Frau von ihrer Mission abbringen zu wollen.

Claudia Galloway und ihre Tochter Susan lehnten an der Theke und grinsten beide wie die sprichwörtlichen Honigkuchenpferde.

»Herzlichen Glückwunsch«, sagte Susan. »Du wirst dich sicher freuen zu hören … autsch!« Sie warf ihrer Mutter, die ihr gerade einen Rippenstoß versetzt hatte, einen finsteren Blick zu. »Was soll das?«

»Meine Tochter ist erst zweiundvierzig«, meinte Claudia mit einem hinterhältigen Funkeln in den Augen. »Manchmal vergisst sie ihre Manieren.«

Sam grinste zurück. Die Frau wurde ihm immer sympathischer. Er sah sich im Laden um. »Wo ist Annie?«

»Leise!«, befahl Sweeney. »Sie ist im Bad und frisiert sich, weil sie glaubt, dass wir ins Cappy's gehen.«

Er hörte Schritte im Flur.

»Schnell«, zischte Sweeney. »Hinter den Schaukasten.«

Obwohl er sich ziemlich dämlich vorkam, ließ er sich hinter das üppige Arrangement aus Blumen und winzigen, zerbrechlichen Figürchen schieben, die keinem vernünftigen Mann je ins Haus gekommen wären.

»Wer fährt?« Annie klang erschöpft. Das musste doch heißen, dass sie ihn liebte, oder? »Wenn ihr wollt, können wir mein Auto nehmen.«

»Du hast Besuch«, verkündete Sweeney.

»Oh, nein«, stöhnte Annie. »Nicht schon wieder.«

Sweeney steckte den Kopf hinter den Schaukasten.

»Jetzt, du Blödmann!«

Sam kam aus seinem Versteck – und da stand sie. Müde zwar und ein wenig zerzaust, aber die schönste Frau, der er je begegnet war.

»Das war nicht meine Idee«, stieß er hervor, doch seine Worte gingen unter, weil sie sich ihm in die Arme warf.

»Du bist zu Hause«, sagte sie, die Lippen an seine gepresst. »Du bist zu Hause.«

Sein Herz klopfte vor freudiger Erregung. Annie lachte und weinte ebenso wie die drei anderen, aber er hatte nur Blicke für sie. Er betrachtete ihre wunderschönen blauen Augen mit den dunklen Ringen darunter, die Lachfältchen, und das Lächeln, das ihm sagte, dass sie ihn verstehen würde, wenn er ihr das Herz ausschüttete.

Hinter sich hörte er ein Schniefen und schließlich Schritte, die auf die Tür zusteuerten.

»Ich dachte schon, sie würden gar nicht mehr verschwinden«, meinte er.

»Solange nur du mich nie wieder allein lässt.« In ihrem Blick stand so viel Liebe und Sehnsucht, dass er sich fragte, wie er überhaupt ohne sie hatte durchs Leben gehen können. »Du bist verletzt«, stellte sie fest und berührte sanft sein zerbeultes Gesicht. »Ach, Sam!«

»Da hättest du erst den anderen Typen sehen sollen.« Er nahm all seinen Mut zusammen. »Ich habe dir viel zu erklären, Annie, auch einiges, auf das ich gar nicht stolz bin.«

»Ich habe die Nachrichten gesehen«, erwiderte sie. »Und ich weiß, was für ein Mensch du bist. Wenn du bereit bist zu reden, höre ich dir zu.«

»Ich habe zu lange weggeschaut, anstatt etwas dagegen zu unternehmen. Dabei sind unschuldige Menschen zu Schaden gekommen.«

Tränen traten ihr in die Augen. »Das mit dem Wegschauen kenne ich nur zu gut, Sam. In meiner Ehe mit Kevin habe ich das auch meistens getan.«

Ihre Worte waren Balsam für seine Seele und der erste Schritt auf dem Weg, der ihm wieder zu mehr Selbstachtung verhelfen würde.

»Ich liebe dich«, begann er. »Das habe ich noch nie zu einer Frau gesagt.« Diese Worte hatten so viel Macht und waren das Fundament, auf das sich Familien gründeten und Generationen aufbauten.

»Wir gehören zusammen«, antwortete sie leise. »Auch das habe ich noch nie zu einem Mann gesagt. Und ich werde es auch nie wieder tun.« Bei den letzten Worten zitterte ihre Stimme.

»Ich bin nicht wohlhabend«, meinte er. »Und meine derzeitigen beruflichen Aussichten sind ziemlich miserabel.« Es würde eine Weile dauern, bis sein guter Ruf wiederhergestellt

war. Und bis dahin würde sein Fachwissen längst veraltet
sein.

»Und ich stehe kurz vor der Pleite«, erwiderte sie. »Aber
ich würde meine Zukunftsaussichten als ausgezeichnet ein-
stufen.«

»Vielleicht muss ich mich beruflich aufs Kanubauen verlegen.«

»Klingt prima.«

»Wenn du mich vor einem Jahr um diese Zeit kennengelernt hättest, hättest du ein besseres Geschäft gemacht.« Damals hatte er einen guten Posten, ein neues Auto und ein dickes Bankkonto gehabt. Heute besaß er nicht mehr als die
Liebe in seinem Herzen.

»Lass mich das beurteilen. Schließlich habe ich mich in den
Burschen mit dem zerbeulten alten Kasten verliebt.«

»Den, dessen Hund deine Pizza verschlungen hat?«

»Richtig«, antwortete sie. »Genau in den. An ihn habe ich
mein Herz verloren, und ich will es auch nicht mehr zurück.«

»Du wirst eine ganze Horde von Butlers kennenlernen
müssen.«

Sie holte tief Luft. »Apropos: Da gäbe es einen Butler, den
du auch noch nicht kennst.«

Er sah sie verdutzt an. »Könntest du das wiederholen?«

»Noch einen Butler«, sagte sie, nahm seine Hand und legte
sie auf ihren weichen Bauch. »Im Juni ist er da. Eigentlich
wollte ich dir das an dem fraglichen Nachmittag erzählen.«

»Aber ich dachte, du könntest keine …«

»Das dachte ich auch«, entgegnete sie. »Doch wahrscheinlich ist ein Wunder geschehen, als wir beide uns begegnet
sind.«

Ein neues Leben, wo früher Stillstand geherrscht hatte. Lachen anstelle von Schweigen. Freude, wo viel zu lange nur
Trauer gewesen war.

»Ich weiß, dass wir nie darüber geredet haben. Vielleicht
willst du gar keine Kinder. Schließlich hast du so viele Jahre

361

lang deine Geschwister großgezogen. Und jetzt stehe ich vor dir und eröffne dir, dass du wieder von vorne anfangen kannst.«

Sie sah so glücklich und strahlend und verunsichert aus, dass ihm das Herz vor Liebe zu ihr überfloss, und er freute sich auf die Zukunft, die in ihrem wunderschönen Körper ruhte.

»Sag es mir noch einmal.« Er bückte sich und presste die Lippen auf ihren Bauch. »Sag mir, dass das wirklich wahr ist.«

»Es ist wirklich wahr«, antwortete sie, während ihre Tränen sanft auf seine Stirn tropften. Er spürte, wie unglaublich erleichtert sie war. »Seit wir uns begegnet sind, geschieht ein Wunder nach dem anderen.«

Er erzählte ihr, er habe von Kindern mit ihren Augen und ihrem Lächeln geträumt, die ihre Liebe in die Zukunft hineintragen würden, wenn es ihnen bestimmt war.

»Und das große Herz hat es von dir«, meinte sie, als er sie in die Arme nahm und fest an sich drückte. »Etwas Besseres kann sich unser Kind nicht wünschen.«

Alles, was er sich immer erträumt hatte, ging in Erfüllung, als sie ihn anlächelte und er ihre gemeinsame Zukunft in ihren Augen sah. Er liebte Annie Galloway, sie liebte ihn, und sie würden ein Kind bekommen.

Sam Butler war endlich zu Hause.

Wie alles endete

Ein Tag in der letzten Juniwoche

»Du musst pressen, Annie«, rief Ellen Markowitz. »Noch einmal ganz fest, dann ist dein Baby da.«

»Ich … will … nicht … pressen«, schrie Annie mit der Stimme, die inzwischen jeder im Kreißsaal kannte. »Ich will hier raus.«

Was war nur los mit diesen Leuten? Wussten sie denn nicht, dass sie schon seit achtzehn Stunden Wehen hatte? Saßen sie alle auf der Leitung?

Sam, der inzwischen fast so stark schwitzte wie seine Frau, beugte sich vor, um ihr mit einem Eiswürfel die Lippen zu benetzen.

»Nur noch einmal, Annie. Du schaffst es.« Ellen hatte ihm erlaubt, dass Baby aufzufangen. Wenn Annie nur endlich pressen würde.

Ihre Blicke trafen sich.

»Ich kann nicht mehr, Sam, ich kann nicht.«

»Klar kannst du. Los. Sie ist fast da, Annie. Du musst nur pressen.«

Claudia, die neben ihr saß, drückte ihre linke Hand.

»Dass in all den Jahren noch niemandem eine bessere Methode eingefallen ist. Du kriegst das hin, Annie. Es ist machbar, Ehrenwort.«

»Oh, schaut«, rief Ellen da. »Gleich ist es so weit, Annie, nur noch einmal pressen.«

»Los, Annie«, drängte Sam. »Ich möchte endlich unsere kleine Tochter kennenlernen.«

Annie holte tief Luft und sammelte Kräfte, von deren Existenz sie bis jetzt nichts geahnt hatte, die jedoch alle Frauen freisetzen können, da die Liebe Wunder wirkt, und sie drückte ihre Tochter in Sams wartende Arme.

»Sarah Joy Butler«, stieß ihr Mann unter Tränen hervor. »Willkommen in der Welt.«

Kurz darauf hallte ein leiser Schrei durch den Raum. Ein neues Leben hatte offiziell begonnen.

Annie und Sam hatten ihr Wunder.

Der Anblick tat weh. Obwohl Ellen Hunderte von Babys entbunden hatte, hatte sie noch nie eine Geburt so tief bewegt wie die heutige. Sam küsste Annie immer wieder und beteuerte, wie sehr er sie liebe und wie viel Glück sie in sein Leben gebracht habe. Und Annie ... o Gott, das ehrfürchtige Staunen, das ihr Gesicht erhellte, war mehr, als Ellen ertragen konnte.

Nachdem sie Sam das Durchschneiden der Nabelschnur erklärt hatte, kümmerte sie sich um die Nachgeburt und sorgte dafür, dass alle Daten des Babys ordentlich vermerkt wurden.

Dann kam der Augenblick, auf den sie immer wartete, der magische Moment, in dem aus einem Paar eine Familie wurde. Sam legte das Baby auf Annies Brust. Sarah Joy, noch glitschig von Blut und Geburtsflüssigkeit, war ein wimmerndes Bündel Mensch, dessen Instinkte sie zielsicher zur Brustwarze leiteten. Annies Tränen fielen auf das flaumige Köpflein des Kindes, während Sam versuchte, seine eigenen mit dem Hemdsärmel zu trocknen.

Obwohl weder ein himmlisches Feuerwerk sprühte noch ein Engel zu ihnen herabgestiegen kam, konnte niemand leugnen, dass etwas Wundersames passierte.

Ellen wartete ab, während Claudia froh die junge Familie betrachtete. Dann traten die beiden hinaus ins Wartezimmer, wo zweiundvierzig Butlers, Galloways und verschiedene Freunde sofort aufsprangen und sie umringten.

Warren Bancroft, der ein Gesicht machte, als habe er selbst in den Wehen gelegen, sah Claudia an, die lachend und weinend mit dem Kopf nickte. Warren stieß einen Freudenschrei aus.

»Du alter Narr«, schimpfte Claudia. »Wehe, wenn du die Lorbeeren für dich beanspruchst. Daran ist nur der liebe Gott schuld, schreib dir das hinter die Ohren.«

Als Warren Ellen über Claudias Kopf hinweg zuzwinkerte, war ihr klar, dass er besagte Lorbeeren mit niemandem teilen würde – nicht einmal mit dem Allmächtigen.

Ellen räusperte sich. »Ich freue mich, Ihnen mitteilen zu können, dass Sarah Joy Butler um dreizehn Uhr achtundzwanzig das Licht der Welt erblickt hat. Sie wiegt dreitausendfünfhundert Gramm und ist siebenundvierzig Zentimeter groß. Außerdem hat sie die Locken ihrer Mutter und die Nase ihres Vaters geerbt und das Herz aller schon im Sturm erobert.«

»Ist sie gesund?«, erkundigte Warren sich mit verdächtig belegter Stimme.

»Ein Wonneproppen«, antwortete Ellen.

»Und geht es Annie gut?«, wollte Susan wissen.

»Sie hat sich wacker geschlagen.«

Zwei von Sams Schwestern wechselten grinsend Blicke.

»Er ist doch sicher in Ohnmacht gefallen?«, fragte die, die Marie hieß. »Sam konnte nämlich noch nie Blut sehen.«

Ellen lachte. »Da muss ich Sie leider enttäuschen. Ihr Bruder hat die gesamte Geburt bei vollem Bewusstsein miterlebt.«

Alle lachten, klatschten in die Hände und vergossen Freudentränen. Die beiden Familien waren so damit beschäftigt, sich über den Neuankömmling zu freuen, dass sie gar nicht bemerkten, wie Ellen hinausschlüpfte.

Aber genauso sollte es auch sein. Schließlich hatte sie, Ellen, nur ihre Pflicht getan, Annie dabei zu helfen, die kleine Sarah Joy zur Welt zu bringen. Der Rest war Sache der Familie. Ellen lehnte sich an die Wand und versuchte, ihre aufgewühlten Gefühle zu beruhigen. Man hätte meinen können, dass sie sich inzwischen daran gewöhnt hatte. Doch jedes Mal, wenn sie ein winziges Köpfchen sah und hörte, wie ein Neugeborenes die Welt begrüßte, empfand sie wieder dasselbe Staunen, das ihr half, die nächste Geburt durchzustehen.

Aber manchmal, wie zum Beispiel heute bei Annie und Sam, war das Wunder noch ein viel größeres. Es war ein Privileg, sie mit ihrer kleinen Tochter zu sehen, Zeuge ihres Glücks zu werden und mitzuerleben, wie sehr ihre Angehörigen sich freuten.

»Heulst du schon wieder, Markowitz?«

Als Ellen mit Tränen in den Augen den Kopf hob, sah sie Hall auf sich zukommen. Auch er war gerade im Kreißsaal gewesen und trug eine Miene auf dem Gesicht, die sie selbst nur allzu gut kannte.

»Mädchen oder Junge?«, fragte sie. »Ich weiß, dass Aileen sich einen Jungen gewünscht hat.«

»Ihr Wunsch ist in Erfüllung gegangen«, antwortete er und lehnte sich neben ihr an die Wand. Als ihr sein leichter Geruch nach Betadine in die Nase stieg, musste sie schmunzeln. »Viertausendsechshundert Gramm mit einer Lunge wie die seiner Mutter.« Er holte tief Luft.

»Annie?«, erkundigte er sich.

»Ein hübsches kleines Mädchen«, erwiderte Ellen, während ihr schon wieder diese dämlichen Tränen die Wangen hinunterliefen und auf ihren Kittel tropften. »Sarah Joy Butler.« Sie nannte Größe und Gewicht und gab sich Mühe, nicht darauf zu achten, dass auch ihm die Tränen in die Augen traten. »Noch nie habe ich so viele Leute im Wartezimmer erlebt.«

»Die Galloways halten zusammen«, meinte Hall.

»Die Butlers offenbar auch.«

Annie, du bist ein Glückspilz, dachte sie. Sam, du auch. Und vor allem die kleine Sarah.

Nach einer Weile unterdrückte Ellen ein Gähnen. »Ich glaube, ich mache Schluss für heute«, verkündete sie.

Als Hall sie betrachtete, hatte Ellen zum ersten Mal nicht das Gefühl, dass sein Blick eigentlich Annie Butler galt. Auch wenn sie nicht wusste, was das zu bedeuten hatte, war sie für alle Vorschläge offen.

»Was hältst du davon, einen Happen im Cappy's zu essen?«

»Eine prima Idee.« Sie lächelte ihn an. »Wirklich eine prima Idee.«

Sie sahen zu, wie die kleine Sarah Joy Butler in ihre Wiege neben den Sohn der Whitcombs gelegt wurde. Diese beiden Neugeborenen hielten die Ängste und Träume ihrer Eltern fest in ihren winzigen Fäusten, und sie brauchten nur zu lächeln, um einen ausgewachsenen Mann zu Tränen zu rühren.

Ellen wusste nicht, was in Hall vorging, aber sie konnte es sich denken. »Ein neuer Tag, ein neues Wunder«, meinte sie und tat, als klopfe sie sich die Hände ab. »Und so etwas dürfen wir hier im Krankenhaus tagtäglich erleben.«

Lachend wand er sich von dem Fenster ab, hinter dem die Babys friedlich schliefen. »Ganz recht, Doc«, sagte er. »Ganz recht.«

»In einer Viertelstunde im Cappy's?«

»Einverstanden«, antwortete Hall. »Ich warte auf dem Parkplatz auf dich.«

Ellen lächelte, als sie in ihr Büro eilte, um sich umzuziehen.

Das war zwar kein Wunder, aber man durfte schließlich nicht übermütig werden.

Das Werk einschließlich aller seiner Teile ist urheberrechtlich geschützt.
Jede Verwertung außerhalb des Urhebergesetzes ist ohne Zustimmung
des Verlages unzulässig und strafbar. Dies gilt insbesondere für Verviel-
fältigungen, Übersetzungen, Mikroverfilmungen und die Einspeicherung
und Verarbeitung in elektronischen Systemen.

Weltbild Buchverlag – Originalausgaben –
Deutsche Erstausgabe
Copyright © 2007 Verlagsgruppe Weltbild GmbH,
Steinerne Furt, 86167 Augsburg

Copyright © 2001 by Barbara Bretton
This edition published by arrangement with Berkley Books,
a member of Penguin Group (USA) Inc.
2. Auflage 2007
Alle Rechte vorbehalten

Projektleitung: Dr. Ulrike Strerath-Bolz
Übersetzung: Karin Dufner
Redaktion: Claudia Krader
Umschlagabbildung: © Fernando Bengoechea/Beateworks/Corbis
Umschlaggestaltung: Hauptmann & Kompanie Werbeagentur GmbH, München
Satz: avak Publikationsdesign, München
Gesetzt aus der Sabon 10,5/12,5 pt
Druck und Bindung: CPI Moravia Books s.r.o., Pohorelice

Gedruckt auf chlorfrei gebleichtem Papier

Printed in the EU

ISBN 978-3-89897-699-2